講談社文庫

美貌の帳《とばり》

建築探偵桜井京介の事件簿

篠田真由美

講談社

美貌の帳《とばり》——目次

登場人物表（年齢は一九九六年十月現在）

天沼《あまぬま》龍麿《たつまろ》（82）——資産家の当主
天沼《あまぬま》暁子《あきこ》（暁《あきら》）（32）——龍麿の娘
高安《たかやす》進《すすむ》（63）——龍麿の亡くなった娘の夫
高安《たかやす》亨《とおる》（34）——進の甥、ホテル支配人
神名備《かんなび》芙蓉《ふよう》（61）——引退した歌手にして女優
村田《むらた》壮太《そうた》（32）——芙蓉の付き人
能美《のうみ》夕子《ゆうこ》（故人）——芙蓉の付き人
大迫《おおさこ》治樹《はるき》（53）——演出家
板倉《いたくら》陶子《とうこ》（47）——舞台監督
小野木《おのぎ》博之《ひろゆき》（28）——演出助手
遠山《とおやま》茂一《もいち》（故人）——天沼暁子の恋人
遠山芙美子《ふみこ》（31）——茂一の妹
遠山蓮三郎《れんざぶろう》（29）——茂一の弟
遊馬《あすま》朱鷺《とき》（23）——ジュエリー・アカネ社長
桜井《さくらい》京介《きょうすけ》（27）——フリーター、のようなもの
栗山《くりやま》深春《みはる》（27）——右に同じ
蒼《あお》（17）——高校生

鹿鳴館（明治十六年）
写真提供・社団法人霞会館

プロローグに代わる三通の手紙

I

貴女《あなた》を愛している。

貴女を愛している。

貴女を愛している。

だが何度繰り返せばその事を信じて貰えるのだろう。

貴女は残酷だ。あまりにも。ただ私を苦しめるために、私の愛を信じぬふりをしているように思える。

私と貴女が出会ってすでに十年を越える歳月が過ぎた。そしてこれまで貴女は私が捧げる讃仰《さんぎょう》の証《あかし》を決して拒みはしなかった。それなのに。

ああ、いけない。

こんなことを口にしてしまうからこそ私は嫌われ蔑《さげす》まれるのだ。

恩を着せているわけではない。決して。ただ貴女に思い出して欲しいだけだ。私たちの結びつきはかりそめのものではなく、貴女の歓びを私の歓びとして共に過ごしてきた多くの時間があったということを。

それでも貴女は私を責める。私が貴女のために、すべてを擲《なげう》たなかったといって。

確かに私は私の貴女と出会うまでに築いてきた社会的地位を、私の財産を、私の血を分けた者を捨てられなかった。それは認めよう。

だが無一文の私は貴女にとってそれほど価値ある者だろうか。

私がそれまで貴女のために働くことができたのも、すべては私が築いてきた地位と財産によってだった。

だからこそ私は芸術に比して金銭を卑《いや》しむ考えには与《くみ》しない。社会の不平等と富の不均衡、つまりは封建的な身分制度がなければ、過去人類はどんな芸術を生み出し得たというのだろう。

私はかつて洋行してイタリアのベニスを訪れ、レエス編みで著名なブラァノという島で博物館に収められた繊細極まりない手編みレエスの数々を見た。

王侯の襟元袖口《えりもとそでぐち》に花開いた華麗な花々。それはしかし無数の処女の犠牲によってのみ生み出すことのできた品だった。

年嵩《としかさ》の女の手はその仕事には適さない。まだ娘ともいえぬ童女が細くしなやかな指をもっ
て日夜針を操《あやつ》った。細かすぎる手仕事に彼女らは視力を失い、その苦しみを不可欠の糧《かて》とし
てブラァノのレエスは比類なき高みへと昇華した。
だがいまや、芸術としての手編みレエスは滅びた。王侯の没落とヒュウマニズムの台頭に
よって。現在ベニスの土産物屋で売られているブラァノ・レエスは、中国製の機械編み模造
品であり、細々と伝えられている手編みの技術が生み出すのは過去の栄光の哀れな亡霊でし
かない。
それが私たちの時代の宿命であるとしても、ひとつの美の滅亡を惜しむことは許されぬの
だろうか。いたいけな若い命を吸い上げて咲くことはもはやできぬとして、せめてそれを金
銭で補ってでも消えていこうとするアルテの存命を図りたいと思うのは時代錯誤の感傷だろ
うか。
どうか私が自らを愚劣《ぐれつ》にも王侯になぞらえ、卑しく金に執着しているなどとはいわないで
欲しい。私は少なくとも稼ぎ蓄えるだけでなく、よく蕩尽《とうじん》することの意味を知っている。な
によりもっとも愛するものである貴女のためにそれを費やしてきたのだし、これからも貴女
に許されてそうすることだけが私の望みなのだ。
私は貴女を愛している。貴女と貴女によって体現される美を。貴女は居ながらにしてひと
つの芸術であり、比類ない美そのものだ。

貴女の喉《のど》からほとばしる歌声、一瞬一瞬に移ろいひらめく表情、仕草、すべてが美だ。しかし貴女はいう。私の貴女に対する思いは愛などではない、ただ貴女の姿形に欲情しているに過ぎないのだと。

確かに私は貴女の美しさに惹かれた。それは否定しない。昭和三十二年十二月十日、初めて貴女を見た日だ。師走の暗い空気の濁った穴の底に貴女の姿が灯火を浴びて浮かび上がったとき、私は文字通り貴女の美に心臓を打ち抜かれたのだ。

フランス語を母国語のように操って貴女は歌っていた。ブルジョア階級のおぼこ娘が、友達に誘われて出かけた港町で悪《ワル》のジゴロと恋に落ち、家と学校を捨てて転落し、娼婦になり、中年を過ぎてようやく小さな料理屋の女主人となる。しかし男はアメリカから来た観光客の金持ち娘といい仲になり、女を捨てて海を渡るという。老女は怒り、絶望し、ついにあきらめて男を港に見送る。ボン・ヴォアイヤァジュ、よい航海をという題名の歌だった。

私は茫然としていた。文字通りことばを知らなかった。十分にも満たぬ歌の中で貴女は恥じらいを含んだ無垢《むく》の乙女から、恋を知った娘、娼婦、労苦にやつれた中年女までを、衣装や化粧の助けを借りることもなく、ただ歌声と表情、身振り手振り目の動き、そのようなものだけで演じてみせた。

その万華鏡《まんげきょう》のような不思議。私は文字通り名も知らぬ女とともに心をときめかせ、裏切りに泣き、ようやく訪れた幸せに酔い、ふたたび絶望から諦念《ていねん》へと歩かされた。

刹那《せつな》の内に数十年の歳月をありありと浮かび上がらせて、三幕の劇を見たほどの幻惑を心に刻みつけて、歌い止めばそこには嫣然《えんぜん》と微笑む貴女がいた。

　それは紛れもない魔法の技だった。能楽師が遠い死者の魂をその身に勧請《かんじょう》して夢幻能を演ずるように、貴女はその比類ない肉体に彼方の世の女たちを憑依《ひょうい》させ、時間を圧縮し、ただひとり完璧な劇を演じてみせる。なんという芸術、なんという美であることか。

いや、そんな理性的なことばなど私の心にはなかった。私はそのときから恋に落ちたのだ。貴女のすべてに恋い焦がれ、他のなにひとつ欲しくはないと思い詰めるまでに。

だがどうして貴女は己れの容姿の美しさを蔑《なみ》するのか。それをただ顔の前にかざす扇か帳《とばり》、美しく絵模様で飾られた仮面に過ぎないなどというのか。貴女は事実美しいではないか。しかもその美しさは人形のようなかたちのみの美ではない、内に老も醜も含み、そのすべてを表現することのできる美しさではないか。その美しさに価値を与えることは、貴女の歌手として女優としての能力を貶《おとし》めることだとでもいうのか。

　そんなことはない。決してない。それは貴女自身を貶めることだ。貴女の美貌は借り物でも造り物でもない、貴女自身の生得のものなのだから。その美しさあってこそ貴女は自在に、醜女《しこめ》も老女も演ずることができるのだから。

　けれど貴女はいう。自分は地獄を見てきた人間であり、その地獄では美しさも金銭も何の価値もなかったのだと。

それはおそらくその通りなのだろう、私にはなにもいうことはできない。だが貴女の地獄はすでに過去のものなのだ。いまの貴女は紛れもない美と才能によって照り輝き、世界に君臨している。そして私こそが地獄にいる。貴女によってタンタロスの渇きに陥とされ、シシュポスの苦行につかされている。

決して貴女に屈辱を与えるつもりはなかった。私の妻になってくれといったのは、純粋の愛情から以外のなにものでもなかった。私は貴女のために家を捨てることはできなかったが、その代わりに貴女を家に迎えることはできると思ったのだ。

なにより暁子《あきこ》も喜ぶことだろうと。私からはなにも教えられぬままにあれは貴女を慕い、貴女と暮らしたがっていたから。それは貴女の願いでもあるのではないかと思ったのだ。あの子と私たちが晴れてひとつの家族になることが。

貴女がそれほど嫌ならどうして無理強《むりじ》いなどしようか。私はふたたびこれまで通り、貴女の友人かつ下僕でしかない存在で満足するだろう。

ああ、私の小町。私の恋、私の永遠に色褪《あ》せることない花よ。貴女に時と情熱のすべてを捧げ尽くした男を少しでも憐れんでくれ。

行かないでくれ、どうか。

私のものになってくれなくてもいい。せめて日本に留まるといってくれ。貴女の歌声を聞き、舞台に立つ姿を眺める至福だけは取り上げないでくれ。

私の思いを残酷な試練に合わせないで欲しい。

私はすでに盛りを過ぎた人間だ。あらゆるものが光を失い色を褪せさせていく世界の中で、ただ貴女だけが私の歓びなのだ。貴女が行ってしまったら私はなにを楽しみに生きていけばいいのだろう。

百夜通えというなら通おう。いや百が二百、千夜だろうと。驕慢《きょうまん》な歌姫よ、そう私に命じてくれ。どんな不可能な望みでもいい。私の決意を試みてくれ。

私は貴女のために楽園を開き、城を建てよう。時をさかのぼり、いにしえの宴を招こう。貴女の望みとあらばどんな奇跡でも起こしてみせよう。

いや、奇跡を起こすのは私ではない。貴女だ。貴女は不滅の花、朽ちることない永遠の花だ。どうしていまさら貴女が老いることがあろう。時はすでに貴女の中に凝縮され、先取りされている。貴女が手触れるときは散る花も梢《こずえ》に戻り、貴女が微笑むときは老いた者も春を取り戻すだろう。

その奇跡に私も与《あずか》らせて欲しいとまでは望みすぎというものだ。しかしどうか去ることだけはしないでくれ。

さもないと私は貴女を憎んでしまうかもしれない。

II

幾度でも申し上げます。あなたは卑怯なひと。私を撥ねつけてもくれない代わりに受け入れてもくれない。優しい優しいどこからも文句をつけられない微笑みの下に、決して開いてくれない心を隠し続けているんですね。

あなたがひとことといってくれれば、いつでも私はすべてを捨てたのに。あなたさえ私のものになってくれるなら、他はなにもいらなかった。でもあなたは穏やかに微笑しながら、とうとうなにもいってはくれませんでした。私とあなたが受け継ぐはずのものとを秤《はかり》にかけられたとは思いたくないけれど、その美しい微笑みは結局のところ、私を拒む帳《とばり》でしかなかったのですね。

そよ風ひとつでたやすくなびくほどやわらかなのに、決して開くことも内に踏み込むことも許してはくれない絹の帳。それがあなただった。

けれど、あなたに手詰まりな状況を変えてくれる雄々しい力を求めるのは、それほど滑稽なことだったのでしょうか。

私はあなたにとって、それほどなんの魅力もない女なのですか。それとも私の出自にまつわってささやかれる噂を——

いいえ、もういい。もうどちらでも。これまで何通手紙を書いて捨てたか。きっとこれもまたすぐに破って丸めて、捨ててしまうだけよ。馬鹿な私。なにも約束してくれたこともないあなたを勝手に思って、思い続けて、待ち続けて、ジタバタひとり芝居を繰り返したあげくにこんな手紙を何通も何通も書き散らして、出すこともできないで、また今日という日が過ぎていくんだわ。

そして夜、眠ればあなたの夢を見る。いいえ、昼間のほんのうたた寝でも。初めはたとえ夢でも会えるのが嬉しかったわ。夢が心の支えのようにさえ思えたものだったわ。だってそれ以外会う方法もなかったのだもの。あなたに会えるならずっと寝ていたいと思ったほど。覚めてしまうのが悲しくて、夢と知っていれば覚めなかったなんて。

でもやっぱり夢はただの夢、現実とは違う。それに夢の中でもあなたはいつもと同じ、人目を気にしているような澄まし顔ですもの。だれが夢の中までとがめるものですか。

あなたはなにもご存じないのでしょうね。私が最近周囲からなんと呼ばれているか、教えてさしあげましょうか。今小町ですって。私の体になにか欠陥でもあるというつもりなのかしら。

ただ言い寄る男につれなくして見向きもしないという意味なら、いっそギリシャ神話のアタランテとでも呼ばれたかったわ。そして馬鹿な求婚者を、片端から槍で刺し殺してしまうの。

憎らしいひと。できるならあなたこそこの手で殺してやりたい。覚悟なさいな、もしも今度私の夢に出ていらしたら、私ほんとうにそうするかもしれなくってよ。

さようなら、あなた。もう二度とお会いしません。私は遠くへ行きます。

そんなふうにいってしまえたら、そしてそれがほんとうだったらいいのに。

でも、それでも私は、私のためには指一本動かそうとしてはくれないろくでなしのあなたを愛しているんだわ。

もしかしてあなたは状況が変わるのを、無理をしなくとも済むときが来るのを、待っているつもりなの。だれも苦しませるのが嫌だからって。ああ、そうかもしれない。あなたはそういう人ですものね。だれに対してもやさしくて、だれを憎むこともしたくないからって。

でも、それなら私はどうなるの。もしやお忘れなの。女は男よりずっと速く歳を取るのよ。私あっという間にお婆さんになってしまってよ。そうなってからあなたといっしょになれても、きっと嬉しくなんかない。

ああもう嫌。でも心は偽れない。

あなたを愛してる。

愛してる。

愛してる。

答えて、あなた、お願いだから。

さもなければだれか教えて。
いつまでこんな地獄が続くのかしら。

III

うたた寝に　恋しき人を　見てしより
　夢てふものは　たのみそめてき
思ひつつ　寝《ぬ》ればや人の　見えつらむ
　夢と知りせば　さめざらましを
たのまじと　思はむとても　いかがせむ
　夢よりほかに　あふ夜なければ
夢路には　足もやすめず　かよへども
　うつつに一目　見しごとはあらず

うつつには　さもこそあらめ　夢にさへ
　人目つつむと　見るがわびしさ

かぎりなき　思ひのままに　夜も来む
　夢路をさへに　人はとがめじ

いとせめて恋しき時はむばたまの
　夜の衣をかへしてぞ着る

花の色は　うつりにけりな　いたづらに
　我が身世にふる　ながめせしまに

幻影の明治

1

東京日比谷《ひびや》帝国《ていこく》ホテル。その二階の奥まった場所に、オールド・インペリアル・バーという名の店がある。

フランク・ロイド・ライトの設計で知られるかつてのホテル、創業明治二十三年の帝国ホテルとしては二代目の建築は、一九六八年に惜しまれながら解体され、愛知県犬山《いぬやま》の明治村《めいじむら》にわずかに玄関部分を残している。現在日比谷の帝国ホテル内で、唯一ライトの意匠をオリジナルで見ることのできるのがここだ。

鉤の手形に奥の深いバーの、最奥の壁。ライト・デザインの特徴である、円と直線を用いた幾何学《きかがく》的な壁面装飾がここに再利用されて、鈍金《にびきん》と茶や灰緑のいまなお美しい色彩を見せている。

現在の巨大な帝国ホテルとは、明らかに雰囲気の異なる良い意味で古風な印象の店だ。一階ロビーに満ちる繁華街そのままの喧噪《けんそう》も、このバーの中までは届かない。控えめな灯火にグラスが輝き、カクテルやスピリッツが内にきらめく。客たちの会話も皆申し合わせたように静かだ。

ライトの意匠を連想させる六角形が椅子の背もたれや、カウンター背後の棚にも使われ、内装の色調は茶系に統一されて、空気さえ年を経たスコッチ・ウィスキーめいた琥珀《こはく》色に染まっているかに感じられる。

一九九六年四月のある夕べ。ライトのレリーフに飾られた壁を右手に眺めるスツールに、桜井京介《さくらいきようすけ》はあまり落ち着かない腰を乗せていた。帝国ホテルと建築家ライトとこのバーのインテリアの繋《つな》がりを知らずとも、誰しもが居心地の良くくつろいでいる中で、彼が落ち着かないのは別段来つけないバーの空気のせいではなく、彼に向けられている無遠慮な視線のせいだった。

低いテーブルを挟んだ向かいのソファにその視線の主、京介をここまで呼びつけた男がいる。天沼龍麿《あまぬまたつまろ》は伊豆《いず》の土地持ちで資産家、天沼家の当主だ。かねてから明治の建築に興味を持っていて、特にジョサイア・コンドルゆかりの品を収集しているのだとか。だが京介から進んで彼との接触を求めたわけではない。それどころかほんの一時間ばかり前に藪から棒の電話を受けるまでは、その名前もろくに知らなかった。

彼は今年八十二歳になるという。だがとてもそれほどの年齢には見えない。オールバックにした髪こそ完全な白髪だが、高い額も頬もつやつやとして血色は良く、深く窪《くぼ》んだ眼窩《がんか》からこちらを見据える目には力がある。ツイードのスーツに包んだ肩幅の広い体軀《たいく》にも、衰えは感じられない。

その目がいかにも遠慮会釈《えんりよえしやく》なく、こちらを見つめ続けている。歳月を経、いまさらなにものにも怯えることもためらうこともなくなった老人特有の、同じ人間をというより珍奇な動物かなにかを観察しているような目だ。ひるんだ様子を見せればなおのこと面白がられるだけだと、日頃の無表情だけは崩さなかったが、

「――なるほど、君が桜井京介君か」

京介の主観としては数分以上も黙って凝視されたあげくに、ようやくそんな声が聞こえた。その声もわずかにかすれてはいるものの、あまり老人じみてはいない力ある声だ。

「ね、私の申し上げた通りでしょう？」

そばから若々しい声で答えた女に、

「ああ。――いや、やはり百聞《ひやくぶん》は一見《いつけん》に如かずだな。杉原《すぎはら》さん」

「あらあら、だから私申しましたのよ。うちの妹も姪たちも一目見て絶句してしまったほどの、それはそれは目の覚めるような美青年。これ以上はとっても、ことばでなんか説明できませんって」

思わず眼鏡の奥から険悪な視線を向けたが、たじろぐどころかにっこり笑い返されてしまう。彼女、杉原静音《しずね》は二年前、伊豆熱川《あたがわ》の遊馬《あすま》家別荘に関わる一件で知遇《ちぐう》を得た女性で、結婚もせぬまま永年務めた私立杉原学園の学長職を姪の遊馬蘇芳《すおう》に譲り、しかし隠居という歳でもない五十二歳。

遊んでいるのにも飽きたとかで、近頃はNGO団体と関わり、ネパールだ、アフリカだ、中南米だとのべつ飛び回っているらしい。かつては妹の明音《あかね》と対照的な地味で物静かな女性と見えたが、それは決して生得の性格ではなかったらしく、服装や化粧も下品にはならぬ程度に華やいで、顔を合わせるたびに若返っているように見える。

その杉原が電話してきたのだ。戦前そのままの木造下宿の八畳に、京介は未だに電話を引いていない。そんな下宿人は他にはいないのだが、親切な大家の老婦人が面倒がりもせずに呼び出しをしてくれるのをいいことに、当人より周囲が不便な生活を続けている。

その声に起こされて、枕元の時計を見れば午後の四時。だが京介は熟睡《じゅくすい》していた。イタリア語翻訳の下訳アルバイトを引き受けていて、締め切りが切羽詰まっているというわけではないが、途中で止めるのが面倒で、ここ一週間ばかり一歩も部屋から出ていない。さすがに眠気がさして、三十時間振りに布団に這い込んだのが正午前だから、受話器を耳に当てても頭は半分も動いてはいなかった。

「お久しぶりね、桜井さん。いまお時間はよろしいかしら？」

そんなふうに口を切った杉原は、引き合わせたい人がいるからいまから日比谷まで出てこいという。

「天沼さんといわれるのはね、戦前から伊豆に住まわれていて、あなたもご存じのうちの姪たちも、子供のときからずっと実の孫のように可愛がっていただいている方なの。先日ふとしたときに桜井さんのことをお話ししたら、ぜひ会わせて欲しいとおっしゃられて、珍しく東京に出ておいでだから、思い出して電話してみたのよ。

いて下さって良かったこと。ね、出ていらしてよ。とても気さくな方だし、ご自身も明治の建築に興味をお持ちなの。それに各方面にお知り合いも多いから、お近づきになっておかれればきっと桜井さんの研究にもプラスになってよ」

確かに大学を離れても近代建築の研究は続けるつもりでいて、これまで調査の対象にされていない個人所有の建築や資料に触れるためにも、資産家階層とのコネクションはあって困るということはない。京介が興味の対象としている明治以降第二次大戦前の建築でも、程度の良い個人住宅では一般公開されていないものが少なくなく、一目見せてもらうだけでも肩書き以上にコネがものをいう。

だが、かといっていますぐ明確な目的も目標もないというのに、芸人かなにかのように自分を好奇の目に晒《さら》して、以後のご贔屓《ひいき》をこいねがうというのもあまり楽しい話ではなかった。無論杉原に善意と親切以外の存念などありはしないことは、百も承知なのだが。

しかし京介が結局断らなかったのは杉原への遠慮などではなく、伊豆の天沼という名前に軽い記憶のひっかかりを覚えたからだった。あまり多くはない姓だ。高校時代の先輩に実家が西伊豆だというおかしな男がいて、確か彼の口から一、二度、そんな名を聞いたことはなかったか。

(あれは、そう……)

ぼんやり生返事をしながら頭の隅で記憶をたどっている内に、いつの間にかこれからすぐ行くと承知したことになっていて、

「じゃあお待ちしていてよ。場所はおわかりになるわね。帝国ホテルの本館の二階。一番奥の方に座っていますからね」

しまったと思っても遅い。楽しげな笑い声を響かせて電話は切れた。代わりのように大家がふすまの隙から顔を覗《のぞ》かせて、

「桜井さん、お出かけ?」

「はあ……」

「ご飯は食べてるの? おつけものと豆腐のおみおつけくらいならあるわよ」

「いえ、それは」

「だったらせめて顔洗って頭とかして、それからコートはちゃんと着ていかなくっちゃ駄目よ。春でもまだ夜は寒いからねえ」

「どうも――」

なんだってこう自分の回りには親切すぎる人間ばかり寄ってくるのだろうと、口には出さないまま京介はため息をついた。

そんなわけでほんの数分前から、こうして天沼と向かい合っているわけだが、彼は確かに一目見ただけでただ者ではないと感じさせる老人だった。いや、老人ということばは彼には、あまりにもふさわしくない。周囲に発散しているオーラというか精気というかは、京介を遥《はる》かに上回っているのではないか。その点では旧知の門野貴邦《もんのたかくに》を連想させもするが、門野と大きく異なっているのは、天沼が若い頃はさぞかし人目を引く美丈夫だったのではと思わせる容貌の持ち主なことだった。

ソファにゆったりと背を預けていても、ぴんと伸びた背筋、広い肩、厚い胸は服の上から見て取れる。八十二という年齢に偽りないなら、その年でこれだけの体格を維持しているというのは、相当に入念な健康管理の結果だろう。高い鼻梁と深い眼窩は白人種の血が混じっているのではと思わせるほどで、血色の良い唇から出る声のわずかにしわがれているのだけが、加齢を感じさせる。

「お初にお目にかかる。だが杉原さんからお噂はかねがね、というところかな」

答えの代わりに京介は軽く頭を下げた。脇から杉原が尋ねる。

「桜井さんはなにをお飲みになる?」

「では、ウィスキーのソーダ割りを」

「銘柄は」

と聞いたのは天沼。京介はかぶりを振った。

「なんでも」

酒は飲みはするが、特になにをということにこだわるつもりはない。第一自分ひとりなら、不眠症が募ったときの薬代わり以外、まず飲むことはないのが京介の日常だ。しかしこうして他人とつきあわねばならぬときには、飲めないより飲めた方が好都合ではあった。少なくとも間は持てる。

それをどう聞いたのか天沼は、ふふっと鼻孔から息をもらすような笑い声を立てると、オーダーを取りに来た係りに小声で命じた。やがて運ばれてきたタンブラーの中身は軽く上げただけで豊かなピート香が鼻先をかすめ、あるいは割って飲むなど冒瀆《ぼうとく》的な銘醸物なのかもしれないが、京介は尋ねもせず、無造作に瓶の炭酸を注いだ。

「桜井君は日本の近代建築史を研究されているそうだが」

天沼はそこで一度ことばを切って、オンザロックのグラスを口に運ぶと、

「なんでそのようなテーマを選択されたのか、ということをまずうかがっておこうかな」

就職の面接試験のようだとは思ったが、取り敢えず当たり障りのない答え方をしておく。

「学問的にはまだようやく緒に就いたばかりの分野ですから、そうした意味で興味が持てます」

「ほう、そうかね。最近はずいぶん近代建築関係の出版物も多いし、一般の関心も集まっているようだが」

「一般の、という意味では確かにおっしゃる通りかもしれません。しかし近代建築は未だほとんど行政による保存の対象とはされていませんし、研究の前段階である調査も、完璧というにはほど遠い状況です」

「君は大学はW大の文学部だったそうだな。普通建築をやるのは工学部ではないのかね」

「日本では確かにそうです。明治以来建築学はもっぱら、実用の学として求められてきましたから。しかし西欧では伝統的に、建築は芸術の分野に属しています。日本でも例えば東京芸大には、建築科があります」

「だが君はこの春、大学を離れたそうだが」

「はい」

「就職先は決めておられるのかな」

「いいえ。ですが自分ひとりくらい、どういうかたちでも食べていくことはできます」

「しかし研究を続けていくつもりなら、W大学という場を離れることはなかったのではないのかね。我が国では、在野の研究者というのはよろず不便なものだ」

そろそろ受け答えが面倒になってきたので、京介は口元の微笑と軽く頭を傾げる仕草で回答に代えた。いかにも日本的な曖昧さのボディ・ランゲッジだが、相手がどうしても聞きたいという質問でない限りは、これで済んでしまう場合も多い。案の定《あんじょう》天沼はあっさりと質問を変えた。

「君は、歳はいくつになる?」

「二十七です」

「なるほど、若いな。実に若い」

そう繰り返した彼の顔に、しかし若さをうらやむような表情はない。むしろ揶揄《やゆ》するような笑みだ、と京介は思う。もっともうらやまれたところで、どう返事のしようもないわけだが。

「私の歳の三分の一足らずというわけだ。しかし桜井君、私は君の歳に戻りたいとは思わないよ。いまの日本というのは、やたらと若さばかりが礼賛される国になってしまったようだがね」

「それは、天沼さんはとてもお元気で、若々しくていらっしゃいますもの。若さをうらやむなんて、必要ありませんでしょう」

杉原が横からやわらかく、ご機嫌を取るような調子で口をはさんだが、彼は視線を返そうともしない。

「私が九歳のときに関東大震災があった。私が二十二歳のときに二・二六事件が起こった。私が二十七、つまり君の年齢のときに真珠湾《しんじゅわん》攻撃があり、太平洋戦争が始まった。戦後、私が三十六のときには朝鮮《ちょうせん》戦争だ。その結果私は相当額の資産を手に入れて、いわば自由になった。時間に翻弄される人生の第一線から足を踏み出して、それを外から眺めることが可能になったのだ。

だが、桜井君。君は私のたった三分の一の年齢で、どうやらとっくに生臭い人間の生から下りているらしい。だから近代建築史の研究なぞという益体《やくたい》もないものを、それも大学を離れて、ということは学者としての名声なんてものとも無関係なところで、コツコツ続けようなどというわけだ。私のいうことは違っているかね？」

「——なんともお答えのしようがありませんね。それほど自分のしようとしていることの位置づけが明確にできないのも、ぼくの経験の乏しさからでしょうが」

軽く矛先《ほこさき》をかわしてみせたが、それくらい見えているぞといいたげに天沼は薄笑う。

「私が歴史に興味を持ち始めたのは、それ相応の年齢になってからだ。歳を経るというのは、つまり自分の中にそれだけの時を蓄積させるということだろう。生まれてたかだか二十年や三十年では、歴史なぞというものは実感できない。しかし自分とまったく無縁な、古代にロマンとやらを感ずる趣味はない。だから明治だ。大正三年生まれの私には、触れることはできないが想像は可能な過去なのだ」

「ジョサイア・コンドルの遺品を収集しておられる、とうかがいましたが」

たぶんその方面の自慢をしたいのだろう、と京介は見当をつける。コレクション自慢なら勝手に話させて、適当に相槌《あいづち》を打っておけばいい。

「そう。というわけで桜井君、お説を承《うけたまわ》りたいのだが、研究者にとってコンドルというのはどのような位置づけを与えられるのだね」

飽くまでこちらにしゃべらせようというのか。やれやれと腹の中で肩をすくめた。

「一通りのことは天沼さんは、すでにご存じなわけですね」

「いやいや、こちらはなにぶんにも素人の独学と耳学問だ。面倒がらずにひとつ初手から、講義していただきたいな」

「そうね、私もぜひお聞きしたいわ。以前天沼さんのコレクションを見せていただいたのだけど、それにどういう意味があるのか、よくわからなかったのですもの」

天沼のことばに杉原も、嬉しそうに同調する。穴から引きずり出した獲物を、そう簡単に逃げ出させるつもりはないらしい。結局今夜の自分は年寄りどもの酒肴代わりかと、京介も覚悟を決めるよりなかった。

近代以前には学者もまた画家や詩人同様、自分の生み出す成果の代償としてパトロンから経済的な保障を受けていた。予定していた翻訳のバイトを一晩棒に振っての講義の代価が、数杯のアルコールではいかにも割に合わないが、かといって、

（問題はむしろなんらかの報酬を、差し出された場合の方だろうな——）

予言者ならざる桜井京介には、こうして天沼龍麿と関わりを持つことによって自分がどんな事件に巻き込まれることになるかなど、この時点では予見のしようもなかったのだ。

2

「ジョサイア・コンドルは明治以来現在にいたる、日本の建築学の基礎をただひとりで築いた人物です。万能の天才というような人間ではまったくなかったにせよ、近代への道を歩み始めたばかりの日本にとって、望み得る限りでは最高に近い人材だったといえます」

京介は語り出した。この調子で話していたら何時間あっても足りないだろう、とは思ったが、相手がさっさと飽きてはしょってくれ、とでも言い出せば、切り上げて逃げ出す口実にもなる。

「コンドル、英語の発音に即するならせめてコンダーでしょうが、建築史では慣用的にコンドルと呼んでいます。彼は一八五二年ロンドン生まれのイギリス人で、二十四歳のときに明治政府と五年間の雇用契約を結び、日本にやって来ました。コンドルに期待されたのは第一に、工部大学校造家学科、後の帝国工科大学建築学科の教授として日本人建築家の養成に当たること。第二に建築家として政府の必要とする諸々の洋風建築を設計することでした」

「お雇い外国人、てことよね」

杉原が相槌を打つ。

「でも二十四歳とは若いわね。そんな歳だったとは思わなかったわ」

「言い換えれば建築家としては実績もない、経験も乏《とぼ》しい若者というわけだ。なんで明治政府は、彼に白羽《しらは》の矢《や》を立てたのかな」

天沼の問いに京介は、

「そのあたりの正確な経緯は不明です。しかしそのとき、明治が始まってまだ十年も経ってはいませんでした。多くの外国人技術者が政府に雇われて働いてはいたものの、彼らの能力は必ずしも高いものではなかった。未開の土地で一旗揚げるためにやってきた冒険技師、とでもいった、いささか怪しげな連中が多かったようです。

そのことにようやく気づき出した政府が、ただ現場の手腕だけでなく、きちんと理論的な教育のできる人材を求めたのでしょうが、当時のイギリス人にとって極東の日本に雇われていくというのは、現代の日本人の感覚でいえばアフリカか南米の奥地へ出向するのとさして変わらなかったかもしれない。提示された報酬はかなり高額だったとしても、すでに建築家としての地位を確立していた人間が敢えて行く気には、なかなかなれなかったのでしょう」

「無鉄砲なくらいの若い人でもないと、日本には来なかったろうってわけね」

杉原が大きくうなずいた。

「確かにそうだわ。外国人だというだけで日本刀で斬りつけたりしていた時代から、まだいくらも経っていなかったのですものね」

「ただ、もうひとつの要因は当時のイギリスに一種の日本文化ブームがあった、ということです。特にコンドルがその下で二年間働いていた建築家、ヴィクトリアン・ゴシックの巨匠といわれるウィリアム・バージェスは日本趣味の人で、コンドルは彼の感化を受けていたらしいのです。だから若きコンドルにとって、日本は理想化された憧れの土地であったのかもしれません」

「そうそう、思い出したわ。天沼さんのコレクションに、コンドルが描いたという日本画があるのよ。それがほんとに玄人はだしで」

「後にコンドルは河鍋暁斎《かわなべきょうさい》という日本画の絵師に学んで、暁英《きょうえい》という号を与えられました」

「ええ、そう。確かにそういう署名と落款《らっかん》がありましたよ」

「コンドルの日本文化研究は、それには留まりません。伝統的な宮廷衣装や甲冑を詳細に論じた『日本衣装史』という論文があります。生け花と日本庭園と師暁斎の日本画技法に関しては、それぞれ大部の研究書を著しました。演劇趣味があって自ら日本舞踊や歌舞伎を演じ、後年舞踊の師匠であった女性と結婚しました。最近W大の演劇博物館にコンドルがローマ字で筆写した落語の速記本が見つかり、彼が落語を実演したか、少なくとも実演しようとしていたことが推測されます」

「あらあらまああ――」

杉原は嬉しそうに嘆声をもらす。

「驚いた。コンドルってそんな趣味人だったの。半端《はんぱ》じゃないのね。日本画くらいならともかく歌舞伎に落語、それも見るだけでなくご自分でやるの？　イギリス人が？　想像したらおかしいわねえ」

若い娘のような笑い声をもらした彼女は、

「やはりお話は聞いてみるものね。コンドルってなんだかこれまでは漠然と、すごくえらくて立派な人だとしか思っていなかったけど」

「立派、というか、教育者にふさわしい能力と人格の持ち主であったことは確かでしょうね。講義録は残ってはいませんが卒業試験の問題はいまも見ることができて、構造、材料、設備環境、歴史、設計の実務、理論まで、現代でも通用する内容の高さです。彼以前にいた外国人建築家は、実務の点ではともかく、学生に体系的な建築教育を授けることはまったくできなかった。

コンドルの前に造家学科の第一期生を教えていたのはフランス人建築家のボアンヴィルですが、彼は政府から高給を受けながら公然と日本嫌いを口にするような人物だったそうです。その上ろくな授業もできないとなれば、プライドの高い明治の学生にはさぞ腹立たしかったことでしょう。

コンドルは自分とほとんど年齢の違わない学生たちに、充分な敬意と熱意をもって対した。その教室から辰野金吾《たつのきんご》を初めとする明治の建築家が生まれ、日本の近代建築が始まりました。彼を日本に来させた動機のもっとも大きい部分が古い日本の美に対する憧れだったとしても、コンドルは明治政府に対して充分過ぎるほどの仕事をしたといえます」

一度ことばを切って京介は、無言なままの天沼の表情をうかがう。いま彼が話したようなことは、本を二、三冊読めば誰にでもわかることだ。コンドルの遺品を収集しているというからには、いまさら耳新しいことなどなにもないだろう。そんなわかりきった話を長々とさせて、結局のところこの男はなにを求めているのか。そんな京介の探りの視線に、天沼は平然と薄い微笑を返した。

「教育者としてのコンドルの優れた業績は評価できるとして、彼の建築家としての仕事については、君はどう考えるね？」

「残念ながらそれについては、他人の説を引用するしかありませんね。様式的にはヴィクトリアン・ゴシックを中心に、さまざまの歴史様式を混交《こんこう》させ折衷《せっちゅう》的に用いることが多かった。日本にふさわしい洋風建築はいかなるものか、という問題意識を当初から持っていた。時代にさきがけて、日本における耐震構造の必要性に意識的だった。記念碑的な公共建築よりも住宅を得意とし、特に後年は主として住宅を手がけたために、業績に比して生前の評価はあまり高くなかった。そんなところでしょうか」

「君自身はどう考える」

重ねて問うのに軽くかぶりを振って、

「一九二〇年に六十八歳で没するまで、コンドルは四十年以上日本で建築家として働き続けました。最初の十年は政府に雇用されて、その後は自ら設計事務所を開き、設計した建築は百三十余りといわれますが、うち現存するのは改築されて旧状をとどめないものを含めても十に満たず、僕が直接見ることのできたのは駒込《こまごめ》の古河《ふるかわ》邸くらいです」

「自分の目で確かめたのでなくては、なにもいえないということかな？」

「ええ。古河邸についていえば、見事なものだと思いました。外観と一階は完全に洋館でいて、二階の居室を純然たる和室にした、その収まりに少しも破綻《はたん》がありません。建築における和洋折衷の試みの中でも、あれだけ端正に無理なく両者を並列させられたのは、ほとんど唯一無二ですね」

「まあ、そんなにすばらしい建物なの？　それはぜひ見に行かなくては」

杉原が声を上げたが、天沼の口元に浮かんだのはなにやら皮肉めいた笑みだ。

「破綻なく端正、か。なるほど、それがコンドル先生晩年の境地というわけだな」

「古河邸の竣工は一九一七年、亡くなる三年前ですから晩年といっていいでしょうね」

「いま折衷ということばが出たが、桜井君、君は常々建築史の中でも和洋折衷に興味を持っているのだったな？」

京介が答えるまで一瞬間《ま》があった。的外れな指摘だったからではない。正解だったからだ。しかしなぜ初対面なはずの天沼が、そんなことを知っているのか。無論杉原静音が、そこまで京介の研究内容を承知しているわけもない。

「確かに、それは大変興味深い主題ですが」

慎重にことばを選んで答えたが、相手はそれ以上京介のことには話題を向けず、またあっさりと話を変えた。

「君に聞きたいのは、来日早々のコンドルが明治政府の委託を受けて設計した初期建築の特異性についてなのだ。東京上野《うえの》の帝国博物館と鹿鳴館《ろくめいかん》に見られる、インド的なモチーフの混交について君はどう考えるね？」

それに京介が答える前に、また杉原が口をはさんだ。

「あら、ちょっと待って下さいな。上野の博物館っていうのは、いまの国立博物館のことですわね。あれが昔タージ・マハールの門みたいな、丸い塔のついた建物だったというのは、天沼さんのところに古い着色絵葉書がおありでしたから、ええ、見覚えておりますわ。でも、鹿鳴館はそうではないでしょう？　第一あれは外務大臣井上馨《いのうえかおる》が、不平等条約改正のための文明開化の象徴として作らせた建物なんですから、和風ならともかくインド風が混じるなんてとんでもないことじゃありませんの？」

「確かにとんでもないことなのさ、杉原さん」

　天沼はまた唇を曲げる皮肉な笑みを浮かべて、

「だが鹿鳴館二階ベランダの柱のかたちや、手すりのデザインは、上野の博物館と同じインドのイスラム・スタイルだそうだ。それは間違いないだろうね、桜井君」

「東大のF教授はそういっておられます」

　自分が考えたのでないことについては、飽くまで慎重にことばを選ぶのが京介の流儀だった。とはいっても普段なら素人相手に、そこまで気を遣うことはないのだが、やはり天沼はコンドルについては、一通り以上の予備知識を持っているらしい。それでいて、彼にはわかりきっているはずのことを京介にしゃべらせているのは、どんなつもりかいまひとつわからない。

「ただ、上野の博物館が一目瞭然サラセニックなモチーフを用いているのと比較すれば、鹿鳴館のそれはあまり明瞭ではありません。いま天沼さんがおっしゃった鹿鳴館二階ベランダの鉄柱は、非常に特異なかたちをしています。それは確かに上野博物館とも似ているのですが、上部が細く下部で太く丸みを帯びた形はさらに誇張されて、花瓶かとっくりとでも表現するよりない形態です。

　こんな形の柱は、決してポピュラーなものではありません。僕が記憶している範囲では、オスマン帝国末期に大イスラム主義の思想を背景に作られたイスタンブールの小宮殿に、類似したとっくり状の飾り柱が見られましたが、これは鹿鳴館より後の建造です。

つまりコンドルがどこからこの意匠を持ってきたか、直接的なソースはわかっていません。F教授がいい出されるまで、鹿鳴館の柱はコリント式の変形といった表現をされていました。それもあまり的確なことばとは思えませんが、一概に上野博物館と同じといっていいかどうか、僕は疑問を覚えます。

また上野の博物館については後年、コンドル自身がインドからモチーフを取った動機を説明しています。西欧と極東の日本を結ぶための様式として、地理的にその中間に位置するインドのスタイルを引用したのだ、と。いま考えればとんでもない結論だとしても、彼なりの理由はあったということです。

しかしコンドルは鹿鳴館については、ただのひとことも述べてはいない。自筆の設計図も紛失して、いま残っているのは何枚かの写真と、華族会館として払い下げられるときに作られた略図のみです」

「なにごとかを実証するには証拠不十分、というわけだな」

「ええ」

「だが逆にコンドルが鹿鳴館についてなにひとつ言及していない、設計図すら残っていない。この奇妙な空白こそ、なにごとかを語っているのだとは考えられないかね？」

「発想としては興味深いですね」

世辞のつもりはなく京介はうなずいた。

「ですがそこまで空想をたくましくしたら、もはやそれは学問の領域ではありません」

「なるほど、学者というのは不便なものだ」

天沼の皮肉な微笑が深くなる。

「しかし桜井君、私は一介の素人だ。不十分な資料だけを使って、後は己れの直観のおもむくところ、ほしいままに仮説を構築することができる。そしていまは砂上《さじょう》の楼閣《ろうかく》に等しい空想でも、いつかそれを補強し実証する資料が発掘されぬものでもない。それをひとつ聞いてもらえないかね。私の説によれば鹿鳴館と、もうひとつコンドルの抱えている謎が一挙に解決される。そういう意味ではなかなかに、画期的な仮説ではないかと思うのだが」

3

「まあ、おもしろそう！」

杉原がひとりではしゃいでいる。

「天沼さんたら、それであんなに熱心に桜井さんに会わせろなんておっしゃったのね。早く聞かせて下さいな。いったいコンドルに、どんな謎があるんですの？」

「いや、その前に鹿鳴館というものをもう一度虚心に見てもらいたいのだ。杉原さん、私のところで写真は見られたろう。あの建物の姿を眺めて心から美しいと思うかね？」

話を振られて杉原は、ちょっと戸惑った顔になった。

「あら、そんなふうにおっしゃられても、私は鹿鳴館のかたちなんてそうはっきりとは目に浮かびませんもの。ただ、いまお話に出てきた変わった形の柱というのは、なんとなく覚えていますけど」

「桜井君はどうだね、あれを美しいと思えるかな」

「確かに残された写真を見た限りでは、あまり出来がいいとはいえないでしょうね」

改めて聞かれればそう答えるしかない。フランスの文人ピエール・ロティは、皮肉な口調で鹿鳴館を温泉町のカジノと呼んだ。そのことばを鵜呑《うの》みにする必要はないにしても、素直に美しい、魅力的な建物だとは到底いえないのは事実だ。天沼も大きくうなずいた。

「その通り、どう見ても鹿鳴館は不細工な建築だ。しかし年若くまだ経験の不足したコンドルだから、そんなものしか作れなかったのかといえばそれは違う。同時期のコンドルの作品といえば上野博物館の他にも、ロマネスクを用いた訓盲院《くんもういん》やヴェネツィアン・ゴシックの開拓使物産売捌所《かいたくしぶっさんうりさばきしょ》など、どれをみても意匠的には遥かに成功している。

上野博物館と鹿鳴館と、両者のベランダの柱は似てはいるが、さっき君もいったように大いに違ってもいる。鹿鳴館の柱は上野のそれをいっそう誇張したかたちだ。誇張した結果美しくなったかといえば、逆だ。私の目には鹿鳴館のとっくり柱は、醜悪《しゅうあく》で滑稽《こっけい》だとしか見えない。

ではなんだってコンドルは鹿鳴館でだけ、そんなものしか作れなかったのか。私は大いに疑問を覚えたのさ。そして考えた。コンドルの沈黙。図面の消失。醜い柱。不細工な建築。つまり彼は意識的にそんなものを作ったのではないか、とね」

「意識的に、ですか？」

天沼のことばの真意を測りかねて、京介は首を傾げる。

「外務大臣井上がコンドルの設計に不満をもらして、たびたび口を入れたというような話は読んだことがありますが、どこまで実証された事実なのかは疑問です。コンドルの計画案でも残っていれば、また話は違うのですが。

ただ西欧風の舞踏会を繰り広げることで日本の文明開化を在日外国人に宣伝し、条約改正をうながそうという意図からすれば、いま写真のみで見ることのできる鹿鳴館がどことなくちぐはぐな印象を与えることは確かです」

しかし、といいかける京介に押《お》し被《かぶ》せるように、天沼はことばを継ぐ。

「そう、君のいう通りちぐはぐなのだ。だから私は一歩進んで、それはコンドルの故意の逸《いっ》脱《だつ》だろうと推測するのだ。正面の櫛形ペディメントにマンサード屋根、純然たる洋館にそぐうわけもない誇張されたインド風列柱。しかし当時の日本人にはそれがインドの意匠だなどとわかるわけもない。私は明らかにそこに、コンドルの秘められた昏《くら》い悪意を感ずるね」

「まあ、悪意だなんて——」

杉原はあっけに取られた顔になる。

「いったい誰に対する悪意だっておっしゃるんですか？」

「それだよ」

天沼は底意ありげに、にやりと口元をゆがめた。

「当然それは時の日本政府、その愚劣な欧化政策に対する否定の意志ということになる」

「まあまあ。でも本当に、そんなことってあり得るかしら……」

杉原は目を見張っている。京介は、彼女がもう少し黙っていてくれれば話の切り上げようもあるのにと思いながら、仕方なく天沼の画期的な仮説を拝聴している。

「私の想像は鹿鳴館の奇妙な意匠から出発して、それがコンドルの悪意によるというひとつの仮説に到達した。今度はその動機を探さなくてはならない。その後死ぬまで日本で暮らしたコンドルだ。日本の文化を愛《め》で、日本人の妻を娶った。日本そのものを嫌悪していたわけではない。だがその彼にひそかな、しかし極めて辛辣《しんらつ》な政府の政策に対する悪意を表現させて、なおかつ日本にはとどまり続けさせたもの。それが桜井君、同時にコンドルの謎に対する回答でもあるわけさ」

「ですからその謎ってなんなんですの？　もう、あんまりじらさないで下さいな。天沼さん」

すっかり話に引き込まれた様子で、杉原が声を上げる。だが天沼はうながすように京介を見た。

「悪いがしゃべり続けで少し疲れた。桜井君、代わってもらえないか？」

面倒な説明役はこちらということらしい。仕方なく聞き返す。

「天沼さんがおっしゃるのは、コンドルの娘のことですか？」

彼は無言でうなずき、杉原はあら、と目をぱちぱちさせる。

「娘さんがいらしたの」

「英国名ヘレン、日本名はハル、または愛子《あいこ》といって、後にスウェーデン人と結婚しました。彼らの六人の子供の血縁が、コンドルの子孫としていまもイギリスやスウェーデン、カナダに住んでいるそうです」

「ああ、そういえば踊りのお師匠さんと結婚したという話でしたわね」

「それが、ヘレンはコンドルと結婚した前波《まえなみ》くめの娘ではないんです。一説によれば彼が来日してまだいくらも経たぬ頃に、芸者に生ませて養女に出していたのを、十三年後くめを正妻として入籍したときに手元に引き取ったということです」

「まあ、芸者に？——」

杉原はちょっと眉をひそめる。

「それじゃ、実の母親の名前や身の上は一切わからないということなの？」

「ええ、その女性とどのような経緯で出会い、交際し、別れたか。なにも情報はありません。それが天沼さんのいわれる、コンドルの謎だと思いますが」

だが正直なところ京介は、コンドルの娘の母親がどこの誰だろうと、建築史の上ではさしたる問題ではないと思っている。そのことが彼の思想や建築手法に重大な影響を及ぼしたというのでもない限り、無用で些末《さまつ》な詮索《せんさく》というしかない。そんな京介の思いを、天沼がずばりとことばにした。

「君にとっては取るに足りない、というより無意味な設問だろうね。桜井君」

返事の代わりに軽く肩をすくめて見せた。年長者に対していかにも無礼な態度だと思わぬではなかったが、いちいち腹を読まれるのは不愉快以外のなにものでもない。しかも相手はそんな京介の反応も、初めから予測しているらしいのだ。

「だが、コンドルをしてあのような奇妙な建築を建てさせた動機と、その女性関係が関わっているとしたら、必ずしも取るに足りない問題とはいえないのじゃあるまいかね」

「そんなことがあり得ますか？」

京介は無表情に聞き返す。

「あるかもしれないからおもしろいのだよ。といっても残念ながら、これは私が自分で考えついたことではない。昨年ある歴史雑誌にコンドルを主人公にした小説が掲載された。そこからヒントを得たのだよ。『鹿鳴館の肖像』という中編なのだが、君は読んではいないだろうね」

「――いません」

「では、これは以前山田《やまだ》風太郎《ふうたろう》なども小説にしている話だが、鹿鳴館時代の文部大臣森有礼《もりありのり》の妻が青い目の子供を生んだ、というのは知っているかね」

「まあ、ほんとに？」

杉原が声を上げ、京介も、

「小説は知りませんが、内田魯庵《うちだろあん》の回想記にそうした記述があるというのを読んだ覚えがあります。森はそのために一八八六年、妻と離婚したということでしたね」

「そこまで知っていてくれるなら話は早い。森有礼の妻の常《つね》という女性は、英国公使となった夫に同道して四、五年ロンドンに滞在し、八四年に帰国後も鹿鳴館で行われた我が国最初の慈善バザーに参加したり、ダンスの練習会に出たりと活躍の記録が残っているが、離婚後は完全に消息が途絶えている。それどころか森家には写真の一枚さえ、残されていないというのだから徹底したものさ」

「そんな仕打ちを受けたということは、逆に彼女が不義をした証拠というわけなのでしょうね」

杉原がうなずいた。

「時代も明治の初めだというのに、その奥さんという人もずいぶん思いきったものですこと。でも、確か森有礼という人はクリスチャンで、当時きっての欧化主義者だったはずですよ。女子教育の必要性を説いて、最初の女子留学生の世話をして。

その常さんと結婚したときも、夫婦の平等と尊重を明文化した契約書にふたりで署名したというので、当時新聞にまで珍しげに書き立てられたということです。そして死んだのも、伊勢神宮《いせじんぐう》に不敬を働いたというので、国粋主義者に暗殺されたはずだわ。よりにもよってそんな人の奥さんが――ずいぶん皮肉な話だこと」

「で、ここで話がコンドルに繫がるというわけだ。そういえばもう小説の筋は見えただろう？」

「――まさか、森有礼の細君の浮気相手がコンドルだった、というのじゃありませんね」

「そのまさか、ではなぜいけないね？」

天沼の笑いが大きくなる。京介が驚いているのが、おもしろくてならないようだ。

「後年コンドルの妻となった前波くめという女性だが、彼女の経歴はきわめてあやふやなものなのだ。コンドルに花柳流の舞踊を教えていた菊川金蝶《きくかわきんちょう》という女がいて、その弟子だということになっている。しかし金蝶の本名は前波きんというのだ。にもかかわらず彼女の娘だとはどこにも書かれていない。結局くめの姓も、というか戸籍も、師匠からの借り物だったということにはならないかね」

「では、コンドル夫人となった前波くめという女性が、実は森と離婚して消息を絶った常で、夫妻に引き取られたコンドルの娘ヘレンも、名前のわからぬ誰かが生んだわけではなく、くめの実子だったというのですか」

「そうだ。なかなかに驚くべき、画期的な一人二役説じゃないかね」

「ええほんとうに！」

またしても杉原が、京介より早くリアクションを返す。

「なんだかとってもロマンティックだわ。芸者遊びの結果できた子供が唯一の子孫だなんていうよりも、英国紳士コンドルのイメージにも合うのじゃないかしら。そうやって婚家から出された常を、名前を変えさせ前歴を隠して正妻に迎えたということは、コンドルにしてもそれは一時の浮気なんかじゃない、真実の恋だったということになりますもの。ねえ、桜井さん。そう思われない？」

同意を求められて仕方なく杉原には苦笑だけを返し、天沼に向かって問い返す。

「で、その小説は鹿鳴館の意匠とコンドルの恋にどんな関連を見出しているのですか？」

「いや、小説の方ではそういう展開はないんだ」

天沼は鷹揚《おうよう》にかぶりを振る。

「外国人接待所の設計を最初にコンドルと話し合ったのは森で、単なる西洋建築の輸入ではなく、東西様式の調和を達成しなくてはならない、ということも、森とコンドルの間では同意されていた。だが井上馨は鹿鳴館の建築に、東洋風を折衷することは認めなかった。そしてイギリスから帰国した森は条約改正交渉の困難さを思い知り、井上流の鹿鳴館外交の効果について懐疑的になっている。

そんな夫の変化が理解できない常は、舞踏会やバザーに関わることで国のために働こうとし、そのけなげさに打たれたコンドルとの間にいつしか愛が生まれるという、なかなかのメロドラマでね。

しかしここで小説の筋から離れて、もう一度史実に立ち戻ってみたらどうだろう。鹿鳴館の推進者となったのは井上だが、森有礼は日本で初めて人前結婚式を執り行った筋金入りの欧化論者。学習困難な日本語を廃して、国語を英語に換えるべきではないかとまでいった伝統破壊論者だ。『鹿鳴館の肖像』に書かれていたように、東西建築の調和に同意するといった発想は森にはなかったろう。ロンドン赴任前の森とコンドルの間に接触があったなら、コンドルが出会ったのは明治政府随一の欧化主義者であったはずだ。一方妻の常は旗本の娘で、夫の先進的な思想など理解すべくもないまま、高級官僚の妻としての働きを要求される。森は妻の人権を尊重し自由を許したというが、果たしてそれは常が望んだような生活だったか。夫婦の間に横たわる溝は、決して狭いものではなかったろう。

古き日本の美に魅了されてやってきたコンドルだが、雇い主の政府は伝統を圧殺しいたずらに西欧の真似事をすることに憂き身をやつしている。彼の提案する東西の調和などというものに、理解を示す者はいない。政府の意に添おうとすればするほど彼は自らの美意識を裏切り、古き日本の美の抹殺に力を貸すことになってしまう。

そんな彼が過激な欧化主義者のくびきに繋がれた人妻に恋をし、ついにそこから彼女を救い出して我がものとしたとすれば、それこそコンドルの内包した矛盾、イデアと現実に引き裂かれた不可能な愛、政府と欧化主義に対する深甚な嫌悪と、なおかつ死ぬまで日本にとどまり続けた事実を、共に説明することにはならんかね」

「――まあ天沼さん、なんだか私説得されてしまいそうですわ」

杉原が嘆声をもらす。

「鹿鳴館の意匠のちぐはぐさは、結局のところ明治日本の持っていた矛盾とパラレルで、同時にコンドルの中にあった日本への愛と嫌悪の表象でもあったということですのね。なんてすてきなんでしょう。あの鹿鳴館を背景に、一幕の劇ができそう。劇というよりも、そうね、もう少し古風な色ガラスの幻灯のようだわ。くすんだ色合いの中で、燕尾服《えんびふく》の紳士とバッスル・スタイルのドレスの淑女が、手を取ってワルツを踊っている。くるくる、くるくる……」

自分の空想にうっとりとしたように、杉原は頰を染めてつぶやいている。

「桜井さん、あなたはどう思われて？」

適当に相槌を打っておけばいいと思わないでもなかったが、京介はあまりに無邪気な杉原の喜びように、水をさしてやりたくなった。

「大変おもしろいお話だとは思いますが、少なくとも森常の生んだ子供がコンドルの娘ヘレンと同一人物だった、という説だけはまずあり得ないことといわなくてはならないでしょうね」

「あら、どうして？」

「コンドルの娘のヘレンは、一八八〇年八月の出生だといわれています。その年、森夫妻はロンドンにいます。森公使の在任期間は確か、七九年から八四年のはずですから」

「そんな——」

杉原はぽかん、と口を開ける。京介は天沼の顔へ一瞬目を走らせたが、そちらにはなんの表情も現れてはいない。

「ヘレンの誕生日が正確なものではないとしても、常とコンドルの間に生まれた子供だとしたらイギリスからの帰国後でなくてはならない。しかし子供の年齢を四、五歳もずらしたら、いくらなんでも不自然に過ぎるでしょう。ヘレンがコンドルの元に引き取られたとき、彼女は大柄な十三歳の少女だったといいます。それが実は八、九歳だった、というのはどう考えても無理があります」

「それじゃ、その小説のストーリーはそもそも成り立たないということ？」

「小説としてはおもしろいです。ただ史実に立つ限りは、そういうことになりますね」

「まあ、つまらないわ……」

杉原は子供のように頬をふくらませた。

「天沼さんのお話もそれでおしまいですの？　せっかくのすばらしい仮説が、こうもあっさりくつがえされてしまうなんてもったいない。せめてもう一度、どんでん返しがあってもいいのじゃございません？」

依然天沼は答えない。口元になにを考えているとも知れぬ笑みだけを浮かべて、氷の溶けかけたグラスを傾けている。

京介も垂れかかる前髪の間から、天沼の表情をうかがっていた。『鹿鳴館の肖像』という小説の設定を歴史的な真実として読むのは無理なことを、彼はほんとうに気づかなかったのだろうか。

だがヘレンの生まれた年くらいちょっと調べればわかることで、小説の作者は当然そこは承知で敢えて大胆な虚構を史実の中に仕込んだはずだ。かりにもコンドルの遺品を収集しているという天沼が、その程度の事実に気づかなかったとは思えない。そしてなによりの証拠に京介がそのことを指摘したときも、彼の顔には少しの驚きも浮かびはしなかった。

とすれば彼は京介がそれにどんな反応を示すか、試みるつもりで自説を聞かせたのか。

（だが、なんのためにそんなことを？——）

4

その晩の話はそれきりとなり、日が経つにつれて天沼の名も印象も京介の中からは薄らいでいた。半年近くが経過して、京介の元に一通の招待状が舞い込むまで。

天沼龍麿の所有する西伊豆の小規模な会員制ホテルで、開業十周年記念行事としてささやかな祝宴がもよおされる。また当日は龍麿ゆかりの女優による、三島由紀夫《みしまゆきお》の一幕劇『卒塔婆小町《そとばこまち》』の上演を予定している。

あるいは演劇には興味はおありにならないかもしれないが、この機会にホテルに隣接する自邸にお寄りいただき、収集した明治建築関係の遺品にお目通しいただけないか。真贋《しんがん》に疑問のあるものも数点存在するので、忌憚《きたん》ないご意見をうかがえれば有り難い――

しかしそれも京介は断るつもりでいた。なにを考えているのかいまひとつ摑めない、天沼という男とはできれば関わりになりたくないというのが正直なところだった。

同じ晩、門野のご隠居から久しぶりの電話を受けるまでは。

隠れ処という名のホテル

1

一九九六年十月九日——

桜井京介と蒼《あお》はベンツの後部座席に並んで座っている。秋の陽光をまばゆく反射する漆黒の大型乗用車は、新幹線三島《みしま》駅の駅前でふたりを待っていたホテル差し回しの車だ。明日は体育の日の祭日だが、潮流の関係で関東より遥かに暖かく、紅葉にはまだ早い伊豆は観光シーズンのはざまなのかもしれない。昼過ぎの道路は渋滞もなく、白手袋をつけた運転手がハンドルを握る車はすべるように南に向かって走り続けている。

軽く空調を利かせた車内では、しばらく会話がとぎれていた。手持ちぶさたなまま蒼は、隣の京介の顔をちらりと盗み見る。なんとなく気持ちが落ち着かない。どうすればこの時間を気持ちよく過ごせるのか、そんなことを考えてしまうこと自体変といえば変だ。

ふたりで出かけるのは久しぶりだった。以前だったらそれだけで嬉しくて、名目がなんだろうと浮き浮きしてしまったろう。それがこんなふうにぎこちなくなってしまうのは、誰のせいでもない蒼自身のせいだ。

久しぶりでも京介はなにも変わらない。はっきりいって、変わらなすぎるくらい変わらない。ストレートのブルージンに、汚れが目立たないからという理由で選んだに違いない黒のシャツ。例によってうっとうしく顔に垂れかかった前髪の下から、薄く色のついたメタル・フレームの眼鏡と、鼻先から下だけが辛うじて覗いている。腕を軽く胸前で組んで、黙っていれば寝ているのか起きているのかもちょっと見にはわからない。

大学院を含めて八年いたW大をこの春卒業して、いったいそれからどうするつもりだろう、彼が例えば勤め人なんてできるのかしら、と思っていたら、やっぱりできなかった、というよりはしなかった。学生時代そのまま大学近くの下宿に住んで、この不景気な時代だというのに作家の資料調べを手伝ったり翻訳家の下訳をしたりしているかと思えば、どういうつてでそんな仕事が入るのか、明治時代の建築を解体修理する現場に泊まり込んで調査の手伝いをしてみたり、とにかくそういうので自分ひとり食べることはできているらしい。

同じ今年の四月に、こちらは留年と休学を繰り返して八年在籍した学部をやっと卒業した相棒の栗山《くりやま》深春《みはる》はというと、やはりまともな就職はしていないでアルバイトで食いつないでいるようだ。

八年間につちかった顔の広さと器用さを生かして、写真家の臨時助手からイベントの設営、海の家の料理番まで、おおむね肉体労働系だが多種多様な仕事をこなしているらしい。つまり大学へ行かなくなったというだけで、ふたりとも髪を切ったり髭を剃ったりということにはなっていない。蒼にとって一番身近な彼らは、外見、生活形態ともそろってほとんど変わりなしというわけだ。

（結局一番変わったのがぼく、だよね……）

ぼんやりと車窓を過ぎていく景色を眺めながら、蒼はなんとはなしにふっとため息をつく。去年の秋に自分としては一大決心で、学校へ行こうと決めた。そのための勉強に半年費やして、義務教育修了の記録がないとかいろいろやばいことはあったのだが、そこは門野のご隠居の尽力《じんりょく》で書類を整えて、某私立高校の編入試験を受け、首尾《しゅび》良《よ》くそこの二年に入ることができた。ばりばりの受験校でもない代わり、生徒のほとんどが当然のように大学を受験する、中の上といったクラスの高校だ。

学力に不足はなかった。これまでも学校には行っていなかったが、絶えず京介に尻を叩かれていたせいで本はたくさん読んでいたし、神代《かみしろ》研究室の雑用をしたり、京介の調査や論文を手伝ったり、知的な刺激には事欠かない環境にいたためだろうか。どうかすると授業で聞くことは、もうとっくに頭に入っていたりした。新しく習う部分についても、授業の進行はのろくてもどかしいほどだった。

しかし当然というべきか、高校生活にとって勉強というのはかなり大きいにしても、全部ではないのだった。

蒼はこれまでずっと、自分より年上の人間の中で暮らしてきた。そのことを特別意識しないくらい、当たり前にそういう状況を受け入れてきた。それがいきなり同い年（正確にいえば蒼の方が少し上だが）のクラスメートの中に投げ入れられて、ふと気がつくと浮いている。水の中に落ちた油粒みたいに。

これまで同世代の人間の中での、集団生活など一度も経験して来なかったのだから当然といえば当然だが、相手のいっていることばの意味がわからなくてぽかんとしてしまったり、こちらのいったことばが通じなかったらしくてひどく場が白けてしまったり。

ひとつひとつはたぶん、大したことではないのだろう。だがそういうことが度重なる内に蒼はどんどん、どう振る舞えばいいのかわからなくなってきてしまった。そして周囲のクラスメートも、蒼をどう扱っていいのかわからないらしかった。結果としてなんとなく避けられ、敬遠され、孤立することとなる。だがなにせ共通する話題がろくにないのだし、それも仕方ないことだった。

いわゆるいじめというわけではない。それはわかっている。だが単純に排除されたり敵視されるならいっそ気楽だったろう。相手の幼稚さを内心軽蔑して、平然とやりすごすこともできたろう。

しかし敬遠はされても露骨に敵意を向けてくる人間はいなかったし、それどころかクラスの中でも親切な、責任感の強い何人かは、なんとか蒼の力になりたいと心を砕いてくれているらしい。

蒼は一応アジアの全然知られていない国からの帰国子女ということになっているので、ときどき様子が変なのは無理もない。それより早く日本の生活に慣れるよう、手伝ってあげたいという。相手の善意は紛《まぎ》れもない。それだけにいっそう蒼は困惑するしかなかった。

彼らと日常的につきあえばどうしても、ここに来る前はどんなふうにとか、君のいた国ではなにがとか、日本と較べてどうとか、その種の質問は当たり前にされることになる。だがそのたびに蒼は、つぎつぎと嘘をつき続けるしかないのだ。

『ぼくが暮らしていたところ？　どんな国って、つまらないところだよ。話すほどのこともない』

『うん。ぼくの両親はまだそっちに住んでる。ぼくだけ日本の大学に入るつもりで戻ってきたんだ』

『だからいまはひとり暮らし。気楽ってほどでもないよ。後見役の人は複数いるしね』

『いつ日本に戻ってきたか？　ええと、去年の夏かな。書類の関係で……』

いくら聞かれても嘘しか話せない。

なのにどうして友人になんてなれるだろう。

だが一通り親しくなったからといって、自分のあまりに特殊すぎる生い立ちを簡単に打ち明ける気にはなれない。打ち明けられた方だってどんな反応を返せばいいのか、困ってしまうに違いない。

これまでは大人の中に混じった子供ひとり。そのことで他人から不審の目を向けられることはあっても、かえって蒼自身自分の過去をつきつめて考えることはしないで済んだ。しかし学校で、同年輩の高校生という基本的に等質な集団の中に入れられると、改めて自分自身の異質さに向き合わざるを得ない。

(日本全国に何十万人高校生がいたって、ぼくと同じどころか似たような人間だって、ひとりもいやあしないんだ……)

そんなふうに思えば思うほど気が滅入《めい》って、学校に行くのがだんだん憂鬱《ゆううつ》になってきた。朝目が覚めても頭が重い。ベッドから起き上がるのが嫌なのだ。でも自分からいい出して、門野さんや神代先生やいろんな人の手を煩わせて入った学校なのに、そんな最初からわかりきっていたことで行きたくなくなったなんて、とてもいえない。

前ならなにかあれば京介や深春のところにころげこんで、どうしたらいいと思う？　と聞いていたはずだ。だけどいまはふたりとも不規則なバイトでなかなか摑まらないし、それにいざ顔を合わせると、どう話していいのかわからなくなってしまう。なんといっても、高校に行くと決めたのは蒼自身なのだから。

これくらい自分で解決できなくちゃ、学校に行き出した意味もないのじゃないかと思えて、でも解決策なんてまるで見えてこなくて。だから先週京介がいきなり電話をかけてきて、二、三日伊豆へ行かないかといったときは、それ以上なにも聞かずに大声で、

「――行く！」

と答えてしまった。電話口で京介が苦笑しているのがわかる。

「祭日にかけても学校は二日ばかり休むようになるけど、だいじょうぶか？」

「うん、平気だよ。いままで全然休んでないから出席日数は足りてるし、一学期の通信簿、ばっちりだったでしょ？」

「ああ、そうだな」

「でも伊豆ってなに？　なんか建築の調査なの？」

「調査ではない。まあ、遊びみたいなものだと思っていいよ」

なんとなくはっきりしない口調で京介は答えた。

「招待主は西伊豆の資産家で、高級な会員制ホテルのオーナーだから、食事や居心地の方は安心できるのじゃないかな」

「へえ……」

深春が聞いたら、よだれ垂《た》らしてうらやましがりそうな美味しい話だ。

（あれ？　でも――）

「別に調査じゃないとしたら、人手がいるわけでもないんでしょう？　関係ないぼくなんかが、ついて行っていいの？」

京介はちょっと黙ったが、すぐに笑いをふくんだつぶやきが聞こえた。

「──なるほど」

「なに」

「蒼も成長したな、と思ったのさ。前なら美味しいものが食べられるって話だけで、なんの疑問も持たずにほいほいついてきたろうにな」

「あ、ひどい。それじゃ前のぼくって、ほんとに餌《えさ》で釣れる野良猫《のらねこ》みたいだ」

「おや、違ったかい？」

「猫は高校なんか行きませんよーだ」

「だから猫から高校生に進化したんだろ？」

くすっ……と、蒼にしてもめったに聞くことのない笑い声が聞こえて、なにがそんなにおかしいんだろうと、あっけに取られたうちに、じゃあまた連絡するよと電話は切れ、話をはぐらかされたらしいと気づいたのはそれからだった。

まあいいや、と蒼は思うことにした。きっと気前のいい太っ腹のオーナーで、お客がひとり増えたからってどうということもないんだろう。連れていってくれるというのだから、素直に話に乗ってしまえばいい。

ほんの二、三日の気晴らし。久しぶりに京介と、空気のいいところで美味しいもの食べて、そうすればまたきっと翌週から学校でもがんばる気持ちになれる。そう思って、つまりこの予期しなかった休暇を目一杯楽しむつもりで来たのに、いざ京介と膝突き合わせて新幹線に乗ってみるとなにか前とは違う。どこか自分の中に緊張がある。蒼の頭からはやはり学校でのことが離れなくて、でもそれを正直に話したら京介はなんていうだろう。口を開く前につい考えてしまうのだ。

いきなり説教するようなことは、たぶんしないだろう。だがどう思案を巡らしてみたところで、すっきりした解決などあるわけもない。結局のところ蒼自身が、慣れて我慢するしかないようなことだ。そのどうにもならないぐちめいたことを口にしてしまえば、きっと京介は顔やことばには出さなくとも心配する。

(ぼくがまた前みたいに、ひどい対人恐怖症に陥ったりするのじゃないかって——)

(そんなことはない。それだけは)

(でも、ほんとうに？……)

ぐるぐる頭の中で考えている内に、ろくになにも話せないまま、新幹線はあっという間に三島に着いてしまった。そして出迎えの車の中でも、蒼はまだ考えている。みっともないところを見せたくない以上に、京介に心配をかけたくない気持ち。前はこんなこと考えもしなかった。なにかあったら全部打ち明けて、預けてしまえばいいと単純に思っていた。

そうすればきっと彼が助けてくれる。一番いい方法を教えてくれる。なんの迷いもなくそう信じていた。なのにいまは……。これは自分と京介の距離が、いつの間にか開いてしまったからだろうか。実際あの七年前からこの四月までと、それ以降では生活そのものが大きく変わってしまったのだから。

（ああもう、ほんとに嫌んなっちゃうなあ。ぼくってこんなにぐちゃぐちゃの、煮え切らない人間だっけ？——）

「——蒼」

「え？……」

呼ばれてはっと目を上げると、いつか京介が組んでいた腕を解いて、じっとこちらを見ている。なにか変なことでもいっただろうか。それとも話しかけられていて、無意識に生返事だけしていたとか。

「あれ、ええと、なに？」

「これから行くホテルのこと、一応話しておこうかと思うんだが」

「あ、そうだね。うん、聞かせてよ」

できるだけ屈託《くったく》ない声を出したつもりだけれど、京介の耳にはちゃんとそう聞こえたろうか。少し気になったが彼は別になにもいわず、今年の春に杉原静音から天沼龍麿という老人と引き合わされた経緯を、いつもの淡々とした口調で語り出した。

彼がコンドルゆかりの品を収集していること。西伊豆の山中に小さなホテルを経営していて、そこの開業十周年記念行事に招待されたこと。ついでにそのコレクションを見て、意見を述べてもらいたいといわれたこと。

「意見って——」

「真贋が疑問のものがある、とかでね」

「ふうん。それじゃ本物かどうか鑑定するの?」

「それは無理だよ。僕がコンドルについて知っているのは一通りの予備知識だけだ。たとえば木の杭を一本目の前に差し出されて、それが本当に鹿鳴館の基礎になっていた松の杭かどうかと聞かれたって、易者でもあるまいしわかるわけがない」

「だったら」

「切実に真偽が知りたいというわけでもなさそうだから、向こうさんの気が済むように、かしこまって拝見して、神妙に感服しておけばいいのじゃないかな。断定的なことはいわないようにして」

「大変結構なお品です、眼福でした、とかなんとかいって?」

素人のコレクターから偽物の収集品を見せられた骨董商は、当たり障りなくそういって済ませるものなのだそうだ。角が立たないように、ただし間違っても言質を取られたりはしないように。なるほど。だから調査ではない遊びのようなものなのか、と蒼は納得する。

「でもそうしてわざわざ招待してくれるなんて、きっとそのお爺さん、京介のことがすごく気に入ったんだね」

「杉原さんのご親切のおかげでね」

なにを思い出したのか、京介は渋柿でもかじったように顔をしかめた。

「駄目だよ、京介。杉原さんだって研究の役に立つだろうって、そういう人を紹介してくれたんでしょ？　人脈はなにより大事なんだから、そんなときはちゃんと、愛想良くしなかったら」

京介は黙って肩をすくめる。その気になれば結構マキャベリスティックに如才なく振る舞えるくせに、すぐ面倒になって地を出してしまうのが彼の悪いところだ。大学に残るわけにいかなかったのも、どうやらそのためらしい。神代教授の話だと学者の世界というのも研究だけしていればいいわけではなく人間関係はいろいろ大変で、根回しやら談合やら政界並みに気を使うものなのだそうで、つまり京介には到底無理だということだった。

「でも、京介……」

「ん？」

「その天沼さんと会いたいわけじゃなかったら、よくここまで来る気になったね」

「………」

「どうして？」

しかし彼はまあね、とか口の中でつぶやいたきり黙ってしまう。京介に話す気がない以上いくらしつこく聞いても無理だと、それくらいはわかっている蒼だ。でも、

（なんか訳がありそう、っていったら考えすぎかな……）

「ところで、そのホテルって、なんていう名前なの？」

この質問にはすぐに答えが戻ってきた。

「オテル・エルミタージュ」

「美術館みたいな名だね」

「フランス語さ。ロシアのエルミタージュ美術館は、最初エルミタージュ宮に置かれたのでその名がついたんだ」

「意味は？」

「隠者の庵《いおり》。——転じて隠れ処《かくが》、かな」

2

オテル・エルミタージュは伊豆半島の中央部を縦走する自動車道を三島から三十キロ南下し、湯《ゆ》ヶ島《しま》温泉の入り口から西へ入って急な山道を十数キロ、峠を越えて西伊豆側へ少し下りかけた中腹に位置している。

修善寺《しゅぜんじ》から入って西伊豆スカイラインを使う、東海岸を下りて伊豆高原から回るなど他にルートがないではないが、どういう経路を利用しても到底便利とはいえない場所だ。しかし車の中に備え付けられていたパンフレットの文章を読むと、このホテルはむしろそうした不便さを売り物にしているらしい。責任ある地位にいて日頃休みなく仕事に忙殺《ぼうさつ》されたり、マスコミの目を常に意識せざるを得ない種類の人間が、いっとき俗世間から離れてくつろぐことのできる隠れ家。部屋数も少なく、紹介者のある客しか受け入れない。

そのために私道部分も敢えて拡張をしていない。ご送迎はホテルの車両で承ります、携帯電話等の持ち込みはご遠慮願っております、という断り書きにも一貫した経営方針が現れているようだった。

幹線道路を外れてからの山道は傾斜もきつく、伊豆の山の常としてすぐそばに人里があるとは思えないほどけわしく入り組んでいる。一応舗装《ほそう》はされていても道幅は狭く、まったく見通しの利かない小刻みなカーブが延々と続く。頭の上には崖が迫り、大雨でも降れば簡単に崩れてきそうだ。それだけに視界が開けて、行く手に大きく開かれた石柱の門と緑の芝生が見えてきたときは、ほっとしてしまった。

だがそれも外部とは切り離された別世界へと客を招き入れる、一種劇的な演出なのかもしれない。唐草紋《からくさもん》をあしらった鉄柵の門を入ったベンツは、中央に噴水の上がる大理石で縁取られた池と楕円形の花壇を回って、白い車寄せの前に停まる。

平たい陸屋根《ろくやね》を乗せた大きなアーチ形の開口部。ざらりとした感じに仕上げられた白壁。ほとんど飾りのない壁から張り出した、弓形のベイウィンドウ。どことなく見覚えのある造形だと蒼は思い、それからふいと思い出す。

「ねえ、京介。この建物って白金《しろかね》の庭園美術館とそっくりだよ!」

その声が聞こえたように車寄せのアーチの中から、白いお仕着せのベルボーイを従えたタキシード姿の男が現れる。車の到着を待ち受けていたのだろう。両手をぴたりと体の脇につけて恭《うやうや》しく頭を下げている、その格好があまりにも絵に描いたような『ホテルマン』だ。顔が上がればきっちり七三に分けた髪に黒々とした眉、唇には職業的な微笑が嫌みでない程度控えめに浮かんでいる。漂白剤で洗って糊《のり》をつけたワイシャツみたいな清潔さと礼儀正しさの、これまた絵に描いたような好青年、と呼ぶには少しばかり歳が行っているか。

「桜井京介様でいらっしゃいますね。わたくし当ホテルの支配人を務めさせていただいております、高安亭《たかやすとおる》と申します」

「どうも」

京介はいつもの愛想のなさで軽く会釈。その垂れかかった前髪の下を探り見るように、高安支配人の目が動いた。初対面なら誰でも、彼のうっとうしい髪型や無愛想さには驚いたり、鼻白んだりして不思議はない。だがそれだけでなく彼の目の中に、奇妙な不快さと敵意めいたものがひらめいたのを蒼は見逃さなかった。

それもほんの一瞬で、まばたきしてみればそこには元通りの、職業的な微笑以外なにも見出せなかったが。

「ご滞在中のお世話を承っておりますので、どうぞなんなりとお申し付け下さい。お部屋は二階のスイートを用意させていただきました。お荷物は、それだけでございますか？」

京介のよれよれのボストンバッグと、蒼のそれよりはましな旅行バッグは、ベルボーイの手に移ってさっさと運んでいかれてしまう。その後に続くようにして高安支配人とふたりはアーチをくぐり、玄関から建物の内部へと足を踏み入れていた。

(うわあ、やっぱりそうだ……)

確かにこの建物は外観だけでなく、内部の装飾まで白金の庭園美術館、元の朝香宮《あさかのみや》邸を模倣して造られているらしい。朝香宮邸は日本で唯一、アール・デコ・スタイルで作られた昭和初期の美しい邸宅で、蒼も好きな建物のひとつだから細かいところまで覚えている。玄関の床モザイクもあそこと似た葡萄《ぶどう》をあしらった円形文様だし、扉のガラス・パネルには有名なルネ・ラリックの天使のレリーフがそっくりそのまま使われている。見るからに新しく作られた感じではあるが、偽物の安っぽさはない。見てくれだけの真似ではなく、きちんとオリジナルの技法を踏襲《とうしゅう》しているのだろうと蒼は思う。だが意図的に変化させたのか、あるいは真似しきれなかったのか、背景の彫り込みは翼というよりは火炎のようだったし、天使の顔も明らかに日本人の、それもどこか少年めいた顔立ちになっていた。

支配人がふたりを案内したのは、玄関を入って左手の南向きの広間だ。低い小テーブルとソファがゆったりと配置され、サロンのような使い方をされているらしい。いまはよく晴れた昼間なので、庭側のガラス扉はみな開け放たれ、テラスとそのまま繋がった空間になっている。

庭は石張りのテラスの向こうに、見事に手入れされて雑草ひとすじない青々とした絨毯《じゅうたん》のような芝生が広がり、その広やかな空間を対照的に暗い緑のヒマラヤ杉の木立がすっぽりと覆い囲んでいた。芝生を回る園路が樹の中に伸びていて、庭にはさらに続きがあるようだが、ここからはまったく見ることができない。

「ホテルは、いまは営業しているのですか」

と京介が尋ねたのは、昼前という半端な時間であるにはしても、妙にあたりが静かで人気なく感じられたからだろう。

「本日お泊まりになっておられるのは、明日の劇の関係者の方々だけです。夜には内輪《うちわ》のみのプレ・パーティーがございまして、明晩は劇の上演と十周年記念パーティーが予定されておりますので、かなりの人出になるかと存じますが」

高安支配人はそういいながら、ソファのひとつに京介たちを導く。

「こちらでしばらくおくつろぎいただけますか？　ただいま天沼は演出家の大迫《おおさこ》先生と打ち合わせ中でございますので、そちらが済み次第ご挨拶にまいりますが」

「それでけっこうですよ。別に急ぎませんから」

京介の口調は相変わらずあっさりしたものだ。

「お目にかかるのは四月以来ですが、天沼龍麿氏はお元気でいらっしゃいますか」

「あ、いえ」

支配人は軽く、その描いたみたいに濃い眉を寄せてみせた。

「龍麿はこちらにおりますが、何分にも年齢が年齢でございますので。私が申しましたのは天沼暁《あきら》と申します、今回の行事の責任者です」

「ああ。するとその方が龍麿氏の」

「――はい、お嬢様です」

サロンの玄関側にバーがあるらしい。軽く扉の空いたそちらに人の気配がある。飲み物を運ばせますので、といい残して高安支配人は立ち去った。広い背中が部屋から消えたのを確認して、

「ねえ、京介」

蒼はそっとささやく。

「あの人のいまのしゃべり方、ちょっと変だったと思わない？　自分の雇い主の天沼さんたちにはずっと敬語をつけないで話してたのに、最後になって『お嬢様』だって」

そこの部分だけ、太ゴチックにでもなっていたみたいだった。

「なんか意味ありげだったよ。もしかしてそんなに凄い『お嬢様』なのかな」

だって、ちょっと考えてみても八十越した人の娘なら相当な年齢のはずで。もちろん娘なら、いくつになってもお嬢様でいいのかもしれないけど。

「こら」

京介が前髪の間から軽く睨んでみせる。

「口を慎《つつし》めない子は、ひとりで帰ってもらうぞ」

蒼はべっと出しかけた舌をあわててひっこめた。バーに通ずるドアが大きく開いて、お盆を手にした男の人がすべるような足取りで近づいてきている。確かにこんなの聞かれたらまずい。

彼は京介の右斜め後ろにぴたりと足を止めた。肘までまくり上げた白シャツに黒繻子《くろじゅす》のベスト。銀のお盆に白いナプキン。支配人のタキシード同様、バーテンダーですと看板を背負っているようないでたちだ。

髪はぴっちりとオールバックにして、額に二、三本落ちているのも計算通りという感じ。京介とひけを取らないだろう長身で、おまけに顔も長い。いささか口が大きすぎるにしても、充分ハンサムの部類に入る顔。だがその唇の端が笑いを堪《こら》えてでもいるようにぴくついているのが、なんとなく蒼の気に入らなかった。

「いらっしゃいませ」

やけに気取った声でそういうと、まず蒼の前に絞り立てらしいオレンジジュースのタンブラーを置き、ついで京介の前には百合《ゆり》の花のようなかたちをしたカクテル・グラスを置いた。脇に同じグラスをもうひとつ置き、なにをするのかと思えばミキシング・グラスから両方に淡緑色の液体をそそぎ入れる。最後に銀の楊枝《ようじ》に刺したグリーン・オリーブを入れたところをみると、ドライ・マティーニか。そして蒼があっけに取られたことに、彼はそのまま京介の隣の椅子に腰を下ろしてしまった。

「久しぶりだな、桜井」

「ええ」

驚いた様子もなく京介がうなずく。

「ですが僕は昼間から、アルコールは飲みませんよ」

「まあそういうな。ほれ、再会を祝して」

さっさと自分のグラスを取り上げて、乾杯しようという仕草。すっかり無視されたかたちの蒼は、それより信じられないものを見た思いでぽかんと口を開ける。

「まったく――」

ため息混じりのいかにも苦り切った表情で、それでも京介はカクテル・グラスを取り上げて相手のいうままチン、とその縁を触れ合わせたのだ。

「元気か？」

「生きてます、ごらんの通り」

「もう少し、驚いてくれるかと思ったんだがな」

「驚いていますよ。でもあなたのことだから、いずれどこからか現れるのではないかと思ってましたが」

「期待してくれてたってわけか。嬉しいねえ」

へらへら笑う男に、京介は黙って肩をすくめる。蒼はそれ以上我慢できなくなって、テーブルの下で京介の足をつついた。誰、この人？　と目で聞いた。蒼の無言の質問に京介は口答する。

「遠山《とおやま》先輩だよ。W高校で一年だけいっしょだった。いつか遊馬さんのところの一件で、新聞記者を紹介してもらっただろう。覚えてるか？」

「ああ……」

そういえば江古田《えこだ》の深春のアパートに三人で寝た翌朝、電話がかかってきて、二言三言蒼が応対したことがあったっけ。でも声の印象と実物とは全然重ならなかった。その節は、とでもいうべきかと思ったが、遠山の方ではこちらを見ようともしない。もっぱら視線は京介に向いている。

「しかし、妙なところにおられるんですね」

「なあにバイトさ。いつ家を継いでもいいように帰ってきてやったのにな、いざとなったら親父のやつ元気で元気で、ありゃああと十年は隠居なんざしそうもない。こんなことだったらもう少しアメリカで遊んでくるんだったと、後悔したが後の祭りさ。おかげでこっちは暇と才能を持て余して、あちこちでバイトしてるよ。——そうだ」

彼はベストのポケットから出した名刺大のカードを、ぽんとテーブルの上に置く。可愛らしいピンク色の地に印刷されているのは『紅茶とケーキの店・チェリー』その下に電話番号と住所があって、下田《しもだ》の喫茶店らしい。

「ここの店、俺の小学生のときの友達がやってるんだが、ケーキ・メニューは俺のオリジナル・レシピだから。美味しくてロー・カロリーでヘルシーだって女の子に評判だぜ。よかったら寄ってってくれよ」

「僕が甘いものが苦手だと知っていて、またそういうことをいうんですか？」

「そうだよなあ。高校のとき俺がせっせと作っちゃプレゼントするケーキにクッキーにチョコレート、そのすべてがおまえでなく、おまえのクラスの馬鹿どもの口に入っていると知ったときの虚しさ」

にわかに深刻な顔になって、ふうっとため息をひとつ。

「おれは人生であのとき初めて、つまずきということばの意味を知った——」

「僕は最初からいったはずですよ。甘いものは嫌いだから食べない、と」

蒼はぷっと吹き出してしまう。なんだろ、この人。そんなにお菓子作りが趣味なんだろうか。だけどよりにもよって京介にケーキなんて。だが遠山は平然と答えた。

「照れてると思ったのさ」

「徹底しておめでたいんですね」

「ああ。それが人生を楽しく生きる秘訣さ」

「人それぞれですから」

京介の口調は飽くまで冷ややかだが、なにが嬉しいのか遠山は満面の笑みといった顔。

「そうそう。だから桜井も少しは俺を見習って、だな」

「遠慮しますよ」

それにまた嬉しそうになにかいいかけて、遠山はぱっと表情を改めた。

「——おおっと、うるさいのが来た」

口の中でそんなことばをつぶやくと、素早く立ち上がって盆を手にバーの方へ戻りかける。その背中にテラスの方から、やけに力強くてよく通る女の声が飛んできた。

「ちょっと。そんなところで油売ってるなら、あたしにもオレンジジュースちょうだい！」

聞こえなかったふりをするには、大きすぎる声だ。あと一歩で扉の向こうに消え損ねた遠山が、わずかに顔を振り向ける。そしてこれまでとは別人のような、むっつりした顔でいい捨てた。

「自動販売機なら一キロばかり先にありますよ」

「あなたが買ってきてくれるの？」

「あいにくとただいま人手不足でございましてね、遊馬さん」

蒼は思わずあっと声を上げた。いま石段を上がって、庭からこちらへ入ってこようとしている女。細身に仕立てた明るいワイン・レッドのパンツ・スーツに共色のパンプス。派手に波打って肩いっぱいに広がるロング・ソバージュのあちこちには、金色のメッシュが入って秋の陽射しにきらめいている。

「——朱鷺《とき》ッ？」

「お正月以来ね、蒼。学校はどう？」

ルージュに彩られたつややかな唇を微笑ませて、遊馬家の次女にしてジュエリー・アカネの若き女社長、遊馬朱鷺が大股に歩み寄ってきていた。

3

蒼が遊馬家の人々と知り合ったのは九四年五月のことだ。伊豆の熱川にある古い別荘建築のことで、W大の一年だった三女の理緒《りお》が京介に相談に来た。大学の壁に蒼が作って貼ったポスターを見たのだ。

理緒の依頼の目的だった奇妙な建築の謎を解くことは、長く遊馬家に絡みついてきた深いしこりを解くことにもなり、京介自身にそういうつもりはまったくなかったにしろ、遊馬家の恩人と感謝されるところとなった。以来一家と、さらには母方の伯母である杉原静音とも、親戚同然のつきあいが続いている。

杉原家は戦前はいくつもの旅館や料亭を経営していた事業家で、いまも修善寺にはその建物が別荘として残っている。だから古い伊豆の資産家だという天沼家と親交があって不思議はないし、天沼に京介を引き合わせたのも静音だったのだから、ここにいきなり朱鷺が現れても、そう驚くことはなかったかもしれないが、

「びっくりした?」

「うん、だっていきなりだから。朱鷺はぼくたちが来るって知ってたの?」

「それはそうよ。伯母からちゃんと聞いて、楽しみにしてきたの」

「だったら、知らせといてくれればいいのに」

「あら。だって不意打ちも楽しいじゃない」

「楽しいのは朱鷺が、でしょ」

朱鷺はうっふっふと笑いながら、蒼の隣の椅子に腰を下ろす。高々と足を組む。知り合った当時は遊び人のお嬢様だったのが、いまは母親の興した事業の後を引き継いで忙しい社長業。それでもモデル並みのプロポーションは健在らしい。

「でもここで会えて良かったわ。お正月のとき、今年から学校に戻るっていってたでしょう。どんなかなってずっと気になってたんだけど、忙しくてなかなか訪ねる暇もなくて。で、どう？」

「うん、まあ、どうにか」

あんまり聞いて欲しくないことをずばりと聞かれて、もごもごと答えるしかなかったが、

「つまんないでしょ、学校なんて。授業は退屈で、クラスメートはガキばかりで、狭ッ苦しいコップの中でメダカが押し合いへし合いしてるみたいで、もううんざりしてるんじゃない？」

にこやかに微笑みながら、朱鷺の口調はなんともぱきぱきと歯切れがいい。

「無理することなんかないのよ。嫌ならさっさと止めちゃって、大検受ければいいんだから。定時制とか通信制とかいう手だってあるんだし」

「そんな、気楽にいわないでよお」

「あら、いいのよ。学校なんて、それくらい気楽に考えておけば。あれは他になにすればいいのかわからない、勉強のしようも知らない人間が行くところなんだから。あたしいつも思うわよ。中学と高校の間に一年くらい、みんな社会に出る制度でも作ればいい。どこの国でも十五、六になれば、働いてお金稼いでる子はいくらもいるもの。そうすればあとの学校生活も、ずっと有意義になるだろうって。

蒼はこれまでいくらでも、生きた勉強してきたんじゃない。経験もいっぱい積んでるんじゃない。ほんとに専門的なことを学ぶなら大学行ってからなんだし、いまさらチイチイパッパの集団生活でもないわよ」

（気楽にいってくれるなあ……）

口には出さないまま、それでも蒼は思わずにはいられない。別になにがなんでもと思い詰めているつもりはないが、ここで高校を辞めたりしたらなんのための決心か、結局自分はいまもひとりではなにもできない、半人前のガキだということになってしまう。それだけは絶対嫌なのだ。

「だけどほんと残念だわ、蒼が女の子じゃなくて」

「ええッ？」

「女の子なら杉原学園の高等部に入れるのに。うちの姉が学長を継いでから、良妻賢母っていうより自由で生き生きして能力を伸ばせる学園に方針転換して、おかげさまで人気は急上昇。それにあそこの制服って評判いいのよ。紺ブレにミニのプリーツスカートはごく普通だけど、カットがしゃれてるってそのせいで入学者が集まるくらい。蒼ならきっと似合うわよ。今度着てみる？」

な、なに考えてるんだ。この人はッ。

「ねえ、嫌？」

「ぜっ・た・い・に・い・や・だ！」

「そんな向きにならなくてもいいのにー」

朱鷺は文字通り腹を抱えて笑い出す。

「冗談よ、もう。二年前ならともかくも、蒼ったら最近すっかり育っちゃって、体つきもてんで男っぽくなってきちゃったじゃない。女の子の服なんて着られっこないわよ。身長いまいくつ？」

「百六十八」

「嘘。あたしよりそんなに高いの？　まだ伸びるんでしょう？　ハイヒール履いても追いつかなくなりそうじゃない。やだ……」

「遊馬さん――」

それまでずっと黙っていた京介が、ぼそっと口を開く。

「今日はなにか、ご用があってここに？」

その声がどこか身構えているようなのがおかしい。蒼は知っている。朱鷺は自分が京介に嫌われていると思っているらしいが、実は嫌いというのとはちょっと違って、苦手なのだ。それだって彼女にとっては、全然嬉しいことではないだろうが。

「あら珍しい。桜井氏の方から話しかけていただけるなんて、明日天城《あまぎ》は嵐かしらね」

日頃のお返しとばかりに、にっこり笑ってみせた朱鷺は、

「あなたたちに会いに来ただけ、というならいいんだけど、残念ながらそうじゃないの。ビジネスのために日夜東奔西走《とうほんせいそう》、席の温まる暇もない中小企業の社長は今日もお商売。といってもこれは半分は、昔からお世話になってる天沼さんとのおつき合いみたいなものですけどね」

そこで一度ことばを切って、前髪で覆われた京介の顔を眼光鋭く一睨み。

「でも桜井氏、あなたがあのふざけたバーテンと知り合いだとは夢にも思わなかったわよ。なんなの、あの男は」

「高校の二年先輩でした」

「へえ。じゃ、ここで顔を合わせたのはまったくの偶然？」

「彼は元々こちらの人間ですから。西伊豆の老舗温泉旅館翠紅楼《すいこうろう》の後継者、といえばおわかりですか」

また蒼の知らないことばが出てきた。だがその答えに朱鷺は、

「ええ？」

戸惑ったような声を上げる。

「翠紅楼の経営者って遠山さんよね。でもあそこの跡取りは十年近く前に急死して……」

「八年前ですね。長兄が亡くなったためにW大を中退して、ホテル学校に入り直した、という話は以前に聞きましたが」

朱鷺はちらっと、オレンジジュースが出て来そうもないバーのドアに目を走らせたが、

「あなたは知っているの。その死んだ遠山家の跡取りと、天沼の」

「ええ、いくらかは」

「驚いた。世間って思いの外狭いんだわ」

「………」

「でもいまここでその話は、止めておいた方がよさそうね」

「そうですね」

「――なんの話してるの？」

蒼の質問に京介は黙ってかぶりを振る。朱鷺も答えようとはせず、なにか考え込んでいるような顔。ふたりにだけ話が見えているようで、いささかおもしろくなかった。まったく、なんだって今日という日はこんなことばかりなんだろう。だが朱鷺はまた蒼の方に目を向けると、がらりと変わった快活な口調でいう。

「そうだわ、いいもの見せて上げる」

足元に置いていた薄手のアタッシェケースをテーブルの上に載せると、桁の大きな数字錠を慎重な手つきで合わせ、さらに身につけていた鍵を回してケースを開く。中には黒いビロード張りの箱が大小、きっちりと詰め込まれている。そのひとつ、大きな平たい箱を取り上げてぱちんと開くと、蒼の方へ回してみせる。

「ジュエリー・アカネのオリジナル作品よ、どう？」

「うわあ、きれいだ！」

思わず声を上げていた。テラスから射し入る光を反射してきらきらとひかっているのは、大きな銀色の花のようなかたちをした彫金のネックレスだ。繊細に渦巻く金属が首回りから胸へ蔓草で編んだ網のように広がり、そこに葉に露が宿るようにきらめく無数の石がちりばめられ、中央には高原の霧を凝縮したような滴《しずく》形をした半透明乳白色の石が下がっている。石の大きさは親指とひとさし指で作った輪くらい。首にかければそれがちょうど鎖骨の下、胸の膨らみの上あたりに来るのだろう。色のあるものはひとつも使われていないから印象は派手ではないが、いかにも気品のある装飾品だった。

「リバティスタイルをちょっと現代風にアレンジしたの。石はダイヤとスリランカ産のムーン・ストーン、台とチェーンはプラチナよ。これにおそろいの指輪とイアリング、髪飾りがあるの。すてきでしょう」

「うん、すごいね。これ、天沼さんが買うの？」

もしかしてさっき支配人がいった『お嬢様』が？　しかし朱鷺は首を振った。

「ううん。だったらいいんだけど、残念ながらレンタル。今回の舞台で使うのよ」

「お芝居の小道具に本物の宝石なんか使うの？　舞台っていったら全部、イミテーションで済ますものかと思った」

「それはそうよ。だけど今回はガラス玉なんて使えるものですか。伝説の女優神名備芙蓉《かんなびふよう》の記念すべきカムバック公演ですもの。このジュエリーだってうちのデザイナーが、彼女のイメージで作ったのよ。うちはいつもは若い人向けの、比較的値段を抑えたものばかり作っているから、このときはデザイナーが張り切っちゃってもう」

朱鷺はやけにおおげさな発音と表情でいう。しかし蒼にはなんのことやらだ。

「あらやだ、知らないで来たの？　まさか、桜井氏も？　ねえほんと？」

「よくは知りません。それほど大変なビッグ・ネームなんですか」

「あーあ、もう――」

嘆かわしいというように、朱鷺は口をへの字にしてかぶりを振った。

伝説のひと

1

——神名備芙蓉《かんなびふよう》。

「神のいる山や森って意味の『神名備』、咲く花の『芙蓉』。一目見たら絶対に忘れない名前でしょう？　生の彼女を見たり聞いたりしたことはなくたってさ、名前や写真を見たことくらいあるんじゃないの？」

なんといわれたところで、初めて耳にする名前だった。まるでタカラヅカのスターみたいな、大仰《おおぎょう》で時代がかった芸名だとしか思えない。蒼はぽかんとしているだけだし、京介はさらに無反応で、しかしそれが朱鷺には心外でならないらしく、いつまでも顔をしかめて頭を振り立てている。

しばらく憤慨を発散して、それでようやく諦《あきら》めがついたというように、

「そういうものかしら。シャンソン畑じゃもちろん知らない人はいない、演劇の方でも熱狂的なファンが、特に作家や芸術家方面にいたわけだけど、いまでいえばカルト・スターとでもいうのかしらね、テレビ出演は拒否したっていうし、派手に世間一般の人気を集めるっていう人じゃなかった。活躍してたのは敗戦後から一九六八年までで、蒼が生まれるずっと前に引退しちゃったわけだし」

「じゃ、朱鷺はその頃のこと覚えてるんだ」

「あたしは一九七三年生まれです！」

大声でいってバタンとケースを閉めて、立て板に水の口調でまくしたて始める。

「じゃあいい？　ふたりともしばらく黙って、あたしのいうことを聞いててちょうだい。いくら生身の人間に興味のない桜井氏だって、招かれてきた以上はこれくらい知っておいて欲しいわ。人が押し寄せてくるようなことになるとまずいから、全然宣伝はしてないんだけど、これは間違いなく今年の日本演劇界最大の、ほんとに奇跡みたいに実現することになった公演なんですからね」

そこまでいわれれば蒼も京介も、おとなしく拝聴するよりない。

「とにかく、神名備芙蓉は五十年代の初めに銀座のシャンソン喫茶でデビューして、その美貌と美声で愛好家の人気を一手にさらった歌手だったの。美女といってもどちらかといえばボーイッシュで中性的な容貌で、フランスでいうギャルソンヌってとこかしら。

ただの伝説か事実かは知らないけど、売れないときは男装してゲイバーに勤めていたなんて話もあるわ。その彼女が、シャンソン喫茶の常連だった詩人が劇団を起こしたときにくどかれて舞台に立って、今度はそれがすごい評判になって、そこの劇団だけでなく新劇や新派の舞台にも立ったはずよ。シャンソンってもともと物語性が強いから表現力はあるし、声楽で鍛えた喉で三階席までマイクなしに声を飛ばしたとか、声域が三オクターブを越えていた上に男の声も女の声も自在に出せたとか、これも伝説かもしれないけど。

——とにかくリサイタルも大きな劇場で打つようになって、でもテレビ出演はおろかレコードさえ嫌いだっていって、ほとんど吹き込みもしなかったの。人気の絶頂期だった六八年に急に引退して、フランス人と結婚して向こうへ渡ってしまった。しばらくして旦那さんとは死別して、また日本に帰ってきたけど舞台に立つことはないまま今日まで来た。舞台だけじゃなく公の場に顔を出すことも、インタビューも、手記の執筆もすべて断り続けてきたの。ただ舞台を見た人、歌声を聞いた人の話や、ほんのわずかの録音や写真から在りし日を想像できるだけの幻の女優、伝説の歌手だってわけ」

芝居好きの深春あたりなら、あるいは知っているかもしれない。でも、と蒼は内心思う。つまりその人、引退してもう三十年近く経っているわけだ。悪いけど若くはない。そんな人があんなきらきらの首飾りつけて舞台に立つなんて、かなり凄い眺めになりそうだ。まあテレビと違って舞台なら、メイクでカバーはできるのかもしれないけど。

「朱鷺、詳しいんだねえ――」

「あたしにいわせりゃ、なにも知らなくてここにいるあなたたちの方が不思議よ」

「よくそんな人を引っ張り出せましたね」

京介がぼそりと口を入れる。

「それはやっぱり昔の義理でしょうね」

朱鷺が答えた。

「天沼龍麿氏は神名備芙蓉のパトロンだったのよ。いえ、それだけじゃなくってね」

心持ち声をひそめて朱鷺はささやきかけたが、急に気が変わったというように軽く頭を振って口調を改めた。

「まあ、そのへんはだんだんわかってくるわよ。もうじき自分の目で見られるんだし、どうぞお楽しみに」

「今夜もパーティーがあるんだって。それには朱鷺も出るの？」

「ええもちろん。明日は相当にぎやかになるだろうけど、今夜は人も少ないはずだからゆっくりおしゃべりできるわ。お爺様とお会いするのも久しぶりよ。最近仕事仕事ですっかりご無沙汰しちゃって、お詫びしなけりゃ」

「お爺様、というのは天沼龍麿氏のことですか」

京介が尋ねると、

「そう。うちの場合ご存じの通り実の祖父とはあんまりいい関係になかったから、子供のときなんかあちらの実の孫みたいにかわいがってもらったものよ。伊豆に来るたびに必ずうちの母や伯母もいっしょに姉妹そろってお尋ねして、その頃はまだホテルは建っていなかったから、ここの広い敷地で遊ばせてもらったわ。彼とはもう会ったの？」

「いいえ。そう簡単にお目通りはかなわないようでしたが」

「あら、誰がそんなこと？」

「高安支配人です」

「ああ、あの人」

肩をすくめながら、朱鷺はちょっと馬鹿にした口調になる。

「あの人はね、なんにもわかってないから」

「そうなんですか？」

「ええ。彼は龍麿氏の娘婿の兄の子なの。つまり血縁ではないけど、無関係というのでもない。だからなにかっていうと自分もいっぱし天沼の一族顔したがるんだけど、顔だけなのよ。いうことあんまり真に受けない方がいいわ」

朱鷺はなんでもないことのようにいうが、こういう血族だか姻族だかの繋がりというのは、いつ聞かされてもなかなかわかりにくい。娘というのがさっき話に出た天沼暁なはずで、その旦那さんのお兄さんの子供なんだから——

「ええっと、つまりあの人は、天沼暁さんの甥ということ？」

だったらさっきの『お嬢様』っていうのは、ますます変な気がするなと蒼は思う。

「あ、ううん、それは違うの」

朱鷺は首を振って、改めてため息をついた。

「そうよね。うちなんか昔からの知り合いだからいまさらなんてこともないんだけど、いきなり聞いたらこんがらかるわよね。桜井氏はそのへんのこと、予備知識あるの？」

「いいえ、そこまでは」

「別に隠すほどのことでもないと思うからいっちゃうけど、龍麿お爺様ってあんまり家族運のない人なの。血を分けた人との縁が薄いっていうか。そのせいで他人のあたしたちのことも、かわいがってくれたんでしょうけど。

早くに結婚して級子《しなこ》さんて娘が生まれて、でも彼女が成人する前に奥さんは亡くなってしまわれて、高安某さんと結婚した級子さんも、なにかの病気で妊娠中に亡くなってしまった。暁さんはその後、ほんの赤ちゃんのときにお爺さまのお手元に引き取られて、跡継ぎとして育てられたの」

「すると彼女は龍麿氏の養子ですか」

「戸籍の方がどうなってるかまでは知らないけど、お爺様の実の子であることは確か。だって並んで立つと目鼻立ちとか、やっぱり似ているもの」

「つまり婚姻関係を結ばないまま生まれた実子を、養子として入籍したというわけですね。その方が天沼姓を名乗っているということは」

「法律的にいうとそういうことになるの？　まあ、どうしてお爺さまがその相手の女性と結婚しなかったのか、そのへんまでは知りませんけどね。だから娘といっても、年齢的には孫の世代。まだ三十二だけど二十代で充分通るくらい若々しくて、女のあたしが見てもすてきなひとよ。

貴族のお姫様みたいに気品があるのに、すごく頭は切れるし、きりっとして決断力があって、うちの母なんかも暁さんの大ファンなの。ああいう娘が欲しかったって、あたしの顔見ながらいうんだから。彼女がいまやお爺様の唯一の血縁で相続人」

ジュースも出そうにないから行くわね、と朱鷺が立ち上がる。

「私も今夜はここに泊まるから、パーティーの始まる前でもまた会いましょ」

「これから仕事？」

「そう。このジュエリーをお爺様と芙蓉女史にお目にかけに行くの。蒼もいっしょに来る？　引き合わせてあげようか」

「うーん。後で京介といっしょでいいや」

「そう、じゃね」

　しかし朱鷺は行きかけてふと蒼を見ると、ちょいちょいと指の先で招く。なにかと思えば京介の耳には届かないだろう庭先まで連れて来て、

「あのバーテンのことだけど」

　声をひそめてささやいた。

「桜井氏の高校の先輩だって、ほんとう？」

「うん、そういう話だけど」

　蒼にはそれ以外答えようがない。

「頼みもしないのにいきなりカクテル・グラスふたつもってきてさ、マティーニついで、自分もそこに座っちゃって、再会を祝してなんていうんだもの。びっくりしたよ」

「まッ、なんて気障《きざ》！」

　朱鷺はおおげさに顔をしかめた。

「でも、変よね。絶対おかしいわよ。蒼もそう思うでしょ？」

「おかしいって？」

「だってあの桜井氏がさ、嫌がりもしないで相手してたじゃない。だけどそんな強引で一方的な遣り口なんて、絶対彼の好みじゃないわよ。違う？」

「嫌がってないことも、なかったと思うけど……」

「だったらよけい変じゃない」

そういわれれば渋々とではあっても返事はしていたし、マティーニに口までつけていた。もしも本当に嫌な相手ならあんなふうに会話に応じるどころか、顔の前にシャッターを下ろしたような慇懃無礼《いんぎんぶれい》であしらうのがいつもの京介だ。無論必要とあらば本音を隠してお世辞めいたセリフを駆使し、相手を丸め込むくらいのことはして見せるが、どっちが彼の素顔かはいうまでもない。なのに。

「あたし断然気に入らないわ。なによ、あのなれなれしい態度。やたらにやにやしちゃってさ。それを許してる桜井氏もどうかしてるわよ。常日頃の傲岸不遜《ごうがんふそん》、傍若無人《ぼうじゃくぶじん》、冷酷無比《れいこくむひ》はどこいったっていうのよッ」

「そう、だね——」

仕事の合間を縫ってW大の研究室まで押しかけても、ろくに相手してもらえないことの多かった朱鷺としては当然の憤懣《ふんまん》かもしれない。だが蒼の気持ちはもう少し複雑だった。むっつりと無愛想に、それでも逃げ出しも拒みもしないで遠山と話していた京介。それはつまりあのふたりの間には、蒼の知らない繋がりがあるということなのだろう。京介が高校一年といえば、蒼と出会うより遥か昔のことだ。

その頃どんなことがあったかなんて、いままで聞いたこともなかった。特に不思議にも思わなかった。もっと前のこと、たとえば京介が子供のときのことなんかだって、尋ねたこともなかったから。

でも改めてよく考えてみたら、ぼくはほんとうに京介のことを知っているなんていえるだろうか。いつもいっしょに、一番身近にいるつもりで、案外なにも知らなかったのじゃ——

「いい、蒼？　気ィ許しちゃだめよ。あいつ食わせ者だわ。あたしいまさらあなたたちの間に割り込もうなんては思いませんけどね、あんな変なのにしゃしゃり出てこられてたまるもんですか！」

黙ってしまった蒼を置いて、朱鷺はひとりで息巻いている。しかし蒼にはそれよりも、気になっていたことがあった。

「ねえ、朱鷺。さっきなにかいいかけて、京介と顔見合わせて急に話を変えちゃったじゃない。あれはなんだったの。あの人のことなんでしょう？」

「ああ、違うの。あの男っていうより、彼のお兄さんのこと。ちょっとわけがあって」

「亡くなったっていってたよね。朱鷺はその人のことは知ってたんだ？」

それでもまだ少し迷っているようだったが、

「そうね。蒼だってもう子供じゃないんだから、相手によって口に出していいことと駄目なことの違いくらい、ちゃんとわかるわよね」

「うん——」

「それにあの男があたしの知ってる人の弟で、まがりなりにもここで働いているなら、もう当事者の間では解決済みのことなのかもしれない。だから話すわ」

「ずいぶん前置きが長いんだね」

思い切りのいい朱鷺には似合わない気がした。自分でもそれはわかっているのだろう、彼女はちょっと苦笑してみせたが、

「確か名前は遠山茂一《もいち》さんっていったと思う、その遠山家の長男と暁さんは、幼なじみで恋人同士だった。あたしも一、二回は暁さんといっしょに会ったことがある。もちろんあたしがまだ小学生か、中学生のときだけどね。

すごく頭が良くて品行方正で、学校上がる前から神童《しんどう》なんていわれて、小学校から高校まですっと首席で通したとかいろいろ聞いたけど、当人は全然普通でね、雰囲気なんかぽわっとやわらかくて暖かくて、春風駘蕩《しゅんぷうたいとう》っていうのかな、女らしくても結構性格きついところのある暁さんをやさしく包んであげられる感じ。すてきな人だな、お似合いだなって子供心にも思ったくらいよ。

でも茂一さんは歴史もあれば格も高い老舗旅館の長男で後継者だし、暁さんはこのあたり一番の旧家天沼家の唯一の跡取りで、いずれ相当な資産を受け継がなければならない人でしょう? 幼なじみの頃はともかく、いわゆる年頃になってふたりが恋人らしいと見えるようになっても、そう簡単に結婚というわけにもいかなくて、特に暁さんが大事でならない龍麿お爺様が、娘を取られるって彼のことをすごく嫌ってしまって、そうなると頑固な人だから子供みたいでね。

誰が聞いてるのもかまわず、財産目当てに娘をたぶらかしたの、古いだけが取り柄の旅館なんぞに大切な娘をやれるものかの、旅館の女将なんて所詮は水商売だの、またそういうことばに限って、わざわざご注進に及ぶような人間がいるのね。そうなれば茂一さんのご両親だって格式の高い旅館の主人としてのプライドはあるでしょうし、もちろんおもしろいはずがないわ。

あとはもうこじれる一方。小さい頃は行ったり来たりで遊んでいたのが、ろくに会うこともできないようなことになってしまって、みんなはらはらしながらどうにもならない、まるでロミオとジュリエットみたいな状況だったのよ。

それが八八年だからもう八年前、茂一さんが急に死んでしまったの。若い人でもたまにあるのよね。なんの病気もなかったのに、寝てそのまま翌朝起きてこないっていう。ところが龍麿お爺様はこれで暁さんを取られないで済むって、ずいぶんほっとしたらしくて、またなにかそういうことを口に出してしまって、それが遠山家の人の耳にまで届いたから最悪よ。お葬式に天沼から届いた香典をその場で叩き返して、お使いの人に頭から塩を撒いたとか、あたしも見たわけじゃないけど。

もちろん遠山さんにしても長男を婿に出すつもりはなかったろうし、ふたりの結婚に反対していたことに変わりはないわけで、でも息子に死なれた親御さんにしてみれば、幸いどころの話じゃないわよ。

ましてて頭も良ければ人柄も良い、誰がみても自慢の長男だったんだもの。いくらお爺様に悪気はなかったからって、感情的なしこりはいつまでも消えなくて当然よね。そういえばそのとき遠山さんちに残った子供は、もう結婚してしまった妹さんと、歳の離れた弟だけだって聞いた覚えがあるわ。東京の大学に行ってるけど、その人を呼び戻すかあとは夫婦養子でももらうかって。その弟があのバーテン野郎だったってわけね」

「ふうん……」

蒼はなんとなく、納得し切れない気持ちで首をひねる。

「よくわからないなあ。古くて歴史のある旅館でも、すごい財産家でもさ、自分の子に継がせるのがそれほど重大なことなのかな。そんなもののせいで子供が好きな人と結婚もできないとしたら、かえって不幸にさせてるみたいじゃない」

「持てるものの悩みってとこかしらね。あたしは家やお金に縛られるなんてまっぴらだけど、親にしてみればもちろん一生懸命、子供の幸せを考えてるつもりなんだろうし、家を絶やしたくないと思うのも自然な感情ではあるし」

「でもそんなのおかしいよ、絶対」

いい張る蒼に朱鷺も、そうね、とうなずく。

「それで暁さんは、その後誰かと結婚したの？」

朱鷺は首を振った。

「結婚もしないし、それ以来彼女の前で結婚ていうことばとか、遠山さんの名前を口にするのはタブーなの。だから驚いたのよ。いくら全然顔が似てないにしたって、茂一さんの弟をバイトに使うなんて信じられないって」

「気持ちの整理がついたのかな」

「それならいいんだけど……」

朱鷺は物思わしげに口ごもる。

「もしかしたら彼女、気づいてないのかもしれないわ。普段は東京で暮らしてるはずだし、お爺様だっていちいちバーテンの人事までチェックしてはいないだろうから、高安支配人がろくに事情も知らないまま雇っただけなのかも。その方がありそうね。あの人ってとにかく無神経なんだから──」

蒼は芝生からホテルの建物を振り返った。緑と晴れた空の青色に映える、白い壁は美しい。でも朱鷺の話を聞いてから眺めるとその壁の内部には、溢《あふ》れるほど暗い悲しみや嘆きの思いが閉じこめられているように見えてくる。愛し合いながら結ばれなかったふたり。どこに絶対の悪人がいたわけでもないのに──

「きゃッ……」

朱鷺が小さく声を上げて髪を押さえた。不意打ちのように強い一陣の風が、芝生の庭に吹き付け、吹き抜けたのだ。

一瞬遅れて遠い潮鳴りのように聞こえてくる木立のざわめき。庭園を包むヒマラヤ杉がどよめき立つ。風の吹いていく方向を見返った蒼は、吹き乱された梢の間に、黒い日本瓦《にほんがわら》の屋根と鈍くひかるガラス窓を見た。

そんなところに大きな建物があるなんて、これまで全然気がつかなかった。風が弱まるとそれはまた、帳に隠されるように樹の向こうに消えてしまったが、

「朱鷺、あそこにある建物って――」

「見えた？　あれが龍麿お爺様のお城よ。ほんとにお城みたいな日本建築なの。一部分三階まであるんだから変わってるわ。建てられたのは明治の末で、建物の造りは純和風だけど、一階の表座敷では畳に絨毯敷いて、本物の蠟燭《ろうそく》使うぼんぼりみたいなフロアスタンドがあったり、ちょっとおもしろいわよ」

「ふうん。そこにコンドルのコレクションがあるのかなあ」

「そうでしょうね。あたしは見たことがないから」

「そうなの？」

「ええ。だってお爺様がそういうコレクション始めたの、ほんの一年くらい前からよ。だからあたしも伯母に聞かされただけ」

ちょっと意外な気がした。京介から話を聞いたときは、ずっとそういうものに興味がある人のように聞こえたので。

伸び上がるようにしてみても、いまはもう梢に隠されてその建物は見えない。一瞬樹の間から現れたのは、その三階の部分だったのだろう。しかし蒼の目にそれを焼き付けるには、充分な時間だった。黒い瓦の庇《ひさし》の下、左右に開かれたガラス窓。確かそこに立つ人影があった。さすがに姿かたちをはっきりと見ることはできなかったが、その人は半ば身を乗り出すようにして、こちらを注視してはいなかったか。双眼鏡を手にして。

2

朱鷺はその人影には、まったく気づいていなかったようだった。ねえ、いまあそこの窓に、と蒼がいいかけたとき、庭の奥、門とは逆方向から大きな人の声が聞こえてきた。なにか憤《ふん》慨《がい》してわめきたてているような男の大声と、それをしきりになだめているようなもうひとつの声と。

「あらッ、嫌だ——」

朱鷺が顔をしかめてつぶやく。

「ごめん、蒼。あたし行くわ。あいつ苦手なの」

彼女はその声の主がわかっているらしい。

「え、誰なの。あれ」

「明日の劇の演出家よ。ほんっと嫌なやつなの。じゃ、後でね」

朱鷺がアタッシェケース片手にそそくさと門の方へ姿を消すのと入れ違いに、建物の角をまわって庭に現れたのは三人の男女だった。真ん中にいてしきりと大声を張り上げ、なにか怒っているのがその演出家だろう。歳は五十代くらい。少し長めの白髪の混じるもしゃもしゃ髪にノータイ、革の肘当てをつけたジャケットというラフな服装で、背はあまり高くないが腹だけが大きく前に突き出ている。

「——ったく、誰が演出家だと思ってるんだ、誰が。ええっ？」

美声というものの対極にあるような胴間声《どうまごえ》だが、とにかく声量だけはある。その声に怒鳴られているのは右を歩いている男。ひょろりと背の高い、少し頼りなげだが見るからに人の良さそうな青年で、自分が悪いことをしたようにしきりと頭を下げるともうなずくともつかぬ動きを繰り返している。なにかいってもいるようだが、その声は怒鳴り声にかき消されて聞こえない。

「こんなに話が通じないなら、俺は降りる。もう降りるぞッ！」

反対側には対照的にがっちりした体つきの、中年の女性が歩いている。白髪の多い髪をごく短く刈り上げ、いかつい眼鏡をかけて、こちらは我関《われかん》せずという顔で煙草の煙を吐いている。耳が痛くなりそうな大声にも、すでに慣れっこという様子だ。

「先生、大迫《おおさこ》先生、どうかもう少しお静かに。天沼さんに聞こえますから……」

ようやく青年のなだめることばが蒼の耳に聞こえたのは、一行が近づいてきたためだけではなく、ふいと怒鳴り声の方が途絶えたからだった。気がつくとその演出家が足を止めて、蒼を見ている。いやにまじまじと、それこそ頭のてっぺんから爪先まで。

「ほほう、これはなかなかの美少年だ」

それが自分に向かっていわれたことばだとわかったとき、蒼はひどく嫌な気分がした。それがなぜかはまだわからなかったが。

「君いくつ？　高校生？」

「十七です。高校です」

必要最低限の返事だけして視線をそらしたが、相手の目は相変わらずこちらに張り付いている。なんていうか、粘着性の視線なんだ。目だけでこれだけ人を不快にさせる、なんていうのもひとつの才能かも知れない。

「ほう、十七。もっと若く見えるね。雰囲気がピュアだ。ちょっといまどき珍しいタイプだね。女の子にもてるだろう」

そんなこといわれたって答えようがない。

「声もなかなかいいよ。スタイルもね。そう恥ずかしがらないで、こっちを見てくれないかな」

(誰が恥ずかしがってるよ、馬鹿)

大声でいってベロでも出してやりたくなったが、まさかそういうわけにも行かない。我慢して顔を上げると白目の黄色く濁《にご》った眼と、正面から出会ってしまう。どこか内臓でも悪いのか顔色は妙にどす黒く、下まぶたは袋みたいに垂れ下がって、全体にむくんでいる感じだ。饐《す》えたような息の臭いが気持ち悪い。

そしてそのしつこい視線ときたら、奴隷商人に値踏みでもされてるみたいだ。朱鷺が嫌なやつといった気持ちもわかる。すけべな男の目に晒《さら》される女の人って、こういう気分がするものじゃないかな。

しかし相手は蒼のそんな思いなど気づきもせず、こちらの顔に脂っこい目を据えたまま、身を乗り出していまにも手でも伸ばしてきそうな勢いだ。触られたらどうしようかと、本気で心配になってくる。

「ねえ君、演劇に興味ない？」

「はあ？――」

「歌とかミュージカルには？　君にぴったりはまりそうな企画があるんだけどな。今度ぼくは自分の劇団を旗揚げすることになったんでね、ぼくにまかせてくれたら、二年でスターにしてあげるよ」

うへっと思った。よしんば興味があったとしても、この男にまかせるなんてのだけは絶対に御免だ。

「ちょっと大迫さん、それくらいにしといたら？　かわいそうに、びっくりしてるじゃないの」

背後から短髪の女性が、錆びた声で割って入る。

「そうやって誰彼かまわずくどいて回ってさ、その内痴漢《ちかん》かなにかと間違えられても、あたしゃ知らないからね」

演出家が振り返ってなにかいい返そうとした、ちょうどそのときだった。

「──蒼、どうした」

背後から肩にかかった京介の手。思わずほっと息がもれる。

「こちらは？」

聞かれても、まだちゃんと紹介もされていないのだから答えようがない。さりげなく相手の視線をさえぎるようにした、京介の薄い背中がやけに頼もしく感じられる。

「なにか失礼でもありましたか？」

穏やかな京介の質問は裏返しの抗議にほかならない。もっとも相手に気づくだけの鋭敏さがなければ、聞き流してしまうだろう。

「君は誰だね」

演出家は鈍感な方の人種だったらしい。飽くまで尊大な問いに、

「桜井京介といいます。天沼龍麿氏にご招待いただいた者です」

「ほう、龍磨翁のお知り合いか。——演劇関係者というわけでは？」

そう尋ねたのは京介の風体からして、ホテルの常連客とは見えなかったからだろう。

「いいえ。近代建築史の研究をしています」

「近代建築史、ねえ——。つまり古典の訓詁注釈《くんこちゆうしやく》をやるようなものか」

「そういう側面もあります」

「あまり創造的な分野とは思えんな」

「かもしれません」

自分が関心も知識もない分野は、つまらなく価値もないに違いないと決めつけているような口調だ。蒼は相当にむっときたが、京介は平然と聞き流している。相手を人間だと思わなければなにをいわれても腹は立たないと、前にいっていたからきっと今度もその伝なのだろう。

演出家の背後にぼけっと立っていたのっぽの青年が、ふと顔を動かした。救われた、といった表情で情けない声を出す。

「ああ、天沼さん……」

そういわれて後のふたりの顔も動く。演出家の顔にはわずかな緊張、そして短髪の女性には軽い驚きのようなもの。

「——天沼さん、どうかなさった？」

蒼と、そして京介も背後を振り返る。後ろに高安支配人を従えて、ひとりの小柄な女性がそこに立っていた。

シンプルなデザインの薄紅のワンピース。肩の長さで切りそろえられた黒髪。装飾品は一対の真珠のイアリングだけだ。広い額の下のくっきりと細い眉。彼女が天沼暁だろう。女のあたしが見てもすてきなひとと、朱鷺がいったのも素直にうなずけると蒼は思う。身どこから見ても女性的な容姿でいながら、暁という男名前が不思議と不調和ではない。身長は百六十もない、その場では一番小柄なひとだが、凛とした気品とでもいいたいものが華奢な全身を包んで、いわば大きく見せている。

だがそのときの彼女は、確かに普通ではなかった。なにかが彼女を驚かせ、動きを止めさせていた。一重まぶたの下のつややかな瞳が、大きく見開かれている。その目の先に京介がいた。天沼暁はほとんど茫然と、眼前に立つ彼を凝視していた。

3

蒼は首を巡らせて京介を眺める。その顔は例によって昼間の幽霊よろしく、大半はばさばさの前髪で覆い隠されている。演出家一行にしても京介に対して、特別な反応は示さなかった。だがその女性は確かに、なにかに驚いているようだった。

しかしそうして彼女が立ちすくんでいたのは、ほんの一分足らずのことだったろう。

「お嬢様……」

背後から支配人に遠慮がちに声をかけられ、はっとしたようにまばたきした彼女は、京介に向かって悪びれぬ笑みとともに右手を差し出した。

「ようこそおいで下さいました。天沼暁と申します。父が勝手を申しまして、お忙しいところをお越しいただきながら、お出迎えが遅れまして申し訳ございません」

「このたびはお招きに与《あず》かりまして」

京介も今回は礼儀正しく、差し出された指先を軽く握り返す。

「そちらは?」

やわらかな笑みと視線を向けられて、一瞬なんと答えようかとまごついてしまった。

「杉原さんもよくご存じの、僕の助手です。いまは高校に行っていますが」

「お世話になります」

ぺこりと頭を下げた蒼に、

「ああ、あなたが蒼君」

唇の笑みが深くなる。

「朱鷺さんからお名前は聞いていました。私も蒼君と呼ばせていただいていいかしら」

「はい、その、どうぞ」

本当をいえば『蒼』というのは自分にとっては大事な呼び名で、外ではもっぱら戸籍名の『薬師寺香澄』を使っている。だが正面から、それもこんな美しい人に尋ねられて、嫌ですとはとてもいえない。

「ようこそ。ご自宅におられるようなつもりで、ゆっくりなさって下さいね。お若い方にはきっと、なにもない退屈なところでしょうけれど」

白い歯のこぼれる口元に寄るかすかな笑い皺が、その雰囲気をいっそうやさしくやわらかなものにする。年齢は人の容貌を衰えさせるだけでなく、希有なことかもしれないがかえって美しくすることもあるのだと、教えられるような表情だった。

「ご紹介いたしますわ、桜井さん」

小さなかたちのよい手がひるがえって、芝生の上に立っている三人組を示す。

「こちらが演出家の大迫治樹《はるき》先生。劇団Hに所属しておられる方です。ご多忙な中を今回は、特にご出馬をお願いしましたの。それからそちらのおふたりは、やはり劇団Hに所属しておられるスタッフの方です。演出助手で俳優もなさる小野木博之《おのぎひろゆき》さんと、舞台監督の板倉陶子《いたくらとうこ》さん。小野木さんは明日の劇にはヒロインの相手役で出演されます。板倉さんは長く大迫先生と組んでいらした、ベテランでいらっしゃいます」

「どうぞ皆様、お座り下さいましな」

涼やかな声で暁が椅子を勧め、一同はさっき京介たちが座っていた庭に向かう広間でテーブルを囲んだ。支配人は飲み物の希望を聞いて座を離れる。蒼はできるだけ失礼にならないようにと思いながらも、いつか目は暁の方を向いている。

とても三十過ぎているようには見えない。といってやはり若い女性には期待できない、しっとりと落ち着いた雰囲気がある。顔かたちの美しさという点でなら、たとえば朱鷺の方がずっと派手だし今風でもあるだろう。しかし暁には自然と滲む育ちの良さと、同時に背にひとすじ通った芯が感じられた。

こうして座ってもまたどうせ、演出家の大迫がすぐにあの大声でまくし立て出すのだろうと思っていた。しかし意外なことに、彼はむすっとした顔で黙りこくっている。その代わりに世間話といった調子で、暁が口を切った。

「——桜井さん、明日の劇はどこで上演されるのだとお思いになられます？」

「さあ。かなりの人出になるようなお話でしたが、この建物の中にはそれほどの広間はなさそうですね」

「ご招待した方は百人足らずですけれど」

「それでは済まないでしょうね。箝口令《かんこうれい》を敷いたわけじゃないから、なんだかんだって口伝えで広がっていますよ」

板倉が応じた。

「マスコミの人間ならここまで来て、帰れっていったって帰りゃしないでしょうしね。なにせ伝説の女優、奇跡の復活ってわけですもの。いざとなりゃあの連中、塀を乗り越えても入ってきますよ。そのあたりは天沼さんも覚悟しておかれないと」

「するど、野外劇ですか」

「当たりましたわ、桜井さん」

ピンクのルージュに彩られた、小さな唇がほころんだ。

「ここの庭園を舞台と観客席にしますの」

「すると、劇の中段で現れる鹿鳴館は」

「このホテルの建物に照明を当てて使って下さるそうです。もちろん鹿鳴館とは、似ても似つきませんけど」

上演される劇は三島由紀夫の一幕劇『卒塔婆小町《そとばこまち》』。それだけはさっき車内で京介から聞いた。しかしそれがどんな内容の劇なのかは、残念ながら蒼にはさっぱりわからない。劇の中に現れる鹿鳴館というのが、あのコンドルが作った明治建築のことなら、天沼のコレクションとの繋がりから選ばれた演目なのだろうか。

だが蒼がそっと指で京介の脇をつつくと、それだけでちゃんとこちらの気持ちは伝わった。ジーンズの尻ポケットにつっこんであった薄い文庫本を、抜き出して手渡してくれる。表紙には『近代能楽集《きんだいのうがくしゅう》』とある。

目次を開けば並んでいる戯曲のタイトルは道成寺《どうじょうじ》とか、葵の上《あおいうえ》とかどれもなんとなく耳に覚えがあり、丸まったページを伸ばしながらめくって巻末の解説に目を走らせ、どうやらこれは中世の能を三島が翻案して現代劇にしたものらしいと判り出した、そのときだった。

突然演出家の大迫が声を張り上げたのだ。

「ああ、天沼さん。私はこうはしとられんのです。なんとしてもいますぐ龍麿翁と会って、神名備芙蓉を説得してもらわにゃあ！」

なにごとかと目を上げる。怒ったようにどす赤く染まった大迫の頬。しかし少しでも驚いているらしいのは暁だけで、スタッフの小野木と板倉はまた始まったという顔だ。

「大迫先生、どうなさいましたの？」

「明日ですよ。明日なんだ、本番は！」

呆気にとられたように目を見張る暁に向かって、演出家は椅子から半ば腰を浮かし、いっそう大声を張り上げる。

「もちろん私の方の仕事はきっちり済んでいる。脇はうちの劇団の若手で、この春アトリエ公演で『卒塔婆』をやったばかりだから、セリフは入っている。私の指示も呑み込んでいます。しかしねえ、天沼さん。問題は主役だ。あの神名備芙蓉なんだ。頼みますから翁と会わせて下さい。そして主役を交代させるよう、お願いせにゃあならんのです！」

「すみません、先生。おっしゃる意味がよくわからないのですけれど」

暁はゆっくりとまばたきした。

「それはつまり先生と、芙蓉さんとの間になにかトラブルがおありだということですの？」

穏やかな口調であり表情だったが、そこには言外の非難もこめられているようだ。演出家がどう思おうと、肝心なのは神名備芙蓉なのだ、と。さすがにそれは、大迫にも伝わったのだろう。

「あ、いや──」

口を濁してことばを探すふうだったが、いきなり頭を一振りすると彼は顔つきを改めた。

「ではこの際、包み隠さず申し上げましょう。トラブルといえばトラブルでしょうな。公演を目前にして主演女優が演出プランに異を唱える。それも些細な変更なぞじゃない。それこそ芝居の根幹に関わるようなことだ。私も三十年この世界でやってきていますが、こんなことは正真正銘初めてだ。しかも彼女は頑として、ただの一歩も譲ろうとしない。いったいこれでどうやって、明日の芝居の幕が開きますか！」

聞いている内に蒼も呆れた。確かにとんでもない話だ。でも伝説の女優なんていわれているひとなら、きっとすごくプライドも高いだろう。芸術的な才能と人格はまた別なのかもしれないけれど、この演出家がそんな女優を従わせられなくても無理はないかも、と思ってしまう。だけど『奇跡みたいに実現した公演』の内幕がそんな状況だと、例えば朱鷺は知っているんだろうか。

「では先生、そのトラブルの内容を話していただけますか。もちろん父には早急に相談いたしますけれど、今回の行事の責任者は私ですので」

ふうっと大迫は大仰な吐息をついた。だが暁からそういわれた限りは、そのことばに従うよりないということが彼にもわかっているのだろう。

「少し長くなりますが、よろしいですかな」

「結構ですわ。あ、でも桜井さんたちにはご退屈ですかしら」

「——いいえ」

首を振った京介は、さすがにそれだけではぶっきらぼう過ぎると思ったのか、付け加えた。

「興味深く拝聴させていただきます」

「では先生、お願いいたしますわ」

すると大迫はいきなり椅子から立ち上がった。テーブルに置かれていた板倉の煙草と、ジッポのライターを断りもせずに取り上げて、一本抜き出す。火をつける。くわえ煙草のまま椅子の間を大股に足を運び、テラスに足を止めてくるっと振り返る。両手を広げる。いやに芝居がかった仕草だ。しかしそれも毎度のことなのかもしれない。

「いまさら当たり前のことをいうようですが、よろしいですか、戯曲というのはオーケストラの総譜であって、それを上演するのは演奏、しかして演出とは指揮者です。役者はそれぞれのパート、つまりは部分。

いくら第一バイオリンが聴衆の耳にもっともあざやかに響くからといって、それだけでは交響曲は成り立たない。パートは自分の鳴らす音だけに、集中しておればいいでしょう。全体を見渡すのは指揮者だ。総譜を読み、作曲家がそこにこめた本質を正しく読み取って音にするのは指揮者なんだ。つまり演出家です。

では『卒塔婆小町』の本質とは。これはロマンティックでありながら同時にアイロニーに満ちた、いかにも三島らしい戯曲なんです。夜の公園のベンチで出会った、乞食《こじき》の老婆と売れない詩人。老婆は自分が鹿鳴館に君臨した美女、小町だったと語る。語りに連れて過去がよみがえる。公園の恋人たちは舞踏会の紳士淑女に変身し、最初は笑っていた詩人の目にもいつしか老婆が美女に見えてくる。詩人もまた変身する。彼はかつて小町と結ばれようとして、その寸前に死んでしまった恋人深草《ふかくさ》の少将の再来だった。

これを額面通りに受け取るか。時を越えて巡り合う恋人、愛の至上と永遠がテーマだというのか。とんでもない。そんな甘ったるいリキュールみたいな芝居を、どうして三島が書きます。これは女性嫌悪者三島らしい、絢爛《けんらん》たる悪意に満ちた芝居ですよ。老婆は確かにかつて美女小町だった。だが彼女は不毛な『つれなき美女《ファム・ファタール》』、男を魅惑し招き寄せても、身も心も決して許すことのない魔女だ。百夜通いの満願の日に哀れな深草の少将を死なしめたように、老いてなお美の幻影の中で再び巡り合った恋人を死にいたらしめずにはおかぬ。そういう物語なんだ。

束の間在りし日の美を幻覚させて詩人の若い命を奪い、しかし美しさを取り戻すことはなくただ醜く老婆は生き続ける。生き続けることはもはや老婆にも呪いでしかないが、彼女はそのようにして生きていくしかない。究極のファム・ファタール、呪われた不死の老婆、それが三島の描いた小町です。

小野小町《おののこまち》零落伝説を下敷きにした謡曲『卒塔婆小町』を翻案するにあたって、なぜ三島は鹿鳴館という素材を入れ込んだか。他の謡曲翻案作品は漠然とした現代が舞台なのに、なぜ時代を特定する固有名詞を敢えて用いたか。単にロマンティックなムードを醸し出すために？　だがなぜ鹿鳴館です。そもそも鹿鳴館とはなんですか。

建築史の先生の前で門外漢がいうのも気がひけますが、つまりあれは日本の近代にとっては無意味な空騒ぎ以外の何物でもなかったわけだ。日本の伝統を振り捨てた、臆面もない欧化主義の徒花《あだばな》だ。どうして三島がそんなものを賛美するはずがあります。日本の伝統的文化を賞賛して止まなかった彼の美意識とは、およそ正反対の存在じゃありませんか。その鹿鳴館と小町を結びつけたのも、三島の小町という女に対する、紛れもない悪意の顕《あらわ》れだと私は思うんですよ！」

さすがに演出家というべきなのだろうか。あたりに鳴り渡るような大声で、しかも怒濤《どとう》の勢いでまくしたてられれば、声の大きさと説得力は違うとはいえ、ただ黙って聞いているより他にどうすることもできない。

「いかがです、暁さん。私の考えは間違っていると思われますかな？」

胸を、というよりふくれた腹を突き出すようにして問う大迫に、彼女はおっとりと微笑み返す。

「いいえ。こうしてうかがっていますと、とても説得力のあるプランのように思えますわ」

「そうでしょう。春のアトリエ公演はもちろんこのプランに基づいていました。世にも醜怪《しゅうかい》にしてグロテスクなる老小町、大変好評でしたよ！」

「でも、それに芙蓉さんはなんといっておられるんですの？」

得意げだった大迫の表情が、いまいましげにゆがむ。黒ずんだ唇をへの字に曲げると、ふうっとため息をついて髪を掻き上げる。

「そう。そのことなんですがね、暁さん」

「はい？」

「いまさらのような質問ですが、今回の企画で、『卒塔婆小町』を上演するということと、神名備芙蓉を主役に起用するというのと、どちらが先に、どのような経緯で決定されたのか。そこをうかがえますか？」

「それは――、父の希望でした。どちらが先というのでもありません。ホテルの開業十周年を祝うという話は以前からあって、今年の初めに神名備芙蓉の主演で『卒塔婆小町』をする、もう承諾も取ったから、あとは私によろしく頼むといわれましたの」

「ほう、すると芙蓉と交渉を持ったのは龍麿翁ご自身だった」

「ええ」

「翁はそれまで彼女と、接触をお持ちだったのですか」

「私の知る限りでは、なかったと思います。手紙のやりとり程度のことはあったかも知れませんが。けれど父が昔芙蓉さんを援助していたということは知っておりましたから、それほど意外にも思いませんでしたけれど」

それがなにか？　といいたげに暁はまばたきしたが、

「ああなるほど。しかしねえ、いわせていただけば暁さん、芙蓉自身はあまりそれを望んではいなかったのじゃありませんか。どうも私にはそう思われてならんのですよ。いかがです？」

それは天沼暁にとっては、かなり意外なことばだったらしい。初めて彼女のパール・ピンクに彩られた唇から、完全に笑みが消えた。それもほんの束の間のことではあったが。

「あの方が、なにかそのようなことを先生におっしゃられまして？」

聞き返した顔はすでに、元の穏やかな微笑を回復している。

「大舞台に立つのは困るけれどこういう場所でなら、ということで快くご承知いただいたと、少なくとも私はそのように、芙蓉さんご自身の口からお聞きしましたけれど」

「演目が『卒塔婆小町』ということは、そのときからすでに決まっておったのですか」

「ええ」

だが大迫は黙って首を振る。信じられぬとでもいうふうにだ。

「先生？」

「あなたはもちろんあの戯曲を読まれている」

「はい、読みました」

「それで、なんとも思われなかった」

「ええ。すみません」

「そうですか。あなたのようにまだ若々しくお美しい女性には、おわかりにならないことなのかもしれませんな。——桜井さん、あなたはいかがです」

これまでずっと沈黙を守っていた京介に、いきなり話が振られた。京介はいつもの淡々とした口調で答える。

「先生のお考えをうかがいたいと思います。僕は演劇にはまったくの素人ですし、神名備芙蓉の舞台姿を見たこともありませんので」

ふふんと大迫は鼻を鳴らしたが、京介の答えは彼の心には沿っていたらしい。

「そう、そうですな。やはりかつての彼女を知っている者とそうでない者とでは、考え方も大いに違ってくるのかもしれん。私は覚えとります。彼女の引退記念リサイタルのとき、私はこの小野木よりまだ若いひよっ子の演出助手だった。

神名備芙蓉はエディット・ピアフの生涯を歌と芝居で綴る、シンプルな舞台を見せました。ミュージカルといえるほど派手な装置はなにも使わず、相手役も出さず、独り芝居のせりふとピアフのシャンソンがひとりの女歌手の生涯を描き出していく。

いまもありありと目に浮かびますよ。恋人の死の知らせに打ちのめされた彼女が、ひとり頭を上げて絶唱する『愛の賛歌』。結婚式で歌ったりする日本語の訳詞なんかすっぱり忘れて下さい。元の歌詞はあんな甘っちょろいものじゃない。灼けつくがごとき愛の歌です。青空が頭の上に落ちかかってこようと、大地が覆ろうと、あなたさえいてくれればかまわない。この世のことなんてどうでもいい、そういう歌です。

あなたのためならなにもかも捨てられる。空の月だって盗んでみせる。祖国を裏切ることも厭わない。死によってもふたりは引き裂かれはしない。なぜならあなたが死ぬときは私も死ぬのだから。そして空の上でまた愛し合おう。そういうふたりを神もきっと祝福してくれるだろう――

それを聞きながら、私は文字通り震えました。そして泣きました。芙蓉の歌声が私を貫き、その美貌が炎のように目に突き刺さり、それは魂に刻印された。彼女が見上げる天井には、ありありと果てしない蒼空が広がり、彼女の伸ばす腕の中には死んだ恋人の魂が無垢な白い小鳥のように震えていた。以来私はピアフ自身のレコードすら、聞きたいとは思いませんでしたよ――」

蒼はあっけに取られた思いで、大迫の沸騰《ふっとう》したような熱弁を聞いている。芝居がかった口調はさっき『卒塔婆小町』について語っていたときも同じだが、いま彼の濁っていた目は物に憑かれたように大きく見開かれ、頬は熱を帯びて赤らんでいる。それは彼のむくんだような顔を、不思議に若々しいものに変えていた。

「先生がそんなにあの方のファンだったなんて、存じませんでしたわ——」

暁のつぶやきにも押さえきれない驚きの色が滲んでいた。大迫は照れたように口をつぼめる。

「いいませんでしたからね。演出家が自分の芝居に出る女優に熱狂しているなどというのは、どう見てもあまり望ましいことじゃない」

そしてなにかいいかける暁に押し被せるように、大迫はことばを継ぐ。

「天沼さんが今回私に声をかけて下さった第一の理由が、最近アトリエ公演で『卒塔婆小町』を取り上げた演出家だったから、というのはわかっています。しかしその主役を神名備芙蓉が演ずる、と聞いたときは耳を疑いました。龍麿翁が彼女のパトロンだったことはよく存じていますが、失礼だが本気にはしなかった。それがなぜだかおわかりになりますか？」

暁は黙ったまま、幼女のように大きくかぶりを振った。

「ではお教えしましょう。どうやら桜井さんはわかっておられるようだが。若い詩人はヒロインである老婆に向かってこんなセリフを吐くのですよ。

『ああ、おそろしい皺《しわ》だ』

しかし老婆は自分をいまでも美人だと主張し、詩人は傍白する。

『やれやれ、一度美しかったということは、何という重荷だろう』

かつて紛れもない美貌を謳《うた》われた女優に向かって、これはずいぶんと残酷なセリフじゃありませんか。失礼ですが暁さん、私は龍䯲翁が神名備芙蓉を憎悪しているとしか思えんのです。だからこそ敢えて『卒塔婆』を彼女に演じさせて、小町ならぬ芙蓉自身の現在を衆目に晒そうとしているのだと」

「そんな……」

暁は途方に暮れている。道に迷った子供みたいな顔だ、と蒼は思う。大迫は続ける。

「芙蓉自身もそのことに気づいている。だから演出に介入して、『卒塔婆小町』という劇自体をまったく別のものにしようとしている。その気持ちは大いにわかりますがね、それではもはや劇は解体するしかない。それは演出家としての私に自殺を強いるようなものだ。

新しい劇団を起こすに当たって龍䯲翁の援助を期待する私としては、彼の意向を最大限尊重したく思います。それを百も承知の上でお願いするのですが、暁さん、どうしても『卒塔婆』をやるなら主役は交代させてもらえませんか。実をいえばアトリエ公演のときの主演女優はスタンバイさせてあるんです。芙蓉には芝居の後で何曲でも、望むだけ歌ってもらえばいいじゃありませんか。

かつての神名備芙蓉の紛れもない熱烈な賛美者である、私がいっているのです。これは決して悪意ではない。彼女を守りたいからなんだ。美の幻影をいまも抱き続けるかつての聴衆のためにも、ひとりの演劇人として、神名備芙蓉という不世出の歌手にして女優を愛しているからこそなんですよ」

「——それほど彼女は変わってしまっている、ということですか」

大迫の熱弁がとぎれた後の沈黙に、抑揚にとぼしい声音でぼそりと京介が尋ねる。暁と大迫が同時に答えた。暁はいいえ、と。そして大迫はええ、と。

「でもあの方はおきれいですわ、とても。魅力的な方に見えましたわ」

重ねて暁が答え、しかし今度は大迫が大きくかぶりを振る。

「芙蓉は六十一ですよ。昔風にいえば還暦《かんれき》過ぎだ。引退して世間から完全に身を退いてしまう女優というのはしばしばいましたが、そうして自分のイメージを守ろうとするのは当然のことでしょう。

桜井さん、もしも時間があれば『玉造《たまつくりの》　小町壮衰書《こまちそうすいしょ》』というやつをお読みになるといい。平安朝に書かれた、小野小町落魄《らくはく》伝説のひとつのルーツになったといわれる詩です。若い日に栄耀栄華《えいようえいが》を誇った美女が親兄弟に死なれて落ちぶれ、醜い乞食の老婆となって街頭をさすらうという。綺語を尽くして在りし日の栄華と、現在の老醜《ろうしゅう》をそれこそ嫌というほど並べ立ててある。

その詩の中にこうあります。『壮んなりし時には驕慢《きょうまん》最も甚しかりき、衰えたる日には愁嘆《しゅうたん》猶深《なおふか》し』。暁さんはあのようにいわれるが、私にいわせればいまあそこにいるのは芙蓉の残骸だ。なれの果てというやつだ。まさしく落魄した小町ですよ。昔の彼女を記憶している者の目には、そうとよりいいようがない。どうして龍麿氏はそれを、敢えて舞台に引き戻そうなどとしたのか――」

また長広舌《ちょうこうぜつ》が始まりそうになるのに、押し被せて京介が尋ねる。

「お聞きしていいですか、大迫さん。神名備芙蓉はあなたの演出プランに対して、どんな要求をしているか」

再び大迫の唇がゆがんだ。忌々しげな怒りの色と、痛ましさを堪えている表情と、相反するふたつがそこには入り交じっているようだ。

「――芙蓉は、早変わりをするというんです」

彼は投げ出すような口調でいう。

「歌舞伎の二役のように、詩人の目に映る変化をそのまま、九十九歳の老婆から花の盛りの鹿鳴館の美女に、姿を変えて客をあっといわせてみせるという。そんなことができるわけがない!」

「あ、あの、でも……」

突然口を開いたのは、演出助手の小野木だった。顔を真っ赤にして震えながら、

「やってできないことはないと思うんです、ほんとうに。メイクは特殊なマスクを使うことも考えられますし、あとは照明と――」

「なにを馬鹿なことをいってる。君はなにもわかっていない！」

これまでに倍する大声で大迫がわめき、小野木は文字通り亀のように首をすくめる。

「可能かどうかの問題じゃあないんだ。老婆が老婆の姿のまま鹿鳴館の紳士淑女に囲まれて、美女として遇されるアイロニーが『卒塔婆小町』の眼目じゃないか。たとえば映画屋ならそれこそSFXでもなんでも使って、老婆をゆるやかに美女に変身させてみせるかもしらん。だが演劇ならばただ俳優の演技とセリフ術によって、観客の目にイリュージョンを現出させねばならんのだ。三島自身が覚え書きとして書き残しているのを、君は読んでいないのか。すべての変化は詩人の主観を通して表現されるんだと。

それができないなら『卒塔婆』を上演する意味なんてない。詩人役の君がそんなことをいい出すんなら、それはつまり役柄の放棄だ。自分は演技などできませんといってることなんだよ。大衆演劇や見世物でもあるまいに、けれんで観客を驚かせてどうする！」

ふたたびこちらに向き直った大迫は、口調を改めて、

「もうおわかりでしょう、暁さん。桜井さんも。芙蓉は天性の女優だ。実現はしなかったが昔『卒塔婆小町』の上演を企画したこともあったはずだ。その彼女が三島の戯曲にこめられているものを、正しく読みとれないわけがない。

そんな早変わりなんて可能かどうか以前に、『卒塔婆小町』という芝居を崩壊させてしまうだけなんだ。しかし彼女は執拗《しつよう》に主張する。どうしても美しく変身した小町を舞台に出さねばならないという。それはなぜか。つまり彼女は落魄の老婆を演ずることが、耐え難いほど苦痛なのですよ。一旦龍麿翁からの依頼を引き受けてはしまったものの、なんとかその苦痛を回避しようとしているのですよ。

だから私は最前から申し上げているんです。神名備芙蓉に『卒塔婆小町』を演じさせるべきではない、と。龍麿翁にどんな理由があるとしても、一世の美貌を謳われた女優に対して、いやひとりの女性に対して、それはあまりにも心ない残酷な要求だ。暁さん、これは演出家大迫としてのと同時に、女優芙蓉を愛する者からのお願いです。ご理解いただけたならひとつなんとか父上を説得して下さい」

暁は答えなかった。顔を伏せ、唇に片手の人差し指を押し当てて、深く思い迷っているかのようだった。

「——暁さん」

大迫が重ねて名前を呼ぶと、彼女はようやく視線を上げた。

「でも、父に話すより前にあの方のお考えを伺ってからでなくては。大迫先生のおっしゃることは理解させていただいたつもりですけれど、あの方がほんとうになにを考えておられるか、私はそれをお聞きしたいと思います」

やわらかなことば遣いの中にも、きっぱりとした響きをこめて彼女はいう。

「昔父と芙蓉さんとの間にどんな経緯《いきさつ》があったとしても、何十年も経っていまさら父がそれほど卑劣な意趣返しを企んでいるなんて、娘としてはもちろん信じたくはありません。でも私が異議を申し立てたいのは、そのことだけではありませんの。

確かに女にとって、歳を重ねて容貌が衰えるというのは辛いことですわ、とても。私程度の者でも、それは想像がつきますわ。でもそのことですべてが失われる、とまで決めつけられるものでしょうか。

昔を知らないからこそ、そう思うのかもしれません。けれど私の目にはあの方は、いまも充分美しく魅力的に見えました。そして女優としてのスピリットを、確かにお持ちだと思いました。

ですから先生のお考えは、やはり少し違うのではないかと思えてなりませんの。あの方が先生とは違うプランをお持ちなのは、老残の小町を演ずるのが苦痛だからとかそんな理由ではなく、劇に対して違う解釈のしかたをしておられるからではないかと、そんなふうに思いますの」

庭から声が聞こえた。

「――そういっていただいて感謝いたしますよ、天沼暁子《あきこ》さん」

やや高い、つややかな、そして力強いアルトの声音だった。その場にいた全員が一斉に息を呑み、声のした方へ視線を投げていた。

いつか秋の午後の陽は低く移ろい、緑の芝生も影の色に沈んでいる。茜色の残照が漂う空を背景に、いまその芝生を踏んでゆっくりと近づいてくるひとつの人影。シルエットになって顔かたちは明らかには見えない。しかし蒼が驚いたのは、まだかなり距離があったにもかかわらず、そして叫んだとも大声を張り上げたともいえない静かな口調であったのに、その人の声がとても近くはっきりと耳に入ったことだった。

頭には小さな帽子をかぶり、そこに止められた黒いベールで顔を覆っているらしい。背丈は女性としてはかなり高く、体つきはやや太い。ニットのようなやわらかな布地の黒いドレスが、その全身を包んで足元まで達している。長い裾をゆるやかにさばいて、その人はテラスからサロンの中へと足を踏み入れる。

「神名備さん――」

大迫が、首を絞められたような声を出した。

「き、聞いていらしたんですか……」

「だってそれは、あんな大きな声でしたもの。庭中に響いておりましたよ」

低い笑い声を響かせながら、神名備芙蓉は足を止めた。テラスの二本の角柱を額縁に、夕べの空と庭を背景にして、不吉な黒い影のようにその立ち姿が浮かび上がる。

この上もなく優雅に二本の腕がもたげられ、うなじに回って帽子とベールを外した。黒い帳《とばり》の下から象牙色の面が現れた。にっこり笑ってサロンの人々を見渡すその顔。真ん中で分けた黒髪はうなじにゆるく纏め、彫り刻まれたように深い目鼻立ち、高い鼻梁《びりょう》と濃くアイシャドーで彩られた目元は、美貌を謳われた女性の面差《おもざ》しをそのまま残している。しかし額や口の脇に深く刻まれた皺、肉のついて垂れかかる頬、たるんだ顎と喉を見ないわけにはいかない。

「こんにちは、皆様」

暗いローズ・ピンクに塗られた唇が、三日月のかたちに微笑む。蒼の目に映ったその笑顔は、どこか角のない般若《はんにゃ》と似ていた。

群衆

1

「凄いわねえ。さすが大女優っていうか、まるっきり舞台の出そのものじゃない。いいわねえ、蒼ったらそんなところに居合わせられて！」

朱鷺がため息混じりに声を上げた。

「ねえ、それで？　それからどうなったの？」

腕を摑まれて、子供のような口調で話をせがまれているのは蒼。ふたりがいるのはオテル・エルミタージュの玄関に続く、普通のホテルならロビーに当たる場所だ。ただここではいかにもホテルといった造りは意識的に避けられているようで、二階への階段やガラス・レリーフの玄関扉のある広々とした空間には、いまふたりがかけている壁際のソファがひとつあるばかり、あとは寄木《よせぎ》の床だけがさえぎるものもなく広がっている。

時刻はすでに六時を回り、昼間庭へ向かって開け放たれていた南向きのサロンでは、パーティーの準備がされているところだ。京介は先刻迎えが来て、天沼龍麿の待つあの広壮な屋敷へと出向いていった。すぐそこに見えるのだから庭づたいに歩いていけるのだろうと思ったら、一度門の外に出て車でぐるりと丘の反対側へ回らねばならないそうだ。

ホテルの敷地との間には、かなり高い煉瓦塀《れんがべい》が設けられている。塀にある通用口を開けて行って行けないことはないが、それだと普段使われていない草ぼうぼうの道を十分以上も歩くことになるという。ホテルが建てられる前、屋敷から見下ろす低地は鴨の飛来する沼で、個人用の猟場だったとか。日本の金持ちというよりイギリス貴族の話のようだ。

「ねえ、蒼ったら。早く話してよ！」

朱鷺が急き立てる。

「それからどうなったの？　あの人、なんて？」

「う、うん。えーっと、ね——」

なんとか朱鷺の追及に答えようと、蒼は苦労してことばをひねり出す。確かにサロンに登場した神名備芙蓉は、蒼の目から見ても往年の名女優の貫禄《かんろく》に溢れていた。がらんとして昼の光だけが漂っていた空虚な室内が、にわかに豪奢《ごうしゃ》な黒い輝きで満たされ尽くした、そんな気がする。さっきまではひたすら声の大きさで場を仕切っていた大迫も、彼女の前では女王の突然の来臨にひれ伏すひとりの道化でしかない。

「暁子さんがいって下さった通り、私は大迫先生とは別様にあの芝居を考えていますのよ。三島が女性を忌み嫌っていたかどうか、そんなことは存じませんけれどね、シェークスピアだって百人百様の演じ方があるのだから、この芝居だってそう考えていいはずじゃありません？」

ゆったりと裾をさばいて椅子にかけると、芙蓉はそう口を切った。天沼暁のことを暁子と呼ぶのが蒼にはちょっと不思議だったが、とてもそんな口をはさめるものではない。その声は朗々として艶やかな響きを帯び、ただ静かにものいうだけでオペラのコロラトゥーラを聞いているような、蠱惑《こわく》的な魅力さえあった。

「私はあれを愛の永遠を歌う芝居だと思います。宿命のように引き裂かれて、けれどまた巡り合わずにはおれない恋人たち。求め合い、ほんの一瞬成就したかに見えてまた失われる。愛の不可能性と不滅性を、ふたつながらかたちにした芝居だと。それがリキュールのように甘ったるいとは、私は思いません。

きっと先生は誤解していらっしゃるんですよ。愛というのは決して、甘ったるいものでも俗なものでもございません。それはむしろ苦くて、残酷で、苦悩に満ちた地獄のようなもの。ダイヤモンドがただの石ころだというのと同じような意味で、つまらない、無意味な、でも少しだけ見方を変えれば至上の価値のある、昔から、そしていまも変わらず、そのために人が生きも死にもするものなんです。

どんな疲れ果てた人も、絶望した人も、愛なんてありはしないとしか思えない人も、せめてこの舞台を見たときだけはそれを信じられる。子供のように無邪気にそう思える。私はそんな『卒塔婆小町』を演じたいの。時の流れの無情に打ちひしがれる人にも、踊りの輪のようにふたたびあの至高の瞬間が巡り来る、そんな奇跡はあるのだということを見せてあげたい。それが私の『卒塔婆小町』。皮肉でしゃれた象徴劇なんかじゃなくて。三島がどう考えていたとしてもね」

無論大迫はそれくらいで引き下がりはしなかった。彼がかつての神名備芙蓉の熱烈なファンであったことに嘘はないとしても、いまその彼女の指図に従って演出家の仕事を放棄するつもりは毫もないらしい。さっき話して聞かせた彼の演出プランをまた大声でがなり立てようとするのを、さすがに暁が止めて、ではそのお話は場所を変えてと体《てい》よく京介たちから引き離したのだった。本番が明日に迫っているというのに、演出家と主演女優が真っ向から対立しているといういわば醜態を、招待客の前にこれ以上晒すに忍びなかったのだろう。

「なあんだ、それでおしまい？　神名備芙蓉がどんなプランを持っているのか、もっと詳しく聞きたかったのに——」

いかにも悔しそうな朱鷺に、蒼はさっきから不思議に思っていたことを尋ねる。

「朱鷺は龍麿さんのところにいたの？　そっちで芙蓉さんもいっしょなのかと思ってた」

「違うのよ。私はあれから村田《むらた》さんっていう、芙蓉女史のマネージャー兼付き人みたいなことしてる人と会って、ジュエリーを見てもらってただけ。龍麿お爺様とは電話で話したんだけど、結局お手がすかないってことで会えなかったの。それにね、お爺様は劇の上演が終わるまでは芙蓉女史とは会わないつもりなのですって」

「ええ？」

蒼は驚いた。

「会わないって、こんなそばにいるのに一度も顔を合わせていないの？」

「そう。ふたりとも電話では話してるらしいけど。いわれてみればちょっと不思議かな」

「ちょっとどころじゃないよ。芙蓉さんは彼に頼まれたから、引退してたのを舞台に立つことにして、わざわざここまで来たっていうんでしょ？　それなのに一度も会おうとしないなんて、まるっきり変じゃない」

いいながら蒼の頭に浮かんできたのは、さっきの大迫のセリフだ。天沼龍麿は実は神名備芙蓉を憎悪しているのではないか、という。だが蒼がそういうと、朱鷺は憤然とかぶりを振った。

「邪推《じやすい》よ、そんなの！」

でも、説得力ある気もするんだよね、と内心蒼は思う。だって暁さんには申し訳ないけど、少なくともあの人の顔については大迫のことばが当たっているというしかなさそうだ。

昔の美貌の名残がないとはいわない。ただ額や口の端に刻まれた皺や、頬や顎のたるみは目のつぶりようもなく、なまじ目鼻立ちが整っているだけに、男のようないかつささえ感じられてしまう。どちらかといえば不気味とか、怖いとか、そんな形容がついてくるような顔だ。

そしてあわてて読んだ三島の戯曲は、確かに大迫がいう通りの内容だった。素直に書かれたセリフをたどる限りヒロインは九十九歳の、しかもまだ自分は美しいといい張る狂人じみた老婆なのだ。

『あんまりみんなから別嬪《べっぴん》だと言われつけて、もう七八十年この方、私は自分が美しくない、いや自分が美人のほかのものだと思い直すのが、事面倒になっているのさ』

ごく下世話に考えるなら、己れの老いを認識できない惚けた老婆のいいそうなこんなセリフを、正しくかつてそのようであり、いまあのようである人にいわせるのは、ひどく残酷なことではないだろうか。

「なによ、蒼ったら。やけに演出家の肩を持つじゃない！」

「そんなことないけどさ」

「じゃあいいわ、教えて上げる。あたし知ってるのよ、あいつがなんでそんなことといい出したか」

朱鷺は怒ったように蒼を睨み付けた。

「さっきはいわなかったけど、龍麿お爺様はね、パトロンであっただけじゃなく神名備芙蓉に男として恋していたらしいの。そして彼女に幾度も熱烈なプロポーズした。そのときはもう奥様は亡くなっていたから、別にやましいことはなにもなかったのよ。でも結局彼女はお爺様を振って、フランス人と結婚してしまったわ」

「それじゃ、芙蓉さんが急に引退したっていうのは——」

「まあ、事実としてそのときのことなわけ。でもね、神名備芙蓉が振ったのはなにもお爺様だけじゃないの。凄い美女で歌い手で女優だもの、それこそいい寄る男なんて掃いて捨てるほどいて当然でしょ。だけど誰にも彼女は手ひとつ握らせなかった。これも有名な芙蓉伝説の一部よ。そのために今小町なんて呼ばれたくらい」

「今小町？」

「だから小野小町よ。花の色はうつりにけりないたずらにって、歌詠んだ歌人。凄い美人だけどお高くて、いい寄る男を振ってばかりだった。深草の少将という男に、百夜徒歩で通ってきたら身を許すと約束して、でも彼は可哀想に百夜目の夜に病気で死んじゃった。

そんな驕慢な美女が歳取って、見る影もなく落ちぶれながら長生きしてしまったっていうのが小町の伝説。その伝説を下敷きにして観阿弥の謡曲『卒塔婆小町』が作られて、それをまた本歌取りして三島があの戯曲を書いたんでしょうが。まったくいまの高校生は小野小町も知らないのッ？」

「そりゃ、ぼくだって名前とその短歌くらいは知ってるよ。神代先生んちって、お正月は必ず百人一首するんだもん……」

嚙みつくみたいな勢いでまくし立てられて、その上凄い目で睨まれて、蒼はへどもどしてしまう。

「ええっと、つまり芙蓉さんが今小町って呼ばれたことと、今度『卒塔婆小町』が演目に選ばれたことには、なにか関係があるの？」

「そう。もちろん今小町っていうネーミングには彼女の美貌だけじゃなく、振られた周囲の男どもの怨念っていうか、なんてつれない女だ、末はどうなっても知らないぞ的な揶揄《やゆ》も当然みたいにこめられていたわけだけど、それを逆手に取って、ならば三島の『卒塔婆小町』を上演してやろうという企画を、昔龍麿お爺様と彼女が立てたのですって。これはあたしが今回、神名備芙蓉本人から聞いた話なんだから確かよ。つまり果たされなかった約束を果たす、それだけのことなんだわ。

ただ彼女の引退があんまり突然だったものだから、あれはお爺様がプロポーズに応じないともう援助しない、それどころか彼女の舞台活動を妨害してやると脅迫したからだ、なんて噂が流れたらしいの。そのことに絶望して嫌気がさして、芙蓉は日本から脱出したんだって。まったくとんでもない下司の勘ぐり。あの演出家はそんな噂を、真に受けて騒いだ口なのよ、きっと」

「でも、もしそれがほんとだったら、いくら三十年近く経ったからって、芙蓉さんが龍麿さんの頼みに応じたりするわけないよね――」

「そうよ！」

朱鷺は大きくうなずいた。

「確かにお爺様はずいぶん偏屈で、変わり者かもしれないけどね、そんな卑劣なことをする人間じゃあないわ。ましていまさらそのときの恨みでわざわざ彼女に『卒塔婆小町』をやらせるなんて、まったく冗談じゃない。あの演出家、おおかた自分がそういうイジメでもやったことがあるんでしょう。悪趣味の深読みもいいとこよッ」

サロンの扉が開かれて、そろそろ中へどうぞと高安支配人の声がかかったのは、それからほどなくだった。気がついてみればあたりには、招待客らしい人々がいくたりも集まってきている。二ヵ所の扉は大きく開け放たれ、カーテンを下ろしてモダンなデザインのシャンデリアを点《とも》したサロンは、昼間とは雰囲気を大きく変えていた。

ソファはすべて壁際に移され、中央には純白のクロスに覆われて、精巧な細工物のようなオードブルを満載した皿を置くテーブルが二脚。左手のバーの扉も開かれて、グラスや色とりどりの酒瓶が宝石めいて輝いている。そこに高安支配人以下、黒と白のお仕着せに身を包んだ男女のサービス係が控え、決して派手ではないものの社交の場らしい華やいだ空気が満ちていた。

「行きましょ」

朱鷺は当然のようにいって、蒼も続いたが正直な話あまり気が進まなかった。きちんとした服装を用意するようにと前もっていわれていたから、高校編入記念ということで門野老人が誂えてくれた濃紺のブレザーにグレーのボトム、薄水色のワイシャツに細目の臙脂《えんじ》のネクタイをつけている。だが首の回りに堅いカラーとタイがあるというだけで、蒼にはひどく着心地が悪い。高校の制服もブレザーにタイだが、ソフトな素材が使われていてこれほど気にはならなかったのだが。

いっそ何百人もの大パーティーならまだ気楽なのだが、今日そこにいるのはせいぜい二十人足らず。たぶんこのホテルの馴染みの客や、天沼家の古くからの知人といったところなのだろう。どこを見ても壮年から下の年頃の者はおらず、しかもほぼ全員が顔見知りらしい。頼みの綱の朱鷺はさっさとその人の輪の中に入っていってしまい、いかにも如才なげに会話のやりとりに加わっている。京介はいない。天沼龍麿らしい老人も見えない。暁もいない。そして神名備芙蓉の姿も。

「――お聞きになりました？　龍麿翁は一度も神名備芙蓉と顔を合わせていないとか」

ふいにそんな声が耳に飛び込んできて、蒼はなにがなしドキリとする。ちょうど自分の頭の中で考えていたことを、そっくりそのまま口にされたようだったからだ。

「それは、ほんとうですかな？」

「ええ、そういう話ですわよ」

蒼のいるすぐ隣のソファで顔を寄せ合っているのは、頭が見事に禿げ上がってでっぷりと肉のついた蛸《たこ》のような老人と、対照的に痩せこけた鶏めいた老女という、マンガっぽい組み合わせだった。一応は声をひそめているつもりなのだろうが、いくらか耳が遠いのか、それとも蒼など眼中にないからか、その会話はそっくりそのまま聞き取ることができる。

「しかしそりゃあおかしいなあ」

蛸老人がのんびりという。

「あのふたりはいい仲だった、という話だが」

「あら、だからこその女心ってことじゃありません？」

老女が意地悪げに眼鏡の中の目を輝かせた。

「考えてごらんなさいまし。いくら花のかんばせを謳われた美女でも、還暦過ぎてはなんとやら。それこそうつりにけりないたずらに、でございましょ」

「だったらいくら誘われても、出てくることはなかろうに」

「そこはいろいろあるでございましょうよ。龍麿翁はともかくもこれだけのものをお持ちなのだし、いくらいまはお元気だといわれてもねえ」

老女の口調はいよいよ毒々しい。

「それに、お嬢様のこともありますわ」

「おお。そういえば暁さんはまだ結婚されておらんのだなあ」

老人は痛ましげに薄い眉を寄せる。

「可哀想なことだよ。好いて好かれた相手なら添わせてやれば良かったろうに——」

「ですからね、このままお嬢様が結婚しないことでもあれば、天沼のご身代がそっくり宙に浮くじゃございませんの」

「それはそうだが、神名備芙蓉とそれがなんの関わりがあるね」

「まあ嫌だ、ご存じじゃありませんの？——」

老女はマスカラだらけの目を、大仰に見張ってみせる。

「あら、それじゃあたくしすっかり、よけいなことばかり申し上げてしまって」

腰を浮かしかけて、老人に引き留められて、だが元々立ち去るつもりなどなかったらしく、老女はいよいよ楽しげに、秘密めかしてなにかを相手の耳元でささやいている。蒼はそっと離れた。気分が悪い。むかむかする。ハムレットの父王みたいに、耳から毒薬でも注ぎこまれたようだ。

（どうして——）

蒼は思う。天井に輝くアール・デコ・スタイルのシャンデリア、灯火を映して金茶色に輝くニス塗りの柱、図案化された庭園風景を表す壁のレリーフ、そんなあたりのものに目をやりながら。

（どうして人間って、こんなにきれいなものを作り出すこともできるのに、そのきれいな空間であいう最低な思いに耽ることができるんだろう――）

あの老女がそういうタイプの人間だから、品性が下劣で噂話の好きな卑しい性格だからといって済ませられるならまだしも簡単だ。けれどそんな決めつけで自分を納得させられない程度には、蒼も人間というものを知っている。人格的には最低の人間でもすばらしく美しいものを創造することはあり得るし、どんな高潔な人格の持ち主でも卑劣な行為に走ることがないとはいえない。

でも、そんなふうに思ってみてもいましがた耳にした会話の不快さは、泥水を浴びせられたように蒼の心から消えなかった。神名備芙蓉が天沼翁の金目当てで、依頼に応じたとでもいうような老女のことば。それだけでなく、暁の結婚問題となにか関わりがあるという、あれはなんなのだろう？――

2

「坊や、ひとりなの？」

いきなりすぐ近くから声をかけられて、はっと顔を上げた。耳に覚えのある錆びたハスキー・ボイスは、さっき舞台監督と紹介された女性だ。

身長は蒼と大して変わらない。昼間会ったときはいかにも仕事着といったブルゾンとパンツだったが、さすがにいまはかっちりとした黒とオリーブ・グリーンのスーツに着替えている。とはいっても相変わらず化粧気もなく、いかつい太枠の眼鏡もそのまま。そして手には煙草とウィスキーのグラス。あまりこの場の雰囲気に、ふさわしいとはいえない。

「こんばんは、板倉さん」

蒼が挨拶すると顔がほころんだ。

「ありがとう。私の名前ちゃんと覚えていてくれたんだね。君は蒼君でいいの？」

「ええと、ぼくの名前は薬師寺香澄というので、よろしかったらどうぞそちらで呼んで下さい。坊やじゃなくて」

「これは失礼。立派なお名前だ」

男のような表情で苦笑してみせた板倉は、

「それじゃ薬師寺君、君のところの先生はどこへ行っちゃったの？」

先生って、あ、京介のことか。

「ええと、桜井さんは天沼さんに呼ばれて、二時間前くらいから、向こうのお屋敷に行きました。そちらの大迫先生は、どうなさったんですか？」

板倉の目の中を再び、苦笑めいた光が通過した。

「——ひとりでやけ酒」

声をひそめてぼそっとささやかれたことばに、思わず聞き返している。

「どういうことですか？」

「あれからしばらく侃々諤々《かんかんがくがく》やり合ってね、どうにも妥協点は見つからないってところで龍麿翁の裁定が下った。劇の演出は飽くまでも芙蓉女史の意向に沿って行われるべし。いくら新劇団創設に当たっての資金援助は再確認されたって、そりゃ大迫がおもしろいわけない。だからやけ酒」

淡々と客観的な事実だけを述べている、とでもいった板倉の口調だ。

「じゃ、明日のお芝居は芙蓉さんがいったみたいなものになるんですか？」

「そうだね」

「乞食の老婆が、美女に早変わりする？」

「ああ」

「出来るんですね、それ？」

「まあね」

「だったら、本番の演出プランが変更されるだろうことを知らなかったのは当の大迫さんだけだった、っていうことなんですね」

板倉はすぐには答えなかった。表情は動かさぬまま、片手のオンザロック・グラスから一口飲むと、煙草を一服二服。それからようやく口を開く。

「どうしてそんなふうに思う？」

「だって本番は明日なんでしょう。大迫さんのプランと芙蓉さんのそれは全然違う。つまり舞台監督である板倉さんは、その変更に応じられるだけの準備をあらかじめしておられたはずです。さもなかったらいまごろ、呑気《のんき》にお酒なんか飲んでいられっこないです」

「呑気かどうかはわからないよ。君だって読心術ができるわけじゃあるまい？」

ぷか、と煙を吐いた唇が、笑いのかたちをして見せるが、いかつい眼鏡の中の目は少しも笑っていないと蒼は思う。

「ぼく舞台のことなんてなにも知らないけど、常識的に考えただけでわかります。いくらなんでも前の日の午後にいきなりそんな変更なんて、間に合うはずがないです。逆にだからこそ大迫さんは、いくら芙蓉さんが反対しても安心していたのかもしれない。いまからじゃ自分のいうとおりにするしかないって。でも、そうじゃなかったんだ」

考えてみればもっと早く、そのあたりの矛盾に気がつくべきだったかもしれない。朱鷺はあのプラチナとムーン・ストーンのジュエリーを、舞台で使うのだといっていた。でも演じられるのが『卒塔婆小町』だけなら、どう考えても老婆姿の芙蓉があれをつけることはあり得ない。それに朱鷺はあのジュエリーが、神名備芙蓉のイメージで作られたといっていた。ということはそれらしい衣装をつけた写真か、少なくともラフぐらいは、あらかじめデザイナーに渡されていた可能性がある。

どうせ朱鷺のことだから、深く考えてもみなかったのだろう。演出の大迫だけを置き去りにして、ずっと以前からひそかな叛乱《はんらん》は企まれ、準備されていたのではないだろうか。劇団所属の俳優たち、スタッフ、舞台監督さえ芙蓉の意向に従うことで一致していた。それが芸術的な問題なのか、それともっと生臭い理由によるのかまでは、蒼にはわからないが。

ふっと板倉は唇から息をもらした。

「——いい勘だ、坊や」

「坊やじゃなくて、薬師寺です」

「おっと失礼。それじゃ薬師寺君、いま君が気づいたことは内密にしてもらえないかな。なにもずっとというんじゃない。少なくとも明日の夜の公演が無事に終わるまでは」

「いいですよ。人に争いの種を蒔いて楽しむ趣味はありませんから」

これってちょっと京介っぽいせりふだな、と思いながらうなずいた蒼に、

「ありがとう。それじゃお礼にひとつ、情報提供してあげよう。さっき君はもれ聞こえた噂雀のさえずりに、気を取られていたようだから」

「なんです？」

そんなところまで見られていたのかと、思わず不快さが顔に出る。

「別に大したことじゃないよ。この部屋の中にいる年寄り連の、半数以上は知っていることだ。つまり天沼暁の母親は誰か、ということ」

「そんなの――」

聞きたくもないといいかけて、ふっと蒼はことばを飲む。さっきの鶏のような老女が話していたこと。暁と神名備芙蓉との間になんらかの関わりがあるということは、まさか？――

「無論戸籍には母親の名前がある。能美《のうみ》夕子《ゆうこ》と。だがそれは替え玉だ。おそらく書類を偽造して、名前だけを借りたんだろう」

板倉はやけにあっさりと断定する。

「どうしてそんなことがわかるんです」

「能美夕子というのは十数年間、現役中の芙蓉の付き人だった女だ。しかし表には出なかったから、当時の取り巻きも顔くらいしか知らないそうだ。写真が一、二枚残っているけど、およそ垢抜けしないどちらかといえば醜女だ。いくら本命に振られ続けたからといって、美女好みの天沼氏が手を出すとは思えない」

ずいぶんひどいことをいうと蒼は思ったが、板倉は平然とことばを続ける。

「無論暁とは少しも似ていない。それなら誰に似ているか、といえば」

意味ありげにことばを切った板倉の顔を、蒼は無言で睨み返した。しばらくその目を見つめ返していた板倉は、ふっと苦い笑いに口元をゆがめ、顔をそむけながらつぶやく。

「どっちにしても赤の他人が、詮索《せんさく》するようなことじゃないね。――つまらぬおしゃべりが過ぎたようだ。失礼するよ、薬師寺香澄君」

パーティー会場が開かれてから一時間ほどが経過して、ようやく天沼龍麿は登場した。遠目に眺める限りとても八十を越えているとは思えない、恰幅《かっぷく》も良ければ姿勢も正しい男だった。やや長めに伸ばした豊かな白髪をオールバックにして、血色の良いつややかな額の下に陽気だが眼光鋭いふたつの眼が輝いている。

彼は左右にふたりの男女を従えていた。ひとりはいうまでもなく娘の天沼暁で、いまは明るいスカイ・ブルーのレエスのドレスに装っている。年齢性別は違ってはいても並んで立てば、龍麿と暁には確かに見違えようのない親子らしさ、容貌の類似が見えた。

そしてもうひとりはなんと桜井京介だった。服装は相変わらずいつ買ったのか知らないジャケットを引っかけて、髪型は例によってあの通りだから、列席の老人たちの目にはさぞや奇異に映っていることだろう。しかしその彼を天沼は、W大の大学院をこの春卒業した気鋭の近代建築史研究者と紹介した。しかもひどく丁重な口調だった。

さして広からぬ室内で、客たちは自然と天沼の回りに集まっていく。天沼の脇にいる京介も、いつの間にかその輪の中に囲まれてしまう。部屋の端の方にいた蒼は、いまさら近づくこともできない。

「——ちょっと、なんなんだと思う？　あれって」

脇から乱暴に肘を引かれて、なにごとかと思えば朱鷺だ。

「あれって、なにがさ」

「だから、龍麿お爺様はどういうつもりなんだろうっていうのよ」

もどかしげに拳を握っている朱鷺。しかし蒼には彼女がなにをいいたいのか、依然としてさっぱりわからない。

「京介のこと？　ずいぶん気に入られちゃったみたいだなあ、とは思ったけど、それが？」

「──ああもう、いいわ。あたしの思い過ごしかもしれないし」

そんなことばを残して、彼女はまたさっさと行ってしまう。残された蒼はぽかんと、その背中を見送っているばかりだ。

「皆様、そろそろ食堂の方へご移動下さいませ。晩餐《ばんさん》のご用意ができております」

食堂に続く大扉が開かれ、人波が動き出している。天沼龍麿と暁は招待側の主らしく、その傍らに立っている。京介の姿は見えないが、先に行ってしまったのかもしれない。こちらではなにも食べなかったので、さすがに空腹だった。自分も行こうとした蒼の目の隅に、別のものが見えた。壁の鏡に室内が映っているのだ。

テーブル回りに置かれた使用済みのグラスを、ワゴンへ退《ひ》いているのは遠山だ。しかしいま彼は手を止めてじっと食堂の方向を見ていた。蒼の目にちょうど彼の横顔が見える。ひどく青ざめている。京介と話していたときの、へらへらした笑いなど微塵《みじん》もない。唇を固く嚙みしめまぶたは緊張に張りつめて、見つめているのは誰だ。龍麿翁だろうか。彼の反対のせいで、兄は恋人と別れさせられたのだから。

でも、そうではなかった。いまドアの脇に残っているのは暁ひとりだった。顔見知りなのだろう老人と微笑みながらなにか話している。それを遠山は凝視している。より正確にいうなら睨み付けているのだった。明らかに、激しくたぎるような憎悪をこめて。

3

大食堂のテーブルにはあらかじめネームプレートが置かれていたが、京介の席は上座の龍麿翁の左手だった。右には暁が座っている。それとは遥かに離れた蒼の席の隣は朱鷺で、少し安心したが彼女は妙に上の空で、ろくに話し相手にもなってくれない。手の込んだフランス料理が次々と出された気もするが、なにを食べたのかよくわからないまま晩餐が終わり、再びサロンに戻ってコーヒーとブランディをというところで蒼は抜け出した。

あの変人のどこをそれほど気に入ったのか、龍麿翁は今晩は京介を離すつもりはないらしい。それならもう部屋に戻ろう。風呂を使ってベッドに入ってしまおう。それとも着替えだけして、少し散歩にでも出てみようか。

しかし人いきれで暑いほどだった室内から玄関ホールに出ると、がらんとして静まり返った空っぽの空間はひたすら冷え冷えとして、ドアの向こうから聞こえてくる談笑の声が、奇妙なほどのわびしさを胸に掻き立てる。

（ぼく、こんなところでなにしてるのかな……）

場違いだ、という気分。自分の居場所がない、という、じわじわとやわらかいもので喉を締め上げられていくような、焦燥感。でもそれはここでなくても、たとえば学校の昼休みの教室であってもあまり変わらない。自分が異質の者であり、誰ともわかりあえないなにか別のものだという思い。しかもそれをあからさまにはできない、隠さねばならない緊張感が常につきまとう。

昔は京介のそばが蒼の居場所だった。といって彼は特別やさしいことばをかけてくれたり、べたべた可愛がったり、そんなことはしない。うるさく騒いだり悪戯したりしない限りは、邪魔にもしないで同じ部屋にいさせてくれるという、それだけだ。難しい顔をして本に読みふけっているか、パソコンのキーボードを叩いているか、なにか書いているか、ひとりで自分のすることをしている。

でも彼のそんな姿をそばで見ているだけで、蒼は安心することができた。ここに自分のことをすべて知ってくれている人がいる。知っていて拒まなかった人がいる。そう思うだけで、自分が世界と和解できたように感じられたのだ。

どれほど目の前の作業に没頭しているときでも、京介は蒼の存在を忘れてはいない。もしもまた蒼が心くじけて泣き出すようなことがあれば、彼はすぐに本から顔を上げてくれるだろう。そのことを心底信じられるようになれば、もう試す必要もなかった。

そしてそんなふうに自分に思わせてくれた彼と、もっと違うかたちでも繋がっていられるようになりたくて、いったのだ。

「ぼく、なにか手伝おうか？」

あのとき京介はどんな顔をしたろう。少しは驚いたろうか。それとも当然のようにうなずいて答えたろうか。

「じゃあ、コーヒー淹れてくれないか？」

「うん！」

続いていわれたことばは、はっきり覚えている。蒼の方がびっくりしたからだ。

「ただし僕はまずいコーヒーは飲まない。手伝ってくれるつもりなら、喜んでお代わりしたくなるようなやつを入れてくれ。できないならいい」

もちろん蒼はがんばった。だってああいうことといわれたら、悔しいじゃないか。絶対おいしいっていわせてやろう。京介の行きつけの喫茶店に思いきってひとりで入り、そこのマスターに事情を話して教えを請うた。栗山深春や神代教授以外の赤の他人に、自分から話しかけることができたのは、そのときが最初だったかもしれない。

かくして奮闘一週間。味見のしすぎでご飯が食べられなくなったりよく眠れなかったり、弊害はいろいろあって教授に怪しまれたりもしたけれど、ついにこれならといえるコーヒーがはいった。

「どう？」

どきどきして待っている蒼になにもいわず、京介はゆっくりとカップを空にする。

「ねえ、どうだった？」

「もう一杯、くれないか」

飽くまで平静な彼の返事。蒼は我慢しきれなくなって声を張り上げる。

「美味しいかまずいか、なんとかいってよ、京介。そうじゃないとわかんないよ！」

喜んでもらいたくてあんなにがんばったのに、なんだか悔しくて涙が出そうだった。もういいよっと叫びかけて、でもお盆には空のカップが戻されていて、もう一杯ってことはつまりおいしかったってこと？……

振り返った目の中で京介がうなずく。唇にほんのわずか、やわらかな微笑を浮かべて。

「それじゃ、合格ッ？」

「ああ。これからはずっと頼むよ」

そういわれて、やっと嬉しさが胸に湧いてきた。蒼は思わずやったあと声を張り上げ、なにごとかと飛んできた教授の頭に、危うく空のカップをぶつけそうになった。

（あれからたった五年――）

そうだ、五年しか経っていない。なのに蒼はもう、京介のそばにいて彼のコーヒーを淹れたり、調べものを手伝ったりするだけでは満足できない自分に気がついている。

彼といるのは確かに心地よい。なにより安心だし、それでいて一人前に自分の足で立っている気にもなれた。なぜなら京介は蒼を甘やかさなかった。妥協も手加減も抜きで怒るところは怒ったし、叱るところは叱った。それでいて蒼を常に物のわからないような子供ではなく、ひとりの人間として扱ってくれた。だから。

だけどそれは結局、京介に背中を支えてもらっていることだ。自分と世界との間に彼という風除けを立てて、守ってもらっていることだ。いつまでもそんなことはしていられない。そうして自分から歩き出すことを選んだはずなのに、結局またどうしていいのかわからないままうろうろして、京介のそばにいれば満たされた昔を懐《なつ》かしがったりしている。

「駄目だなあ、ほんと……」

口に出してつぶやいて、タイの結び目に指を入れてゆるめた。首の回りにこんなものを締めているのは、やっぱり気分が悪いし疲れる。ぼくはサラリーマンにはなれないかも知れない。それはともかく部屋に戻って、熱いシャワーでも浴びるとしよう。やっとそう心に決めて歩き出した蒼を、

「——おい」

階段脇の暗い隅から呼び止めた声がある。誰かと思えばそこに立っていたのは、あのバーテンダー遠山だった。

「話があるんだ。ちょっと顔貸してくれ」

顎をしゃくって、来いという身振りをするようなやつの、いうことを聞く義理はないと思う。

「なんのご用ですか」

「そう警戒するなよ、坊主。桜井に伝言を頼みたいだけだ」

誰がおまえなんか警戒するもんか。おまけに坊主だって？　失礼なやつ、坊やよりまだ悪いや！　むっとしたので大股に近づいてやったら、遠山はこちらを向いたまま背後の扉を開けた。

「来いよ、別に取って喰いやしないぜ」

外は中庭らしい。といってもどちらかといえば裏庭、サービスヤードといった感じの空間だ。左手の明るいガラス窓の中は厨房のようで、沢山の人が晩餐の片づけ作業をしている。蒼が中庭に足を踏み入れると、遠山は扉を閉じた。隅の壁にもたれて煙草に火を点けた。厨房の窓明かり以外照明はないので、表情はほとんど見えない。煙草をくわえたまま口を開く。

「――桜井は龍麿ジジイに捕まってるんだな？」

「天沼さんにですか？　ええ、そのようですけど」

「明日の昼なら少しは時間が空くだろう。俺は大抵バーにいる。話があるから一時間ばかり都合してくれって、それだけ伝えておいてくれ」

「なんの話ですか」

一瞬遠山の目がきらりとひかった。

「おまえさんの知ったことじゃない」

そうかもしれないと思わないでもなかったが、朱鷺の話は別にしても、この男はいまひとつ得体の知れない気がする。

「だったらぼくもいわせてもらいます。あなたに使われる理由なんてないって」

遠山の口から乾いた笑いがもれた。

「は。いってくれちゃうなあ、子猫ちゃん。年長者は敬《うやま》えって習わなかったのか？」

「相手によりけりだと思いますよ」

「おーお、さすが桜井のしつけだ。口の減らねえこと」

蒼は相手の顔を睨み付けたが、遠山はそらっとぼけたように横を向いて、煙草の煙を輪なりに吐き出している。たったそれくらいのことを自分で伝えられないということは、やはり龍麿翁や暁に顔を見られてはまずいからだろう。なにか良からぬことを、企んでいるのかもしれない。

「ぼくはさっきあなたが、パーティーの後を片づけているときの顔を見たんです。自分でも気づいていないのかもしれないけど、あなたときたら物凄い目をして睨んでいましたよ。天沼暁さんのことを」

「…………」

「暁さんはあなたのお兄さんの恋人だったんですってね。ふたりが結婚できなかったのは龍麿さんのせいだとしても、いまさら恨んでもどうにもならないんじゃありませんか。だけどさっきあなたが暁さんを見ていた目、まるで殺してやりたいっていってるみたいだった」

「………」

「いったい京介に、なにをさせるつもりです？」

遠山は煙草を足元に投げ捨てた。と、大股にこちらへ近づいてくる。陰になって顔は見えない。

「そんな話誰から聞いた、坊主。あのおしゃべり女か、え？」

声が脅かすように低い。指先で胸をぐいと突かれた。でも蒼は一歩も下がるまいと足を踏ん張った。

「ご想像にまかせます。でも京介だってそのへんのことは、知ってるみたいでしたよ」

「そうか――」

遠山は笑ったようだった。

「それなら話は早い」

独り言のようにつぶやいて、ふいと体を巡らす。

「手間取らせたな」

「ちょっと、待って下さい」

自分でもなんのためかわからないまま相手を呼び止めようとした蒼に、遠山は立ち止まりもせずにいい捨てる。

「伝言頼んだぜ。お休み、ぼくちゃん」

誰がおまえの用事なんか頼まれてやるものかと、叫び返そうと思う間に遠山の背中は、中庭の闇に溶けて消えていた。

4

蒼が部屋に戻らないで屋上に出てしまったのは、要するに単純なミスと、気紛れからだった。白金の庭園美術館は一部二階建てだったが、それをデザイン的に模倣したオテル・エルミタージュは総三階建てらしい。一階の南、庭側にサロンや大食堂、裏側に厨房などがあって、二階と三階が客室だ。蒼と京介の部屋は二階の東南角。さっき上り下りしたのは玄関ホールからの表階段だったが、中庭の裏手に見えるサービス用らしい外階段を上がっても、当然二階には出られるだろうと思った。

ところが裏の区画と表の客室との間には廊下にドアがあって、鍵がかかっている。二階の裏手に並んでいるのは客室ではなく、従業員の部屋らしい。するとやはり部屋に戻るには、ぐるっと回って表階段を使わなくては駄目か。

だが外階段の踊り場に立って見ると、それが三階の上、屋上まで通じているのがわかった。照明が点されているらしく、ぼんやりした明るさが上の夜空に漂っている。どうせここまで来たんだから、登ってやれと思った。

(たぶん京介はまだしばらくは、戻ってこないだろうし——)

それに部屋に戻って京介と顔を合わせる前に、少し考えておきたいことがある。遠山に押しつけられた伝言のことだ。普通ならなにも蒼が、あんな感じの悪いやつのいう通りにしてやることはない。変にからむような物のいい方も不愉快だったけれど、あの天沼暁を睨んでいたときの表情ときたら、憎悪というよりむしろ殺意、この後なにか彼女に変事が起こったら、絶対犯人はあいつだと断言したくなる顔だった。

でもたぶんあの男は、京介にとってはそれなりに親しい人間なのだ。蒼も深春も知らない高校時代の京介を知っていて、あんなふうになれなれしく京介に対することができて、それを京介も容認している。そう思うと、いくら一方的に押しつけられたにせよ伝言を握りつぶすなんて良くないというのと、それでもかまわないから知らんふりしてしまいたいというのと、相反《あいはん》する考えが同時に湧いてきて、蒼は文字通り頭を抱えてしまう。

(京介がぼくだったらどうするだろう——)

それはもう考えるまでもない。判断するのはおまえ自身だ、といって京介はなにも隠すことなく伝えてくれるはずだ。もちろん蒼がどう判断するかには注意を向け続けて。

だから当然蒼も、なにも隠さずに彼に話すべきなのだ。遠山の行動に疑いを覚えているなら、その点についても話してしまえばいい。そんな最初からわかりきった結論の手前で、なぜためらっているのかといえば……

屋上は陸屋根の縁が、胸壁というのだろうか、蒼の腰ほどの高さに上がって手すりとなっている。いかにも低い手すりだが、厚みが三十センチ以上もあるので、端近くに寄っても危ない感じはしない。

あまり人が登ることもないらしく殺風景なロの字形の屋上の、東南の一隅に部屋ひとつ分ほどの大きさの塔屋が建っている。ホテルの建物全体をそっくり縮小したような箱形陸屋根の、西側は壁がなく、残る三方も大きな窓になった、つまり屋上にあずまやを載せたようなものだ。夏の夜の夕涼みには、格好の場所かもしれない。

しかしそこにはいま明々と照明が点されていた。こちらに背を向けた人影がひとつ。体に沿う裾長の黒いドレスを着た後ろ姿が、黄色みを帯びた光に照らされて、四角い額縁に囲まれたように闇の中に浮かんでいる。誰だろうと思うまでもなかった。

彼女だ。神名備芙蓉。じっと彫像のように動かない。明日の舞台のことを考えているのかもしれない。邪魔をしたらまずい。戻ろう、と蒼は思った。しかし体を巡らしかけて、そのまま止まってしまった。

テープだろうが突然にアップテンポの音楽が始まり、ついで歌声が聞こえ出したのだ。

しかしそれは——

なんという歌だったろう。蒼はそんなものをいままで、一度として聞いたことがなかった。想像すらしなかった。

歌われていたのはひとりの貧しいお針子《はりこ》の物語。美しくはなく、そしておそらくもはや若くもないひとりぼっちの女が、ある春の日、祭りで賑わう街のざわめきに誘われてふと広場にたたずむ。

広場を埋めているのは陽気な群衆の輪舞。あっという間にお針子はその渦に巻き込まれ、訳も分からぬまま翻弄される。名前も顔もない群衆にこづきまわされて為す術《すべ》もない彼女の指を、しかし突然しっかりと掴んだ手。

抱かれて見上げればひとりの若者が、子供のように明るく笑っている。茫然として答えることばもなかったお針子は、しかしいつかその笑みに心惹かれ、微笑みを返している。そしてふたりは手を取り合って、自分から踊りの輪の中に入っていく。

輪舞の陶酔の中で彼女はたちまち若者に恋し、見上げる空は薔薇色《ばらいろ》、この瞬間よ永遠にと祈らずにはいられない。けれどふたたび押し寄せた群衆の波が、彼女の手から若者を奪い去る。必死に人波を掻き分け追ってはみたが、次々と人は寄せ、彼はその中に呑まれて消えてしまう。

探し疲れてすでに夕刻、祭りは終わり群衆は立ち去り、空っぽの広場にひとりたたずむお針子。涙にかすむ目の中で陽が落ちていく。突然与えられ、また突然奪われた恋の歓び。最後に彼女は絶叫する。——群衆を私は憎む！——と。

それはつまり、そんな歌だった。しかし蒼の意識の上で、もはやそれはただの歌ではなかった。一編の映画を見せられたように、いやそれ以上に、自分がそのお針子になったように思えた。

祭りの賑わいから閉め出された者の、重く、暗く、しかし諦めを含んだ孤独感。

怪物のような群衆の中に突然巻き込まれた恐怖。

そして救い主の出現に驚き、戸惑い、それが輪舞のリズムに酔わされるように熱い恋の想いへと変わっていき、しかし再び押し寄せる暴力的な群衆。急転直下の失楽。

残されるものは再び孤独と、疲労と、なお胸から消えることない陶酔の記憶ばかり。

群衆を憎む、と。

しかしそれはなんという無力な、なんという無意味な憎悪だろう。祭りは終わったのだ。もはやどこにも群衆などというものはない。憎むべき顔もなければ名前もない相手。ただお針子にわかっているのは、この先も生きている限り続くだろう自分の孤独ばかり。ただ一度、一刹那《いちせつな》の歓びを知ってしまったからこそ、後に続く日々はいっそう暗い——

「あなた……」

声がしている。

「どうしたの、あなた。そんなに泣いて」

ぼやけた視野の奥から、こちらを見ているらしい人の顔。そして声。でもよく意味がわからない、と蒼は思う。

泣いてって誰が。ぼくが？　ぼく、泣いている？——

のろのろと手を上げた。頰に触れた。そして本当に泣いているのに気がついて、びっくりした。あわてて両手で頰をこする。我に返ってみれば、話しかけているのは他でもない神名備芙蓉その人だ。そばにもうひとり、若い男の人がいる。

「ご、ごめんなさい。お邪魔、してしまって」

あせって謝ったのは、その若い男の顔に明らかに不機嫌で険悪な表情が浮かんでいたからだ。練習中だったのだろう、そんな顔で見られても仕方ない。かなり離れたところで息を殺していたつもりなのに、いつの間にこんなに近くまで来てしまったのか。しかし芙蓉は、なにかいいかけたらしい男を片手で止めて微笑んだ。

「いいのよ。なんでもないの。気にしないで。でも、お聞きしていいかしら。あなたはどうして泣いたの？」

「——わかりません……」

そうとしか答えようがなかった。

「でも、いまの歌を聴いている内に、お針子がかわいそうっていうより、自分があのお針子になったような気がしてきて、寂しくて悲しくてどうしようもなくなってしまったんです。誰の悪意があったわけでもないのに、なんて残酷なんだろうって――」

「残酷？」

芙蓉は軽く首をかしげて、つぶやきながら微笑む。それは昼間蒼が見て、角のない般若みたいなと思わずにはいられなかったあの顔だ。目鼻立ちこそ整ってはいるものの、たるんだ頰や刻まれた皺に満たされた顔。半顔が電灯に照らされているために、皺はいっそうくっきりと無惨なまでに見え、六十よりももっと老けているようにさえ思える。

しかしあの歌を聴いているとき、蒼は彼女にありありと孤独なお針子娘の姿を見ていた。離れていたために顔そのものよりも、身振りや動きの方が強く印象されたためもあるだろう。歌いながら見上げ、腕を伸ばし、廻《まわ》りする彼女の周囲には、確かに異国の街並みが、春祭りの群衆が、そして真昼から夕べへと移ろう春の空が広がっていた。

「あの歌は残酷かしら――」

「あっ、でもっ、違います。歌はすごくすてきでした。まるで長い劇でも見ていたみたいでした。ほんとに、夢みたいで。ただ」

「お針子の気持ちになれば悲しくて残酷、そう思うのね？」

「そうです。たぶん、それで自然と泣けちゃったんだと思います」

まだ濡れている頬を乱暴にこすった、蒼の指がふわりと暖かなものに包まれた。芙蓉が両手を伸ばしてそっと握ってきたのだ。

「ありがとう」

不思議な微笑だった。目に見えているものは絶対に美しいとはいえそうもない、老いた女の顔であるのに、そこに浮かんだ笑みは確かに美しく、花のほころび匂うようだった。そうして蒼の手を握ったまま、軽く体をひねって背後に呼びかける。

「ねえ、壮《そう》ちゃん。こんな若い人が涙を流すほど心を動かしてくれるなんて、私もまだそれほど捨てたものじゃないようね」

壮ちゃんと呼ばれた青年は、床に置いたカセットデッキを片づけにかかっていた。

「あなたの舞台は最高です、芙蓉」

下を向いたまま、不機嫌そうな声が答える。

「だからもう休んで下さい。夜の空気は喉に毒だと、さっきからいっているんですから」

「はいはい。あなたときたらまったく、小姑《こじゅうと》みたいにうるさいこと」

どこか幸せそうな口調だった。握った手はそのまま、蒼に視線を戻して、

「でも、すっかり夜も更けたようね。さあ、あなたもお休みなさいな。明日のお芝居、見て下さるんでしょう?」

「はい。楽しみにしています」

蒼はいまは素直な気持ちで、そういうことができた。この人ならあるいは、奇跡のように九十九歳の老婆から鹿鳴館の美女に変身することも、可能ではないかと思えてしまったのだ。たった五分足らずの歌の内に、あれだけ凝縮したドラマを現出させることのできる神名備芙蓉なら。

さっき屋上に出るまで抱えていた胸の重さはすっかり忘れて、外階段を下りかけた。しかし三階まで下りたところで、いきなり前方の暗がりに朱色の炎が音立てて点った。オイル・ライターのオレンジ色の炎だ。

「──よう、これは助手の坊や」

下卑た声の上に、酔っているような調子の外れた響き。大迫だ。彼は階段の柵にもたれて、手にした酒瓶を口呑みしているらしい。ニコチン混じりの体臭と、アルコール臭さがぷんと鼻を突く。嫌なところで嫌なやつに会ってしまったとは思うものの、そばを通らなくては部屋に戻れない。

「あの歌はなかなかのもんだろう。え？　顔さえ見なけりゃ、歌だけはさあ」

彼もここで芙蓉の歌うのを聞いていたらしい。なにがおかしいのか、げらげら大声で笑い出す。つい足を止めていい返していた。

「あなたは芙蓉さんの、ファンだったのだと思いましたけれど？」

「そうとも、ファンだったよ。昔の神名備芙蓉のな。いま自分がどんなご面相をしているか、それもわからないような頭のいかれたババアのじゃない」

酒臭い息を吐き散らしながら、大迫は笑い続ける。胸がむかむかしてきた。結局彼が惹かれていたのは神名備芙蓉そのものというより、顔かたちの美しさだけだったのではないか。その記憶にいまも囚われて、だから現在の彼女が見えないのだ。

「昔の芙蓉を知らないおまえらにゃわからないよ。彼女は至高の美そのものだった。それがいまはどうだ、小町どころか安達ヶ原の鬼婆だ。いまみたいな彼女を見なけりゃならないなら、くそッ、こんな舞台なんざ最初っから――」

「あの人はいまでもきれいだと思います」

泣き笑いのような声でしゃべり続ける大迫。酔っぱらいになにをいっても無駄だとは知りながら、いい返さずにはいられなかった。

「歌を聴いてようやくぼくも、暁さんのことばが理解できました。時間が経って顔かたちが変わったからって、なにもかも失われるわけじゃない。あなたにはわからないんですか」

一瞬大迫は黙った。

「――こりゃあ驚いた！」

片手で手すりを摑んだまま、大迫はにじるように近づいてくる。階下の電灯の光が、そのグロテスクにゆがんだ表情をおぼろに浮かばせた。

「さすが魔女だな、あのババア。自分の息子のような歳の男を愛人にしているかと思えば、今度は孫のようなガキをたぶらかしてやがる」

それはあの壮ちゃんと呼ばれていた青年のことを、指しているのだろう。だが蒼はこれ以上、聞くに耐えなかった。せっかくすばらしい歌を聴いて、心も清められたような気分だったのに。

「失礼します」

脇をすりぬけようとした蒼の腕を、

「まあ待てよ、坊や」

背後からにちゃりと汗ばんだ指が摑んだ。

「せっかくこんなところで会ったんだ。少しくらいつきあってくれてもいいだろう?」

舞台の奇跡

1

　翌朝桜井京介が目を覚ますと、隣のベッドはすでに空だった。枕元の時計を見れば十時近い。日頃なら寝入りばなといった時刻だが、自分の流儀がどこででも通用すると思うほど幼稚な人間でもないので、ぼおっと薄膜のかかったような頭のままではあったが、ともかくも体を起こす。

　琥珀色《こはくいろ》の絨毯を敷き詰めた床からヴォールト状の天井まで、朝日が射して部屋の中はすっかり明るい。蒼が起きたときにしていったのだろう、窓のカーテンは大きく左右に開かれて、澄み切った秋の青空がガラスいっぱい広がっている。風もないらしく、この天気が保てば、野外劇の鑑賞には願ってもない快適な夜になるだろう。

（それにしても——）

昨夜はまったくひどい目にあった。どういうものか龍麿翁が、晩餐が終わってもいっかな離してくれないのだ。客たちが入れ替わり立ち替わり主の前に現れては話し込んでいく間中、仏像の脇侍《わきじ》でもあるまいに、娘の暁とふたり彼の左右に座らされていた。

お義理にも京介の研究に興味を示した相手には、翁はすぐさま話題をそちらへ向け、先夜のコンドル論を上機嫌でぶち始めたかと思えば、次には京介に話を続けさせようとする。鹿鳴館を建てた建築家といえば誰でも名前くらいは知っていても、テレビの歴史ドラマになったわけでもなし、さほど興の動く話題でもあるまい。元々そんな趣味のない人間には、近代建築の話など聞かされるだけ迷惑に決まっているのに、翁はまったく頓着《とんちゃく》しない。

彼のコンドル・コレクションに話が及べば、なおさら舌はすべらかに回って止まらなくなるという有様だ。あげくはこれから有志の客と連れ立って本邸に戻り、京介の解説でそれを見ようという話にまでなりかけて、冗談じゃないと内心あわてた。そうでなくともさっき、たっぷり時間をかけて巨大な耐火金庫いっぱいの図面やら写真やら建築のかけらやらを見せられて、つくづく困惑していたのだ。その中には鹿鳴館ベランダの大理石柱などという明らかな贋物まで含まれていて、見れば見るほど翁の真意を測りかねる奇妙な収集物であったのだから。

すみませんが今日は疲れているので、といっても一向に聞き入れてもらえず、見かねた暁が、

「お父様。あまり無理をおっしゃっては、桜井さんに失礼ですわ——」

袖を引くようにして父を止めて、ようやくその場はお開きになった。やれやれとサロンを出て階段を上りかけた京介を、小走りに追ってくる足音がある。気づいて立ち止まるとすぐ目の下に、壁灯の明かりを半面に受けた天沼暁の立ち姿があった。

「あの、桜井さん。すみませんでした、ほんとうに。お気を悪くなさいましたでしょう？　せっかくいっしょにいらした助手の方も、置き去りにさせてしまいましたわ。父はあの歳で子供のようなところがあって、身勝手ですけれど決して悪意はないんです。きっと今日も、桜井さんをいろいろな方にご紹介したくて、それであんなふうにお気持ちも考えずにお引き回しするようなことを——」

こちらを見上げながら、急《せ》きこむようにことばを連ねていた彼女は、

「いいえ、どうぞご心配なく」

京介が短くそれをさえぎると、ふっと口をつぐんで目を伏せた。息を呑み込む音がする。なにかいいかけたことばを中途で止めてしまったような、不自然な間だった。だが京介が軽く会釈して、再び階段を上がっていこうとすると、

「あ、あの——」

「なにか？」

「あの……」

いいかけてまた目を伏せ、ためらうように唇を嚙《か》んでいる。そんな小娘のような様子は、この女性にはあまり似つかわしくないと京介は思う。そうして見ていても、三十過ぎているとはとても思えない姿かたちだ。

だがそれはお嬢様育ちの、世間知らずから来る幼さなどとはまた違う、彼女の内から滲《にじ》んでくる精神の若々しさ、しなやかさのためではないか。とすればなにが彼女を、これほど気後れさせているのだろう——

しかし彼女は一刹那にためらいを振り捨てた。細い首が別人のようにしゃんともたげられる。まつげの下から黒目がちの瞳が、明かりを映してきらりとひかった。

「私、桜井さんにご相談したいことがありますの。明日ほんの少しで結構ですから、お時間を拝借させていただけません？」

「ご相談、ですか——」

京介は思わず眉をしかめる。どうも面倒なことになりそうだというのは、予感などより遥かに確実な予想の範疇《はんちゆう》だ。しかし相手は彼に、いい逃れのことばを探すほどの時間も与えない。

「どうぞご心配なく。そのことでご迷惑をかけるようなことは、絶対にいたしませんから。お暇そうなときを見計らって、私から声をかけさせていただきます。では、お休みなさいまし」

いうだけのことをいってにっこり笑うと、優雅に一礼してさっさと立ち去ってしまう。直前に見せたためらいなど、こちらに隙を作らせるための詐術だったかと疑いたくなるほどだ。だが残された京介がどれほど後悔してみたところで、後の祭りとしかいいようがなかった。

「やれやれ——」

前夜の出来事を思い出して年寄りじみた独り言をつぶやいた京介は、眼鏡をかけようとしてその上に置かれているメモ用紙に気がついた。眼鏡は自分が外したまま動いていない、ということは今朝寝ている内にそこに乗せられたものらしい。備え付けのメモ用紙に、走り書きの文字が並んでいる。いつもの蒼と較べるとずいぶん荒っぽい字だった。

『バーテンの遠山さんから伝言
昼間も大抵バーにいる
話があるから一時間ばかり都合してくれ——
だってさ』

昨夜は部屋に戻ると十二時はとっくに回っていて、蒼は毛布をかぶって寝入っているようだった。しかし京介は寝付けないまま持参の本を読んで、三時頃寝た。そして今朝はこちらが眠っていてまたすれ違いというわけで、そのことがおもしろくないと腹を立てているのだろうか。

だがそれならむしろ、京介の毛布をひっぺがすくらいのことはやってくれるはずだ。もっと以前は朝になると、いきなり布団の上に飛び乗られ、飛び跳ねられるのも珍しいことではなかった。なにか面白くないことがあるなら、声もかけずに黙って起きていってしまうなんて少なくとも蒼らしくはない——

そんなことを考えていて、ふと京介はひとり肩をすくめる。何年前の話だというのだ。彼もいつまでも子供ではあるまいし。

（やれやれ、だ……）

おざなりに洗面を済ませて階段を下りると、昨日は静まり返っていたホテルは様相を一変している。玄関は大きく開け放たれ、いまちょうどビニール・シートを敷いた上を、山盛りの生花を載せた台車が業者らしい男に押されて奥へ通っていくところだ。中庭に通ずるドアからは早くも忙しい厨房の気配が伝わってくるし、サロンの閉じられたガラス越しに聞こえてくるのは、野外に舞台を組んでいる大道具らの物音だろう。

「おはようございます、桜井様」

タキシードの高安支配人が、足早に行き過ぎかけて振り返った。

「お騒がせして申し訳ございません。あの、ご朝食はいかがなさいますか」

「僕はけっこうです。コーヒーがいただければ有り難いのですが、無理なら別に」

「でしたらバーの方でお願いいたします」

ほっとしたという顔を隠しもせずに、支配人は答えた。

「午《ひる》には軽いお食事もご用意できますので、ランチもあちらでお申し付け下さい」

「どうも——」

忙しい忙しいと書いてあるような支配人の背中が奥へ消えたのを見計らったかに、バーの扉が内側から開く。扉の中で耳を澄ましていたのかもしれない。くわえ煙草のバーテンダーが顔を覗かせた。

「よッ、遅よーさん。起き抜けにシャンパンでもやるかい？」

「コーヒーをブラックで」

憮然とした顔で京介は告げる。黒く塗った扉は大きく開かれたが、さすがにこの時間のバーに、他の客の姿はない。一面がスツールを四つばかり並べたカウンター、あとはテーブルと椅子のセットが三つあるだけの、こぢんまりした箱のような空間だ。外壁の窓はライト風の幾何学模様をあしらったステンド・グラスで、外光はほとんど入ってこない。そのおかげでちっとも朝らしさが感じられない代わりに、外部のあわただしさからも切り離されたような静けさだった。

「OK、豆はグアテマラの最強煎りな。安心しろよ、おまえさんの好みはわかってる」

「それはどうも」

「ど-いたしまして」

「ただし煙草は消してからにして下さい。さもなければ自分でやります」

いまどきあまり見かけない古風なサイフォンを使ってコーヒーを入れ始める遠山に、

「なにか、お話があるとか？」

ことばをかけるとすばやく上がった、彼の目が一瞬ひかった。

「猫坊やは感心に、ちゃんとお使いをしてくれたらしいな」

「蒼になにかいいましたか、遠山さん」

「だからおまえに顔貸してくれって、それだけだよ」

「本当ですか」

「本当もなにも、俺のことでもなにかいってたのかい。あの坊やは」

「――いいえ」

なにが蒼を動揺させたにせよ、それは遠山ではないらしい、と京介は思う。彼の物言いは、たぶん蒼には快いものではなかったろうが。

「桜井」

目を上げるとテーブルにコーヒー・カップが置かれる。そしてコーヒーを運んできた遠山は、そのまま向こう側の椅子に腰を落とす。

「頼む、俺の話聞いてくれ」

京介は軽く目を見張った。遠山の口から自分に向かって、頼むなどということばが聞かれたのは、正真正銘いまが初めてだ。おまけにその顔は飽《あ》くまでシリアスだった。

「おまえに聞いてもらいたいんだよ。そして俺の考えてることが、アホな妄想だってことになるならそれはそれでいい。頭洗ってすっぱり忘れる。だが、ほんの少しでも怪しいと思うなら、それは隠さないでいってもらいたいんだ。無論おまえがなにをいったからって、いきなりとち狂って馬鹿なことはしない。そこんとこは信用してもらいたいんだがよ」

「――亡くなったお兄さんのことですか」

上目遣いにこちらを見た。

「やっぱりわかるかい？」

「そうでもなければあなたがわざわざ、天沼家の経営するホテルでバーテンダーをする理由はないでしょうから」

「ふふん。そのセリフ、小説ン中の名探偵みたいだぜ」

遠山は口元をゆがめるようにして笑ってみせたが、それはいささか虚勢じみていた。

「ですが、遠山茂一さんが亡くなったのは確か」

「八八年の夏だ」

つまり京介がW大一文に入学した年。

「その秋にあなたは大学を辞めて、ニューヨークに渡ったのでしたね」

「ああ。兄貴の代わりに旅館を継いでやるからって親どもに恩着せて、留学費用を出させたんだ。ホテル学の他にもいろいろやったぜ。菓子作りにソムリエに、料理はフレンチとイタリアンも一通りな。おかげでいまじゃ温泉旅館の親父以外なら、なんでもできそうだ」

「戻ってこられたのは九三年、でしたか」

「そう」

「では、なぜいまになって？」

「やっぱり、そう思うよな」

遠山はふうっと息を吐いて、額に落ちかかった前髪をなで上げた。

「――煙草、吸っていいか？」

「どうぞ」

横顔を見せてしばらく煙を吸い吐きしていた彼は、その姿勢のままようやく口を開く。

「うちの親ども、俺と姉貴にいろんなことを隠していやがった。兄貴の死んだときのことをな。だから俺もこれまでは、なんにも疑わないできちまった。それをいま頃になって鯛のやつが、――といってもおまえさんにゃ誰かわからねーな。俺の幼なじみで、いまはこのへんでチンケな地方新聞の記者やってる雨沢《あまさわ》鯛次郎《たいじろう》ってんだが、そいつが偶然耳に挟んで教えてくれたのさ。この春地元の警察を退職した刑事から、取材の途中たまたま聞かされた話だってな。兄貴が死んだとき警察は、最初はてっきり他殺か自殺かって線で動いたらしい」

「司法検視が入っても仕方ないケースではあるでしょうね」

相手を刺激せずに済むよう、できるだけ慎重にことばを選ぶ。

「そしてその結果病死、という結論に達したわけでしょう？」

「──表向きはな」

「日本の警察は優秀ですよ。鑑識技術だって素人の想像以上に進んでいる。そう簡単に他殺や自殺を、病死に偽装できるとは思えませんが」

その途端、青ざめた顔がきっとばかり振り返る。こめかみに血の筋が浮いている。

「馬鹿野郎」

遠山は低く罵《ののし》った。

「話は最後まで聞けっていうんだ。優秀が聞いて呆れるぜ。天沼のジジイが圧力をかけたんだよ。鯛のやつがはっきりその元刑事から聞いたんだ、捜査開始の二日後に有無をいわさず打ち切りの命令が出たって。もっともそいつ、翌朝になったら知らぬ存ぜぬとしかいわなかったそうだがな」

「酔わせて聞き出したわけですか」

「まあな」

「つまり証言としての信頼性は、あまり高いとはいえない」

遠山はそれには答えずに、煙草の燃えさしを床に投げ捨てて踏みつぶす。

「汚いですね」

「ほっとけ。掃除するのは俺だ」

すねた子供のような口調に、京介は内心ため息をつく。まったく世話の焼ける男だ。この調子では何時間つきあわされるか、わかったものではない。

「他にもあなたが茂一さんの死に不審を抱く、理由はあるというわけですね。わかりました。黙ってうかがいますから全部話して下さい。その上で考えることにしましょう」

2

「俺の兄貴と天沼暁が恋仲だった、てのは知ってるよな」

新しい煙草に火を点けると、遠山はそんなふうに話し出した。高校時代彼の口から、ちらりとそんなことばを聞いた記憶がある。杉原から天沼龍麿の名をいわれたとき、天沼の姓に覚えがあると思ったのもそのせいだ。京介は黙ってうなずきながら先をうながす。

「もともとは幼なじみってやつだ。恋仲っていってもほんとのところ、どこまで行ってたかは俺も知らない。そんなことが聞けるほど、親しい兄弟ってわけじゃなかった。っていっても喧嘩していたわけでもない。七歳も離れていりゃあほとんど大人と子供だし、そもそも喧嘩にもならないわけさ。

ましてあっちはガキの頃から品行方正成績優秀でな、歳の差のおかげでいっしょの時期には通わないで済んだっても、地元の小学校から中学高校、どこまで行っても『茂一君の弟』って呼ばれて比較され続けるってのはヤなもんだぜ。おかげでこっちは兄貴のやらなかったことをやってやるって、そればっか考えてたよな。まあ、運動とか体使うことだけは、俺の方が勝ってたけどよ。

まっ、そんなことはどうでもいいんだ。俺はちょっと訳あって高校の途中から東京出て、そのままW大入ったから、兄貴が死ぬ前の四年ばかりってのは夏冬の休みに数日顔を合わせるのがせいぜいだった。子供んときから知ってた天沼の独り娘とそういうことになってて、龍麿ジジイがえらい勢いで反対してるとか、うちの親の方でも別れさせたがってるとか、そういう話はなんとなく聞こえてこないじゃなかったが、なあに、当人の顔見ると相変わらずのんびり、頃合いの湯に浸かってるみたいなつらしてやがるのさ。

昔からそういうやつなんだよ、茂一兄貴ってのは。猫かぶってるのか、天然ボケなのか、いつもニコニコポヤンの極楽トンボで、誰に対しても人当たりが良くてやさしい、いい人ってやつでさ。おかげでいくら成績が良くても真面目でも、嫌われるってことがない。表立って人と競争するのが嫌いだから、運動会のときなんかは影が薄いんだがな。そのくせ俺にだけは平気で笑いながら、グッサリ来るようなことといったりしやがって。露骨に裏表がありやがんの。なにがいい人なもんか。ああいうやつこそ本当の悪党かもしれないぜ」

いつの間にか死んだ兄を語ることばが、現在形になっている。京介は黙って聞いていた。だが遠山も自分のそんなことば遣いに、無自覚ではいられなかったらしい。口元をきゅっと曲げて、下を向いて煙と共に吐き捨てた。

「——だけど、兄弟なんてかえって身近すぎてうかつなものなんだろうな。いま考えてみればあいつが腹の中で、なに考えてたかなんてわかりゃあしない。案外マジに悩んでたのかもしれない。俺はなーんにも気がついてやらなかったけどさ」

「持病があった、ということはないんですね？」

「ああ。子供のときはわりと病弱だったとかで、俺が物心ついたときも定期的に検診なんかは受けてたけど、入院したり寝込んだりって記憶はないな」

「では彼が恋の悩みから、自殺したかもしれないと思うわけですか」

京介の問いに遠山は顔を上げる。目の縁が赤い。しかし口調は強かった。

「兄貴はそれほど弱い人間でも、馬鹿でもなかったさ。子供ン頃から山ほど期待しょわされて、それでも嫌な顔ひとつ見せるじゃなし、反抗するでもなし、縁側の猫みたいに呑気なつらしてぬけぬけと三十年近く生きてたやつなんだ。俺みたいなロクデナシと違って、自分が死ねば親やなんかがどれだけ悲しむか、百も承知だった。いくら悩んでも、生きているのが我慢できなくなっても、そのことで誰かが悲しむと思えば思いとどまるのがあいつだったんだよ。ああそうさ、俺なんかとは違ってな！」

なんと答えればいいのかわからないでいる京介の手首を、いきなり遠山が摑んだ。

「なあ桜井、教えてくれよ。殺人罪てのはいったい、どこまで問えるものなんだ？」

「どういう意味です」

「だから――」

相手はもどかしげに歯嚙みする。

「高いところから落ちて、人が死んだとする。力でもって突き落とせば、それは完全に殺人だ。そうだろう？」

「ええ」

「それじゃナイフかピストル持って、こいつでやられたくなければ飛び降りろと強制したらどうだ。たとえ直接体に触れなくても、それだってやっぱり殺人じゃないか？」

裁判で殺人罪の判決が下るかどうかということなら、正直なところそれは少し微妙な問題になるだろうと京介は思った。

加害者側が明確な殺意を持って、相手が飛び降りれば確実に死ぬと認識しながら強制したとする。そして飛び降りた被害者の方には死ぬつもりなどなく、そうすることで逃げられると認識していたなら確かにそれは殺人だ。

しかし死者の認識を確認することはできないし、加害者は黙秘《もくひ》権《けん》を行使することも、殺意を否定することも不可能ではない。

つまり第三者の目撃証言や、殺意を証明するなんらかの物的証拠を伴わない限りは、殺人罪に問うことは相当に困難ではないだろうか――

だが遠山は京介の答えなど待ってはいなかった。あるいは京介の沈黙を同意と受け取ったのかもしれない。

「それじゃ具体的な凶器は使わずに人を追いつめて、さもなけりゃ脅かして、無理やりどうでも飛び降りずにはいられないような状態にするのはどうなんだ。起こったことは自殺かもしれない。だがそうした相手がいなけりゃあ、そもそも自殺なんて起こらなかったとしたら、それだって殺人じゃないのか？」

それも同じこと、というより凶器が介在していないとすれば、殺意の証明はさらに困難になるだろう。最高裁でそうしたケースに殺人罪が下った、という記述をなにかで読んだ記憶はあるが、わざわざ書かれていたというのは逆にあまり多くない例だったからではないか。

だが、なにかいわなくてはならないと思ったからいった。

「自殺関与罪、という罪はあったと思います。自殺をそそのかしたり、助けたりする罪ですが、それに該当するかも知れない」

「殺人より軽いってことか」

「ただし、自殺者の任意な意志に基づかない死は自殺ではない、とされていたはずです。つまり遠山さんがいったような、強力な脅迫によって追い込まれた自殺だとしたらそれは」

「殺人なんだな。そうなんだな」

「証明は難しいと思いますが」

「裁判になったらってことだろう？　わかってるさ、それくらいは」

　吸い終えた煙草を再び足元に投げ捨てて、遠山は無表情に京介を見返す。

「だが、そんなことはどうでもいいんだ」

「どういう意味です」

「なあ、桜井。裁判所ってのはそれほどえらいのかい。ひとりの人間の生命が消された、その罪と罰をなんだって、見ず知らずのどこかの誰かさんに決めてもらわなけりゃならないんだ？」

「遠山さん」

　京介は彼の目を正面から凝視した。遠山はたじろぐ気配もなく視線を返す。京介の記憶の中では、大抵へらへらといささか軽薄な笑いを浮かべていた顔だ。しかしいまこちらに向いた遠山の目は暗く、唇に張り付いているのは、笑いの影のようなものに過ぎなかった。

「つまり茂一さんの死はそのようなものだったと、あなたは考えているんですか。病死ではなく自殺、それも自分の意志ではなく、なんらかの方法で強制された死だった、と」

「ああ、考えている」

「そう考える根拠を教えて下さい」

「根拠？」

遠山の大きな唇の端が、くっと攣《つ》れ上がる。

「さっきいったろう。天沼のジジイは警察の捜査を裏から手を回して中止させた。なぜそんなことをしたか。探られて痛い腹があったからだと、考えたって悪いことはあるまい？」

「それだけですか」

「まだある。兄貴が死んで見つかった早朝、天沼暁は俺んちのすぐそばにいた。いや、いたなんてもんじゃない。公道からうちの庭の裏木戸に通ずる、つまり門や主屋の近くを通らずに兄貴の寝ていた離れに行ける細い私道があったんだが、そこから車で出てくるところを見られてるんだ」

「誰が見たんです」

「鯛に話したおまわりさ。目撃者としちゃあ上等だろう」

三本目の煙草に火を点けながら、彼は笑う。

「真っ青な顔をしてなにかから逃げ出すみたいに、車をころがしていたんだと。だからそいつは捜査中止の命令が下ったとき、内心ははんと納得したわけだ」

「つまり茂一さんを死に追いやったのは、恋人の暁さんだったと？」

「そうだよ。俺はそう思ってる。もちろんジジイは娘のしたことを百も承知か、薄々気がついてる程度か、どっちにしてもそのために警察を動かしたんだろうがな」

「しかし動機は」

「知ったことかい。男と女がもつれりゃあ、なまじ恋仲であっただけ憎しみも湧こうってものじゃないか。——まあこいつばっかりは、おまえさんにいってもぴんと来る話じゃないかも知らんな」

　とってつけたように短く笑うと、彼は立ち上がって京介のカップにコーヒーを注ぎ足す。こちらの視線を避けているようだと京介は思う。

「遠山さん」

「なんだ」

「話が違います。初めあなたはご自分の考えが、馬鹿げた妄想だということになるならさっぱり忘れる、といったはずですよ」

「そうだっけかな」

「そうです。なのにあなたはいまになっても、茂一さんの死が急病死以外のものだったという根拠を、少しも示してくれてはいません。早朝人目をはばかるようにして、暁さんが茂一さんを訪ねたらしいこと。そして天沼氏が警察の捜査を中止させたらしいこと。あなたが上げたのはそれだけです」

「足らないかい」

「足りません」

カウンターの前から、彼はゆっくりと顔を振り向けた。

「じゃ、これはどうだ。兄貴の使っていた離れはいまも手つかずで残されているんだが、俺はその部屋の中でフランスものの口紅を見つけた。もちろんうちにそんなものを使う人間はいない。姉貴に見せたらそれが、天沼暁のよく使ってた色と銘柄だといわれたよ」

「それはいつの時点でか、彼女が茂一さんの部屋を訪ねた可能性がある、ということしか意味しないと思います」

「俺は彼女があの朝、兄貴の部屋に入ったんだと思う。彼女が青い顔で逃げるように去っていったのは、兄貴が死んでいるのを見たからだ。そして部屋からなにかを持ち出した。ハンドバッグにしまってな。口紅はそのとき落ちたんだ」

「なにか、とは？」

「ひとつは遺書、ひとつは自殺のための道具」

「つまり彼女が自殺の痕跡を消した、と？」

「そうだよ」

京介は相手に悟られないように、そっとため息をついた。感情的な疑惑と、状況証拠とすらいえない些末な事実の断片の組み合わせ。しかし一度そう思いこんだものを、解消するのはたやすくはない。

「道具というと具体的にはなんです」

「可能性が一番高いのは感電自殺だ。剝き出しにした電気コードの銅線を胸と背中に張り付ける。タイマーをセットする。酒か睡眠薬の助けを借りて眠る。それだけだ。これなら誰にだってできるし、簡単に痕跡を消すこともできる」

「感電自殺は、電極をつけた皮膚に火傷《やけど》が残るのではありませんか」

「ない場合もあるとよ」

京介はもう一度短く息を吐いた。

「極めて恣意《しい》的《てき》な解釈に過ぎないと思いますが」

「まだある。解剖したら兄貴の体から、相当量のアルコールが検出された。枕元には確かにウィスキーの瓶があって、半分近く減っていた。うちの親どもは兄貴が、酒を飲んでいるなんて全然知らなかった。下戸《げこ》ってわけじゃなかったが、一滴も飲まなかったはずなんだ。同業者の寄り合いや忘年会もお茶でつきあっていたし、うちで客に出す酒の味を見るときも口に含んで吐き出すくらいだった。

それと布団のそばには、タイマーがころがっていた。それは兄貴が近くの電気屋から、数日前に買っていったことがわかった」

「彼が悩んでいたなら、飲めない酒を家族に隠して飲むこともあったのではありませんか。隠蔽《いんぺい》されたストレスや無理な飲酒は、むしろ急病死の可能性を強めます。タイマーの用途はわかりませんが、それが自殺用に用意されたという根拠もありません」

「俺がなんですらすら、感電自殺の方法なんてものをいえると思う。兄貴の部屋にはそういう本があったんだ。法医学の専門書だ。普通の人間が買うようなものじゃない」

「自殺の痕跡を消すなら、そんなものが部屋に残っているのはまずいと思いますが」

「本棚の奥に隠してあったんだ。だから俺が部屋中ひっくり返して家捜しするまで、親どもも気がつかなかったのさ」

「悪辣な犯人にしてはうかつ過ぎますね」

「桜井——」

戻ってきた遠山は、両手をテーブルについてのしかかるように京介を見つめた。

「おまえ、俺を丸め込もうとしているな」

こめかみに青く血管が浮いている。

「龍麿ジジイに手なずけられたかよ」

「落ち着いてもらえませんか、遠山さん」

「俺は落ち着いている！」

「だったら僕が龍麿翁の意を汲んでいるなどという、妄想的ないいがかりは撤回して下さい。僕はただ当然の意見を述べているだけです」

遠山の眉がびりりと震え、頬に朱の色が走る。それでも体を退いた彼は、

「兄貴は遺書を残していた」

短く吐き捨てた。

「暁さんが持ち去ったわけではなく？」

「紙に書かれていたものは、持ち出されてしまったんだろうよ。だけど持ち去れないものがあったのさ。たぶんあの女はどうにかしたいと思ったろうが、手に余った。それ以上ぐずぐずしている気には、さすがになれなかったんだろう。

たぶん兄貴は自分が死んだ後、なにが起こるかもある程度予想していたんだ。そしてそう簡単には持ち出すことも、消すこともできないかたちで遺書を残したのさ。それを見たから警察にしたって、ただの病死だとは考えずに捜査しかけたのじゃないか。俺だって最初からそんなことと知ってたら、黙ってアメリカなんぞ行かなかった。うちの馬鹿親どもが、俺や姉貴には隠していたんだ」

「いったいなんなんです、それは」

京介の目を見つめて、遠山は低く答える。

「兄貴の寝間着が裏返しになっていたんだよ」

「裏返しに――」

「ああ。これもつまりミステリじゃ、死者が残すダイイング・メッセージってやつじゃないのか。悔しいが、俺にゃあその意味がわからない。ただわかるのは兄貴が、なんでもなく頓死《とんし》したりしたんじゃないってことさ。

かといってただの覚悟の自殺ならそれも妙だろう。見苦しくなく死にたいってのが普通の心理だろうからな。だから兄貴は寝間着を裏返して着ることで、なにか俺たちに言い残したかったのさ。そう思うよりないだろう。え？」

3

西の海に燦《さん》として陽は落ちた。空の青が褪せて、代わって西から紫色の影が静かに寄せてくる。朝から予想された通り、その日の伊豆地方は風もなく、温暖な、心地よく乾いた大気の中で夕べを迎えていた。

午を回った頃から夜の観劇とその後のパーティーを目的とした都会からの客たちが、小型バスやリムジンのピストン輸送によって次々と到着している。彼らの大半はホテルの前庭に設けられた屋外のサロンで飲み物や軽食を饗され、さんざめきながら午後七時の開演を待ち構える。オテル・エルミタージュには客室は二十室ほどしかないので、ほとんどは下田や松《まつ》崎《ざき》、修善寺といったあたりに泊まることになり、今夜の一泊を確保できた少数の客のみが、二階三階の客室に案内された。

それでも温暖な気候と手入れの行き届いた庭、緑に映える建物の白壁は一見の価値ある眺めで、内部への立ち入りは許されなくとも、客たちに不満の表情はない。

庭園の中心部であるサロン前の芝生は劇の準備のために封鎖されて、電源車がうなり、あわただしく行き来するスタッフらの姿が見えたが、ホテルの車寄せではタキシード姿の弦楽四重奏団が華やかな音色をあたりに響かせ、グラスがきらめき、前日までの隠れ処めいた静けさは、一転してヨーロッパの夏の避暑地のような賑わいに満たされていた。

やはり伝説の女優神名備芙蓉の復活という話題は、その道の愛好家や同業者には相当なインパクトと吸引力を持っていたらしい。本来はオテル・エルミタージュの客のみを対象にしていたはずの公演だが、その客に連れられて来た者をいちいち追い返すわけにもいかず、さすがにテレビ・カメラがやってくるまでのことはなかったが、果たしてこれだけの人数の席があるのだろうかと危ぶまれるほどの盛況振りではある。

芙蓉を巡るさまざまの話題が、おそらくはありとあらゆる話が、その賑わいの中で繰り返し語られていた。実際に芙蓉の舞台を見た経験のある者は全体の一割もいなかったはずだが、むしろそのために話はいっそう盛り上がるようだった。

美貌や声の美しさや卓越した演技力といった至極まっとうなことから、伝説じみた数々のエピソード、彼女の謎めいた引退と日本脱出の真相、それにどのように天沼龍麿がからんでいたか、つまりふたりは世評にいわれる通りパトロンと歌手というのみの関係であったのか、あるいはしからずか。一応声はひそめているものの、噂の舌先は決して今夜の招待主にも主役にも遠慮などしていない。

果ては彼女が男を寄せつけず『今小町』と呼ばれたのは、平安の美女同様肉体的に女としての欠陥があったからだとか、逆に天沼がもみ消していただけで当時から淫乱な男好きであり、いま彼女が連れている付き人の青年も若い恋人ではなく実の息子なのだとか、つまりは相当に品下がる邪推《じゃすい》の類《たぐい》までが口に上せられていた。

しかし無粋なビニール・シートで視線をさえぎった舞台裏では、この朝からそれどころの騒ぎではなかったのだ。ただ単に前夜になって、劇の主要場面の演出がガラリと変更されたというのみの問題ではない。そのことなら蒼も気づいたように、演出の大迫以外のスタッフも脇役陣も、おそらくそのように決着するだろうという暗黙の了解の内にいた。

ところが今朝になってみると、ホテルから大迫の姿が消えていたのだ。初めはどこか散歩にでも行ったのかと思われたのが、午近くなってもいっかな行方がわからず、部屋を調べてみると鍵はナイト・テーブルの上に放置されたままで、ベッドには寝た跡がなく、彼が携行した小さな旅行バッグはそのまま残されていた。

そのことを知っている劇団の関係者は舞台監督の板倉と、小野木だけだ。脇を固める劇団Hの若手やスタッフは早朝にバスで到着していたが、へたなことをいって動揺させるのはまずいので、演出については芙蓉の案で行く、大迫は体調が悪くて休んでいる、とのみ板倉から告げてある。それだけで彼の酒癖の悪さを知っている彼らは、事情を察したようになにもいわず、舞台の設営や稽古の仕上げに自分で動いていた。

しかし彼らもまさか、大迫が失踪しているとまではゆめ思ってもいないだろう。外から響いてくるサウンドチェックの音を聞きながら、カーテンを閉めたサロンの隅で板倉と小野木、天沼暁が額をそろえている。時刻はすでに午後の一時近い。

「荷物は中身もそのままのようです。といっても残っているのは着替えと本程度のもので、貴重品は身につけていたと思いますから」

青ざめた小野木のことばに、板倉が頬をゆがめて舌打ちした。

「夜の間に歩いて出ていったっていうのかい？」

「きっとそうですよ。だって板倉さんも見たでしょう、昨日の先生の目つき……」

龍麿翁の一声で結論が出され、小野木と板倉がそれに異を唱えなかったとき、ようやく大迫は自分の知らぬところで進行していた事態に気づかされたに違いない。

だがいまとなっては、負けたのは彼の方だった。そのときに自分を見た大迫のどろりとした恨みがましい視線を思い出したのか、小野木はぞっと身震いしたが、

「すねて家出かい。子供じゃあるまいし」

板倉は腹立たしげに吐き捨てた。

「天沼さん、ここから車の掴まえられるようなところまで、歩いて出るとしたらどれくらいありますかね」

「西へ下って宇久須《うぐす》港に出るとしても、十キロ近くはありますわ」

小野木に劣らぬ青ざめた顔で、天沼暁が答える。

「ああ、それなら一度車で通りましたよ。でも街灯ひとつない山道だった。とても真夜中、気楽に歩いて下れるような道じゃない」

「ええ――」

「どうします。警察に届けますか」

そういった小野木に、板倉は逆に聞き返す。

「警察に？　なんていうんだい。よぼよぼのボケ老人でも行方不明になったならともかく、ぴんぴんしてた五十男がたった半日行方知れずになっただけで、どうかしてくれるほど警察は暇じゃないよ」

「でも、昨日は先生ずいぶんと酔っぱらっていたし、もしもなにかあったら――」

「どうかね。今頃新幹線で東京に戻って、やけ酒の飲み直しでもしてるんじゃないのかい」

「だけど少なくとも自宅には戻っておられないですし、劇団の方にも」

「あの」

思いきったように、暁が口を開く。

「公演はどうなるのでしょう」

「それは」

小野木が絶句し、しかし板倉はきっぱりと首をうなずかせる。

「無論やりますよ」

「板倉さん！」

「当たり前だろう、小野木君。これだけ客が詰めかけているんだよ。いまさら演出家が失踪したから中止しますなんてこと、いえたものじゃない」

「だ、だけど」

「あの人がいたとしたってどうせ、役に立ちゃあしなかったろう。なにをそう気にしているのさ。あんただっていい加減、あの先生にいいようにこき使われてうんざりしていたんだろう。だから今度の話にだってあっさり乗ったんだろうに」

痛いところを突かれたように、小野木はわずかに顔をしかめたがなにもいわない。

「芙蓉さんはもう、ご存じですの？」

暁の問いに板倉がうなずく。

「ええ、もちろん知っておられますよ」

「なにか、おっしゃっておられまして？」

「笑ってましたよ、仕方のないだだっ子みたいな人だって。あの通り大迫は昔からの熱烈な芙蓉ファンで、その当時はただの青臭い演劇青年だったわけですけど、彼女も満更知らない人間じゃありませんから。もちろんだからって、肝心の芝居を中止するなんてことは考えてもおられませんね」

「私も、やはり公演は予定通り行っていただきたいと思います」

板倉と小野木を等分に見やりながら静かに、しかしきっぱりと彼女はいう。

「大迫先生のお身が心配ではありますけれど、それはそれとして、今回の行事は父にはとても大切なことですし。もちろん公演が終わり次第、先生の行方は探させていただきますけれど」

「わかっておりますよ」

そのときパーティーの手配の件で支配人が暁を呼びに来、彼女は席を立つ。同時にスタッフのひとりが顔を出し、

「小野木さーん、場当たりの時間です。それと舞監もそろそろ入ってもらえますか。音響が確認したいことがあるそうでーす」

「了解、いま出るよ」

板倉が代わって手を振り、ほら早く、と浮かない顔で座り込んだままの小野木を急き立てる。

「それじゃ警察には、届けないんですね」

なにがなし恨めしげな目つきで板倉を見上げる小野木に、

「そう心配しなさんな」

彼女は底意ありげに笑ってみせた。

「もしも後でこれが事件になったら、警察に連絡させなかったのは私だって、いってかまわないよ。それだけでなく私が尋問されたら、あんたのことはちゃんと答えてやるさ。小野木という男はこれまで大迫にいろいろと世話になってて、恩義は山ほどあっても怨恨なんてこれっぱかしもない。ケツを掘られたこともなけりゃ、自分のプランを横取りされたこともない。たとえ山道に大迫が後頭部を砕かれて冷たくなってたとしても、それは絶対あんたの仕業なんかじゃないってね」

小野木は瞬間真っ青になり、それからすぐに真っ赤になった。

「あ、あ、悪趣味な冗談は止めて下さい！」

どもりながら彼は叫ぶ。

「い、板倉さん。そんなことといって、あなたこそ、大迫先生にはいろいろ含むところがあったんじゃないですかッ」

「へーえ、私が？」

板倉は平然と笑い返す。

「そりゃあ心外だねえ。これでも私はあんたが小学生やってる頃から、彼とは組んで仕事してきたんだ。いまさらなにを含むところがあるって？」

「そ、そんな長いこと、大迫組でやってきたあなただからこそ、今度みたいなこともできたんじゃありませんか！」

「そうすると小野木君、全部の責任を私にかぶせるつもりかい」

「あ、あ、あなたですよ、全部あなただ。舞監のあなたが中心にならなかったら、こんなかたちで先生に逆らうなんてできたわけがないんだ。首謀者はあなただ。ぼくたちを誘導して、そんなことが可能だということをわからせて、それで」

言い募る小野木には目もやらず、板倉は肩をすくめると内ポケットから煙草とライターを取り出す。しかしすぐに火はつけないまま、それを片手でもてあそびながら、

「つきあいの長いことがそのまま相手を憎む理由になるなら、世の中恨み辛みだらけだろうね。そりゃあ私がいままで大迫組にとどまっていたのは、彼を人間的に敬愛していたからだとまではいわないよ。それどころかあの男がロクデナシなのは百も承知、それでも演出家としてひかるものを持ってると思ってたから、愛想づかしもしないでつきあってやってきた。あいつの舞台作りを支えることに自分の価値を見出してきた。それはあんただって同じだろう?」

「…………」

「だけどそいつもそろそろ種切れだ。才能が尽きれば後に残るのは、男にも女にも手を出すスケベでアル中の五十男だけさ。だからこの際引導《いんどう》を渡してやるつもりで話に乗った。いい加減に自分がどういう人間なのか、わからせてやろうと思った。それは否定しない。なにもかも私がやったことだとは、思わないけどね。

ほら、いつまでもくだらないことといってないで、さっさと先にお行きよ。いまさら後悔してみたってしょうがないだろう。大迫だって馬鹿じゃない。自分の劇団を持つっていうのは、彼の何十年来の野心なんだからね。天沼の援助を受けるためにも、これ以上騒ぎ立てるわけがないんだ。この演出も結局は、自分で考えを変えましたって顔をして済ませるに決まっているさ」

小野木はまだ赤い顔をして板倉を睨み付けていたが、外からまた小野木さーん、と呼ぶ声を聞くと、

「ぼ、ぼくは決して先生を、憎んじゃいませんでした。確かにおかしなことをされなかったわけじゃないし、人間として好きにはなれなかったけれど、でも彼の作る舞台には惹かれていましたよ。ここ数年は沈滞していたけれど、彼の才能が尽きたとも思わない。だから、そんな、引導を渡すなんていうのじゃなくて、これで先生がもう一度、本気になってくれればいいと思ったんだ。金を稼げる劇団を作るなんてことじゃなく、舞台人として。ほんとうですよ！」

一気にまくし立てて、それきりあたふたと駆け出していく。ひとりになった板倉は、右手の煙草をくわえた。構え直したライターにふと目を落とし、火を点けようとしてまた急に頭をもたげた。

「――いつまで盗み聞きしているつもりだい！」

彼女が見据えているのはバーに続くドアだ。そこが薄く隙間を明けて違う色合いの光がもれているのにしばらく前から気づいていた。しかし板倉は、開かれた扉の中から出てきた人物に軽く目を見張った。

「おやま。あなただったの、建築史の先生。私はまたてっきり、あのうさん臭いバーテンダーだとばっかり思ってた」

「失礼。別に盗み聞きするつもりはなかったんですが——」

桜井京介は軽く頭を下げる。

「コーヒーを飲んでいる間に立つ機会を失いました。結果としていろいろ立ち入ったことを聞いてしまったのは事実です。もしやその代償に、舌でも抜かれますか?」

「かまやしないよ。別に天下の一大秘密ってわけでもなし」

苦笑しながら肩をすくめて、煙草に火を点けた。

「糞みっともない話じゃあるけど、芝居屋以外にゃただの笑い話でしょうよ。あんまり知れ渡る前に、顔を出してくれりゃあいいんだけれどね——」

半ば独り言のようにつぶやきながら板倉は、いかついジッポのライターを目の前に投げ上げては受け止めている。そこにH.O.のイニシャルがあるのを、京介は認めたが口には出さなかった。

4

そうしてついに開演のときが来た。本館のサロンに向かう芝生の庭に、建物を背にするかたちで仮設の舞台が組まれ、客席はシートを敷かれた芝の上に折り畳みの椅子がびっしりと置かれている。

かなり広い庭ではあるが、椅子はいくら詰めてみたところで百以上は入らない。正規の招待状を持つ客から順に座らせていって、溢れた者は劇場のようにきちんとした壁がないのを幸い、座席の周辺で立ち見ということになる。スタッフにとっては邪魔この上ないが、あまり文句もいえない。

開演間近という時刻になっても、どこから聞きつけたのか車でホテルの門前に乗り付ける者が絶えず、それを断る従業員との押し問答さえ聞こえてくる。しかしそうしたざわめきを敢えて心から切り離してしまえば、ゆっくりと黄昏《たそがれ》が青い夜へと変じていく時刻、微かに残る明るみに浮かぶ木立に囲まれた屋外の仮設劇場は、照明音響設備を乗せた剝き出しの足場に折り畳み椅子というその素っ気なささえ、客たちの期待をいやが上にも駆り立てる。いくつかのベンチが置かれただけの空っぽの舞台は、間もなく訪れようとする魔法の時を待ち受けてつややかに息づいているかのようだった。

客席の最前列中央部には、他の折り畳み椅子とは違う遥かに座り心地の良さそうな椅子が並べられている。その中央に悠然と腰を据えているのは天沼龍麿。注文仕立てのディナー・コートの上から薄いカシミアのマントを肩にかけ、仔羊革の白手袋、象牙の握りのあるステッキを手にした古風ないでたちだ。たださすがにシルクハットということはなく、例の豊かな銀髪が後ろへ流されて、ひとすじの乱れもなく整えられている。

彼の右が空いているのは暁の席だ。彼女は父に代わって客への挨拶をすることになっているので、いまは舞台の袖に入っている。そして左には桜井京介と蒼がいた。朱鷺は夕刻近くなってやって来た母親の遊馬明音や伯母の杉原静音らとともに、少し後ろの席にいるはずだった。

やがて仰々しいアナウンスもベルの響きもなく、客席を照らしていた照明がすうっと絞られて消えた。舞台の上に落ちたスポットに、天沼暁の立ち姿が浮かび上がる。今夜の彼女は黒に近い濃紫《こむらさき》のロングドレスに、上げた髪には同色の羽根と真珠をあしらった髪飾りをつけている。これまでの若々しい、娘めいた着こなしから一転した豪奢で華やかな装いは、彼女に成熟した女性の落ち着きを与え、その姿を目にしただけで客席からは、ほおっという感嘆のため息めいたものが湧き上がった。

「皆様、本日はようこそ当オテル・エルミタージュ開業十周年記念のささやかな催し物に、遠路はるばるお越し下さいました。オーナー、従業員ともども、心よりお礼申し上げます。

思いの外たくさんの方々においでいただき、お席をご用意できなかった皆様にはお詫びのしようもございません。けれどこれから見ていただきます舞台には、必ずご満足いただけるものと存じます。すでにご存じの通り今夜はここに、すばらしい主演女優をお招きすることができたからです――」

やさしげでありながら凛《りん》とした声の響きと、その美貌に観客は一様に目を引きつけられているようだ。しかし一応視線は前に向けながら、京介が心にかけているのはもっぱら左隣の蒼の方だった。

結局遠山との話は一時間以上もかかった。彼が支配人に呼ばれて厨房に駆り出された後、少し頭の中を整理したくてそのままバーに座っていたところが、隣から思わぬ話が耳に飛び込んできた。意外ではあったが演劇関係者の内紛など、京介にはもとよりなんの関心もない。ただこのとんだハプニングのおかげで、少なくとも今日は天沼暁の相談事は聞かずに済んだようだった。

外は早々と押しかけてきた客で混雑し出しているので、部屋に引き返したが蒼は戻ってこない。夕方近くなってやっと帰ってはきたものの、どこへ行っていたと尋ねてもはかばかしい返事はなく、そのままベッドにころがってしまう。

「どこか具合悪いのか？」

「――ううん」

「蒼」

「なんでもないから、ほんとに」

これでは話にもならない。

「どうする。帰るか？」

「え？」

驚いたような顔で寝返りを打った。そんなことは考えてもいなかったらしい。

「それとも、今夜はここで寝ているか」

「嫌だよ、そんなの！」

「だったらそろそろ着替えた方がいい。劇は七時からだそうだから」

「わかった——」

もぞもぞと起き上がった蒼は、旅行バッグをベッドの上に引き上げて、中を掻き回し始める。別に体の調子が悪いのではないらしい。京介も一応ネクタイを締めることにして、鏡に向かっていつになっても苦手なその作業を開始した。へたをするとこれだけで、三十分以上かかったりするのだ。しかしもしも結び目がおかしかったりすると、嬉々として手を出してきそうな人間が約一名いるから、それだけは回避しなくてはならない。

ふと何気なく鏡の中に浮かんでいる蒼の姿を見た。長袖のシャツを脱いだ右腕が、こちらを向いている。二の腕の少し日焼けの残る皮膚に、なにか赤いものが見えた。

「蒼、その腕どうした」

自分の腕に目をやった瞬間、蒼の顔が強ばった。

「怪我でもしたのか？」

「なんでもない、ちょっとぶつけただけッ！」

それだけいって着ようとしていたシャツを掴み、ひと飛びでバスルームに駆け込んでしまう。傷それ自体よりも、その反応のただならなさが京介を驚かせた。そして目に残る傷は、決して打撲のようには見えなかった。強い力で腕を掴まれた、指の痕のように見えた。

いま蒼は京介の隣に座っている。このところ急速に大人びてきた横顔から、昔と変わらぬ大きな丸い目が前を向いている。しかしその想いが、必ずしも目の前の舞台に向かっていないことを、推測するに特別な能力はいらない。

ただ以前のように、少なくとも肝心なことはなにもかも見えている、というわけにいかないのがもどかしい。蒼はなにかを隠している。そしてそのなにかは、昨夜彼がひとりでいるときに起こった。腕に記された指痕からして相手は男。だが理不尽に一方的な暴力をふるわれたといったことなら、それを京介にまで隠す理由はないはずだ。

この四月から蒼が編入した高校での生活が、必ずしもうまくいっておらず、いろいろと屈託がたまっているらしいことには気がついていた。しかしこの歳になった彼に、どこまで手助けという名の干渉をしてよいものかは難しい。

当人がこちらにはなにもいわずに乗り切ろうと努めているなら、へたに口出しすることはかえっていい結果を生まないだろう。それならせめてときどきは遊びにつきあって、気晴らしさせてやるくらいしかない。そんなつもりも半分はあって、今回の伊豆に蒼を連れてきたのだが、なにがあったのかこの調子では逆効果もいいところだ——

京介がそんなことを考えている内に暁の挨拶は終わり、ついで前日に渡されていたパンフレットには演出家の大迫が女優神名備芙蓉の紹介をすると記されていたはずだが、それは断りもなくはぶかれた。しかしそのことを意外に思ったのは、大迫と面識のある舞台関係者だけだったろう。観客のほとんどをこの伊豆山中に引き寄せたものはやはり、伝説の女優神名備芙蓉の麗名であったのだから。

「これより三島由紀夫近代能楽集から『卒塔婆小町』を上演いたします」

という板倉の声のアナウンスが流れ、軽やかなオペレッタ風のメロディとともに、恋人たちが抱擁し合う公園のベンチを置いた舞台が光の中に浮かび上がって、劇が始まった。いつの時代も変わらぬ恋愛模様。やがてそこに老女が登場する。灰色の蓬髪《ほうはつ》にだらりとしたぼろ布の衣装で身を包み、ふくれた紙袋を下げた乞食の身なりだ。腰は深く折れ曲がり、髪は垂れ下がって、その顔をはっきりと見定めることもできない。微かなざわめきが客席に広がっていくのを、京介の耳は聞きつけた。

「あれが？」

「あれが神名備芙蓉？　ほんとうに？」

「え、だってメイクだろう――」

「でも……」

　確かにこの戯曲は一代の美貌を謳われた女優のカムバック公演として考えるなら、一種異様なものかもしれなかった。しかもまたその乞食の演技が、ずるずると引きずるような足取りといい、人も無げなしわぶきの音といい、非常にリアルなのだ。かつての艶姿を記憶にとどめる老ファンも、伝説に惹かれてやってきた若い観客も、各々に戸惑いを覚えずにはいられないのだろう。六十一という彼女の年齢を、思い返した者も多かったかもしれない。

　やがてベンチの恋人たちを追い出して、その後に腰を据えた老女は、新聞紙を広げて拾った吸い殻を数え始める。あまりに写実的な演技に、押し殺した笑い声さえ聞こえる。そこへ貧乏な若い詩人が近寄っていく。詩人を演じているのは小野木だ。視線を感じたように、下を向いたまま老女は口を開く。

『ほしいのかい、モクが。ほしけりゃ、やるよ』

　それもまたしわがれかすれた老女の声だ。無論ほんとうに老いて嗄れた喉であったら、いくらマイクはつけていても、それほどくっきりと曇りなく耳に届くわけもないのだが。

　そのとき前に伸ばしていた脚に、なにかが触れているのに京介は気づく。隣の龍麿翁が手にしたステッキの石突きだ。それがわずかに震えている。

京介は舞台のハレーションに照らされた、翁の横顔をすばやく盗み見た。しかし顔色の変化などはそれではうかがうべくもなく、大きく見開かれた目がじっと舞台に注がれているばかり。石に彫り刻まれたような厳しい容貌には、どんな表情も浮かんではいなかった。

舞台は詩人と老婆との会話で進む。原作となった謡曲では老女と僧侶がことば遊びめいた仏教論争を交わす場面だが、三島はそれを一種の恋愛論争に置き換えている。気弱で人がいいだけが取り柄のように見えていた青年も舞台ではまったくの別人で、動きのない老女とは対照的に身のこなしも若々しく、詩人の才気と理想主義をめりはりの利いたセリフに乗せて表現する。

ひとときの甘い夢から醒めた恋人たちがベンチを立ち去り、青年詩人と老女のふたりのみが残る。あなたは誰なんですという青年の問いに、ふいとこれまでになく高く老女の顔がもたげられた。ライトがその灰色の乱れ髪と、どす黒く汚れた皺だらけの顔を照らし出す。しかしその顔から聞こえた声。

『むかし小町といわれた女さ』

詩人は、――え？　と聞き返すが、同じ声を胸中に上げたのは、そのとき客席を埋めていた全員であったかもしれない。声は明らかに変化していた。完全にではないが、あたかも割れたさなぎの中から蝶が羽を覗かせるように、かすれた老女の声の中から別のものが、色あざやかに羽ばたこうとしていた。

昔の話をしてくれと頼む詩人に、老女は答える。

『八十年前……私は二十だ。そのころだったよ、参謀本部にいた深草少将《ふかくさのしょうしょう》が、私のところへ通って来たのは』

『よし、それじゃあ僕が、その何とか少将になろうじゃないか』

『莫迦《ばか》をお言いな。あんたの百倍も好い男だ』

老女は軽く手を上げて、口元を隠しながら笑い声を上げる。その仕草、首の傾げよう、そして唇から鳴る高く澄んだ鈴の音のような笑い声。どれをとってもそれはもはや、若い女のものに違いない。

娘めいた身振りを見せる老女。ひとつ間違えばグロテスクな、あるいは滑稽な喜劇にしかならない場面だ。だがその瞬間彼女の演技に、そんな想いを抱いた観客は、ひとりとしていなかったに違いない。

『そうだ、百ぺん通ったら、思いを叶えてあげましょう、私がそう言った。百晩目の夜のこった。鹿鳴館で踊りがあった。私はあまりの騒ぎに暑くなって、庭のベンチで休んでいたんだ。……』

そのときふいに舞台の背後の、ホテルの二階に電灯が点された。広いベランダに面したサンルームに、さっきまで車寄せで演奏していたカルテットの姿が浮かび上がり、軽やかなワルツの旋律を奏で始める。

　次いで一階のサロンの内に明かりが点る。四枚のガラス扉がさっと開かれ、垂らされたままのレエスのカーテンの陰から、燕尾服と色あざやかなイブニング・ドレスの踊り手たちが五組、舞台へと渡されたスロープを通って、ステップを踏みながら登場する。最初舞台にいた恋人たちが、衣装を改めて現れたのだ。

『さあ、あの人たちにおくれをとらないように、ワルツを踊ろう』

『君とワルツを?』

『わすれちゃいけない。あんたは深草少将だよ』

　詩人と手を取り合って踊り出す老女。いくら声と物腰は若い娘のそれでも、ライトの中に浮かんでいるのはつくも髪の老婆以外のものではない。しかし五組の踊り手たちの中に立ち交《まじ》って、くるくると舞台の上を回りながら襤褸《ぼろ》布《きれ》の裾《すそ》をひるがえし、舞台奥へ動いたふたりは、ごく自然な動作で下手からサロンの中へとすべりこんだ。

　舞台上では五組の踊り手がステップを踏み続けている。背後のカーテンには老女と詩人の踊るシルエットが映っている。その影は回りながら舞台の幅を横切って、そのまま立ち止まることなく、上手の扉から踊りながら出てきた。他の踊り手の男は燕尾服だが、詩人は古ぼけ色褪せたコート姿。だから見間違えることはない。

　しかし彼と手を繋ぎ合って回っているのは、もはや先程までの襤褸を纏った乞食の老婆ではなかった。

フープで広げた純白のドレスの女性。二の腕の半ばまでを覆う長手袋をつけ、後ろに纏めた黒髪の横と、耳と、半透明のレエスに包まれた喉元に、銀色にひかるジュエリーを飾っている。

京介の脚にまた龍麿のステッキが当たった。それを両手で握りしめたまま、龍麿翁は上半身を伸び上がらせるようにして舞台を凝視していた。目はいまにも飛びださんばかりに見開かれ、喉が別の生き物のように波打っている。

曲が終わった。詩人と女は舞台の正面に足を止めた。そこにいるのはもはやいかなる意味でも老女ではない。若く美しい女だ。化粧は濃い。しかし化粧であの皺やたるみを、ここまで完璧に隠すことができるのだろうか。だが京介は間近に見るその顔に、くっきりと中高でやや中性的な、美貌の青年めいた目鼻立ちを認めた。思いは同じであったらしく、客席を声にならないどよめきが駆け抜ける。

マスカラに彩られたまぶたが上がる。

明るい瞳がライトを映して輝く。

そして赤い唇がゆっくりと開いた。

『噴水の音がきこえる、噴水はみえない。まあこうしてきいていると、雨がむこうをとおりすぎてゆくようだ』

それは確かに高く強くつややかな、若い女の声だった。

ふいに、押さえてはいるものの緊迫した声が耳を打つ。

「どうかなさいましたの、お父様？」

龍麿翁はわずかに腰を浮かしていた。目は依然として極限まで引き剝かれ、舞台に釘付けにされて、しかしなにかいおうとしているのか口が開きかけている。声は出ぬまま次第に開いていく口の、下唇が震えわなないている。

ついに彼は立ち上がった。バネ仕掛けの人形のように。暁が手を伸ばして止めようとしたが、間に合わない。だがそのまま棒立ちに立ちつくしている。異変に気づいた客席の、ざわめきがわずかに大きくなる。

そして舞台上の『小町』もまた、動きを止めて龍麿を見つめていた。さすがに『詩人』の小野木も、他の脇役たちも、異常を覚えて演技を止めている。ただ事態の見えない後ろの客席から、どうした、というような不審の声が上がりかけ、しかし『小町』は舞台の中央に立ち止まったまま、セリフを止めてはいなかった。

『さあ言ってごらんあそばせ。あなたの仰言《おっしゃ》りたいこと、とっくにわかっておりましてよ』

それはしかしほんとうに劇中のせりふなのか。それとも足下に立つ老人に向かって、語られていることばなのか。

龍麿の喉から微かに声がもれた。

「お父様？──」

芙蓉……といったのかもしれない。

そして舞台上の『小町』は紅い唇に嫣然《えんぜん》たる笑みを乗せて、それに答えた。

『でも、仰言ったら、お命はありません』

「――お父様！」

暁の悲鳴がせりふにダブる。天沼龍麿は朽ち木の倒れるように、どうと地に折れ伏していた。

パンドラの匣

1

「――で、それからどうなったんだ？」

「明かりがついて、人が集まって、ああいう場所にしては速いというほどの時間で救急車が来た。天沼龍磨は病院に運ばれ、たぶんまだ入院しているだろう」

「急にひっくり返ったって、脳溢血《のういっけつ》か？」

「わからない。ただ命に別状はないらしい」

「それじゃ芝居は肝心のところで中断かあ……」

栗山深春は大きな口を開けてため息をついた。

「見損ねたのは悔しいけど、そういう凄い舞台が結局中断されたまんまってのも、もったいなさすぎるよなあ――」

オテル・エルミタージュの一件から五日が過ぎている。ここは本郷西片町、おなじみ神代宗教授の家の茶の間だ。丸いちゃぶ台にカセットコンロを置いて、鋳物の浅鍋に割り下がたぎり、牛肉に焼き豆腐、白滝に葱が煮えている。

芝居好きが高じて学生時代から、あちこちの劇団で大道具係りの手伝いなどをバイトにしてきた深春だ。今回もプライヴェート公演で神名備芙蓉ただ一度のカムバックという情報は、早々とキャッチしていたらしい。ただ当日は前からの約束で、別件のバイトに前橋まで出かけていた。

一般公開ではないのだからいくら暇でも見られたわけではないと、自分自身にいい聞かせて諦めていたところが、京介と蒼が招待客としてその場にいたというのだから、彼の驚くまいことか。どうして俺にひとことといってくれなかった、そういうコネがあるならバイト先の義理を蹴飛ばしてもついて行ったのに、と嘆かれてもいまさら返事のしようがない。

「ああチクショー、中断したその前半だけでもいいから見たかった……」

これで何度目か知れない繰り言を、深春はまた繰り返して、

「再演の予定とか、決まってないんだろう？」

「と、思うが」

「だけどその爺さんが無事なら、可能性もないじゃないよな。うん、いざとなったら使いっ走りの雑用係でいいや、俺。搬入でもイントレの建て込みでも、なんでもやっちゃう」

いいながら鍋の中の、頃合いに煮えた肉をがばっとさらいとろうとした箸《はし》の先を、

「こら、熊。肉ばっかり喰うんじゃねえよ」

向こう側から神代教授が自分の箸で押さえる。

「だって神代さん、こんないい肉煮えすぎたらもったいないっすよ」

「いま俺が喰おうとしてたんだよ」

「コレステロール値が上がっても知りませんぜ」

「喰いたいもの喰わねえで、長生きなんざしたかねえやい」

鍋をはさんで子供のように箸で喧嘩している深春と教授。その脇で京介は黙々と口を動かしている。いつもなら喜んで顔を見せるはずの、蒼がいない。教授が電話したのだが、断られたという。

「今日は学校の用事で少し遅くなるからってよ。俺らなんぞにつきあってるより、同じ年頃の仲間といる方が楽しくなったんだろう」

「ちぇっ、そんなもんですかねえ」

深春が肩をすくめた。

「薄情者め。俺なんざ二月ぶりだってのに」

「ま、仕方ねえやな。あいつも高校生だ。京介。少し肉取り分けておいたから、おまえ帰りがけに寄ってやってくれ」

「——はい」

教授や深春には、伊豆での蒼の奇妙な様子のことは話していない。いえばふたりとも心配して、騒ぎ出すのは目に見えている。しかしそれが果たして蒼のためになるのか、京介にはいささか迷いがあるのだった。

「ところで京介。劇団Hの大迫って、伊豆から蒸発しちまったまんま出てこないらしいな」

深春がいう。

「知り合いの大道具屋に電話かけてみたら、どうもそんな話だったぜ。なにせことが神名備芙蓉のからみだから、芝居関係の人間はみんな興味津々さ。どんな様子だった？」

「内輪でいろいろもめていたようだな」

「舞監の板倉女史がクーデターだって？　やってくれるよなあ」

最後に残った白滝を小鉢にたぐりこみながら、深春は肩を揺らして笑う。

「長年の女房役にいきなり謀反されちゃあ、大迫も相当にこたえたろう」

「彼らのこと、知ってるのか」

「ああ。いっぺんだけ大道具のバイトで入ったことがあるんだ」

「どんな人間だった」

「おまえ、会ってきたんだろ？」

「現場ではどう見えたのか、知りたいと思ったんだ」

「へえ」

おまえが建築以外のことに興味を持つなんて、珍しいなという顔をされたが、

「大迫ってのは、はっきりいって評判も良くないし感じも悪い。舞台はいいものを作るっていうやつもいるが、俺は好きじゃない。っていうか、昔は知らないがもうあいつのセンスは古いんじゃないかって気がするな」

「それほどひどいのか」

「いや、そのへんは俺の趣味もあるけどさ。趣味と関係なく評判が悪いのは私生活の方でね。早い話がスケベなんだ。おまけに女も男もどっちもＯＫてんだから始末が悪い。どこまでほんとのことかは知らないが、話半分としても相当のもんさ」

「――――」

「その点板倉はおっかねえおばさんだが、遣り手だしいうことはまともだ。照明屋上がりで音響も一通りかじってて、女の少ない職場でいままで頑張ってきた苦労人だから、人の使い方も心得てる。大迫とはずいぶん長いこと組んできて、あいつの演出で評価されてる仕事の、相当の部分は彼女の働きっていってもいい。外に名前の出づらい仕事だが、業界の評価はかなり高いのさ。その晩の芝居の変更が大迫に対する計画的なクーデターだったんなら、舞監の彼女が中心にいたのはまず間違いないとこだからな。大迫がショックで蒸発したくなっても、不思議はないかもしれないぜ」

「なんでえ、そのブカンってのは」

神代教授が口をはさんだ。

「舞台監督です」

「演出家とどう違う」

「平たくいやあ、芝居の芸術性どうのこうのってなことを云々するのが演出家で、そいつを受け取って照明や音響や美術に伝えて、具体化してくのが舞監の仕事っすね。俺ら裏方にとっては、演出家より舞監の方がずっと身近です。本番までは各部署の作業の進行状況を把握していて、当日は楽屋の割り当てから弁当の手配、開場開演時間の調整、キュー出し、舞台転換——」

「えらく重要な役じゃねえか」

「ええ」

「本番まで漕ぎ着けたら演出家なんぞいなくても、その舞台監督さえいりゃあ幕は開くわけだ」

「そうっす」

「逆に舞台監督がいなかったら、芝居は動かない。なるほど、そういう人間にいきなり刃向かわれたら嬉しかねえやな」

「you to Brutus——ブルータス、おまえもかってなもんですね」

「だが蓋を開けられるまでなんにも気がつかねえでふんぞり返ってたとしたら、そりゃただの馬鹿野郎だ。——深春、お茶」

「やれやれ、蒼がいないとお茶汲みがこっちに回ってきちまうか」

ぼやきながらも腰を上げた深春だったが、

「ここに一家の主婦がいてくれりゃあ、一番問題ないわけですよね。神代さん、なんだって結婚しないんです」

「阿呆。てめえらにこき使われるために、誰が女房なんぞもらうよ」

「料理上手の埴原《はにはら》さやか嬢はどうしました。とっくに愛想づかしされましたか」

「なんかいったか、熊」

「いえいえなんにも。——おい、京介」

「え?」

ふたりのやりとりを聞くともなく、ぼんやり物思いに耽っていたところを、いきなり名前を呼ばれて我に返る。

「なんだ」

「なんだじゃないって。箸途中で止めたまま寝るなよ、おまえは!」

「寝首《ねくび》搔《か》かれてもわからない馬鹿が、ここにもひとりいたな」

別に寝てはいなかったのだが。

教授の家は十時前に辞した。ここから蒼の住むマンションまでは、ぶらぶら歩いても十分ばかりで着く。

歩き出してすぐに、深春が真面目な口調で尋ねてきた。

「おまえ、なんか隠してるだろう」

「なんかって?」

「蒼だよ」

いつもながら深春は、蒼のことには特に勘がいい。

「伊豆でなんかあったんじゃないのか。そもそもなんだってそんなとこに、学校休ませて蒼のやつを連れていったんだよ」

「――その学校なんだが、あまりうまくいっていないらしい」

取り敢えずそれだけいう。深春は、あ……というように口を開けたまま表情を曇らせた。

「まあ、難しいことはいろいろあるだろうよな」

「確かにね」

「じゃ、相談に乗ってやったのか?」

「いや」

「なんでだよ」

「蒼自身はなにもいわないから」

「いわないったって、悩んでるらしいってのは見えてるんだろう？」

「ああ」

「だったらなにもあいつがいい出すの、待ってなくてもいいだろうが」

「こっちからつついて、いわせて、どうすればいいか考えてやれって？」

「そうだよ」

「だけど蒼はもう十七だ」

「普通の十七とは違うんだぜ」

「そうだろうか——」

歩きながらかぶりを振った。

「高校に行くということ自体蒼が自分で決めたんだ。そんなふうにこちらからいちいち干渉して、口を入れて、それが蒼のためになるとどうしてわかる？　解消したいのは蒼の悩みなんかじゃなくて、こちらの心配に過ぎないのじゃないか？」

「過保護にしたらまずいってか」

「そうさ」

「——このバカヤロ」

いきなりぐいと腕が引かれた。深春はほとんど力ずくで、京介を夜の道に立ち止まらせる。正面から顔を覗き込む。

「ほんっとにおまえはいつになっても、利口か馬鹿かわからないトンチキ野郎だなあ。輝額《きがく》荘《そう》の頃から全然進歩してないんじゃないか？」

真顔でいわれてムッと来た。しかし深春はいい返す隙を与えず、

「蒼は確かに十七だよ。俺と初めて顔を合わせた頃の、おまえの背中にひっついてなきゃ立ってもいられなかった可哀想なちびとは全然違う。自分の足でいっちょまえに歩いてる、もうガキともいえない歳の人間さ。じゃあ放っておけばいいのか？　違うだろう」

「放っておくとはいってない――」

しかし深春は京介の腕を摑んだまま、押し被せるように続ける。

「だけど考えて見ろよ。俺やおまえが十七のときに、どんだけしっかりしていた？　おまえのことは知らないが、俺なんざ体ばっかり育っても頭の中身はてんでガキのままだったぜ。自分になにができるかも、この世の中がどんなもんかも、なんにもわからないまんまの子供だったぜ」

「――――」

「過保護にされて潰されるほどのガキじゃない。だけど完全に大人扱いして平気なほどしっかりしてもいない。それがあれくらいの年齢さ。心と体のバランスが崩れてる分、子供のときより危ういかもしれない。ましてどう言い換えてみたところで、蒼の生い立ちが普通と違うのは事実なんだ」

「止めろ」

夜とはいえ人通りもある路上でそんなことをいい出した深春の無神経さに、苛立ちを覚えながら京介は彼を睨み返した。

「だからといって僕たちになにができる。それは彼が生きている限り、自分の力で背負っていかねばならない問題だ」

しかし今夜の深春は、それで引き下がりはしなかった。むしろいっそう肩を怒らせて、

「おおそうかい。蒼がそれで無事にやってけるなら、俺だって別に文句はないさ。だがよ、なにかあったらどうするんだ」

正面切って聞かれて、京介は答えに詰まった。

「なんにもできないって、そりゃ理屈からいやあそうかもしれないさ。だけどほんとにそうかよ。どーした、なんか悩みがあるなら打ち明けてみろって、おれはおまえのことを気にかけてるぞって、いってやることになんの意味もないかよ。その程度で甘やかされるほど、あいつはやわじゃないさ。そういうふうにおまえ自身が育ててきたんだろうが」

「――――」

「いうにいえないままためこんでるときは、背中どやしても吐き出させるのがいいんだ。そんな必要がなかったら、向こうからそういうだろうさ。それがほんとか痩せ我慢かくらいは、おまえなら顔見てれば判断がつくだろう。いうだけいってみてなぜ悪い。え?」

「………」

街灯の明かりに照らし出された深春の髭面を、京介は初めて見るもののようにしげしげと眺めていた。この男にはいつも驚かされる。持ち手は見えているだけ、裏も表もありませんという顔をしていて、いきなりぽんと思ってもみなかった球を投げてくるのだ。それもあっけに取られるくらいのど真ん中に。いってみて悪いことはない、か。

「──明快だな」

「おまえは考えすぎるんだよ」

「そうかもしれない」

「素直じゃないか、珍しく」

「お陰様でね」

京介が小さく笑うと、深春はまぶしいものでも見せられたように目を細めて横を向いた。

2

京介からいい出したわけではないが、それじゃ俺は遠慮しとくわ、と深春がいった。俺らふたりで話せ話せじゃあいつもしんどいかもしれないからな、今夜は任せた。教授から持たされたすき焼き肉は彼に渡してしまい、蒼のマンションの呼び鈴を鳴らす。

「──はい」

それだけでわかる沈んだ声。居留守を使われなかっただけ、まだましか。

「僕だ」

息を呑んだ音がはっきりと聞こえる。なにか扉を開けないための口実を探しているような、不自然な間があった。それからやっとドアが開いたが、隙間に立ったまま、

「──明日の学校の準備、まだ終わってなくて」

そんなことをいう。視線は重たいもののように足元に落ちている。

「学校の準備？」

「うん、宿題とか」

「だが蒼。伊豆から戻ってから、一度も登校していないのじゃないか」

確かめてあったわけではない。だがはっとしたように上がった顔が、それが事実以外のなにものでもないことを語ってしまっていた。

「入るよ」

敷居《しきい》に立ったままうなだれている蒼を、半ば押しのけるようにして室内に足を踏み入れる。この部屋に来たのも一ヵ月ぶりくらいか。二ＤＫの部屋はやはり彼ひとりでは広すぎて、がらんと感じられてしまうのは前からだったが、今日はことに寒々しい。特にキッチンのあたりが。

「ちゃんと食べてるのか？」

　黙ってうなずいたが、流しにすばやく目を走らせると、見えたのはカップ麵の空き容器が三つ。もっとまともなものを食べなくては駄目だ、というような説教は、京介の口からはいにくい。だが、だからといってまだ身長の伸びている途中の蒼が、ジャンクフードで毎日を済ませていいはずもない。

「コーヒー、入れようか」

　下を向いたまま、小さな声で蒼がいった。

「豆あるよ。大学前のW茶房の」

「牛乳は？」

「あるよ。カフェオレにするの？」

「蒼はカフェイン抜き、砂糖入りのホットミルクだ」

「子供じゃないよ、ぼくは！」

　蒼の顔が振り向いた。見上げた頰が怒ったように紅潮している。

「そうだな、子供じゃない。いつの間にかこんなに大きくなった」

　向かい合って立てばその頭は、すでに京介の顎より高い。髪に乗せられた手を外そうとするのを、かまわず胸の方へ引き寄せた。そのまましかし顔は見ずに、尋ねた。

「蒼。なにかされたのか、――大迫に」

手の下で蒼の体がびくっと震える。もちろんそれもまた、確信があってのことではなかった。しかし正の整数aとbを足して3になったなら、それは1と2であるというほどの推論の結果だ。そして人間は、数学のようには動かない。そんな推理は外れているに越したことはなかった。だが一瞬、京介を突き除けようとするかに動いた蒼の両手は、次の瞬間逆に力いっぱいその体にしがみついてきた。

「——蒼?」

「ちがう……」

背中に食い込む指が痛いほど。胸に伏せた顔から、かすれた声が聞こえる。

「違うんだ、京介。ぼく——」

しゃくり上げる息の音に中断されたことばの続きを、京介は蒼の肩に手を置いたままじっと待つ。だがやがて聞こえてきたのは、京介でさえまったく予想もしていなかったことばだった。

「ぼく、あの人を、殺したかもしれない——」

「話してごらん、どうしてそう思うのか」

少しだけ時間を空けて、手は肩に乗せたままことばをかけた。

「いやその前にあの晩なにがあったのか、ゆっくりとでいい、順番に全部いってごらん」

「全部？……」

「ああ。いくら時間がかかってもかまわないから。できるね？」

「どこから話すの――」

「僕が龍麿翁に呼ばれた後。蒼と離れていた間のことを、全部だ」

「うん――」

そうして京介の胸に額を預けたまま、蒼はぽつりぽつりとあの日の夕方からのことを語り始めた。朱鷺とふたりで芝居の話をして、それからパーティーの席で老人たちのうわさ話を耳にして、さらに板倉と話して、京介が龍麿のそばにいたためにひとりきりで心細かったことも、暁を見つめていた遠山の奇妙な表情、その後彼に呼び止められて京介への伝言を頼まれたが、ひどく感じが悪かったことも隠さずに話した。

その後屋上で偶然芙蓉の歌うのを聞いて、そのすばらしさに思わず涙した。それまでの落ち着かない気持ちが、いつの間にか癒やされたようだった。だがそれから帰ろうとした階段で、大迫と出くわしてしまった。

「いまから思えばあの人、べろべろに酔っぱらっていたんだ。芙蓉さんのことで汚らしいことば使って、せっかく気持ちが洗われたみたいになってたのに、そこに泥でもかけられた感じがして、すごく嫌だった。だからほっといて階段を下りようとしたら、いきなり腕を摑まれて、引きずり寄せられて」

蒼はぶるっと体を震わせる。

「べたっと貼りついたみたいで、振り離そうとしてもどうにもならないんだ。大声出せばよかったのかもしれないけど、回りはとってもしんとして誰もいないみたいで、どうかしてると思うけど声を上げるなんて考えつかないんだよ。ただもうお酒臭い息が近づいてくるのが気持ち悪くて、吐き気がしちゃって——」

ことばがとぎれる。腕の中で蒼の体は、小刻みに震え続けている。京介はなにもいわず、辛抱強く待った。

「——たぶんこのへんにもさわられたと思う。汗ばんだ指がぬるって……」

蒼は手を上げて自分の喉に触れる。

「そうしたらもう、頭がぼーっとして、自分でも、なにしてるかよくわからなくなっちゃったんだ——」

一度そういったことばを、しかし蒼は激しくかぶりを振って否定する。

「ううん、違う。ちゃんとわかってた。ぼおっとはしたけど、全部わからなくなるようなことはなかった。ただ、ものすごく嫌な気分がして、気持ちが悪くて我慢できなくて、ぼくは体にくっついた虫を力いっぱい振り払うみたいにして、あの人の体を突き除けた。そしてそのまま後も見ないで、階段を駆け下りた——」

荒くなる息を必死で鎮めようと、蒼は再びことばをとぎらせる。

「がんっ、て音がしたと思う。それから鈍いうめき声みたいなのも聞いたかも知れない。でも、よく覚えてない。ぼくは走ってロビーに出て、部屋まで駆け戻ってそのままベッドにもぐりこんで、眠っちゃった……」

京介はひそかに安堵の息をついた。

「蒼、それならなにも心配はいらないだろう。翌朝あの中庭に、大迫の死体がころがっていたなんてことはなかったんだから」

「そんなの！——」

蒼の顔がバネ仕掛けのように上がった。大きく見開かれた目が京介を下から凝視した。

「ぼくだって翌朝起きてすぐ行ってみたよ。階段のどのあたりかはわかっていたもの。でもそこには誰もいなくて、ぼくが見つけたのは手すりの塗料が、少し剝《は》がれて落ちているのだけだったけど」

「よろけてぶつかったんだろう。頭にこぶぐらいできたかもしれないな。でも、その程度のことで人は死なないよ」

「そんなのどうしてわかるのさ。あんな場所で死体が見つかったら困るから、ホテルの人か誰かが隠してしまったかもしれないじゃない。あの朝もしもそんなことになったら、大切な行事を中止しなけりゃならなくなるから！」

まさか、と首を振りかけたが、蒼の目はあまりにも真剣だった。

「さもなければ、即死じゃなかったかもしれない。そのままふらふらどこかに歩いていって、あの広い庭か、近くの道端か山の中か、そんなところで倒れて死んでるかもしれないじゃないか!」

「蒼──」

「ぼく、今日も劇団に電話かけて聞いたんだよ。大迫さんはあれっきり、どこにも姿を見せていないんだ。みんな不思議がってる。なぜかっていうと自分の意志で姿を消したと考えるのは、不自然すぎるんだ。いくらあのお芝居のことで面目を潰されたからっていって、そのまま蒸発しちゃうわけがない。

もうじき自分の劇団作るんだって、人もお金も集めて、天沼さんが後援してくれることも間違いなしで、公演の予定も立っていたし、いろんなスケジュールがぎっしりだったんだって。そんなときにいなくなるなんて絶対に変だって。だからやっぱりあの人の身には、なにか普通じゃないことが起こってるんだ。もしも彼が無事だったら、消えてしまうはずがないんだよ!」

胸にたまっていたものをことばにして吐き出してしまったことで、蒼はいくらか落ち着きを取り戻したようだった。すがりついていた腕をほどくと、照れたように少し笑いさえして、やっぱりコーヒーいれるね、とキッチンに立つ。

しかし自分が突き飛ばしたことで、大迫が死んだか少なくとも大怪我を負ったに違いないという、蒼の思いこみを消すことはできなかった。人がそう簡単に死ぬわけはないといっても、目障《めざわ》りだからといってホテルの人間が死体を始末するなんてことが現実に起こるはずはないと、また山の中といっても人家もあれば車も走る伊豆で、横死していればいまごろとっくに発見されているはずだといっても、蒼は意固地に首を振り続ける。

「だったら大迫さんはいまどこにいるの。どうして彼は失踪しているの？」

とそれだけを繰り返して。

「人が蒸発する理由なんてそれこそ掃いて捨てるほどあるさ。新劇団旗揚げの計画も、傍目《はため》に見るほどは順調でなかったかもしれない。多くの障害にぶち当たっていたのに、虚栄心からそれを隠していたのかもしれない。神名備芙蓉との軋轢《あつれき》の結果、龍磨翁も彼に対する考えを変えた、というのはもっとありそうなことだ」

「…………」

「おまけに彼の新劇団のメンバーには、舞台監督の板倉さんや助手の小野木さんも当然含まれていたはずだ。彼らにああいうかたちで叛旗《はんき》をひるがえされたということは、面目を潰されたという以上に深刻な意味を持っていたろう。実質的にそれは、彼についていくつもりはないという意思表明だったとも考えられる。つまり彼の長年の目標だった劇団の設立は、周囲の予想に反して挫折の危機に直面していたとしたら——」

「推測ばっかりだね」

　ぽつりとつぶやいたひとことで、蒼は京介のことばを断ち切ってしまう。目を伏せた蒼の表情は、これまで見たことがないほど大人びている。

「いくらあの人が蒸発するかもしれない動機を想像して、山ほど積み上げてみても、あんなふうに突然姿を消してしまった奇妙さの答えにはならないんじゃない？」

「蒼」

「ごめん。心配してくれてるのはわかってる」

　呑み込まれた語尾のその後に、でも……ということばが続いているのだろう。どうしてこんなにも頑固に執拗に、自分が大迫を殺したかもしれないという考えにしがみつくのか。それはよくわからないにしても、その失踪が極めて不自然なことは確かだ。蒼の疑問にはそれなりの理がある。自分の見たもの、聞いたことに基づいて、自分の頭で考える。もはや京介の語ることを鵜呑みにして、それで満足してしまえるほど子供ではないのだ。

　それならば。

「大迫の行方がわかればいいんだな？」

「え……」

「少し時間をくれないか。それなら僕があの男を見つけてやる」

「どう、するの？」

「取り敢えずもう一度オテル・エルミタージュに行って、従業員に話を聞く。十月十日の朝、中庭の外階段になにか異常がなかったか。夜以降大迫の姿を見た人がいないか。もちろんホテルぐるみで人ひとり消してしまったとしたら、そんなこと聞いても無駄だということになるかもしれないが、それはどう考えても現実性が薄い。そう思わないか？」

「………」

「あとは東京で劇団関係者と、大迫の周辺の人間に話を聞いて、なんなら興信所くらい使ってみてもいい。生身の当人を摑まえるとなると少し骨かもしれないが、できないことはないだろう。まさか海外に逃げ出してもいないだろうから」

蒼は大きな目を見張って、まじまじと京介を見つめていた。その顔が左右に振れる。意識してやっているのではないのかもしれない。

「でも……」

ほとんど聞き取れないほど、小さな声だった。

「それでも、見つからなかったら？」

「そんなことはあり得ない」

そう答えたのも聞こえていないのか、

「さもなかったら、死体で見つかったら？——」

青ざめた唇がつぶやく。

「そうしたら誰か別の人間が、彼を殺したというだけの話だ」

「どうしてさ!」

突然蒼の口から、悲鳴めいた声がほとばしった。

「どうして京介はそんなふうに、ぼくがなにもしてないって信じられるの? ぼく自身だって自分のことが信じられないのに。自分がやってないなんて、確信持てやしないのに!」

「それは僕が蒼を知っているからだ」

「ぼく自身よりもッ?」

「そうだ」

「そんなの、嘘だよ……」

「嘘じゃない」

「だって」

「僕は蒼に嘘をついたことはない」

「――――」

「僕を信じてくれることは、できないか」

食い入るような瞳で京介を凝視していた蒼は、しかし突然握りしめたふたつの拳で、その両眼を覆い隠していた。

「駄目なんだ……」

昏から覗く食いしばった歯の間を、呻くような声がもれる。

「ぼく、駄目なんだ。京介がそういってくれて、そのときは大丈夫って思っても、自分ひとりだともうわからなくなっちゃう。学校行ってみんなの中に混じると、何百人何千人高校生がいたって、ぼくみたいな人間はいないって。

だってそうでしょう。ぼくはまだ全部覚えているもの。自分のしたこと、なにひとつ忘れていないもの。こんなぼくだったら、もしかしてあるかもしれない、気がつかない内に人を殺すことだって」

(蒼──)

京介の胸をひとすじ、鈍い痛みが刺し貫いた。

3

「変なこといってるって、思うよね。ぼくだってそう思う。暗いところとか狭いところとか、怖かったのはもうずっと前のことで、首にさわられただけでパニックしたりしたのも過ぎたことで、いまは全然普通に暮らせてたのに、もうちゃんと乗り越えられたはずなのに、どうしてだろうって」

テーブルに両肘をついて目を拳で覆ったまま、蒼はしゃべり続ける。

「でも、そうじゃなかったんだ。自分の中から無くなせたわけじゃなくて、ただそういうろんなものを箱に詰め込んで、封をしてただけなんだ。その封印が切れちゃった。パンドラの匣《はこ》みたいに、ぱかっと。

そうしたらもうおんなじ。前と。目をつぶっただけで戻ってきちゃう。そして学校行こうとしたりすれば、なおさら考えちゃうんだよ。ぼくはみんなとは全然違う。友達なんてどうやっても、作れっこない……」

馬鹿をいうなと声を荒らげるのはたやすい。しかしそれがなんになるだろう。京介はテーブル越しに手を伸ばして、うつむいた頭に触れた。波打つやわらかなくせっ毛に包まれた、小さな頭、熱い額。涙に濡れた頬。その感触は変わらない、七年前のあの日から。

「友達、作れないか」

伏せたままの顔がうなずく。

「自分のことを打ち明けられないから?」

またうなずく。

「だけど蒼、それなら僕も友達なんてひとりも作れない」

ふっと息を呑んだ音がした。

「京介?……」

赤くなった目がこちらを見る。

「だってそうだろう。蒼は僕のなにを知っている？」

「でも、それはぼくが子供だから——」

「深春は、輝額荘で出会う以前のことは、なにも知らない」

「あの、遠山さんは？」

「彼とは高校の一年間、学校が同じだっただけだ。大したつきあいじゃない」

「神代先生や、門野さんや——」

「彼らも全部知っているわけじゃない」

「京介って、そんなすごい秘密があるの？」

「ああ、実はあるんだ」

できれば冗談めいて蒼の耳には聞こえるように、唇に微笑を浮かべて京介は答える。

「とびっきりのトップ・シークレットさ。これぱっかりは蒼にでも話せない」

「深春、一度も聞かない？」

「聞かないよ。聞かれても絶対教えてなんかやらないけどね」

京介の微笑に誘われたように、蒼は目を赤くしたまますっと笑いをもらす。

「意地悪なんだ」

「もちろんさ。でも、いえないことだから秘密なわけだろう？　そう簡単に打ち明けられるなら、秘密でもなんでもありゃあしない」

「うん……」

「だけど誰だって多かれ少なかれ、人にいえない秘密のひとつやふたつ持っているものさ。大人になればね。そういうのをいちいち打ち明けてからでないと友達が作れないなら、大変なことになってしまうよ。なにも聞かなくても、知らなくても、信じられる人間かどうか、いっしょにやっていける相手かどうか、それくらいはわかるはずだ。むしろそれが本当の友達ってものじゃないかな」

「でも――」

「それじゃ蒼は僕のことをどう思う？　僕にいえない秘密があると聞いて、どう思った？　どんな過去が隠れているかわからないから、得体の知れない、信じられない、なにをしでかすかわからないやつだと思うか？」

「思うはずないよ、そんなこと！」

椅子から身を乗り出すようにして、蒼は声を上げる。

「どうして」

「だって、京介は京介じゃないか」

「だから蒼も同じだよ。僕が蒼を知っているというのは、過去にどんなことがあったか知っているという意味じゃない。いまの蒼がどういう人間かを知っているってことだ。遥かに大切なのはそのことの方さ。

僕の知っている蒼は人を怪我させたかもしれないときに、そのまま逃げ出せるようなやつじゃない。そのとき蒼が後も見ないで走ってきてしまったのは、大したことになっていないと無意識の内にわかっていたからだ。大迫は見つけてみせるから、もうなにも心配しなくていい。わかったね？」

蒼はすぐには答えなかった。だがやがて伸ばした手のひらにことん、と音立てて蒼の額があたった。

「——そう、なのかな」

独り言めいたつぶやきだった。

「ぼくみたいな人間が、昔のこと隠して普通に生きていていいのかな、ほんとに。それで誰かがぼくに好意を持ってくれたとしても、嘘ついたってことにはならないのかな……」

「蒼は蒼のままでいればいい」

「ぼくのままで？——」

「ああ。過去を無理に忘れる必要はないが、それに縛られることもない。問題はいまの自分、そしてこれからの自分なんだから」

「京介も、そうやって生きてる？」

「そうありたいと思ってる」

「難しい、よね」

「難しいな」

「でも、がんばってる？」

「努力してるよ」

「弱気なんだ」

「謙虚《けんきょ》だといってくれ」

「謙虚な人が謙虚だって、自分でいうのかなあ」

　蒼はくすん、と鼻を鳴らして笑った。それ以上なにもいわずに手のひらに押し当てている額を、京介も黙って支えていた。伝わってくる呼吸の音が、すっかり静かになるまで。

「もう、大丈夫か？」

「——ウン」

「じゃあ、明日から学校へ行くな？」

「ええーッ？」

　ぱっと上がった顔の、頬が不満げにふくらんでいる。

「京介、探偵するんでしょう？　ならぼく、助手するよ」

「駄目だ」

「どうして」

「人探しなんていうのは、探偵は探偵でもハードボイルド物の世界だろう」

「ああいう探偵はひとりで行動するものと、相場が決まってるのさ」

「だから？」

「そんなのー」

「駄目。異議は認めない」

「横暴だよ、京介。朱鷺なんて高校くらい、いつ辞めてもいいっていってたじゃないか」

「遊馬さんは遊馬さんだろう。高校行くことは自分で決めたのだから、決定には責任を持ちなさい」


蒼の出した交換条件は今夜泊まっていくこと。京介はそれを受け入れた。奥の日本間に布団を並べて敷いて、なんだかこういうのすごく久しぶりだね、と蒼は嬉しそうだ。

「ここにひとりで住むのはさびしいだろう？」

「少しね」

蒼は答える。

「前と違って毎日大学で、京介たちと会えるわけじゃないから」

「神代さんがいっしょに住まないかって、いってるんじゃないのか？」

「うん——」

「気が進まないのか」

「うーん、迷ってる。そこまで甘えちゃっていいのかなーって」

だってさ、と寝返りを打って、最後はあくびになった。ここ数日、夜もきちんと眠れてはいなかったのだろう。

「よく考えてみたら先生って、ぼくには赤の他人なんだよね……」

だが他人といえば、いま彼の周囲にいるのはすべて他人だ。なんと答えようと思いながら覗き込むと、蒼はもうゆるやかな寝息をたてていた。その小さな寝顔を眺めながら、京介は思う。

彼に血縁がいないわけではない。誰よりも濃い血の絆に繋がれたひとが、いる。七年前その手から取り上げたものを、いつか返さねばならなくなると考えなかったわけではない。彼が自分の過去から目をそらさずにいられるようになるためには、むしろそうする方がいいのだろうか――


翌朝登校する蒼と地下鉄の駅で別れて、下宿に戻った京介を玄関先で大家が呼び止める。

「あら、ちょうど良かった。桜井さん、電話よ」

「どうも」

受話器を耳に近づけて、もしもしのもをいいかけた途端に大声が響いてくる。

『桜井かッ?』

「遠山さん――」

あまり朝のこの時間から、聞きたい声ではなかった。

「なにごとですか」

『今日の未明、天沼邸が燃えた』

電報のように簡潔なセンテンスだったが、朝の頭に意味が定着するには数秒かかった。

「ホテルがですか？」

『違う。三階建ての和館の方だ。三分の二以上が、きれいさっぱり燃えちまったらしい』

「龍麿翁はまだ病院ですか」

『いや、それが昨日の午後に退院していたのさ。ただ悪運の強いことに、夜はホテルの方で寝ていた。といっても俺はいまは実家の方に戻ってるんで、これは全部聞いた話だがな』

「それにしては情報が早いんですね」

『新聞記者なんてのがダチにいると、こういう場合は便利さ。どれだけチンケな地方紙でもな。出火したとき和館の方には、使用人も含めて人は誰もいなかったそうだ』

「無人の状態で火が出たんですか」

『さすがだな。話が早い』

にやりと笑ったような声だった。

「放火、ですか」

『どうやらな。鯛の摑んだとこだと、警察は失踪中の大迫治樹に関心を示してるらしい』

「あの男が、放火を――」

『ああ。まだろくに捜査も始まってない段階だから、せいぜい見込みってとこなんだろうが、ジジイが退院した途端に放火されたってのは、怨恨がらみの上に殺意もありだっていう読みらしいぜ。例の芝居にからんで、だいぶ激しくやり合ったらしいしな。おかげで龍麿ジジイが金を出すことになっていた新劇団の一件も、雲行きが怪しくなってたんだと。

伝説の女優の主演する劇を演出して、その勢いに乗って自分の劇団を旗揚げして、しかもパトロンは天沼家で、そんな目算が一挙にパーになっちまったせいでの自暴自棄《じぼうじき》ってわけさ。それはそれで話が通ってるよな』

どことなく含みのある遠山の口調だった。

「なにかそれ以上のことをご存じなんですか」

『興味があるのかい』

「極めて個人的な事情で、大迫氏の行方には関心があります」

『へへえ――』

遠山は口の中でつぶやく。

『だったらどうだい。ここはひとつお互い協力してってことじゃ』

「どういう意味です」

『俺が表立って天沼の回りをうろつくわけにゃいかないが、鯛のやつを目と耳にこき使って、わかったことは端から流してやるよ。どうだい』

「それは無論、有り難いですが」

『なら取り敢えずできるだけ早い内に、もいっぺんこっちへ来いや』

「それであなたにも、なにかメリットが？」

『なあに。久しぶりにおまえさんと、ふたりきりでデートするいい口実ができたと思ってな。だから今度はコブなしで来いよ』

「朝っぱらからそういう冗談をいうのは、止めてくれませんか」

京介は本気で渋い顔になった。

探偵ごっこ

1

京介と地下鉄の駅で別れて、しかし蒼は次の駅で電車を降りてしまった。朝布団の中で考えておいた通り、駅のトイレでブレザーの制服をかばんに詰めてきた私服に着替え、全部をコインロッカーに入れてしまう。支度しているときに気がつかれたらとちょっとドキドキしたが、朝七時の京介は完全に寝ぼけ状態で見咎められることもなく済んだ。

嘘をつくことに、後ろめたさがなかったわけではない。それでも、そして自分の決定には責任を持つべきだというのが、反対しづらい正論であることは百も承知であっても、やっぱり蒼は今日、どうしても学校へ行く気にはなれなかった。

いや、学校へ行くことそのものが嫌なのじゃない。自分の前に突きつけられた問題を、そのままにしてしまうのが嫌なのだ。

つまり、大迫治樹はどこへ消えたのか。彼は自分の意志で失踪したのか。ならばその理由は。そうでないとしたらあの夜、起こったことはなんなのか。

確かに京介のいった通り、自分の手で突き飛ばした大迫があのまま死んでしまって、誰かがその死体を隠してしまったというのは、非現実的な思いこみでしかないかもしれない。だが蒼にとってそれ以上に問題なのは、自分があれしきの出来事でパニックしてしまったというそのことだった。

落ち着いて思い返してみれば、相手はほとんど泥酔《でいすい》状態だったのだ。こちらがなにも悪いことをしたわけでもなし、力ということなら摑まれた手を振り切れなかったはずもない。夜道で痴漢に出会った女の子でもあるまいし、理性的に対応できればなんということもなかったのではないか。それを親にはぐれた幼児のように怯えて恐慌を来してしまった、自分の不甲斐なさ、みっともなさに腹が立つ。それがいまの蒼の心境だった。

おまけに何日もそのときのショックを引きずって、それを京介に見抜かれただけでなく、しがみついたり泣いたりして——朝の光の中で昨夜のことを考えると、恥ずかしさで顔が熱く火照《ほて》ってくる。

（昔からなーんにも進歩してないって思われたな、きっと……）

失踪した大迫の行方を見つけてやる、と京介はいった。だからもうなにも心配しないで学校に行け、と。

しかし今朝、カーテンを閉め忘れた窓から射し入る朝の光に照らされた京介の白い寝顔を見ているうちに、突然蒼は思ったのだ。

それでは駄目だ。大迫の行方が気になってならないなら、自分こそ彼を探すべきではないか。京介にしてもらうのではなく。これは決して無責任な覗き趣味や、卑しい好奇心から出てきたもんじゃない。この胸に針みたいに突き刺さって消えない、過去の記憶を克服するためにも、必要なことなのだ。忘れない。でも囚われない。そのために。

それに——と、蒼は考える。京介が大迫を探すことに自分を関わらせまいとするのは、彼の失踪に蒼が関係している可能性を消しきれないからではないだろうか。ほんの数パーセント、コンマ一以下であっても。彼の心遣いはわかる。だが、だからこそ逃げてはいけない。自分のしたことは自分で見極めて、もしも必要なら責任を取らなくてはならない。

でも大丈夫、そんな深刻に考えすぎることはない。これは初めてひとりでする、ちょっとした探偵ごっこ。昨夜の口振りでは京介は先にホテルの方にアプローチするようだったから、こちらは東京の劇団に当たるとしよう。幸い舞台監督の板倉さんとは、京介よりいくらか面識がある。その後の様子を聞きがてら、彼女と話をしてみよう。

駅から劇団Hに電話した。板倉の所在を聞くためだ。好都合に彼女は四谷《よつや》にある劇団の事務所にいて、少し待たされたが本人が電話口に出てきた。

ちょっと話したいことがあるのだが、というと、あの錆びた声が、

『いいよ、今日は一日こっちにいるからね。でも一応聞いていいかい。話って?』

相変わらずぶっきらぼうな男口調だが、感じは決して悪くない。

「大迫さんのこと、なんですけど」

なんとはなしに声を低めた蒼の耳に、息を呑んだような音が聞こえた。

「あの方、まだ行方がわからないままなんですよね」

『——ああ、そう』

聞こえてくる板倉の声の調子が、にわかにおかしい。それまでとは全然変わってしまって、少しうわずっているように感じられる。

「もしもし?　どうかなさいましたか?」

『あ、いや、なんでもないよ。それじゃ、あとどれくらいでこっちへ来られる?』

どこか無理に作ったような快活さで、板倉は聞き返した。四谷駅前の喫茶店で、三十分後にと約束して受話器を置こうとした蒼の耳に、ふいに板倉の声が飛び込んでくる。

『——入団希望者だよ、この前道で名刺を渡したもんでね——』

それきり、ガチャンという音が耳に響いて電話は切れる。近くにいた人間に、聞かれて答えたことばらしいとは想像がつく。つまり彼女は嘘をついたのだ。どういうことだろう。大迫の失踪をまさか劇団の事務所が、知らないはずはないのに。

四つずつ並べた赤いビニール張りの椅子にガラスのテーブル。いまどきよく残っていたと思うような、薄暗く古臭い喫茶店の、埃をまとったゴムの木の鉢植えの陰に、身を隠すように板倉は座っていた。蒼の私服姿を点検するようにちらっと視線を走らせたが、それについてはなにもいわず、

「お呼び立てしてすいません。お忙しくなかったですか」

尋ねた蒼にも軽くかぶりを振っただけで、

「お話を伺おうか」

しかしむしろ聞きたいのはこちらなのだ。

「大迫さんのことなんですけど」

「うん」

「その後連絡とか、あったんですか？」

「なにも」

とだけ答えてまたかぶりを振る。

「ご自宅の方へも？」

「あの人はいまんところ独り身でね、ウジの湧きそうなマンションには二度ばかり行ってみたが、戻った様子はないね」

「板倉さんはどうお考えになりますか。大迫さんはどこへ行ってしまわれたんでしょう」

「さあて。どこへ、といわれてもねえ」

いかつい眼鏡の奥から、蒼を見返す板倉の小さな目が鋭さを増したように思えた。

「だけど、どうしてってことなら、君も承知しているわけじゃないか」

「『卒塔婆小町』を巡る演出上の対立、ですか」

「そう。その件に関したら、加害者はこちらってことになるかもしれない」

主演女優が演出家に逆らって、パトロンの裁定でそれに従わされただけでなく、身内のスタッフまでもが彼を裏切っていた。加害とはつまり、そのことを指しているわけだろう。

「でもそれなら、黙ってホテルから東京へ帰ってしまうのがせいぜいだと思いますけど」

「常識的にいえば、ね」

「大迫さんは常識的ではなかった、というわけですか」

「そのあたりは君だって、見ていたろう?」

肩をすくめてみせた。

「自我が肥大して『お山の大将』化するのは演出家の職業病かもしれないけど、どうもあの人はいけなかったね。自分でも少しずつ感覚が鈍って、時代に取り残されつつあるのを感じれば感じるほど、意固地で尊大になっていっちまった。心持ちに柔軟性がなくなって、役者やスタッフを駒みたいに動かすことだけが演出だってしか思えなくなったんだね。子供みたいな、まあ、ほんとうに大将の権威と貫禄があればそれで通るんだけど――」

そういう人間であれば、突然の挫折にそれこそパニックを起こして、蒸発するということもあり得るのだろうか。しかし。

「立ち入ったことをうかがうようですけど、大迫さんが作る新しい劇団というのは、順調に話は進んでいたんですか?」

すっ、と唇から息を吸い込む音が聞こえた。彼女の顔が心なし、白く固くなったように感じられる。

「煙草、吸わせてもらうよ」

ブルゾンの内ポケットから煙草を出した板倉は、ウェイトレスを呼びつけてマッチをもらうと、横を向いて深々と煙を吸い込み、それからようやく蒼の質問に短い答えを返す。

「――そうだね」

「板倉さんは、そちらに参加されることになっていたんですか?」

「長いつきあいだから」

「あの、でも『卒塔婆小町』のときは」

「大迫を裏切った。それでも彼の劇団に行くつもりだったのかって?」

「ええ」

「どっちだと思う?」

唇には薄い笑みがあったが、目はやはり少しも笑っていない。

「ぼくにはわかりません」

そう答えるしかなかった。

「でも、板倉さんは決して大迫さんのこと、心底嫌っておられるわけじゃないって気が、するんですけど……」

「──どうして、そんなふうに思う？」

「なんとなく、です」

「なんとなく、か」

そして板倉は短く、乾いた笑い声を上げた。

「ずいぶん頼りない探偵だね」

「え、ぼく別に、探偵だなんて……」

「おや、そう？」

煙草の煙の向こうから彼女の目が、皮肉な輝きをたたえて蒼を見つめている。

「だったらなんだって君は学校をサボってまで、大迫失踪の真相なんてものを調べているわけ？　まさかあの男に一目惚れしたなんてはずもなし、彼のことばに引かれてミュージカル・スターになりたくて、だから安否が気がかりというのでもなさそうだ。とすればあとは物好きな探偵趣味。一番怪しそうなやつに、ぶつかってみてやれってとこじゃないの？」

「怪しいって、板倉さんがですか？」

そんなこと考えてもいなかった。

「だって、板倉さんには大迫さんをどうこうするような動機なんて、なにもないじゃありませんか」

「ふうん。するとやっぱり君は、彼が自分から失踪したわけじゃないと思っているんだ」

板倉の目が輝きを増す。あ、もしかしてこれって誘導尋問？——

「ぼくは、なにも思ってないです。板倉さんがああいういい方をするから、釣られてしまっただけです」

「別にいいんだよ、疑ってくれたって。私はこれで二十年以上、大迫の下で働いてきた。君みたいな歳の人から見りゃあ小汚いおっさんとおばさんだろうけど、なにも昔からこうだったわけじゃない。三十初めの大迫はそれこそ研ぎ澄ました刃物みたいな男だったし、その頃の私はほんの小娘で、まだ駆け出しの照明屋で、男だらけの職場でこき使われて、女だっていわれちゃ馬鹿にされ、女には見えないってまた笑われ、どっちかに決めてくれってなもんだったけど、三度の飯より芝居が好きで、夢も野心もそれこそ山のようにあったさ。そんなふたりが出会って、お互いの夢を語り合って、いつか男と女の関係になったとしても、別に不思議じゃあるまい？」

「そう、だったんですか？」

「さあねえ」

彼女は無表情に目を宙にやったまま、ふわりと煙を輪に吐き出したが、ふっとその唇に笑みを浮かべた。

「薬師寺香澄君。君、恋愛したことある？」

「えッ？　いいえ、ぼくは……」

ぼんやりとした笑みを浮かべたまま、板倉は視線を中空に向けた。半ば独り言のように続けた。

「なんだろうねえ、恋って。この前神名備芙蓉はそれを、地獄のようなものだとかいってたっけ。でも私はそれほど、たいそうなものだとは思わない。つまりそれは一種の病気、はしかみたいなものじゃないか。彼女が『群衆』って歌を歌うだろう。祭りの人混みの中でほんのいっとき恋の歓びを味わった醜いお針子が、それをまた奪った群衆を憎むと叫ぶ。残酷な物語の結末だろうか。

でも私の考えは違う。あの女は最高の恋をしたんだ。恋ってものの一番いい部分だけを味わって、後の苦痛を見ないで済んだ。そうは思わない？　彼女の出会った男がとんでもないろくでなしの、ごろつきでなかったとどうしていえるだろう。少なくとも彼女には汚されない思い出が残ったじゃないか」

そんなふうには思ってもみなかった。答えることばが見つからなくて、蒼は黙って頭を振る。しかしそのときの板倉は、別に蒼の答えなど求めてはいなかったかもしれない。

「ところが現実はそうじゃない。どんなロマンティックな瞬間にも幕は下りやしないし、生きている限り人間は歳を取る。若い恋人同士だって例外じゃない。いや、若さの消えるより前に恋が死ぬ。最初の情熱はどこへやら、いつまでも終わらずに続く現実の中で、別れなければただの腐れ縁、夢も思いやりも朽ち果てて、口喧嘩すりゃあ次に相手がなんというかまで予測のつくような有様にうんざりして、それでもいっしょに仕事をしていれば別れることもできないのさ。

私と大迫がそんな関係だったとしたら、私はほとほと愛想の尽きた男をこれが最後のつもりで突き放したかもしれないし、彼は昔の女の裏切りに赤の他人にされたより遥かに怒り狂うだろう。それもまた人間の心理だね。なついていたはずの犬に嚙まれた傷は、野良犬のそれよりずっと痛いし腹も立つさ。

十月九日の夜、酔って気が違ったみたいにわめきたてるあいつを持て余して、私がひと思いに殴るなり刺すなり殺してしまったとしたら。そして死体を伊豆の山の中にでもすっころがしてきて、ここにとぼけて座ってる、とは思わないのかい?」

2

からかわれている、と蒼は思った。だからかぶりを振った。

「ほんとに人を殺したら、そんなふうに平気な顔で自分のしたことをしゃべったりしないと思います」

板倉は唇の端を吊り上げて笑う。

「駄目だなあ、探偵さん。詰めが甘すぎるよ。ラスコーリニコフだって金貸し老婆殺しを、冗談めかして人にしゃべる誘惑に耐えられなかったじゃないか。一概にそう決めつけてしまうのじゃなく、話の中に少しでも真実らしさがひそんでいるかどうか、そこんとこを聞き分けなくちゃ」

飽くまで板倉は皮肉な口調を変えない。そこにどことないわざとらしさを感じた。たとえかつての恋人であろうとなかろうと、仮にも長いつきあいの人間が突然行方不明になって、それを冗談の種にしかしないというのは不自然ではないだろうか。少なくとも伊豆での彼女は、そういう人間には見えなかった。

「ほら、たとえば私はいまマッチを使って煙草に火をつけた。でも君はこの前、私がジッポのオイル・ライターを使っていたのを見たはずだ。劇団の人間に聞いてくれればわかるけど、私はこの十年あれを使っている。ちょいと見にはありふれたジッポだが、実は結構珍しい古い型でね、いま手に入れようと思ったらわりに難しいんだ。そのライターを私はどこにやったのか。聞かれたら顔色を変えるかもしれない。答えられないわけだ。なぜかって、そいつは大迫を殺した現場に落としてきてしまったから――なんてね」

ははっと白い歯を見せて、ポケットから蒼の見覚えあるライターを取り出して見せた。

「ま、真相はオイルが切れただけなんだけどさ」

「それじゃ素人探偵らしく、質問させていただいていいですか？」

蒼はわざとにこりともせずに聞き返す。彼女が冗談とからかいの煙幕でなにかを隠そうとしているなら、そこを正面から突いてやるだけだ。

「十月九日の夜の大迫さんと、板倉さんたちのアリバイなんですけど」

「おっと、いきなりマジになったね。薬師寺君」

相変わらずかわす口調の板倉を真っ向から見つめて、ことばを続ける。

「ぼくと板倉さんがパーティーでお話ししたのは確か七時過ぎでした。あのとき板倉さんはおっしゃいましたね。大迫さんはやけ酒だ、と」

「ああ、そんなことといったっけ」

「大迫さんはどこで、やけ酒を飲んでおられたんですか？」

「自室でさ。もっと前から順に話そうか？」

「お願いします」

「サロンに神名備芙蓉女史がご登場遊ばして、君のとこの先生もいっしょに芝居の話をしていたよね。あの後我々は、といっても無論芙蓉女史は別だけど、龍麿翁に呼びつけられて、車であちらのお城に参内したわけだ。ホテルに戻ったのは、そう、五時頃だったかね」

つまり京介は彼らと行き違いに、あちらへ呼ばれたわけだ。

「大迫はそのまま部屋に直行。いや、その前にバーに寄っていたかもしれない。さすがに顔を合わせたくないから、私と小野木は打ち合わせって格好で外をうろうろしていたよ。着替えに戻ったのは六時前で、そのときは隣の部屋に大迫がいるのはわかっていた」

「声でも聞こえたんですか？」

「聞こえたねえ。私らの部屋は三階の北側の三つ並んだシングルだったんだけど、壁越しにあいつがうなったり、罵ったり、地団駄踏んだりするのが」

板倉はうんざりした顔になった。

「ディナーが終わったのは九時ごろだと思いましたが」

「ああ。そういえば君はその時点で抜けた？」

「抜けました」

「私と小野木もコーヒーを一杯もらって、九時半ごろだっけね。さすがに気疲れして早々と部屋に戻ったら、もう隣は静まり返って明かりもついていなかったから、やれやれ寝てくれたらしいと思ったんだ」

「大迫さんが部屋におられたかどうか、確かめてはみられなかったんですね？」

「みなかったね。ドアに鍵がかかっていたかどうかもわからない。触らぬ神に祟り無し、って思ったらおかしいかい？」

おかしいことはない、もちろん。大迫の失墜には板倉自身が、いささかなりとも手を貸していたことは事実なのだから、荒れている彼と顔を合わせたくないと思うのは当然だ。

「私は本を読みながら十二時近くまでは起きていたけど、少なくともその間彼の足音らしいものは一度も聞かなかったよ。だから大迫が部屋を出たのがその前か、私の眠ってしまった後かというのはわからない」

だが、やはり彼は板倉が戻る以前に、部屋を出ていたのだろう。蒼がパーティーから抜けたのが九時。その後遠山に引き止められて、屋上に行って、さらに大迫と遭遇したのは十時くらいだ。どこかで屋上にいる芙蓉の歌声を聞きつけて、あの外階段まで出てきたのだろうか。

「小野木さんもご一緒に、部屋の方に戻られたんですね？」

「——ああ。あ、いや」

うなずきかけた頭を顎で引き戻すようにして、

「彼とは一階で別れたんだ。少し散歩に出るようなことをいっていた。戻ってきた足音は確か聞いたけど、時間の方はわからないな」

それは小野木本人に確認した方がいいだろう。その時間によっては彼が大迫の姿を目撃した可能性はある。それが十時より後であれば、

（少なくともぼくのせいで大迫さんがどうかなった、てことはなくなるわけだ——）

ついそんなことを考えてしまってから、同時に後ろめたくも思う。自分が外階段のところで大迫と出会ったことを、板倉に隠しておくのはアン・フェアだろうか。迷ったけれど、もう少しは黙っていることにした。

「結局板倉さんが大迫さんの姿を最後に見たのは五時前後、声を聞いたのは六時ごろ、あとはわからないってことですね」

「そう」

彼女はまたふかっと煙を輪に吐いた。話し始めてから、三十分足らずの間にもう五本目だ。伊豆でのときよりずいぶん量が多い気がする。

「あの、前の質問に戻るようですけど」

「大迫がなぜ蒸発したか、かい？」

蒼の質問を途中で引き取って、

「確かに、たかだか演出を降ろされたくらいで失踪するなんて非常識だろうけど、あいつは芝居より他になにもできない馬鹿だったからね。酒の酔いも手伝って頭がカアッとすれば、どうでもなれって飛び出していっても不思議はないかもしれないよ」

「では、彼がそんなふうにしてホテルを飛び出して、夜道を歩いて下って東京へ戻ったとして、それからどこへ行ったと思われます？」

彼女は眉を吊り上げて、肩をすくめてみせた。

「そいつはわからないねえ。大迫は結構あれで旅行好きで、煮詰まると山奥の温泉に籠もることもあったし、パスポートはいつも持ち歩く男だったから、もしかしたらそのまま空港へ行って、カードでチケット買って、しばらく海外で頭冷やしてくる、なんてことだって考えられるもの。

だから私は案外ね、あのまま東京にも戻ってこないで、どこかマイナーな温泉宿にでも隠れてるんじゃないかなんても思ってるんだよ。伊豆なんて地図で見ればそれこそ温泉だらけで、修善寺や湯河原みたいな有名なところの他にも、いっぱい小さな湯治場があるみたいだもの。そんなところで手負いの獣みたいに、傷ついた自尊心を癒やしてるのかもしれないだろう?」

今度はやけに呑気な予想を口にする。話し始めた最初の頃の奇妙なわざとらしさや、冗談めかした口調はいつか影をひそめて、いまの板倉は本当に、心からそう信じているような顔だ。

「でも大迫さん、荷物は全部残していかれたんですよね。着替えのひとつも持たないで旅行とか温泉とか、やっぱり変じゃないですか? 山奥の湯治場なんかなら、買い物もできないだろうし」

板倉は黙ってもう一度肩をすくめる。しかし彼女の沈黙は雄弁だ。やつの女房でもあるまいし、なぜ私にそんなことがわかる? ことばに翻訳すればそんなところだろうか。

「あのう、大迫さんの劇団設立は、もうかなり具体的な段階まできていたわけですよね」

「ああ」

「そんなときに責任者の彼が、たとえ数日でも音信不通になるっていうのは、やっぱりまずいんじゃないでしょうか」

「常識的にいえば、そうだね」

「でも頭に血の上った大迫さんなら、そういうこともやりかねない？」

「そうともいえる」

蒼は腕組みして考え込んだ。もちろん自分はあの大迫という男のことを、大して知っているわけじゃない。長いつきあいの板倉から、そういうこともあり得るといわれれば、反対する根拠には乏しいわけだが、

（でも、仮にも大手の劇団で長いこと演出家してた人が、頭に血が上ったからってそこまで非常識になれるかな――）

それもほんのいっときの失踪というならともかくも、今日でもう七日目。温泉でも海外旅行でもかまわないが、いい加減頭が冷えて常識が戻ってきていいころだ。それが未だになんの連絡もない、ということは。板倉は結局のところ、なにも心配することなどないと蒼に信じさせたがっているようだ。だが話せば話すほど大迫には、これほど長い時間姿を隠す理由などないということばかりが明らかになっていく。

とすれば他に考えられるのは、生きてはいても連絡できない状況にいるか。たとえば誘拐されて監禁されているか（だがなんのために？）、突然の記憶喪失だとか（それはあまりにも突飛だ）――

蒼の沈黙をなんと受け取ったのか、板倉は珍しく自分から口を開いた。

「パーティーの席で会ったとき、確か私は君にいったよね。龍麿翁が大迫の新劇団をバックアップする意志に変わりはないって」

「ええ、おっしゃいました」

彼女のことばはよく覚えている。昨夜京介は、天沼翁が考えを変えたかもしれないといったが、その場にいた板倉が明言した以上、それはないだろうと思った。そしてそれは蒼から見れば、大迫の失踪の不自然さを強めている大きな要素のひとつだった。

援助の方は変わりなくするから、ここは芙蓉に譲れといわれれば大迫にしても、腹は煮えくり返っていたとしても首を縦に振らざるを得ないだろう。ここでへたに騒ぎ立てたり、トラブルを起こしたりすれば、せっかくの援助自体が危うくなることも考えられる。だからこそ彼が自分の意志で、失踪するはずなどないと思われたのだが。

「だけど、もしかするとね、それは少し怪しいかもしれないんだ」

「え……」

虚を突かれた。

「でも、あのときは板倉さん——」

「細かく説明すると、ほんの五分ばかりだけど大迫は龍麿翁とふたりきりになったのさ。玄関から出て車に乗って、急に忘れ物でもしたみたいにお屋敷の中に引っ返してね。すぐ戻ってきたけどそんときの表情は、それ以前よりまだひどかった。青ざめるというより鉛色の顔でさ」

「じゃあ、そのときになにか？」

「私が聞いても答えなかったから、本当のところはわからない。まあ、私は自分の耳ではっきり龍麿翁が劇団の援助は保証する、といったのを聞いているしね。ほんの五分で彼が百八十度考えを変える、とは思わないけど——」

そういう板倉自身の表情も、これまでとは変わって深刻に、暗澹としたものに変わってきている。しかしもしもその短い時間になにかが起こって、龍麿翁が意志をひるがえしたとしたら、

「彼が自暴自棄になって失踪するという可能性も、さらに高くなるというわけですね」

蒼はつぶやいた。夜出会ったときの大迫の、心のタガの外れてしまったような表情。物言い。あれは酔っていたためだけではなく、希望も未来もすべてを失くしてしまった男の絶望の姿だったのか。

だとしたら。

(可能性は、もうひとつあるんだ……)

ただ行方をくらましたり、いっとき頭を冷やすための失踪ではなく、人生の半ばを過ぎて賭けに敗れた男が、自分のプライドを守ってすべてを清算するための方法——

「自殺する、とか……」

声に出したつもりはなかった。しかし自分で気がつかないままに、自然と口が動いてしまったのかもしれない。突然テーブルが鳴った。板倉が椅子から立ち上がろうとして膝頭をそこにぶつけ、上のコップや茶碗がやかましい音を立てたのだ。まだ半分以上水の残ったコップが、ゆっくりと倒れかかっている。

「わっ、危ない!」

体を伸ばしてそのコップを摑んで、そのまま目を上げた。板倉は中腰のまま止まっている。彼女の顔を真下から見上げるかたちになった。青ざめ、硬直し、ほとんど茫然となにもない宙を凝視している、その顔。火の点いた煙草が、右手の指から抜け落ちようとしている。

(この人——)

「板倉さん」

名前を呼んでも答えない。だがさらに三十秒ほどが経過して、ようやく、

「え?」

彼女はまばたきした。自分がテーブルをくつがえしかけたのに、やっと気づいたらしい。

「ああ、ごめんごめん！」

わざとらしい陽気な声を上げて、すばやく手の吸いさしを灰皿に落とすと、彼女は蒼の手からコップを取り上げた。

「どうか、なさいました？」

「いやあなんでもない。どうも寝ぼけちまったらしいよ。歳は取りたくないね、まったく」

大きく肩をすくめると、コップに残っていた水を音立てて飲み干してしまった。

その直後に板倉のポケベルが鳴り、来客のようだから、と彼女は立ち上がる。もはやその顔には、さきほど見せた動揺の名残などまったくない。蒼の手を止めて卓上の伝票をさらい取り、手早く勘定を済ませると、

「今度は劇団の方へ遊びにおいで。もしも良かったら、君んとこのあのきれいな先生もごいっしょにね」

むしろ愛想よくにこりと笑ってみせて、軽く手を上げて道を大股に歩いていく。劇団の事務所があるビルの入り口に消えるその背中を立って見送りながら、蒼の思いは複雑だった。ほんの一分前に見た、彼女の表情が目に焼き付いて消えない。鉛色の仮面のような、その顔。いや、仮面というならそれまでの、皮肉っぽく笑ったり呑気そうにしてみせたりした、あれの方が彼女の本音を隠す仮面ではないか。

(あの人、やっぱりほんとうに大迫さんの恋人だったんだ——)

それはもう、間違いのないところだと思う。そしてそれは、過去のことだけではないのかもしれない。大迫の方はどうであれ、板倉の中にはまだ彼に対する、もちろん恋などではないとしても一種の愛情が存在していたのではないか。

そんな彼女が敢えて大迫を裏切った、真意は蒼にはわからない。だがたぶん板倉はずっと早くから、大迫の自殺の可能性に気づいていたのだ。そして自分を責め、いやそんなはずはない、どこか温泉にでも引きこもっているのかもしれないと思い返し、また、彼が死んでいたとしてもかまいはしない、自分はもはや彼を愛してなどいないのだからと考え、答えのない問いに、日夜思いは揺れ続けていたのだろう。

(そんなときにぼくが、それこそ素人探偵気取りで現れて……)

ぶしつけな質問を並べてさんざんしゃべらせたあげく、彼女がもっとも恐れていた可能性、自殺ということばをいともあっさりと口に出し——

(その不安と焦燥《しょうそう》に、いわばとどめを刺した……)

心の後ろめたさなどというより、ずきりと胃のあたりが痛んだ。蒼は思わず顔をしかめ、両手を握りしめる。なんという無思慮、無神経、無分別。自分でしたことながら吐き気がする。いっそ走って追いかけて、必死で謝りたい。ごめんなさい、ほんとうにごめんなさい、悪気じゃなかったんです——

だけどそんなことをしてなんになるだろう。悪気でないことが免罪符になるなんて、子供の理屈だ。一度口にしてしまったことばを、なかったことにするわけにはいかないのだ。決して、物好きな探偵趣味なんかではない。自分としてはこうするしかないと、明け方の布団の中で熟慮したあげくの行動のつもりでいた。しかしその結果やったことはといえば、板倉の平静さに甘えて、彼女の心の内部に土足で踏み込んだだけだ。

いろいろな状況から人間の生死、愛憎に関わることを余儀なくされて、それでもなお生臭い現実には興味がないと、桜井京介がことあるごとに繰り返すのも、つまりはこういう意味だったのかもしれない。これまでは彼のものぐさ、あるいは人嫌いのせいとしか思ってこなかった。だがどんな動機からでも探偵の真似事など始めれば、当の事件に関係もないような他人の秘密や秘め事までもを、嫌でも暴くことになるのだ。他人を傷つけ、見ないでもいい嫌なもの、暗いものを見て、自分もまた傷つく。

所詮人間とはそういうものだと、悟り澄まして見ないふりをできるほどの歳ではない。京介も、無論蒼も。もう止そうか。自分の力でどうにかしようなんてことは考えないで、おとなしく学校へ戻って、京介がどうにかしてくれるのを待っていようか。でも、それで本当にいいんだろうか。

（さあ、どうする。蒼──）

路上に足を止め唇を嚙みしめて、蒼は自分で自分に問いかけた。

(それでもおまえは続けるのか。他人を傷つけても、自分が泥をかぶっても、手をこまねいているよりはなにほどかましな結果を生み出せるまで、やり抜ける自信はあるのか?——)

そのとき蒼の横を、背後から足早に追い抜いていったふたり組の男がある。すれ違いざま聞こえたのは携帯電話のベルだ。ひとりが歩きながら内ポケットからそれを出し、耳に当てて短い応答、連れに電話を手渡す。なんということもないありふれた情景だ。しかしひとつの単語が蒼の耳に届いた。電話を渡しながらひとりが口にしたことば。

「——県警からです」

思わずはっとして、道路脇に足取りを緩めたふたりの脇を通り過ぎながら、横目でその顔を見る。どこといって特徴的でもない、平均的な日本人の顔。安物のスーツとややくたびれた革靴。しかしいまの電話の声を聞かなくとも、蒼は彼らを十中八九刑事だと断言できる。いままで何度となく、その職についている人間とは顔を合わせてきた。うまくことばでは表せないが、確かにそこには共通した匂いのようなものがある。特徴というほどでもない些細なことだが、ふたりそろって顔がどす黒いのは季節外れの日焼けのためだろう。

劇団の入ったビルの前を少しずつ足を遅くしながら通り過ぎて、ショウウィンドウに立ち止まったふりをしてちらりと背後を見た。ふたりの刑事はいま、劇団Hのビルに入っていくところだった。

3

あのふたりの刑事が、大迫の一件とはまったく無関係に現れたとは、蒼には思えなかった。伊豆でなにか新しい動きがあったに違いない。板倉を呼び出したポケベルは、警察から劇団へ話を聞きたいという電話が入ったからだろう。かといっていま彼らの後についていっても、無論どうなるものでもない。大迫の失踪のことなら自分もその場にいたのだ、とでもいえば引き止められて話を聞かれるかもしれないが、蒼が欲しいのは情報であって、こちらが情報を提供することではない。

どうしようと頭をひねっている内に、思い出したのは二年前、遊馬家の事件に関して話を聞かせてくれた雨沢という地方紙の記者だ。彼はあの遠山の友人ということだったが、ちょっと電話で様子を聞くくらいなら別に問題はあるまい。新聞の名前は覚えていたので番号案内を利用し、熱海にあるその本社を呼び出した。しかし彼は出かけていた。

電話で応対してくれているのが親切そうな声の女性だったので、蒼は思い切っていってみた。

「もしかして雨沢さんが出かけたの、天沼さんのところでなにかあったからですか？」

「失礼ですが、そちら様は？」

いくらか用心しているような声が聞き返したが、否定はされなかった。

「こちらは、東京の桜井といいますが」

「ああ、桜井さんですか。良かった。そちらから連絡があったら、携帯の番号を伝えてくれと雨沢からいわれていますわ」

そんな応答が聞こえてきて、蒼は戸惑ってしまう。京介はもう動いているのだろうか。

「雨沢さんはすると、いまは天沼邸に？」

「ええ。火の方はもう鎮火して、怪我人もまったく出てはいないようですけど、雨沢ときたら、いつでも糸の切れた凧なんだから。なのにこっちから呼び出そうとすると、邪魔するなって怒られるんですよ。桜井さん、連絡が取れたら社の方に電話するようにいって下さいません？」


さすがに京介の名を騙《かた》って雨沢と話す気にはなれなかったが、その女性とのやりとりだけでおおよそのことは摑めた。天沼邸が燃えたという。まったく無人の屋敷が深夜に突然出火し、しかも火の回りは早く三分の二以上が焼失。となればただの事故とは考えにくい。地元の警察はそれをただちに行方不明の大迫と結びつけ、怨恨による放火という線で捜査を開始した。今日未明の火事で、もう東京へ聞き込みが来るのはいくらなんでも早すぎるかもしれない。しかしそれも天沼龍麿という名士の、あの土地に対する力というものなのだろう。

（こうなったらしょうがないや。やっぱり京介引っ張り出さなきゃ）

蒼は心を決める。たぶん彼も電話で雨沢と連絡を取ろうとし、すれ違っているのに違いない。学校をサボったことを知られれば怒られるに決まっているが、せっかく板倉から聞き出したことを隠しておくのも無意味だ。嘘をついたことは謝って、今朝考えたことを打ち明けて、大迫のことを調べるのに自分も手伝わせてくれるようにといおう。

電話しようかとも思ったが、どうせなら直接顔を見ての方が話しやすい。地下鉄を乗り継いで昼過ぎに、W大近くの木造下宿に着く。表通りから入っていく細い私道に車が止められていて、ようやく脇を通り抜ける。シルバー・メタリックの、それも車高のいやに低いスポーツカーだ。

逆三角形のラジエータ・グリルに丸いエンブレムがついて、それは蒼にも見覚えのあるイタリアはミラノ市の市章。そして円の周囲には『ALFA ROMEO』の文字。貧乏下宿の門前にはおよそ似合わない高級車は、誰かのところにおぼっちゃまの友達でも来ているんだろうか。

ここの玄関はちょっと古い旅館みたいな広さで、靴を脱いで上がる。京介と深春が出会った輝額荘も、きっとこんな感じだったのだろう。しかしいまそこには顔なじみの大家さんが膝をついて、玄関先に立っている来客の応対をしていた。明るいグレーのコートを羽織った、若い女性らしい後ろ姿。なんとなく見覚えのあるようなのは気のせいか。

「ええ、いまお留守なんですよ。朝一度戻られたんですけどね、電話で話されてからまたすぐ出かけられてしまって――」

「こんにちは」

挨拶して框《かまち》を上がろうとした蒼を、

「あら、桜井さん出かけていますよ」

大家が呼び止める。

「え、ほんとですか？」

「そうなのよ。いまこちらのお客様にもいっていたんだけどねえ」

手の示すままに顔を巡らせて、そこに立っている女性と初めて目を合わせた。

「あら、蒼君――」

見覚えがあるのも道理。そこに立っていたのは天沼暁だった。

密やかな聖域

1

天沼暁の白い両手にハンドルを握られて銀色のアルファ・ロメオは、しかし制限速度を超過することもなく首都高速を西へ向かっている。木造下宿にはおよそ似合わない車は、やはり彼女のものだった。

アルファ・ロメオGTV。車というものにほとんど興味のない蒼には、名前はなんとなく聞いたことがあるという程度だ。それがたとえば世界の数あるスポーツカーの中でどういったステイタスを占めていて、どれくらいの値段がするものなのか、といったことはまったくわからない。ただいかにも速く走るために作られた、といいたげな流線型ぽい車体と、普通の乗用車と較べていやに低く、レーシング・カーのように感じられるシートに、なるほどこういうものかと思うだけだ。

だが伊豆で出会ったときはいかにも名家の楚々たるお嬢様然としていた彼女が、さほどスピードは出していないとはいえ、自信ありげな動作でこんな車を操っているのには軽い意外性がある。その表情はたとえばパーティーの席で、父親の隣に一輪の美しい花のように控えていたときと較べても、はるかに生き生きと楽しげだ。グレーのコートの下には艶のある真珠色のスーツを着て、アクセサリーも真珠のイアリングとチョーカー。無彩色めいた装いが、唇に塗られた明るい薔薇色のルージュをいっそうあざやかに見せている。

（なんか、不思議な人だよな……）

蒼は思う。

（いろんな顔があって、どれがほんとの彼女なんだろう。どれもほんと、なのかもしれないけど——）

そんな蒼の表情をなんと思ったのか、ちらっと助手席に目をくれながら、彼女は前歯を覗かせる。

「私の勝手で、強引に連れてきてしまったみたい。迷惑だったらごめんなさいね」

「いいえ。でも、ほんとにいいんでしょうか。ぼくなんかがくっついて行って」

「それは平気。ちゃんと電話して許可をいただいたんだから」

いま暁の運転する車は、小金井《こがねい》にある神名備芙蓉の住まいに向かっているのだった。彼女の許を訪ねるのは、以前からの約束だったのだという。

　昨日の午後に下田の病院から退院した龍麿につきそって、今朝まではそちらにいた。未明の火事は当然目にしていて、相当な衝撃を受けたようだったが、父の身にはもちろん他に怪我人も出なかったので、予定通り東京に出てきたのだ、と。

　蒼はまさか自分の午前中の行動を彼女に明かすわけにもいかず、初めて耳にする顔で火事のことを聞くしかない。

「実はそれで、桜井さんにいっしょに行っていただけないかと思ってお訪ねしてみたの」

　軽く小首をかしげながら暁はいう。少女のようなそんな動作が、しかし彼女には少しも不自然ではない。

「お聞きしてもいいですか。どうして京介に？」

「ひとつには、芙蓉さんからの要望で。この前は父のことなどもあって、ほとんどお話しする機会がなかったから、とおっしゃって」

　神名備芙蓉が京介と同席したのは、あの夕刻のサロンでのときだけだ。彼はなにもいわずぼおっと座っていたと思ったが、なにか彼女の興味を引くところがあったのだろうか。

「それじゃやっぱり、ぼくなんかお門違いですよね」

「あら、そんなことないわ。蒼君、芙蓉さんの歌を聴いて泣いたのですって？」

「うわあ――」

　思わず顔が赤くなる。

「嫌だなあ。芙蓉さんから聞いたんですか？」

「嫌だなんて。喜んでいらしたわよ。でもそんなにすばらしかったの？　なんていう歌？」

「タイトルは、たぶん『群衆』だと思います」

「ああ」

前を向いたまま暁はうなずいた。

「シャンソンね」

「あれ、シャンソンなんですか？」

思わず聞き返したが、考えてみるとシャンソンってなんなのか、蒼はほとんどなにも知らない。ただ漠然とパリ、とか、おしゃれ（でも気障っぽくて、そのくせすでに古臭い）、とか、そんなイメージが浮かぶだけだ。少なくとも芙蓉が歌っていたあれは、そんなイメージとはおよそかけ離れていた。もっと、なんていうのだろう、泥臭いまでに情熱的で、ドラマがあって、美しくて、こうして思い出しているだけで胸が熱くなってくる。

「エディット・ピアフが歌ったシャンソンよ。ピアフの名前は、知っている？」

「ええと。――あ、そうだ。芙蓉さんの引退リサイタルがピアフを歌ったってことでしたよね」

大迫のことばを思い出して、蒼は答える。

「でも、歌詞は日本語でしたよ？」

「それは芙蓉さんが自分で訳されたのだと思うわ。彼女も以前はみんな原詞のままで歌っていたそうだけれど、きっとフランスで暮らしている間にいろいろ考えられたのでしょうね。帰国してからはちゃんと聞き手に歌の意味が伝わるように、ご自分で歌詞を翻訳してそれで歌うようになったのですって。これまでは訳といっても、元のとは全然違う詞をつけてしまう。それでは駄目だって。

といってもそれを実際に聞いたことのある人は、そう何人もいないはずよ。最初の数年だけほんの内輪で歌の会をして、でもそれもすぐに止めてしまわれたはずだから。私もその会に出たことのある音楽評論家の方に、お話としてうかがっただけなの」

「じゃ、龍麿さんもそういう歌は聞いていないんですか？」

「ええ」

「ぼく、物凄く貴重なものを聞かせてもらったんですね……」

いまごろやっとその価値がわかるなんて、とんだお間抜けかもしれない。

「練習の邪魔したみたいで、悪いとは思ったけど、でもラッキーだったんだ――」

「本当に」

暁も微笑みながらうなずいた。

「芙蓉さんも、あなたが涙を流すほど感動してくれたこと、とっても嬉しかったようよ」

「あ、でも……」

「どうかして？」

「あのとき、睨まれちゃったんですよね。付き人さんに」

「ああ、村田さんのこと？」

「そうです。あの目はちょっと、怖かったなあ」

そのときの彼の表情を思い出しながらつぶやいた蒼に、

「そうね。あの人にとっては、芙蓉さんが文字通り女主人《ミストレス》、というより女神様なのね」

暁の口元の笑みが、わずかに苦さを加えたようだった。

「女神、ですか」

「そうよ。芸術の女神《ミューズ》で、美の女神《ヴェヌス》で、同時に神聖な聖母マリア。あんなふうにひとりの人を崇拝して、自分のなにもかもを捧げて悔いないのって、ある意味では最高の幸せかもしれない。でも、私のような凡人にはとても真似できないわ……」


神名備芙蓉の住まいは東京の西部小金井市の、未だに武蔵野《むさしの》の面影をとどめる雑木林《ぞうきばやし》の中にあった。数十年前まではあたり一帯が、同様の林に覆われていたのだろう。だがいま周囲にはありふれた現代の街並みが迫り、交通量の多い自動車道路が縦横に走っている。しかし小金井公園や玉川上水《たまがわじょうすい》の緑地からもほど遠からぬ、そのさして広くもないひとかけらの土地だけは、時の流れからすっぽりと抜け落ちたような不思議な静寂に包まれていた。

土地の周囲に高い塀が回っているわけでもない。ただ無造作に繁った樹木ばかりが、道行く者の視線を遮断《しゃだん》している。前の道路を通りかかっただけなら、都市の郊外にときおり見かける、開発から取り残された荒れた林としか思えないかもしれない。道路脇にぽつんと立ったステンレスの郵便ポストだけが、内に住人がいることを小声で主張していた。

暁は半ば葉を落としたけやきの中の、落ち葉に埋もれかけた道に車を乗り入れた。だがそうして土地の境を越えた途端、交通の騒音は潮の退くように遠ざかり、代わってタイヤに踏みしだかれる枯れ葉の乾いた音さえ、はっきりと聞こえるほどの静けさに包み込まれる。そして行く手をさりげなく覆い隠す帳《とばり》めいた木立の中を、ゆるやかに回り込むようにして入っていくと——

さすがにそこに現れたのは、豪壮華麗《ごうそうかれい》な大邸宅などではなかった。むしろ質素な印象すらある、粗塗りのスペイン壁のこぢんまりとした二階建て住宅。といっても小さく見えるのは周囲の空間がゆったりと取られているからで、いまの建て売り住宅などと較べれば相応の規模を備えた住まいといえるのだろう。玄関の車寄せでは、色の褪せかけた青い瓦の軒を、ロマネスク風の捻《ねじ》り柱《ばしら》が支えている。

(昭和の初期、あたりかな……)

門前の小僧の癖で、古い建物と見るとついそんなことを真っ先に考えてしまう蒼だ。玄関脇のベルを押すと、武骨《ぶこつ》な鉄の蝶番《ちょうつがい》を打たれた扉を開いたのは付き人の村田だった。

むっつりと無愛想で陰気な表情は誰に対しても変わらぬものらしく、

「こんにちは、お邪魔しますね」

声をかけた暁にも黙って頭をほんのわずか下げただけだ。そうして視線を合わせようともせず、身振りだけで玄関脇の応接間にふたりを通した。

玄関内からしてそうだったが、ここでも華やかさの少しも感じられない、重苦しいほど古風なインテリアだった。石製のどっしりしたマントルピースに鏡、無地の絨毯に革張りのソファ。目に入るのはすべて暗く濁った色合いばかりで、白いアラバスタの花瓶にも生花一本差されていない。

時間が淀《よど》んで降り積もっている、沼の底みたいだと蒼は思う。掃除は行き届いて清潔ではあるのに、部屋全体が薄い埃の膜に覆われているような、とでもいおうか。

入って奥の壁はフランス窓になっていて、ガラス越しに西洋風の庭園が眺められる。けやきの木立に囲まれた芝生の広がり、つげの刈り込みに縁取られた花壇。終わり近い秋の朽ち色に染まった庭は、敷石も小さな水盤のある噴水も落ち葉に埋め尽くされて、どこかもの悲しい景色だった。

「芙蓉さんはお元気でいらして？」

尋ねた暁に村田は、

「——ただいま、まいります……」

口の中でつぶやくように答えて、姿を消してしまう。鬱病《うつびょう》みたいな人だな、と蒼は呆れた。

だがそのすぐ後に廊下側のドアではない、奥の引き戸がさっとばかり開かれた。

「――ようこそ、暁子さん。蒼君」

歌うような豊かな抑揚《よくよう》に彩《いろど》られたアルトの声。無論他の人間が、いまここに現れるはずもない。ゆるやかに波打たせた髪を肩に流し、黒に近いほど濃い紅のロングドレスに身を包んだ神名備芙蓉が黒と銀のレエスのストールを腕にからめて、すべるような足取りで応接間へと入ってくる。

計算し尽くした舞台の出そのまま、余人がすれば作りすぎとしか思えないだろう登場が、しかし彼女にはなによりふさわしく感じられる。蒼は目を見張った。暗く淀んだ沼のように感じられていた空間が、芙蓉が姿を現した途端にわかに生き生きとした輝きを回復したように思われたのだ。

「よく来て下さったわね、蒼君。あなたとはぜひもう一度ゆっくりお話したかったの」

こちらの顔を覗き込むようにして、ふわりと微笑む芙蓉。初め見たときは角のない般若のようだとしか思えなかった彼女の、時に刻まれ冒された顔が、いまはもう確かに美しい人だと蒼の目にも映る。見えているものがどこといって、具体的に変化しているわけでもないのに。顔形の美醜などというのは、結局主観の産物でしかないのだろうか。

「あ、ありがとうございます」

それしかいえなかった。いきなり女王様の前に立たされた子供みたいに。親しいわけでもない相手に『蒼君』と呼ばれるのは、正直な話まだ抵抗がないでもないのだが、さすがに女王様に向かって異議を唱える勇気はない。

「暁子さん、お父様のご退院おめでとうございます。お見舞いもしないままで申し訳ないと思っていますのよ。訪ねて下さって本当に嬉しいわ」

未明の火事のことを告げようかと暁は一瞬迷い、少し後にしようと決めたらしい。

「ありがとうございます。私も早くまいりたかったんです。この家がとても好きなんですもの」

「まあ、こんな埃だらけのボロ家が？」

芙蓉はおもしろい冗談を聞いたとでもいうように、短い笑い声を立てた。

「人気のない博物館か、骨董屋の店先みたいでしょう。蒼君はそう思わなかった？」

「え……」

いきなり芙蓉に話を振られて、一瞬絶句してしまう。確かに雰囲気が古めかしいな、とは思ったけど、まさか、はいとも答えられないし。

「あの、ぼくはこれまで何度も京介と、古い建物の調査に行ったりしましたから、わりと好きです、こういうの。でも、きれいな花かなんか飾ってあったらもっとすてきかな、なんて思いました——」

ひどく馬鹿馬鹿しいことをいってしまったようで蒼は顔を赤くしたが、芙蓉はゆっくりとうなずいていた。

「ええそうね。暁子さんが初めて来て下さったときもお花を持ってきて下さったのだけれど、でもこれからはどうかお気遣いなくといったんです。花は好きよ、花束をいただくのも。でもこの家まで持ってはこないの。なぜかおわかりかしら。

それはね、この家の中にはできる限り、時の移ろいを感じさせるものは置きたくないからなの。だからテレビもラジオもなし。時計も壮ちゃんがひとつ持っていてくれるだけ。さびしい窓辺で歌ってくれる小鳥一羽飼おうとは思わないし、花壇に花も植えない。生花ももちろん置かないことにしているの。花は枯れて散ってしまう。樹木は冬枯れてもまた春に芽吹くけれど、花はその一輪一輪の終わりの方を強く感じずにはいられないから。

そんなことをしたところで、過ぎていく時間を無にするなんてできないわね。それはわかっている。でも、これは私のささやかな抵抗。この小さなハーミティジの中では時は流れない。ひとたびは去ったように思えても、週の巡りのように必ずまた円環を描いて戻ってくる。老いた人間は若返り、枯れた花は咲き、別れた恋人たちは巡り合う。そんなふうに束の間でも、夢見られればいいと思っているのよ。笑わないでね」

2

村田が紅茶を運んできて、すぐに下がってしまう。芙蓉と暁はいかにも打ち解けた表情で互いの安否を尋ね合い、衣装や髪型、化粧品や装身具のことなど、女性らしい話題を交わしている。芙蓉が指にはめていた古風な彫金《とみこうみ》と真珠の指輪を、外して暁に渡す。暁はそれを自分の指にはめて、細工の美しさを左見右見する。それを眺めていて蒼は、ふと思う。

（やっぱり似ているんだ、このふたりって……）

伏し目になった額から眉の線。芙蓉の濃い化粧が隠していた相似が、いまこうして見るとはっきりとわかる。いつかのパーティーの夜、板倉陶子は蒼に向かっていった。この部屋にいる年寄りの半数以上は知っていることだ、と。暁の戸籍に記されているのは、神名備芙蓉の付き人だった女性の名。しかしそれは替え玉だ。彼女は暁とは少しも似ていない。似ているのは——

他人がそうしてすぐにも気づくことを、当人たちが気づいていないとはとても思えなかった。つまり年齢も経歴もおよそ異なるふたりの女性の間に、醸し出されているこの親密な空気は、実は母娘のそれなのだろうか。名乗り合うことはないまま、お互いにそれと承知していて？

だが、もしも天沼暁が芙蓉の娘だったなら、なぜ龍麿翁と彼女は結婚しなかったのだろう。子供まで作りながら芙蓉は、彼の求婚を拒み通したのだろうか。しかも戸籍の母親に、別人の名を借りるまでしている。ということは……

無論推測だけならなんとでもできる。ふたりは愛し合っていたけれどなんらかの事情で結婚することはできず、せめてその愛の形見である暁を天沼家の跡取りとしたとか。だが天沼の当主であり、すでに妻とも死別していたはずの龍麿翁が、望んだ女性と結婚することもできず、娘の母として名を戸籍に記すこともできなかった事情とは、そんなものがあり得るだろうか。

それとも龍麿翁が芙蓉に求婚したということ自体が事実無根で、ふたりの間には恋愛感情など元々存在してはいなかったのか。確かに愛などなくとも子供は生まれ得る。跡取りの子供が欲しいから、愛してもいない女性と交渉を持つという人間もいるだろう。そして龍麿翁は生まれた子供を母親から引き離し、その縁を断ち切るために母の名前さえ借り物のそれを用いたのか。

いや、それはやはり変だ。彼がそこまで芙蓉と暁の結びつきを望まなかったなら、わざわざいまになって彼女の舞台を実現させはしなかったろうし、ましてその責任者を暁に務めさせるはずもない。そして自分の生んだ娘を意志に反して奪われたのだとしたら、芙蓉が彼の依頼に応ずるはずもまたなかった。

ふたりの笑い声が、まるでソプラノとアルトの女声二重唱のように聞こえる。蒼の胸に浮かんでは消える疑問符を、そんな詮索になんの意味があるの、と笑ってでもいるように。だが暁と仲良く肩を寄せ合ってなにか話に興じていた芙蓉の、笑い声がふいにとぎれた。

「芙蓉さん？……」

暁の声に視線を巡らせると、彼女はソファにかけたまま上体を深く前に折り曲げている。その肩が震え、ストールで覆った口元から押し殺した咳《せき》の音が聞こえる。

「芙蓉さん！——」

——ごめん、なさい。でも、だい、じょうぶ、だから……」

紛れもない咳と喘《あえ》ぎの間から、とぎれとぎれにそんなことばをもらすと、彼女はよろめきながら立ち上がる。暁が添えようとする手をしかし動作で拒み、壁の呼び鈴を押すと、ほとんど間髪入れず村田が現れた。

「失礼します」

暁に軽く頭を下げて村田は芙蓉に腕を貸し、彼女を別室へと連れていってしまう。暁は不安の表情を顔にこびりつかせたまま、その場に立ちすくんでいる。こんなとき、なんと声をかければいいのかわからない。

しかし先に口を切ったのは暁の方だった。それもついさっき、蒼が考えていたまさしくそのことを。

「──ね、蒼君。あの人、芙蓉さん、私のお母様ではないかって思うの。だって、私たちの顔、とてもよく似てはいない？」

いまにも泣き出しそうな笑みとともに尋ねられて、思わずうなずいている。

「私ね、いくらか覚えているの。まだフランスへ渡られる前の、あの人のこと。伊豆の天沼の家に何度か来られたのだと思う。とてもきれいなやさしい女の人が、前触れもなしにやってきて私と遊んでくれる……」

彼女の目は蒼の方を向いていたが、その目に見えているのは別のもののようだった。

「でもすぐに楽しい時間は過ぎていって、その人が帰る時間になる。帰らないで、帰らないで、私はそのたびに泣いて頼んだわ。いくら泣いても、だだをこねても、やっぱりお別れの時間は来る。思い出すと楽しく遊んだことより、置いて行かれる悲しさの方ばかりが心に浮かんでくるの──」

思い切って蒼は尋ねた。

「芙蓉さんは、あなたのことをなんて？」

しかし暁は目を伏せてかぶりを振る。

「違いますって、はっきりおっしゃったわ。私を生んだのは戸籍にある通り、芙蓉さんのマネージャーだった能美夕子さん。父はもちろん天沼の父。でも結婚はしなかった。お産の後病気になって、私を生んで一年もしないうちに亡くなったのですって。

夕子の娘だから私の名は暁子。夕べに続く暗い夜は終わって、新しい日が始まるようにというその人の思いがこめられているのだから、暁子という名を嫌わないで欲しい、って……」

「嫌い、なんですか？」

「そうね──」

小さく唇を嚙んだ暁は、

「はっきりと、そう意識してはいなかった。でもあの人からそういわれたときに、ああそうだったんだって逆に思ったわ。もしかしたら子供のときにも、芙蓉さんの口から同じことばを聞かされていたかもしれない。でも私は、そうじゃない、戸籍の名前は違う、私の本当のお母様はやっぱりこの人だと思って、それで暁子という本名を使いたくなかったのかもしれないわ。

でも芙蓉さんは、私を見つめてとてもきっぱりとおっしゃった。父に女として愛されたのは能美さん。人が無責任に噂しているようなことは、芙蓉さんと父にはなにもなかった。家に来てくれたのはもちろん私のことが気がかりだったからだけれど、それも信頼していた能美さんの、忘れ形見が幸せかどうか案じていただけだって──」

蒼に小さなカメオのような横顔を見せて、天沼暁は泣いてはいなかった。見張られた彼女の瞳はうるみながらも強い光を帯びて、芙蓉の否定を決して受け入れてはいないことを、証《あか》し立《だ》てているかのようだった。

「——失礼します」

廊下側のドアががちゃりと鳴って、村田がその陰気な顔を覗かせた。そのまま入ってきたのは彼ひとりだ。

「芙蓉は少しの間休ませていただきます。ですが、どうかお帰りにならないで欲しいと本人が申しておりますので」

「あの、芙蓉さんはどこかお加減が？」

「軽く風邪を引いただけです。どうぞご心配なく」

暁の問いに答えながら、新しく持ってきたポットの紅茶をカップに注ぐ。この男の印象が妙に暗く、しかも曖昧なのは、ほとんど常にこちらと視線を合わせないからだ。おまけに唇をろくに動かさず、口の中でこもったような話し方をする。注意して見れば鼻筋のすっきりと通った彫りの深い顔立ちなのだが、それらのせいでどんよりと濁ったような雰囲気ばかりが感じられてしまう。村田は紅茶をつぎ終えると、そのまま蒼たちの向かいのソファに腰を下ろした。暁の口にしたことばが耳に届いていたとしても、彼の表情にはなにひとつそれらしいしるしは現れていない。

「芙蓉が戻るまでに、お耳に入れておくようにといわれたことがあります」

相変わらず顔は伏せ加減に、目はテーブルの上へ落としたまま、聞き取りにくい声で彼はいう。

「しかし今日は桜井様と、ご一緒に来られるということではなかったのでしょうか？」

「あ、それは、すみません……」

なぜか暁の頬が、ぱっと薔薇色に染まった。

「私がいけないんですの。前もってご連絡しておかなかったもので、桜井さんは出かけてしまわれて。でも、そのことは芙蓉さんには電話でお許しいただいたはずなのですけれど」

わかった、とでもいうように村田は顔をうなずかせる。妙に尊大な感じだ。パトロンの娘といえども彼にとっては、仕える女神・芙蓉の比ではないということなのだろうか。

「実は、お耳に入れたいのは演出家の大迫治樹氏のことなのですが」

いきなり予想外の名が出てきた。思わず蒼はつばを呑み込む。暁も顔を強ばらせている。

「天沼氏の方ではなにか、彼から連絡といったものを受けておられますか」

「いいえ――」

暁は固い声で答えた。

「連絡はなにも。けれど」

一度ことばを切って、彼女は続けた。

「昨日の午後父が退院して、自宅に戻ったこの未明に火事が出ましたの。幸い父はホテルの方にいて、むこうには使用人も誰もいなかったので、和館の三分の二ほどが燃え落ちただけで済みましたが」

「その、火事が？」

「放火だとしたら、大迫さんがしたことではないかと、父は考えているようですわ」

静岡県警の敏速というにしても早すぎる動きは、やはり天沼龍麿の意向を反映していたのだった。たぶん実際は『考えている』などという穏やかなものではなく、断言であり命令に近いものだったのではないだろうか。蒼が自分で見聞きした龍麿の言動はほんのわずかだったが、それだけでもこの想像は確からしく思われた。

村田は少し考えるふうだった。表情の乏しい彼なりに、驚いているのかもしれない。しかしまた、わずかにその顔をもたげると、

「実はあれから数度、この家に大迫氏からの電話が入ったのです」

「まあ――」

暁は驚きに目を見張る。蒼も同様だ。

「あの方、いまはどこに？」

「それはわかりません。ほとんど一方的にしゃべって切られてしまいます。録音が残っているわけでもないので、なんの証拠もないのですが」

「では、なんていっておられますの？」

暁はもどかしげに問いを重ねる。

「なにか、父のことでも？」

「それもありますが、要約すれば神名備芙蓉に対する呪詛《じゅそ》と脅迫です」

ぼそりと投げ出すような口調で村田は答え、暁はまた顔を強ばらせる。

「呪詛と脅迫――」

「おまえが口出しをしたお陰で、俺は演出を降ろされた。それだけでなくおまえは天沼に、俺の醜聞をあることないこと告げ口した。俺のスタッフを扇動して裏切らせた。そのために俺の、生涯をかけた夢は二度と立ち直れないまでに破壊された。

だから俺は復讐のために姿を隠したのだ。おそらくおまえと天沼はふたたび『卒塔婆小町』を上演しようとするだろう。だが絶対にそれは成功させない。必ず舞台は潰してやる。天沼にもそう伝えろ。内容はそのようなものです」

「それじゃあ、うちに火をつけたのはほんとうにあの人なんだわ――」

暁の声は悲鳴に近い。

「大変だわ、もしもまたなにか起こったら。一刻も早くお父様に、お知らせしなくては」

しかし、いまにも椅子から立ち上がりそうに腰を浮かす暁を、蒼は片手で引き止めていた。

そして尋ねた。

「村田さん、その声は本当に大迫さんのものでしたか?」

彼はわずかに顔を動かした。

「そう、思いました。私も、芙蓉も」

「でもそれは、一方的にまくし立てていた声だとおっしゃいましたよね。ということは肉声ではなく、向こうでテープを回していたという可能性もあるのではないですか？」

なにを考えているのかわからない無表情のまま、村田は蒼を見返す。ぼそぼそと聞きづらい声で反問する。

「つまり、大迫ではないだれか別の人間が、彼の名を騙って電話してきたのだ、と？」

「そうです。村田さんたちが聞いた声は、合成されたテープかなにかじゃないでしょうか」

「合成、ですって？」

暁は戸惑ったように目を見張り、まばたきを繰り返す。

「ええ。彼がしゃべって録音してあったものを組み合わせたか、もっと簡単にだれかが演技したのかも知れない。ああいう特徴的な声なら、かえって模倣もしやすいと思います」

「でも蒼君、なぜそんなふうに思うの？」

なぜと聞かれてなんと答えればいいのか、蒼はことばに迷う。それは村田のことばを聞く内に浮かんできた、理屈ではなく直観だったから。

「うまくいえないんだけど、なんか違和感を覚えたんです。演劇にひたすら情熱を注いできたような人が、自分がそこから排除されたからって舞台を潰してやるなんて、自殺行為っていうか、自分自身を貶めることでしょう？『卒塔婆小町』では対立したけれど、あの人が芙蓉さんのファンであることに間違いはないんだし——」

そんなふうに思ってしまうのは、さきほど聞いた板倉のことばが心に残っているからだろうか。蒼の見た大迫は醜く傍若無人な中年男でしかなかったが、かつての彼はまったく違っていたのだ、と。

「でも、蒼君。私思ったのだけれど、大迫さんはただ舞台を潰すのではなく、それを自分が考えたままの『卒塔婆小町』に作り替えてしまおうとしているのじゃないかしら。美しく変身する小町ではなく、恐ろしい老婆のままの小町が現れる舞台に。そんなことが可能かどうかはわからないけれど、もしできたらそれこそ演出家にはふさわしい復讐だわ」

小首をかしげたまま暁は、蒼を見つめる。

「それに、自分が必死に執着していた対象だから、拒まれたときの憎しみも強くなるのじゃないかしら。愛していたからこそ、裏切られたと思えば殺したくなる。自分抜きで成功させるくらいなら、いっそ破壊してしまう。悲しい話だけれど、人間ってそういうものよ」

もちろん蒼にしても、大迫の人となりを誰より理解しているなどとはいえない。だからあとは水掛け論にしかならないのだが、

「でも、そうして舞台を奪い返すのが大迫さんの最終的な復讐だとしたら、いま火事で天沼さんが亡くなられたりして、『卒塔婆』の再演が行われなくなったらかえって困るはずです。ぼくが彼ならへたに警戒されたり、警察の介入をまねいたりするようなことも絶対に避けます。違いますか」

はっとしたように暁は目をしばたく。なにかいいかけて口ごもる。その顔に向かって蒼はもう一度、自分の覚えた違和感の根拠を手探りするようにことばを並べ出した。

「もう少し考えてみてくれますか。たとえばここに、天沼龍麿さんに密かに恨みを抱いている人間がいたとします。とっても臆病で、天沼さんに直接危害を加えることはもちろん、自分の名前が出るような危険は少しも冒したくない。それでもなにかしたい。天沼さんが少しでも身の危険を感じて恐れ戦くようなこと、さもなければ損失にがっくり肩を落とすようなことを。

大迫さんが天沼さんと衝突して、失踪していることを知っていたその人間は、大迫さんに罪を着せることにした。そうすれば自分は容疑の圏外に置かれるから。それでも天沼さんに直接脅迫電話をかけるほどの勇気はなかったので、相手は芙蓉さんにした。そうして大迫さんの名前を印象づけておいて、無人であるのは承知で天沼邸に放火した。

殺すつもりはないけれど、昔からのお屋敷や大切なコレクションが燃えればやはり、天沼さんには打撃になるだろうから。たとえこの後すぐに大迫さんがどこからか姿を現しても、アリバイがない以上自分の潔白を証明するのは相当に難しい。そういうことじゃないでしょうか」

「つまり——」

暁は考えをまとめるように、ゆっくりと口を切った。

「誰がした放火であるかはともかく、少なくとも父を殺したり、傷つけたりするつもりではなかった。そう、蒼君は思うのね」

「ええ。だってあのお屋敷のどこに放火をしたかは知りませんけれど、そばまで行けば中に人がいるか、ひとりもいないかくらいわかると思います。窓の明かりとか、話し声とかに注意してみれば。もしも本気で天沼さんをどうかしようと思ったなら、そんな不確実な方法は取らないんじゃないかな」

「——では、誰がそんな電話をかけたり、放火をしたりしたと君は思うんです」

そういったのは村田だった。相変わらず聞き取りにくいぼそぼそとした声ではあったが、視線は上がって初めて蒼を見ている。しかし蒼はとっさに答えられない。答えることばがないからではなく、他のことに気を奪われていたからだ。

(この人の顔……)

おかしないい方だが、見覚えがある。これまで見てきたのとはまったく違った状況の中で、確かに間近く目にしたことが。

(でも、どこで?——)

3

突然——

深閑《しんかん》とした室内に凶暴なまでのけたたましさで、電話の呼び出し音が鳴り響く。三人ともが一瞬息を呑み、体を固くしていた。鳴っているのは応接間のコーナーに置かれた三角形の電話台の上の変哲もない、というより最近はひどく珍しくなりつつある黒電話だ。

のろのろと、硬直した体を無理に動かすような動作で村田が立ち上がる。受話器を外す。

「もしもし——」

いいながら体ごと振り向いた彼の、顔がぱっと上がった。その唇から聞こえたのは、

「大迫……」

蒼の目に、それを聞いた暁がびくっと肩を震わせるのが映った。村田は受話器を耳から離し、暁に向かって差し出した。

「——あなたにです」

暁は目を見張って村田の手にした受話器を見つめるが、受け取ろうとはしない。だがそこからはやけに大きな声が聞こえてくる。蒼の耳にもはっきりと染みついている、あのがらがらの胴間声《どうまごえ》だ。

「お嬢さん、天沼暁さん、そこにいらっしゃるんでしょう？　私にはちゃあんとわかっとりますよ。お元気でおられますかな。大迫ですよ、大迫治樹。その節はどうも、大変にお世話になりましたなあ」

上機嫌といってよさそうな、ことばの端々に笑いの響く声。しかし暁は村田の手に摑まれて差し出された黒い受話器を、なにかまがまがしい呪具であるかのように青ざめ見つめたままだ。

「どうなさいました、暁お嬢さん。まさかこの私をお忘れというのじゃありますまい？　たとえここしばらくは忘れておられたとしても、今日の朝には思い出して下さったはずですなあ。ええ、あれは私から龍麿翁へのささやかなお返しですとも。お気に召していただけたら嬉しいんですが。え、いかがです、殿のご機嫌は？」

「あ、あなたは——」

ようやく暁が喉を絞るようにして声を出した。村田が摑んだままの受話器に向かって。

「あなたはなぜあんなことを、したんです。まさか本当に父を、殺そうとして——」

答えたのは悪魔じみた哄笑だった。

「いやいや、とんでもない。そんなつもりはこれっぱかしもありませんでしたよ。だからこそ殿がお城におられぬときに、しかも殿のお目には触れるように、日を選ばせていただいたわけで。

あれはいわば幕間《まくあい》の余興です。ここはぜひともう一度、『卒塔婆小町』を上演していただきたい。ご心配なら警察でも探偵でも、好きなだけおつけになることだ。そこをこの不肖大迫が演出家として、まったく別のすばらしい舞台に変えてさしあげる。これこそ私の復讐、いや、私の演出家人生の総決算というもの。神名備芙蓉の艶姿《あですがた》をたんと堪能なさって、最後は皆様そろって仲良くあの世においでになればいい！」

か、か、か、と響いた笑い声が、最後にはぜいぜいという喉鳴りに変わる。村田がふたたび耳に当てようとした受話器を、しかし蒼が手を伸ばしてもぎ取った。冷静にとは思うものの、声が上擦るのはどうしようもない。

「大迫さん、本当に大迫さんなんですね？」

少しの沈黙をはさんで、ふたたび声が聞こえてくる。さっきまでのがらがら声とは少しトーンを変え、忍び笑うような低めの声だ。

「おや、これはこれは。思いがけないところでお会いするねえ」

「いったいなにをしているんです、あなたは。板倉さんも心配していますよ」

「そういう君こそ学校をサボっていったいなにをしているのかな？　義務教育くらいきちんと行きなさいよ」

（テープじゃない……）

蒼は思う。テープであればこんなふうに、会話は成り立たない。

「この間の晩は楽しかったねえ。しかしおかげで頭にこぶができて、しばらく痛くて困ったよ。今度お会いするときはもう少し、お手柔らかに願いたいものだな、え？」

喉を鳴らして笑っている。蒼は下唇を嚙んだ。

（間違いない、これは大迫だ――）

そうでなければあの晩の蒼とのことを、知っているはずがなかった。

村田の手が蒼から受話器を奪い返す。

「もしもしっ」

しかしそれはもう切れていたようだった。

芙蓉にこのことを知らせてきます、といいおいて村田は足早に応接間を出る。彼女の部屋は二階にあるらしく、あわただしく階段を登っていく足音がドア越しに聞こえてくる。暁はぐったりとソファにもたれたまま、もうなにもいおうとはしない。蒼も緊張の糸が切れて、その隣にへたりこんでいる。

（ぼくの推理は間違っていた……）

電話越しとはいえあそこまではっきりと聞かされた以上、そのことを認めないわけにはいかない。脅迫と放火は大迫の仕業で、彼はそのために姿を隠していたのだ。どれほど奇怪な事態とはいえ、それが事実だ。

まさかこんなかたちで彼の生存が確認されようとは、想像もしなかったと蒼は思う。しかし安堵の気持ちなど、当然ながら少しも湧いてはこない。むしろあの夜の最後に大迫と話したときの嫌悪感や、混乱した気分がそのままよみがえってきて、悪寒がする。脇を冷や汗が流れている。

「──暁さん。このこと、警察にいわないとまずいですよね」

頭にのしかかる重いものを振り払うように蒼が口を開くと、はっと彼女は顔を上げた。

「警察に？……」

「またここには大迫さんから、電話が入るかもしれない。そのとき警察が待機していれば、逆探知して彼の居場所を突き止めることも可能でしょう？」

「そうね。でも、それは芙蓉さんにお尋ねしてからでなくては──」

結局蒼は小金井から、ひとりで帰宅せねばならなかった。芙蓉は二階の寝室で横になっていて、呼ばれて暁とふたり枕元まで行ったものの、大迫の件を警察に届けるかどうかは天沼家とも相談の上といわれて、先に帰されたのだ。

暁と芙蓉それぞれの口から、あなたには迷惑をかけないようにすると繰り返しいわれ、しかしそれは見方を変えればこれ以上関わってもらいたくないという意味にも、今日ここで見聞きしたことはうかつに口にしてくれるな、という意味にも取れる。

勝手にここまで連れてきておいて、と文句をいうわけにもいかない。午前中の蒼の行動を知られれば、なにを差し出た真似をと逆に非難されるのは目に見えている。

改めて考えてみれば、時の移ろいを忘れるために時計すら家内に置かぬ芙蓉が、警察などという俗な存在に、聖域である住まいを冒されることを容認するかどうか。どういう結論が出されるにせよ、蒼などが口を挟めることではなかった。

重たい心を抱えて駅に着けばそろそろ夕刻。中央線のオレンジ色の車両に揺られながら、蒼はひたすら苦い徒労の味を嚙みしめる。朝から一日動き回って、結局自分はなにをしたろう。午前中は板倉と話して大迫の自殺の可能性に突き当たり、午後には当の大迫と電話で再会させられ、仮説めいたものは立てるそばから粉微塵になるし、探偵どころか間抜けた狂言回しだ。

(京介は、どこへ行ったのかな……)

新宿駅で下宿に電話してみたが、やはり帰ってきてはいないし連絡もないということだった。地下鉄の駅で今朝コインロッカーに入れていった鞄を回収し、ひとりのろのろとマンションに戻る。

冷蔵庫は空っぽだがコンビニに寄るさえおっくうだ。空腹は感じているのに食欲はない。だがドアを開けると薄暗くなりかけた部屋の中で、留守電の表示が赤く点滅を繰り返していた。それが自分を待っていてくれたようで、思わず受話器に飛びついている。

『――僕だ。学校に行かなかったようだな』

例によって例のごとき、ぶっきらぼうそのものの京介の口調。しかし、聞こえた瞬間にわかった。なにより聞きたいのはこの声だったのだ。

『どうしても探偵ごっこがやりたいのか。おまけに新聞社で僕の名を騙った。そんなことをしていいと思っているのか、蒼？』

面と向かって怒られているような気がして、蒼は受話器を握ったまま首をすくめている。怒った京介はマジで怖い。でもいまは、いくら怒られても睨まれてもいい。もっと京介の声が聞きたい。

『僕は伊豆に来ている。あと一日二日はこちらにいることになるだろう。なにも心配はいらないから、よけいなことはしないでおとなしく学校へ行っていなさい。――といってもどうせ、聞きはしないんだろうな』

しかしそこで一旦声はとぎれ、ふうっとため息が聞こえた。

『しかたない、こっちへ来たいなら来てもいい』

「ほんとッ？」

留守電であることも忘れて、思わず聞き返した。テープの声は続けている。

『だが、あまり調子に乗るなよ。見えないところでふらふらされるより、そばにいてもらった方がまだましだということだ』

蒼は声を立てて笑い出す。録音のくせにちゃんと、会話になっているようなのがおかしい。京介といっしょにいられるなら、なんていわれようとかまうものか。わーい、やったァ！だ。

しかし続いて聞こえてきたことばが、蒼の喜びに水を差した。

『今夜また電話するから、それまでにどうするか決めておくこと。あ、それから念のため。いま僕がいるのは松崎町の遠山さんの実家だ』

（うわ、あの人かあ……）

恋歌文

1

「桜井くーん！」

駅を出た途端大声で呼ばれて、京介は一瞬ぎょっとした。三島駅のロータリーに停まっているのは横腹に大きく『松崎・翠紅楼』と書かれたアイボリーのミニバスだ。運転席の窓からあざやかな若草色のセーターを着た女性が、こちらに向かって手を振っている。駅まで出迎えるとは電話でいわれていたが、てっきり遠山本人が来るものと思っていた。しかしそのくっきりした目鼻立ちには見覚えがある。

「——芙美子《ふみこ》さん、でしたか」

「わあ、ちゃんと名前覚えててくれたの？」

「確かW高の文化祭のときに、いらっしゃいましたね」

京介が一年のとき高校の三年にいた遠山蓮三郎《れんざぶろう》の、二歳上の姉。記憶にとどまっていたのは彼女の顔や雰囲気が、遠山をそのまま女にしたといいたいほどそっくりで、なるほど血の繋がりというのはこういうものかと驚いたからだと思う。

「そうよ。良かったわ。あれからもう十年以上になるんだもの、全然忘れられてたらどうしようって心配だったんだ。ほら、乗って」

京介が運転席のすぐ左の座席に腰を下ろすと、芙美子は勢い良く車を発進させる。

「あたし運転乱暴だから、シートベルトつけた方がいいわよ」

「これは旅館の送迎用バスですか」

「そうなの。うちも昔は団体お断りとかいってたんだけど、いまどき伝統と格式がどうこうとかいってるわけにもいかなくってさ」

「遠山さんは」

「蓮《れん》はね、親父に捕まってるの。出かけようとしたとこを鉢合わせしちゃって。それであたしがピンチヒッター。でも心配しないで、彼らがぶつかるのは毎度のことだから」

「はあ」

「性格似てる親子って駄目なのよね。親父は歳喰ってますます頑固《がんこ》だし、蓮もあんな顔して根は意固地《いこじ》だし。うちまで二時間はかからないと思うけど、なんだったら寝ててくれてもいいわよ。いつもの桜井君だと、まだこの時間って就寝中でしょ？」

よくご存じですね、と答えようとして止めた。戻ってくる返事は聞かなくても想像がついたからだ。遠山という男がなんのつもりで、自分に関心を持ち、かまいたがるのか、あまり考えたくもない。

（それにしても——）

最初から思惑が狂ってしまった。遠山が駅まで来たなら、彼の持っている情報は聞くだけ聞いて、後はそのままオテル・エルミタージュに車を回してもらうつもりだったのだが。

即断即決とか、猪突猛進《ちょとつもうしん》とか、思い立ったが吉日とか、とにかくそれに類する観念は、少なくとも桜井京介の営業品目には含まれていない。別に優柔不断のつもりはないが、行動を起こす前にはその結果派生するかも知れぬ事態の可能性について、一通り検討を済ませるのが当然だと考えている。

その京介が朝、遠山の電話で天沼邸の火災を知らされて、そのまますぐ駅に向かったのは確かに異例の速さだった。いまから行きますと答えると、当の遠山さえ驚いていた。だが、京介に迷いはなかった。

警察の見込み通り大迫が放火犯であったなら、少なくとも蒼の懸念はただちに解消される。大迫の失踪は彼自身の意志によるものであり、蒼にはなんの責任もなく、当然京介がしゃしゃり出る必要はない。

しかし京介は伊豆行きを即決し、こうしてまた列車に乗っている。なにが自分を動かしているのだろう。なにに操られているのでもない。ならば行動を決めているのもまた自分自身だと、新幹線の振動に身を任せながら京介は自問し、自答する。顕在意識のレベルに上る以前の下意識が、それを要求しているのだ。おそらくは、これまで与えられたデータに基づく推論の結果として。

（しかし、なにが？……）

京介の前に投げ出されているのは、いわばバラバラの情報カードだ。それはすべて『天沼龍麿』という大項目に属しているとだけはいえるかもしれないが、まとまってひとつ乃至はそれ以上の謎を形成しているわけでもなければ、一貫した物語を成しているようでもない。支離滅裂《しりめつれつ》で、どんな統一性もありそうには見えない。ジグソウ・パズルだとすれば、まるで何組かのピースを混ぜてしまったような感がある。

それらの情報に一貫性が見出せないということは、天沼龍麿という老人の行動に一貫性がない、言い換えればその行動を貫いている動機が京介には見えていない、ということだ。しかしそれは必ずや、存在しているはずなのだ。

龍麿は高齢でぼけているわけではないし、ジョサイア・コンドルについては素人ながら相応の知識を蓄積している。だが彼のコンドル・コレクションは、京介の目にはほとんどが紛い物の、奇怪なガラクタの山でしかなかった。

にもかかわらず彼はコンドルの、特に娘ヘレンの母親が誰であったかという問題に執着し、かつ建築史研究者である京介に、一方的ながら相当な好意を示そうとしている。十月九日のパーティーでの、まるで主賓《しゆひん》を遇するような龍麿のとりなし。それが極めて異例なことは、京介に向けられる他の客たちの戸惑いの視線が明らかにしていた。

さらに彼がもうひとつ執着しているのは娘の暁（暁子）で、そのために望ましからぬ恋人であった遠山茂一を激しく嫌悪していたらしい。茂一に対する言動は、しばしば非常識ですらあった。

その彼の中で神名備芙蓉はどのような地位を占めているのか。彼が彼女の主演による『卒塔婆小町』の上演を企てたのは、演出家大迫が考えたように、己れを拒んだ芙蓉に対する憎悪と復讐のためだったのか、まったくそうではないのか。

大迫という人間には少しも好意を覚えないが、女優の復活公演に『卒塔婆小町』という戯曲が選ばれたことの不可解さ、それだけは同意できると京介は思う。作者があの一幕劇にこめた主題がなんであったにしろ、女性の容貌の美と老いの醜さが鋭い対比を見せる劇を、数十年振りに舞台に上がる女優が演ずることの奇怪さは否定できない。

しかし龍麿が芙蓉への復讐としてそれを企んだなら、主役を交代させろという大迫の要求は拒んだろうが、老婆から美女への早変わりという芙蓉のプランもまた拒まねばならなかったはずだ。その時点ですでに、大迫の読みは外れている。

（——いや……）

それともそうではなかったのか。これもまた大迫が言挙げしていたように、龍麿は芙蓉が醜い老婆を演ずる苦痛から逃れるために早変わりというプランを立てたことは、百も承知だったのか。そしてどうせうまくいくはずがないと、そう思っていたから好きなようにさせたのだとしたら。

しかしあの十月十日の夜、どのようにしてか神名備芙蓉は奇跡を起こした。見事に老婆から、花盛りの美女へと変身して見せた。車中の京介は先日来荷物に入れたままだった文庫本を取り出して、膝に広げる。せりふを目でたどりながら、舞台の情景を思い出す。

芙蓉の老女と小野木の詩人が両手を繋いでワルツを踊り出す。踊りながら他の五組とすれ違って、下手から背後のサロンに滑り込み、そしてカーテンに影を映しながら動いてふたたび、今度は上手側の戸口から現れる。ほとんど断絶を感じさせず、そのときはすでに老女は美女に変身している。

このあたりのせりふは、早変わりを想定していないオリジナルの戯曲とは少し変えられているようだ。小町の美貌を讃える脇役の男女のせりふは、口にはされなかった記憶がある。観客の目に見えるかたちで変身が起こる以上、説明的描写的なせりふは不要ということなのだろう。

変身後踊り止んで、小町が最初に口にするせりふはこれだ。

『噴水の音がきこえる、噴水はみえない。まあこうしてきいていると、雨がむこうをとおりすぎてゆくようだ――』

　その直後ではなかったか。天沼龍麿が座席から腰を浮かせ、ついには立ち上がったのは。そのとき彼の顔にあったのは、明らかに激しい驚愕の表情だった。そして彼の異常に気づき、舞台も停止した。だが小町は舞台上から龍麿を見つめて、せりふを続けていた。

『さあ言ってごらんあそばせ――』

　違う、と京介は思う。確かにそれと同じせりふは戯曲の中にあるが、『噴水』のせりふより文庫本の一ページ以上も後だ。そしてあのときは、続けてこういわれた。

『でも、仰言ったら、お命はありません』

　だがこれも、さっきのせりふに対する詩人の応答と、さらにそれを引き取っての前半が抜けている。詩人の目に美女へと変身した老婆を、美しいといえば詩人の命はない。劇的緊張の頂点ともいうべき場面で、戯曲に『でも』ということばはない。上演台本を確認してみない限り確実なことはいえないが、あのときの美女・小町のせりふは、驚愕する龍麿に向かってアドリブ的に語られたと見てよさそうだ。

（しかし、それが事実だったとして、どういう意味があるのだろう……）

　これもまたいまのところは錯綜するデータの中の、置くべき位置すら決められぬ一枚のカードとしかいえぬようだった。

散らかって手のつけられないデスクのような頭を抱えた京介を乗せて、芙美子がハンドルを握るミニバスは走り続ける。遠山家の経営する旅館翠紅楼は、オテル・エルミタージュのある湯ヶ島からさらに南、西伊豆の漁港松崎から那賀川《なかがわ》沿いに五キロほど入った湯元にある一軒宿だ。鉄道の入っている東伊豆と較べて、足の便の良くないことはこちらも同じで、三島からどの道を選んでも海岸沿いか山中か、いずれも屈曲の多い道路を七十キロ以上下らねばならない。

寝ていいといったものの、ハンドルを握る芙美子は案の定饒舌《じょうぜつ》だった。遠山の文化祭に来たときにはすでに婚約していた夫は商社員で、それもどういうわけか南米とか赤道直下のアフリカとか、どちらかといえば危ない場所にばかり派遣される。初めは夫とともに海外に出ていたが、四年前に待望の子供が生まれてからは、単身赴任してもらわざるを得なくなったのだという。

「だって桜井君、やっと生まれたと思えばこれがなんと三つ子なのよ。男ひとりに女ふたり。むこうでなにか起こったとしても、担《かつ》いで逃げるったって大変でしょう」

「はあ」

「なにもなくても発展途上国で、育児するってきついし。かといって東京にいたからって、あたしひとりで子供三人なんてとっても見られやしないわ。だから結局実家に出戻り。あたしは母さんに子供見てもらって、そのぶんいろいろ手伝ってるわけ」

「ご主人は」

「いまはペルー。年に一度か二度は、戻ってきてうちで温泉入って魚食べて、ああ日本だ、なんていってまた出かけるの。でもそろそろいい加減こっちに居着いてもらわないと、子供が父親の顔忘れちゃうわ。そうじゃなくてもうちの両親が初孫だってやたら甘やかすし、あの蓮が叔父だっていうんだから、あんなロクデナシを手本にでもされたらたまんないわよ」

「…………」

父と母、夫と妻、その兄弟、子供たち。三世代同居一家団欒《だんらん》の大家族、などという映像が頭に浮かぶ。核家族が増えたとはいえ普通の家庭というのは、やはりそういうものかもしれない。少なくとも日本人が抱く、幸せな家庭のイメージというやつは。だが日頃そうしたものとはまったく無縁に暮らしている京介には、血の絆と愛情で結ばれているのだろう濃密な家族の関係が、うらやましいどころかなにか息苦しいもののように感じられてしまう。

しかしそんな思いなど想像もできないだろう芙美子は、屈託ない口調で続けている。

「父さんなんて最近いうのよ。三人もいるんだからひとり養子によこせ、うちの跡取りにするからなんて。ひどいいぐさよねえ」

「遠山さんが跡を継ぐんではないのですか」

「あは、それなのよ。実は今日も親父が蓮捕まえてやりあってるのはさ」

「はあ」

「だってねえ、蓮のやつ親戚が持ってくる見合いの話片っ端から断っちゃって、旅館は継ぐけど結婚はしない、自分には惚れた相手がいるんだって」

芙美子が意味ありげな流し目をする。嫌な予感がした。

「僕の知っている人間ですか」

「そうなの。どんな相手だっていわれて見せたのが桜井君の写真、てわけ。なにせあいつ免許証入れの中に、あなたの写真入れてるのよ」

「——真に受けないで、下さい」

ぷぷっと芙美子は吹き出した。

「嫌だ。桜井君たらそんな真剣な顔して、まさか少しは本気にしてた？　蓮がゲイで、あなたに求愛してる、とか？」

「いえ——」

「心配しないで。そんなんじゃないから」

「しかし、家の方が誤解しておられるなら、とてもそこに顔は出せませんよ」

「母さんにはちゃんと耳打ちしておいた。蓮のいつもの悪ふざけだって。でも、親父とは顔合わせない方が無難かもね。誰を迎えに行くんだって聞かれて、恋人だって答えちゃったとこだから」

思わずため息が出る。

「どうしても、お宅まで行かなくてはいけませんか？」

できるならここらで道を折れて、オテル・エルミタージュの方へ行って欲しい。

「ごめんなさい。ちゃんと連れて来るって蓮のやつに約束しちゃったんだもの。それにね、あたしわかってるの、なんであいつが父さんにそんな答え方したかってこと」

「――茂一さんの死の件に触れられるのは、ご両親にとっては嬉しくないことでしょうからね」

お互い協力して、と遠山は電話口でいった。つまりギブ・アンド・テイクの提案だ。放火事件についての情報を向こうからくれるというなら、その見返りに彼が求めているのはこの前は話すだけで終わった、兄茂一の死の真相を突き止めてほしいという要望の催促に違いない。

だが親に、京介の来るのがそのためだなどとわかれば、どんな反発を招くか。遠山自身の思いは真剣であっても、面白ずくで謎解きの真似をするように見られても不思議はない。本当のことはとてもいえないと思ったのだろう。それを当たり障りのない説明でごまかさずに、ことさら爆弾を放り込むのは遠山自身の好みというものだろうが。

芙美子は笑顔を収めた。沈黙をはさんで、ぽつりとことばが返る。

「桜井君って本当に、一聞いて十知るって人なのね」

「そんなことは、ありません」

「両親の前で兄さんのこと口に出すのは、確かに我が家のタブーなの。特に母が駄目。よく理由はわからないんだけど、自分を責めているみたい。あんなふうに早死にするなら好きな相手との結婚くらい許せばよかったたって思うのかしら」

「…………」

「蓮が強度のブラ・コンだって、気がついた？」

「この間彼が茂一さんの死のことを語っているのを聞いていて、それはなんとなく感じましたが」

「まさか自殺だなんては思わないけど、兄さんの死があんまり突然で、信じられない、受け入れられないって気持ちは私だって同じよ。蓮は東京にいたからそれでも葬式には間に合ったけど、こっちなんてそのときは南アフリカだもの。ようやく帰り着いて黒枠の写真と骨壺見せられたって、悪い冗談みたいな気がしちゃうわよね。小さいときは体弱くて体育は見学が多かったし、月一で東京の病院に検査には通っていたけど、入院したりってことは一度もなかったし。

だからどうしても納得できないっていうことは、確かにあるわ。八年も経つのにって思われるかもしれないけど田舎だし、うちのまわりの風景とか、子供の頃とそんなに変わっていないでしょう。忘れたわけでもないけど、兄さんはちょっと留守してるだけ、みたいな気がついしてきたりして」

「――そういうものかもしれませんね」

「自慢の兄さんだったの。子供のときから大人みたいに落ち着いてて、やさしくて、頭が良くて、頼りになって。いつも忙しい両親に代わって、あたしたちのこと見ててくれた。肉親の身びいきじゃないのよ。学校でもみんなにうらやましがられたくらい。蓮は男同士だから、なにかといえば良く出来た兄貴と比較されてかなわないって、大きくなるに連れて反発する気持ちも強くなったんでしょうけど」

「芙美子さんは、天沼暁さんとはお親しいのですか？」

　確か歳も同じくらいのはずだと思って、京介は尋ねた。

「子供のときはね」

　口元に浮かぶ笑みがわずかに暗さを加える。

「最近は全然。顔を見かけることがないじゃないけど、もう二十年近く口はきいてないわ」

「昔の暁さんは、どんな人でした」

「わがままできかん気のお嬢様って感じかな。あたしも蓮もあんまり好きじゃなかった。だけどそれっていま思えば、一種の嫉妬だったかもしれない。あたしたちのお兄ちゃんを取られちゃうって。いまだって思うのよ。ほんとに兄さんはそんなに暁さんが好きだったんだろうか。それならどうしてもっと積極的に、彼女と結婚できるようにがんばらなかったんだろうって――」

彼女はしばらく口をつぐんで運転していたが、

「でも、あたしいまになってやっとわかったわ」

「——は？」

「なんでゲイでもない蓮が桜井君にこだわって、惚れたとか恋人だとかいいたがるのか。これぱっかりは名探偵にもわからないはずだわ。どう？」

「僕は探偵じゃありませんが、確かに、わからないですね」

「あなたね」

芙美子はちょっと振り向いて微笑んだ。

「茂一兄さんと似てる」

あまりにも意外なことばで、あっけに取られた。とっさに答えることばが見つからない。少なくとも遠山の口から聞かされた、品行方正成績優秀春風駘蕩の極楽トンボ、という遠山茂一の肖像と、自分にはなにひとつ似たところなどないではないか。

「そう、ですか？——」

「そうなの。似てるわ。前に会ったときはわからなかったけど」

「どこが似ているんですか」

「——ときどきは雰囲気。それと、声」

「声が？」

「ええ。もしかしたら蓮自身も、気がついてないのかもしれない。でも桜井君の声の質、とても兄さんと似てるわ。あんまり抑揚なくて、淡々としたしゃべり方なんかも。いきなり声だけ聞かされたら、どきっとするくらい。――ごめんなさい」

「は？」

「なんだか、そう思ったらすごく懐かしい気がしてきちゃって……」

芙美子は指先で、すばやく目の縁を拭《ぬぐ》っていた。

2

途中ドライブインで昼食を取ったときに、雨沢鯛次郎の所属する新聞社に電話をした。彼は朝から外を飛び回っていて、携帯を持っているはずだからそこにかけてくれといわれた。だが途中電話を代わった女性とは話が妙に食い違い、どうも午前中に東京の桜井と名乗って事件のことを聞いてきた電話があったらしい。

誰がということを仮定するのに、別に大した推理はいらない。念のために蒼の高校にも電話して、今日も彼が休んでいることを確認した。驚くよりやはりという気持ちの方が強かった。じっとしていられないというのは、わからないではないとはいえ、

（困ったやつだ――）

おかしなところに鼻を突っ込んで、危ない目に遭ったりしなければいいのだが。

天城峠から河津《かわづ》を抜け、一時過ぎに翠紅楼に着いた。川沿いの県道を折れて少し入ったところ、山を背後に背負って建つ旅館は、明治末年から続いているという老舗《しにせ》らしく、枝振りも見事な松の林が塀を抜きん出てそびえ立つ。豊富な湯量を誇る源泉のやぐらから絶えず立ち上る白い湯煙。塀沿いの棚には懸崖《けんがい》作りの菊の鉢が並べられ、赤や黄の花が房のように垂れ下がる。黒瓦葺《ぶ》きの門の中には、唐破風《からはふ》をいただいた堂々たる玄関まで、箒目《ほうきめ》をつけた白砂利敷きの露地《ろじ》が広がり、そこには木の葉一枚落ちていない。

しかし芙美子は右側に広がる駐車スペースを過ぎて、勝手口の方へ車を回した。そこにはすでにくわえ煙草の遠山が、憮然とした顔でたたずんでいた。

「遅いじゃねえか、姉貴。どこチンタラ走ってやがったんだよ」

「なにいってんのよ。そっちこそ父さんの説教は終わったの？　お客さんの見てる前でみっともないことしないでよ」

「それは俺じゃなく、親父に向かっていってくれよな。——よ、桜井。おまえさんにしちゃあやけに腰軽く飛んできたな」

「どうも」

「昼飯は食ったか。じゃ、こっちだ」

裏庭、といってもそれは宿泊客の立ち入らない部分というだけで、植え込みも庭石もそれなりに整えられた和風庭園だったが、その庭づたいに遠山が京介を連れていったのは、おおかた予想はついていたが遠山茂一が使っていたという離れだった。

「今晩鯛のやつがうちに来ることになっている。だから天沼の一件は明日ってことにして、ま、気は進まないかもしれないが、こっちの現場を見てくれないか」

ここまで来てしまって、嫌だといっても仕方がない。京介は黙って遠山に続く。芙美子もその後についてくる。客を迎える旅館に所有者、従業員の住まいが付属していれば、住まいの方は旅館より狭く、場所も悪いのが普通だろう。だが茂一ひとり与えられていたという離れは、一軒家ほどもある日本家屋だ。

座敷は八畳ひとつだが床の間もあり、小さな玄関に控えの間、水屋と便所がついている。畳の一部にカーペットを敷いて、古風な木製の両袖机と肘掛けつきの回転椅子。ガラス戸のはまった本棚がふたつ。机の上には鉛筆や万年筆を入れたペン皿が置かれていて、主はちょっと中座しただけとしか見えない。

庭との間を仕切るガラス戸にもほとんど汚れはたまっていないし、空気にかび臭さもなく、まめに掃除され風を通されているのだろうと感じさせる。急死されて八年間。それでもまだ故人の部屋を在りし日のままに保存せずにはいられないほど、残された両親の嘆きは深いのだろうか。

京介は手を伸ばして、机に置かれた写真スタンドを取り上げた。右に立つのはいまより髪が短く、頬の丸い芙美子。左にいるのはふてくされた顔の遠山蓮三郎。学生服を着て、京介の知っている彼より数年は若い。中学時代かもしれない。そしてふたりの間に立っているもうひとり。

色白の小柄な青年だった。二十歳は過ぎているはずだがもっと若く見える。なるほど春風駘蕩というのは、こういう笑顔のためにあることばかもしれない。弟と顔の輪郭は似ているが、雰囲気はまったく違う。いかにも感じの良い、穏やかな、おっとりとした目鼻立ち。人によっては覇気に乏しいとでもいったけちをつけるかもしれないが、雰囲気の暖かさ、やわらかさは紛れもない。顔を見ている限りは、およそ自分とは対極にあるようなタイプだと京介は思う。

ほんのりとやさしげに微笑む青年の、右手は妹の背中に回り、左腕はそむけかけた弟の肩と首を引き止めるようにしっかり捕まえている。この写真立ては前からあったのかと、聞こうと思ったが遠山に先を越された。

「これがこの前、おまえに話したものだよ」

彼は押入を開けて、カステラでも入っていたらしい桐箱を取り出している。畳の上で蓋を開け、中のものをひとつひとつ取り出しては並べる。おもちゃめいた赤いプラスチックのタイマーとコード、紙のカバーをかけた分厚い本、そして鈍い金色をしたケース入りの口紅。

「――そら」

遠山は本を取り上げて京介に示した。タイトルは『標準法医学』。彼の手の中で分厚い本は、開き癖がついているかのようにはらりとふたつに割れる。他はあまり開かれた様子もないのに、その部分のページの小口には薄く手垢のついているのが見え、飲み物の染みらしいものもあって、そこだけが繰り返し読まれていたことを推測させる。遠山のことばに偽りはなく、そのページには感電自殺のさまざまな例と方法が極めて具体的に、図解入りで記されていた。

「こいつはそこの本棚の」

と遠山は顎をしゃくって、

「全集本を並べた奥に、横にして隠してあったんだ。最初警察が入ったときこいつを見つけていたら、そう簡単に捜査を打ち切ったりはしなかったろうにな。見ろよ、タイマーを使うこともちゃんとここに書いてある」

「蓮、あんた……」

芙美子がなにかいいかけたが、彼は視線を向けようともしない。

「このタイマーは近くで発見されたのですか。なににも接続されぬまま？」

「ああ。枕元の目覚ましの脇に、コードを丸めて置いてあったんだそうだ。しかしこんなもの、いったいなにに使う？」

　それはダイヤルで現在時刻と作動時刻を合わせる、ごくありふれたタイマーだ。最近は電気製品それ自体にタイマー機能がついているものも多く、あまり使われなくなっている気がする。八年前はそうではなかったとしても、確かにそれは枕元に置くにはあまりふさわしいものとも思われない。なんの目的で茂一はそれを買ったのか。

「兄貴はこの座敷の真ん中に布団を敷いて寝ていた。八月だからな、鍵も雨戸もしめちゃいない。網戸だけだ。誰が入ってくるのも自由だったのさ」

　だから早朝車で訪れた天沼暁が、タイマーを使って感電自殺を遂げた茂一からその仕掛けを外し、遺書を奪っていったのだと遠山はいう。当日の朝近辺で暁の姿の目撃されたのが事実である以上、彼女がこの部屋を訪れたかもしれない、という疑惑は確かに消しきれない。親によって阻まれた恋人同士の中で、恋が殺意を孕む憎悪にまで変質した、という可能性も皆無とはいえまい。

　だとしても、まさか自殺に至る一部始終を彼女が見守っていたなどということはないだろう。人に知られぬ早朝ここまで忍んできた暁が、茂一の自殺体を発見したとして、それを病死に偽装せねばならぬ動機が不明だ。いくらその遺書に暁に対する非難や恨みが書き連ねられていたところで、それをもって暁が罪に問われることはまずないのだから。よほど不安であっても、遺書だけ持ち去ればそれで足りるはずだ。だがさすがに芙美子の前でそこまで露骨な話をする気にもなれず、京介は別のことを尋ねる。

「門の戸はどうだったんです」

「さっきおまえさんと入ってきた駐車場からの通用口はカンヌキがかかっていた。だけどもうひとつ、入り口があるのさ。車一台辛うじて入れる細い路地で外と繋がっている、以前の勝手口だった木戸だ。それがこの離れのすぐ裏なんだよ。戸が腐りかけて、カンヌキもなくて、酒の木箱かなんかで押さえていたはずだ」

「不用心ですね」

「路地の入り口自体半分雑草で隠れて、知らない人間には先に戸があるなんてわからないようになっていたのよ」

そばから芙美子が口を入れた。

「こんな田舎、ついこないだまでは夜玄関に鍵もかけなかったんだから」

「だから忍び込むには絶好、てことだろ」

遠山が顔を上げて姉を睨み付ける。

「しかも知ってる人間は限られてる」

「全部あんたの当て推量じゃない」

「うるせえな。おまわりがちゃんとそこいらで見てるんだよ、車を」

事件後すぐであったならその路地に車が入ったか、人が通った痕跡があるか、調べるのはたやすいことだったろう。しかし、なんといっても八年前のことだ。

「一応後でその木戸と、路地を見せてもらえますか？」

「あ、ごめんなさい。それが駄目なの。もう何年も前塀を修理したときに、木戸も路地も潰してしまったから」

結局それに関しても、物証はなにひとつないというわけだ。

「これが口紅だ。いったろ？」

遠山はビニール袋に入れた、金色の棒紅を取り出して見せる。金属の表面は曇って、かなり錆《さび》が浮いていた。

「去年、本と同じ頃に俺が見つけた」

「どこにあったのですか」

「濡れ縁の下の地面さ。ここの座敷はほんの少しだが、そっちに向かって下がっているんでな。鉛筆なんかも落とすと敷居越えて、外までころがることがあるんだ。そして板の隙間から下に落ちちまう」

「だって、そんなのいつ落としたかわからないじゃないの。誰のものかだって」

ふたたび芙美子が異議を述べる。

「これが天沼暁の使ってたのだ、っていうのは姉貴がいったんだぜ」

「そりゃそういったけど、同じ銘柄と色だっていうだけよ。なにも世界でこれひとつ、てもんじゃないんだし」

京介は袋ごとそれを、目の前に上げて見る。かなりの錆だ。乾きかけた土も付いている。これではもはや指紋も採れないだろうか。

「新品か、使われたものかどうか確認しましたか」

「――使われてた」

とすると、なにかの理由で茂一が買ったものとはやはり考えにくい。少なくとも誰か女性の持ち物であった可能性が高くなる。

「だって、暁さんは何度もここに来たことあったはずよ。天沼さんと父さんたちが気まずくなった後なら、こっそり彼女がここに来て、兄さんと会って帰ったこともあったろうし」

「それじゃなんで落としたまま、拾わずに帰ったんだよ」

「え？――」

遠山の反問に芙美子は目をしばたかせる。

「兄貴がいたなら、ここで口紅出して使って、それが見えなくなったっていわれれば、すぐに濡れ縁の下を探したに決まってるさ。この座敷で物がころがりやすいってのは、家の者ならみんな知ってるわけだしな」

「………」

「つまりこいつを落としたとき、兄貴はそばにいなかったし後で尋ねることもできなかった。そういうことさ。他にどう考えようがある？」

茂一の書いた日記やノート類、手紙はあるのかと京介は尋ねた。ないというのが遠山の返事だった。日記はもともとつけていなかったし、学生時代のノートは本人が自分で始末していたらしい。手紙は相当量あったようだが、彼の死の直後、母親がいっさい中をあらためることなく焼却してしまったのだという。

「恋文だったらしい」

遠山は口元をゆがめるようにして笑う。

「暁さんからの？」

「ああ。俺が気がついてたら、まさか全部燃やさせることはしなかったんだがな」

「朝、兄さんを見つけたのは母さんだったの」

ぽつり、と芙美子がいった。それ以上ふたりはなにもいわなかったが、自慢の息子を突然失った母親の嘆きが、そんな行動にも現れているという意味でもあろうと京介は思った。

「しばらくひとりでこの部屋に、いさせてもらっていいですか」

京介は頼んだ。遠山茂一というひとりの人間とその死を巡って、八年という歳月が多くを消し薄れさせたとはいえ、書き込まれたカードは山ほどある。遠山が見せたもの、語ったこと。それは彼の主観が選択したカードの中のほんの数枚に過ぎない。もしも可能なら遠山の目を離れて、バラバラなカードに別の筋が見えるかどうか、試してみなくてはなるまい。

「押入や引き出しを開けさせてもらって、かまわないでしょうか」

「ああ、好きにしてくれ。もっとも大して残ってるものはないけどな。それと、夕方になるとおふくろが雨戸を閉めにくる。見つかるとうるさいから、それまでには俺の部屋の方へ引き上げてくれよ」

　それじゃ俺はちょっくら親どもごまかしに行ってくるわ、ときびすを返した遠山の背を、ふと思いついて京介は呼び止める。

「もうひとつだけ。亡くなられたときの茂一さんは寝間着を裏返しに着ていた、といわれましたね」

「ああ——」

「それは浴衣《ゆかた》だったんですか。それとも」

　和風に保たれたこの部屋のたたずまいと、夏という季節からして、浴衣の方がふさわしく思われたのだが、

「——パジャマだよ。それは鯛がはっきり、例のおまわりから聞き出している。前のボタンもひとつひとつ、裏向きにかけてあったそうだ。だから寝る前に酔っぱらって、寝ぼけてたまたま裏表を間違えたなんてのはなしだぜ」

芙美子も会釈して去った。もっともその前に京介の耳元で、いささか気の重くなるセリフをささやいていった。

「ごめんなさいね、蓮のせいですっかりお手間取らせてしまって」

「いいえ」

「これであいつが納得して、気持ちにけりをつけてくれればいいんだけど。勝算はある？」

「正直な話、難しいですね」

「それでも頼りにしてるわ、名探偵」

思わずため息が出た。

（僕はそういう人間じゃないんですが……）

3

ひとりになると、急にあたりの静けさが意識される。もちろんさして離れてもいない場所に大きな旅館があるのだから、なんの物音も聞こえないということはない。しかし、年若い死者の記憶のために保たれた小体《こてい》な離れの空間は、八年前から時を止められて、ひっそりと隔絶した静寂に包まれているようだ。

回転椅子を引き出して、かけてみる。軽いきしみを上げて、クッションが体重を受け止める。ほどよい高さの机。前はガラス戸で、竹垣に仕切られた小さな庭に臨む。斜めに枝を張る松、御影石の雪見灯籠、緑の苔。こぎれいで落ち着いた、きっちりと隙のない眺めだ。箱庭か丁寧に作られた押し絵細工のような。守られている。安全である。心地よく整えられている──

ふと京介は遊馬家の、伊豆熱川の黎明荘《れいめいそう》のことを思い出す。あれはひとりの男が自分の周囲に、自分とその思い出を守るために築いた隠遁所だった。つまりひとつのエルミタージュ。この離れから見る庭の景色は、どこかそれと似ている。外部を必要とせぬかに小さく閉ざされて、それなりに完成されたかたちを備えて。

しかし大きく異なるのは、黎明荘は遊馬歴《わたる》の意志の産物だったということ。遠山茂一が住んでいたこの離れ、そして庭は彼が作ったものではない。それより以前から存在したいわば遠山家のものだ。この机も本棚も戦前の作物《さくぶつ》と見える。長男として、おそらくはその中の最良の部分を与えられ、いずれは家業を継ぐ者として懇《ねんご》ろに世話されていたのだろうひとりの青年。

息苦しくはなかったろうか、京介は思う。この静かで、清潔で、居心地よい離れが、時折は自分を捕らえた、出来の良い牢獄のように思えはしなかったろうか。それは京介自身の、妄想に過ぎないのかもしれないが。

（どうなんです、いったい？——）

机の上の写真立ての中で、彼はほんのりとやさしく微笑んでいる。その微笑はなにも語らない。だがそれは彼がすでに死者であるからでも、これが一枚の写真にすぎないからでもなく、もともとそのように彼は笑ったのではないか。自分の生々しい本音を、外にもらすことなく覆い隠す帳のように。

机の引き出しはすべて空だった。夜具や衣類が入れてあったのだろう、押入にも天袋にもなにも入ってはいなかった。やはり八年という歳月は、人の生の痕跡を消し去るには充分な時間なのだ。

高さが百八十センチある木製の書架には、ぎっしりと本が詰まっていたが、エンターテインメントも純文学も一冊もなく、分厚い哲学書の全集がその大半を占めている。残るのは天体の写真集や自然科学系の書籍だ。あとは百科事典がひとそろい、家庭に備える一冊本の健康と病気の百科。

試みに全集本を数冊固い紙箱から引き出してみると、中はすべて読まれているようで、鉛筆で参照ページの書き込みや、他書との対応が走り書きされていたりする。しかし散見した限りでは、持ち主の内面を窺わせるようなメモは見つからない。百科事典も何冊かぱらぱらとめくってみたが、やはりそうした痕跡はなにひとつ見つからなかった。なんとガードの固い男か。

二百冊は軽くありそうな本のすべてを、見る気にはさすがになれなかった。奥行きの深い書架なので、本の背を前にそろえれば背後には空間が残る。遠山が見つけた法医学書は、そこに入れてあったのだろう。とすればいまから同じことをして、新しい発見があるとは思えない。

（あと、できることは……）

しかしなんの気なしに滑らせていた視線が、ふいとなにかにつまずいたように感じた。目を戻してその段を見直して、ようやく理由がわかる。棚を埋めている数十巻の全集本、同じデザインの箱の背が並んでいる中に、一冊だけ箱に入っておらずカバーもついていないものがある。だが目を戻すと、同じ巻号の箱はちゃんとある。極めて整然とした書架の中でこそ、初めて目に付く齟齬《そご》だった。

ガラスを引いて、ダブっている巻の箱を取り出した。空ではない。返せばカバーの背中が見える。しかし中から出てきたのは、本と同じ大きさの紙箱にカバーを着せたものだ。そして箱の中に入っていたのは、本。そこまで念入りに隠されていたのは、普通に書架に収められていたらいっぺんで注意を引いたろう、つまり他とはまったく異質な一冊だった。

その夜夕食を済ませて、京介と遠山は彼の私室で向かい合っている。ふたりの間の座卓に置かれているのは京介が見つけた本と、それとともに発見した角封筒だ。

翠紅楼の創業は明治に遡るが、現在の建物主要部は大正末から昭和にかけて新築され、時代ごとに増改築を重ねてきたものだ。主人である遠山の両親は本館の中に寝泊まりしているが、従業員宿舎としてその裏手に建てられた鉄筋三階建ての最上階が、現在のところ遠山と芙美子、彼女の三人の子供たちの住まいに当てられている。長男の茂一は小学生のときからあの離れで寝起きしていたそうだ。

新聞記者の雨沢は、結局体が空かなくて今夜はどうにもならないらしい。明日の午前中に新聞社のある熱海で合流、ということになった。留守電を聞けば蒼は十中八九飛んでくるだろうから、熱海駅で落ち合えれば一度で用が済む。

「兄貴が、こんなものを読んでいたのかよ」

睨み付けるようにその本を見下ろしながら、低い声で遠山はいう。

「およそ、似合わねえ」

彼がそう思うのも当然かもしれない。本のタイトルは『小町探求《たんきゅう》』。伝説や物語、また古今集や小町集といった歌集を資料にして、平安時代に実在した女性歌人小野小町を探し求めるといった内容の本だ。研究者の筆になるものだが、ざっと目を通したところでは、書きぶりはそれほど固いものではない。装丁も、美女の代名詞となった小町のイメージを生かしたのか、サーモンピンクに着物の柄めいた花や蝶をあしらっている。あの本棚を見た限り、文学関係の書籍は他には一冊もなかった。

しかしページを見ればそこには本全体にわたって、幾度もめくりかえされたらしい痕跡が見られたし、特に巻末の小町集、小野小町の歌といわれるものを集めた歌集の部分には、薄い鉛筆のチェックが見えて、その筆跡は哲学書などに残されていた茂一らしい書き込みとも似通っていた。

「こちらの封筒の中身も、見て下さい」

京介はその端を摘んで中身をテーブルに落とす。入っていたのはA6ほどの大きさの白いカードと、それがちょうど入る洋封筒だ。いずれもまだなにも書かれていない。その他に同じ大きさの、しかし少し紙質の違うカードが二枚あって、そこには文字が記されていた。細いペン字がそれぞれ二行。和歌だということは一読すればわかる。

『世の中は飛鳥川《あすかがわ》にもならばなれ
　　君と我とが中し絶えずは』

『人知れぬわれが思ひにあはぬ夜は
　　身さへぬるみておもほゆるかな』

「どちらも恋歌のようですね」

京介のことばには答えず、遠山はカードの縁に指をかけてその文字を凝視する。

「こいつは、兄貴の筆跡じゃない」

「ええ。天沼暁のものではないでしょうか」

「恋文代わりってわけか？」

「おそらく。ご自分で作られた歌というより、古歌を引用している感じですね。もしかすると小野小町の歌なのかもしれない」

意を取れば最初の歌は、『世の中は飛鳥川のように常なかろうとも、あなたと私の関係が絶えなければそれでいい』、次の歌は『人に知られない恋人のあなたに会えない夜は、体が火照るようにさえ思われる』。そんなところだろうか。

「けっ、下らねえ！」

遠山は吐き捨てた。

「そして茂一さんも同じように、歌で答えておられた」

「なにか根拠があっていってるのかよ」

「ここに一枚、白紙のカードが挟まれていました」

京介は本を開いて遠山に差し出す。文中に引用された小町作という短歌のひとつに、薄い鉛筆のチェックがついている。

『来ぬ人をまつとながめて我がやどの
　などかこの暮れかなしかるらむ』

「しかしこいつは、女の歌じゃないか」

「オリジナルはそうでしょうが」

見つけた本を開いてこの歌を読んだとき、京介は思ったのだ。遠山茂一は確かに己れの気持ちをこの歌に託そうとしたに違いない、と。

元歌の意は『待つ』と『松』を掛けて、夕暮れの迫る庭の松を眺めながら心の離れ去ろうとしている男を思い続ける、女の心を詠んだものだろう。平安時代、女は後世のように夫の家に従属する必要はなかった代わりに、生まれた家に拘束されていた。複数の女の家に通い夫として振る舞うのが当然の男を、恒久的に夫として繋ぎ止めるために頼りとなるのは、彼女自身の魅力以上に生家の勢力財力であり、その後ろ盾が没落すれば女は夫をも失うしかなかった。

小町伝説のルーツとなった『玉造小町壮衰書』でも、並み居る求婚者を高望みゆえに退けて時めいていた美女が失墜するのは、両親兄弟の死によって後見を失ったからなのだ。小野小町が実際にそのような状況に置かれていたのかどうかは、この際あまり問題ではない。この時代の歌は私小説ではなく、虚構を自在に盛り込んだ文芸だった。しかし歌われる感情に嘘があったら、それは歌として認められ書き留められることはなかったろう。

元歌の女が男を『来ぬ人』と嘆じなくてはならなかったのは、恋の終わりを感じていたからか、そうした外的な要因からなのか、それはわからない。だが読みとれるのは失恋の嘆きや悲しみ、恨めしさといった思い以上に、心を嚙む深い無力感だ。日暮れをとどめることなどできないのと同様に、自分には待つことの他なにもできない——

そんな思いをそのまま茂一の感情と同一視するのは、深読みが過ぎるかもしれない。しかしあの離れの机に座って庭を見やれば、そこにはやはり枝振りのよい松が視界を占めている。長年にわたって手入れされ整えられた松は、翠紅楼の伝統の証でもある。

わがやど、すなわち家に縛られて自らは立つことができず、訪れる恋人を待っているよりなかったのはむしろ茂一だったのではないか。そんな彼を頼りない、情けない、男らしくないと嘲笑うことはたやすいだろう。だが似た立場に立たされたことのない人間に、彼の逡《しゅん》巡《じゅん》を非難する資格はあるまい。

(それとも——)

淡い疑念が胸をよぎる。

(彼にはなにかその他にも、無力感を抱いて立ち尽くさねばならない理由があったのだろうか——)

「これを見る限り、茂一さんと天沼暁との間には依然恋愛感情があったのだと考えられませんか」

「そんなのいつのだか、わかりゃしないだろうが」

「『小町探求』の奥付は一九八八年の二月です」

つまり遠山茂一の死に先立つ半年前。とすればこの本を手引きに、茂一と暁の間に恋歌文が交わされたのはやはりその頃と考えなくてはなるまい。

「だから？――」

　遠山は険しい視線を京介に向けた。

「だからなんだよ、桜井」

「少なくとも僕が見た範囲で、ふたりの間に殺意にいたるほどの憎悪が生まれていた証拠も、天沼暁による自殺教唆の痕跡も、見つけることはできなかったということです」

　遠山は下唇に歯を立てて、しばらくじっと考え込んでいた。

「桜井、おまえが見つけたのはこれだけか？　もっと他の手紙とか、兄貴の書いたものとか、こん中に入っていなかったのか？」

「ええ、これだけです」

　そう答えた京介の顔には毛ほどの動揺もない。だがそれは真実ではなかった。封筒はなく、宛名も署名もなかったが便箋三枚にわたる手紙らしいものが、本の間に畳まれて入っていた。その文字は確かにカードのそれと似ていた。

　しかし少なくともいましばらくは、これを遠山に見せるべきではない、と京介は思う。それもまた恋文といってよい内容のものではあったが、いまの遠山には逆に暁の兄に対する憎悪を感じさせるような文章も混じっていたからだ。青ざめた横顔をこちらに向けて、神経質に指の爪を嚙んでいる彼を眺めながら、いわずにはおれない。いかにも無意味なことばだとは、自分でも承知していながら。

「遠山さん、馬鹿なことをしないで下さいよ」

「馬鹿なことだって？　そりゃなんのことだ」

遠山は長い顎をしゃくって、嘲笑うように聞き返す。

「たとえあの口紅が天沼暁のもので、彼女が茂一さんの死んだ朝に離れを訪れたのだとしても、それでなにが証明されるわけでもない。思いがけず死んだ彼を見出して、混乱して逃げ出しただけではありませんか」

「混乱して逃げ出す前に、わざわざハンドバッグを開けて口紅を出したというわけだ。それもおかしな話じゃないか」

「だからといってそれをあなたのように、解釈するのは乱暴すぎます。あまりにも恣意的です。肯定はできません」

ほとんど憎悪に近いものをこめて自分を凝視する遠山を、京介も真正面から見返した。誰かを憎んでみたところで死んだ者は戻らない。どんな意外な真相が暴露されたところで、生前に伝えきれなかった心残りが、それで癒やされるわけでもない。しかしそんなことは百も承知のはずなのだ、遠山自身。

それでも、と京介は思う。自分を納得させられぬほどに彼にとって、兄の存在は未だ大きいのか。あるいは彼自身そんな己れの思いを持て余して、決着をつけられるなにかを求め、足掻《あが》いているのだろうか。

「——止めよう、水掛け論だ」

ついに視線を逸らして、遠山はぼそりと吐き捨てる。それきり目は伏せたまま彼は、京介が持ってきた本と角封筒を持って立ち上がった。見ているとそれぞれを慎重な手つきでビニール袋に入れ、さらに机の下に押し込んであった小型のスーツケースに収めている。蓋を開けたときちらりと中が見えた。そこに収められていたのは離れで見せられた『標準法医学』と、もうひとつ念入りに包まれたワイングラスだった。

火魔跳梁

1

翌日になると、というより松崎の実家を離れると、遠山の表情は昨日とは別人のように明るくなっていった。もっとも京介の認識する遠山という男は、はた迷惑以外のなにものでもないほど常に陽気で、ハイテンションで、人を強引に自分の土俵へ引きずり込むことに、露ほどのためらいも覚えないタイプの人間だ。兄茂一のことを語るときだけが別の顔、といった方がむしろ正しい。

朝七時。ということは普段の京介ならそろそろ寝ようかという時刻に叩き起こされて、葱と豆腐の味噌汁に脂の乗った鰺《あじ》の開き、頃合いに漬かった香の物と炊き立ての飯という献立を半分寝ぼけたまま食べさせられ、遠山の運転するセフィーロの助手席に放り込まれても、まだ目ははっきり覚めていなかった。

芙美子に強制的におかわりさせられた飯が、胃のあたりでもたれている。起き抜けはいつもコーヒー一杯で済ませているのだから、消化器が動転しても当然だ。しかし頭上に広がる空にはひとかけらの雲もない上天気で、目をつぶっていても海からの照り返しがまぶしいほど。いくら眠くとも、頭が惚けていても、まどろむこともできない。

そんなこちらの様子にはおかまいなしで、遠山は鼻歌を歌いながら絶えず屈曲する西伊豆の海岸沿いの道路を快調にぶっ飛ばす。バックミュージックはどうだい、と、よりにもよってサザンオールスターズを大音量でかけられそうになったが、さすがにそれだけは勘弁してもらった。

「なんでだよ。刺激で目が覚めるぜ」

「もう充分です、その手の刺激は」

「だったら別の刺激はどうだ」

「聞きたくもありませんね」

「まあそういうなって。乱れ髪に寝ぼけ面の桜井は、また一段と色っぽい、とかそういう話じゃないからよ」

「あなたと心中する気はありませんから、殴りませんが——」

「そりゃあ残念だ。おまえさんにだったら、殺されてやらんでもないがなあ」

大口を開いて嬉しそうに笑った遠山は、

「だからそういう話じゃないって、いってるだろ。そっちが寝てる内に、俺はもう働いてたんだからな。鯛からFAXが入ってたよ。まだ報道はしないという約束の上の県警情報だ」

「なんですか」

「天沼邸の焼け跡から、大迫に結びつきそうな遺留品が出たそうだ。威嚇や脅迫が目的の放火なら、わざと置いていった可能性もあると見られているようだな」

「だから、それはなんです」

「やつのイニシャル付きのジッポ」

京介は無言のまま、わずかに眉を寄せた。


新聞記者の雨沢と、東京から新幹線で来る蒼と、一度に会うための待ち合わせは熱海駅前の喫茶店にした。京介は知らないことだが、以前遊馬家の事件がらみで蒼と栗山深春は、この同じ店で雨沢から話を聞いた。しかしあれから二年以上が経って、名前は同じでも古めかしい喫茶店はガラス張りのカフェに変貌していた。

ドアを押して入ってきたふたりを、目敏く見つけた雨沢が奥の席から呼ぶ。

「おう、蓮。こっちこっち！」

京介には初対面になる雨沢は、それがいつものことなのかイタリア製らしい三つ揃いのスーツを着て、靴までコーディネイトしている洒落者《しゃれもの》だった。

　ただし目尻の垂れた顔はさすがに疲労気味のようで、髭だけは剃ったらしいが髪はばさばさ、ネクタイは首の回りにだらしなくゆるめられている。

「待ったか」

「いや、俺もいましがた来たとこさ。しかし、まいったよなあ」

「なにがよ」

「こっちの坊やとは二年半ぶりのご対面でさ、彼はすぐ俺のことに気づいたらしいんだが、俺の方はからきしさ。この歳になりゃあ一年二年なんてあっという間だが、これくらいの歳の子には大した歳月ってわけなんだろうな。まったく見違えちまったよ。すっかり育っていい男になってくれちゃって。あーあ、やれやれ、年取るはずだ」

　体は疲れていても、舌の回りには一向関係がないものらしい。雨沢に親指でさされて当の蒼は、肩をすくめてくすぐったそうに笑っている。他人からそうして成長を認められるのは、彼にとっても悪い気分ではないだろう。

　だが喜ばせてばかりいるわけにもいかない。京介はその顔に目をやって、

（後でお説教はするからな）

　視線だけで釘を刺しておく。

（わかってる。ぼくもいろいろ報告すること、あるから）

　これくらいの会話なら、お互い目の表情だけで通ずるのだ。

インテリアはきれいになっても、コーヒーのまずいことでは少しも変わらない店だったので、四人は早々に遠山の車に戻った。オテル・エルミタージュまで一時間余り。雨沢の話を聞く時間は充分すぎるほどある。だらしなく助手席に座った雨沢は、胸から手帳を取り出すとしゃべり出した。

「えーっと。つまり今回の天沼邸焼失事件でいまのところ判明してることはっていうとですな、確実に放火だということ、それも状況からして天沼翁が当初主張していたような殺害目的というより、悪質な嫌がらせってえか脅しってえか、そんなものだと考えられるってこってす」

後部座席に座った蒼と京介は、こちらを振り返りながら話す雨沢の手元を覗き込む格好だ。しかしちらりと見た限り彼の手帳は、当人以外には到底判読し得ないようなしろものだった。

「具体的にいいますと、放火犯は裏の勝手口のガラスを割って、かんぬきを外して侵入した。そしてそこの土間にあった灯油のポリタンを引きずっていき、表座敷一面にぶちまけて火をつけた。どうやらそんなところらしい。ええと、こん中であのお屋敷に入ったことのある人は？」

「――僕が」

京介が短く答える。

「どれくらい中を見ました？」

「表の玄関から入って、庭沿いの廊下を歩いて書院作りの座敷に通されました。その後、もう一度廊下に戻って裏に回って、階段を上がって三階までは行きましたが」

「三階っていうと、あのなんとかいう建築家関連のコレクションが展示されているとこですな」

「そうです」

「最初に通された座敷はやけに天井が高くて、ふすまがキンキラキンの金箔《きんぱく》に花鳥画を描いたやつで、大きな屏風《びょうぶ》とか、絨毯とか、漆《うるし》塗《ぬ》りの家具とか、和洋折衷の飾りもんのあるとこでした？」

「ええ」

「じゃ間違いない。そこが火を点けられた表座敷です。なんでもその屏風は、伊豆の大船主だった天沼家が江戸時代に将軍家から拝領したもんだとか、家具は明治の初めのオリジナルで、絨毯は赤坂離宮《あかさかりきゅう》のなんとかの間と同じだとか、あの家で一番の値打ち物揃いの部屋らしいんですな。一応火災報知器は備えてあったそうですが、古くなってて動かなかったらしくて、灯油撒かれて火つけられりゃあひとたまりもないです。ここんとこ上天気続きで木が乾燥していたもんだから、全焼しなかったのがめっけものって有様で」

「無人だとわかっていたから、そこまで大胆な放火ができたってわけか？」

ハンドルを握って前を向いたまま、遠山が口を挟む。

「まあ密室の高層ビルでもない限り、ただ家に火をつけても、寝ている人間が確実に死ぬかどうかなんてわからないものな」

「そうさ。普段天沼翁は二階に布団を敷いていたそうだが、大迫は何度もあの家には行っているそうだから、少なくとも一階で翁が寝てはいないことくらい予想できていい。それにたとえ階段に油を撒いて退路を断ったとしても、二階なら窓から飛び降りて逃げることもそれほど難しくはないだろう。まあ、それだって大した災難じゃあるだろうが」

「ということは、殺人よりも心理的経済的なダメージを狙っての放火、と警察は考えているわけですね」

京介のことばに雨沢はうなずいてみせた。

「そーゆーこと。姑息《こそく》な遣り口じゃあるけど、それなりに効果的ではあるっしょ」

「全焼ではなかった、というと具体的にはどれくらい焼け残っているのですか」

「損保会社がどう評価するかは知らないけど、あれじゃ素人目には全焼と大して変わりゃあしません。その表座敷というのは、結局翁の寝室の真下に当たってたわけです。家の中から燃え出して、風の影響もなかった分、炎は広がるより上に上がったんですな。それでも家内に人がいればもっと早く気づいたでしょうが、ホテルから従業員が火の手を発見したのが、ええっと朝の五時とかそういう時間で、朝方少し雨が降ったおかげで全焼はまぬがれたというわけです。

つまりお屋敷の外壁なんかは半分以上残ってるものの、肝心の真ん中が一番こんがりと焼けちまって、二階の寝室あたりも、通し柱を残してほとんどなにもないような状態で、コレクションのために壁とか床とか耐火性の材料で補強した三階だけが、その柱の上に鳥の巣みたいにひっかかってるってえ案配です。階段もほとんど焼けてるから、いくらそこの中のものが心配でも、簡単には上がることもできない。

つまりは焼け残りがあるったって、お値打ちのものがなにか助かったかってぃやあ怪しいもんだし、廃墟を取り壊してからじゃなきゃ新しいものも建てられないという、なんとも難儀な状態なわけですよ。あれならいっそ丸焼けの方が、遥かに後腐れがなくてましでしたろうね。他に延焼しなかったのが不幸中の幸いってえか」

「おい、鯛。今朝のＦＡＸの件は？」

ふたたび遠山が口を挟む。

「演出家のライターが、焼け跡で見つかったんだろ？」

「ああ。しかしそれが大迫治樹のものだってのは、まだ確認されたわけじゃないのさ」

「だって、イニシャルがあったんだろうが」

「だからそれも未確認情報さ。火事の真ん中で黒焦げになってたんだ。鑑識通ってからじゃないと、確かなことはいえないだろう。ただ演出家の親父が、そういうライターを使ってるのを見た、っていうホテルの従業員はいたがな。

従業員っていったら、おまえだってそのはしくれだろう？　どうなんだよ、蓮。たとえばいま同じようなジッポ見せられて、それが大迫の使ってたものかどうか、聞かれたらわかるか？」

「無理だな」

　遠山はあっさりと肩をすくめた。

「ジッポなんて元々俺の趣味じゃないし、どれもこれも同じにしか見えないさ」

「それ見ろ。人間の記憶なんてそんなもんだ」

　ふと気がつくと蒼が、じっとなにか考え込んでいる。眉間に微かに皺を寄せて、親指の爪を噛みながらだ。といってもこの前の夜のように動揺しているわけではなく、ただ雨沢の話からなにか考えつこうとしているらしい。その様子なら彼の精神状態について、あまり心配する必要はなさそうだった。

「大迫治樹の失踪後の足取りについて、なにかわかったことはありますか」

　京介の問いに雨沢は、大げさに肩をすくめて首を振ってみせる。

「そっちはさっぱりですわ。県警本部長より恐ろしい天沼翁の叱咤で、それこそ大騒ぎの大捕物、といいたいところだがなにしろほとんど手がかりがない始末でして。しかしホテルから姿を消したのは八日前でも、昨日の未明の放火ならやっぱりこの近くにひそんでいることは確かなわけで、いっそ天城一帯の山狩りでもやるか、なんて話まで出ているそうだが。

被害者が殿様なら、警察も捜査より捕り物って感じで、妙に時代錯誤ですわ。いくら伊豆が気候温暖でもこの季節に、中年の親父が何日も野宿してるわけもないでしょうに。ほとんどヤケクソだね、こうなると」

他人事《ひとごと》のように笑った雨沢は、

「なんかこうひとつ、目の覚めるような奇抜なアイディアはありませんかね。桜井名探偵。いったい奴さん、どこにひそんでると思います？」

いかにも軽薄な口振りだが、別に京介が咎め立てねばならぬことでもない。

「——ミステリであれば、逆へ逆へと考えていくのが常道、ということになるでしょうね」

「ほうっ。すると？」

「ひそんでいる、の逆はひそんでいない、だね」

ずっと黙っていた蒼が心得顔で口を開いた。

「ポーの『盗まれた手紙』みたいにさ、平気な顔でそのへん歩いてたりして」

「うーん。だけどあの男、俺も写真でしか知らないけど、結構目立つ顔してたぜ。目ン玉がぎょろっとでかくて、唇が分厚くて」

「それじゃね、うんと意外な潜伏場所っていうなら、オテル・エルミタージュの内部、なんていうのはどう？」

「ええっ？」

雨沢が垂れた目を真ん丸に見開く。

「ちょ、ちょっと待ってくれよ、坊や。あのホテルの従業員のひとりに、大迫が化けてるとでもいうのかい？　それとも共犯者がいて、彼をひそかにかくまっている、とか——」

「鯛のアホ。最初っからミステリならっていってるだろ」

遠山が毒づいた。

「ガキにおちょくられやがって。そんなの真に受けるやつがいるかよ。だからてめーはいつになっても出世しねえのさ」

2

ホテルには昼過ぎに着いた。正確にはエルミタージュの門にいたる道を途中で折れて、天沼邸へ通ずる私道の方へ車を乗り入れたのだ。といっても昨日の今日ではまだ警察がいて、勝手に現場に立ち入ることはできないかもしれない。

「蓮、おまえはどうするんだ？」

「俺はどっちにしろパスだ。支配人には親が急病でしばらく休みってことになってる」

いいながら振り向いた遠山は、すでに濃いめのサングラスでガードを固めている。といってもその程度で彼の長い顔が、隠れるわけでもない。

「そういやおまえんちの親、おまえが天沼家のホテルで働いているなんて知らないんだろう？」

「あたりまえだ。知るもんか」

「しかし雇う方も雇う方だよな」

「あの支配人は阿呆さ」

遠山は冷酷に断言する。

「そのくせ野心だけは、たっぷりあるんだから恐れ入る」

「はは」

なにか思い当たるところがあるのか、大口を開けて笑った雨沢は、

「こっちも今日は止めとこう」

「なにかしたのか、鯛」

「したというほどのことでもないさ。ただ談話をもらおうって食い下がって、ちいっとばかし殿のご機嫌を損じたかもしれないんでね。――桜井さん、あなた天沼翁のお気に入りなんでしょう？　うまく機会を摑んで口添えしてやって下さいよ」

京介は苦笑するしかない。

「では、こちらからもお願いがあるんですが」

「なんです？」

「ホテルの客室に置き去りにされていた大迫の荷物は、当然押収されているでしょうね。その中身の詳しい内訳が判ったら、知りたいんですが」

「へえへえおやすいご用で」

「――ちっ！」

いきなり遠山が舌打ちして車を止めた。天沼邸の門はすぐそこに見えている。その門前で警官と、押し問答をしているらしい後ろ姿がある。そばにはスタンドを立てたオフロード・バイクが一台。道を間違えて入り込んできたのかと思ったが、どうもそうではないらしい。繋ぎのライダー・スーツの上半分を脱いで袖をウエストに縛り、真っ赤なタンクトップの背中に波打つ髪が垂れかかっている。それほど背が高いわけではないが、モデル並みに均整の取れた後ろ姿の、女。

「おっ、なんだあの美女は」

顔も見えないのに雨沢も調子がいいが、確かに後ろ姿だけでも目を引くことは否定できない。

「ここで下りてくれ、桜井。なにか連絡することがあったら、俺の携帯知ってるよな」

「ええ。お世話様でした」

「なんだなんだ蓮、おまえあの美女が誰だか知ってるのか？　せめて挨拶《あいさつ》くらいさせろよ」

「だったらてめえもここで下りろ。俺は帰る」

苦り切った表情で遠山は答える。

「苦手なんだよ、はっきりいってあの女は」

「へえ、こいつは驚いた。遠山蓮三郎が苦手な女なんてなら、なにを置いてもお知り合いになっておいた方が良さそうだな」

それに遠山がなんと答えたのかは、京介の耳には届かない。蒼とふたりをその場に下ろして、遠山の車は文字通り尻に帆かけて走り去ってしまったからだ。代わって振り向いた繋ぎ姿の美女が、驚いたふうもなく両手を左右に広げて見せる。いうまでもなくそれは遊馬朱鷺だ。

「あらー、どうしたの、ふたりとも。こんなところで会うとは思わなかったわ！」

それからこちらの返事も待たず、さっきから彼女の猛攻を必死に押し返していた若い警官に向かって、朱鷺は振り返った。あざやかなスカーレットの唇でにっこりと、いとも攻撃的に笑った。

「さ、あなた。援軍が増えたわ。こちらは東京からいらした桜井さん。天沼のお爺様の信頼も厚い建築の専門家よ。信じられないならホテルの方に電話でもなんでもして、確認してご覧なさいな。これでもまだおっしゃるの。この門の中に一歩も入ったらいけないって。そもそもあなたがそう主張する、法的な根拠ってなに？」

朱鷺は伯母たちからことづかった火事見舞いを持って修善寺からバイクをころがしてきて、翁の元に顔を出す前に一目なりと焼け跡を見ておこうと思ったのだという。彼女自身のせりふを引用するなら、『母たちに状況を報告するため』だそうだ。ところが内部で検証が行われているわけでもないのに警官に阻止されて、そんなの納得できないと相手に嚙みついていた。

結局朱鷺が自分の携帯でホテルに電話し、そちらにいた警官の上司や、支配人の高安に話をつけ、なにも触らない見るだけならということで話がついたとき、一番ほっとしたのは当の警官だったろう。

「朱鷺。もしかしてあのおまわりさんのこと、いじめて喜んでなかった？」

扉のない門から敷地の中に足を踏み入れながら、蒼が先を歩く朱鷺の背中に話しかける。彼女は顔を振り向けて短く笑い声を立てた。

「あらそんな人聞き悪い。いじめただなんて、あれは教育ってものよ。馬鹿な警官や横暴な警官がはびこるのは、こっちの対応のせいでもあると思うわ。ああいう若いうちから、警察の権力振りかざすだけで恐れ入る民間人ばかりじゃないってことを、しっかり理解させてあげなくちゃ。ねえ、そう思わない、桜井氏？」

彼女の意見には同感でなくもなかったが、返事をするのは面倒なので止めておく。それよりも京介には、近づいてきた天沼邸を観察する方により関心があった。

玄関は青銅葺きの、やたらと大仰な唐破風屋根を載せた車寄せが、こちらに向かって伸び上がるように突き出している。純然たる和風建築であっても、明治以降に建てられたそれはどこかに西洋建築の影響を受けているものだが、ここでも正面性の強い派手な玄関はやはりバロック様式の匂いがする。

そこだけ見れば以前訪れたときと、なにが変わっているようにも見えない。だが玄関先に足を止めて開かれたままの内部に目をやれば、真っ黒に焦げた板張りの床がすぐそこに見える。靴下が滑るほどに磨き込まれた檜の床だったが、

「わあ、汚い。泥だらけ！」

朱鷺が大声を上げた。確かにそこには泥の足跡が無数に印されている。

「警察かしら。あれだけ汚しておいて、いまさらあたしたちに触るなもないもんだわ」

内部に踏み込まないでも庭伝いに回り込んでいくと、無惨な火災現場の全貌は嫌でも目に入って来る。東南角でやや張り出し気味に、ガラス戸で庭と隔てられた広縁の中が例の表座敷なのだが、炎のためかすべてガラスの割れた戸は庭に引き外され、首を伸ばして中を覗き込んでも、最初目に見えるのはぽっかりと穴の開くほど燃えてしまった床、落ちた天井、辛うじて残る柱もすべて真っ黒に炭化している。それでもしばらく見つめていれば目が慣れて、ふすまの端に残る金箔や、倒れた燭台らしきものが見分けられ、それが代々の遺物で豪華に装飾されていた表座敷の名残なのだった。

「あーあ、無惨」

朱鷺が髪を掻き上げながらため息をついた。

「可哀想に、お爺様」

「朱鷺はこっちのお屋敷、よく知っているの?」

蒼が尋ねると、

「よくってほどじゃないわよ。お爺様はやさしかったけど、子供じゃ骨董に興味はないし、へたに暴れてふすま破ったりしたら大変でしょ。いっしょに来た母たちもはらはらで、すぐ庭に出されちゃうのがいつもだった。あたしたちにしたって、広い庭で遊んでる方が楽しかったしね。あの三階にだけは興味があったけど、階段が急で危ないからって上がらせてはくれなかったし」

彼女の指さすところに、焼け残った三階が見えた。八畳間一室のほぼ半分がひとつの耐火金庫だった。一階二階が屋根まで落ちるほどの損傷なので、三階はほとんど宙に浮かんでいる。確かに雨沢がいった通り、焼け残りの通し柱の上にかかった鳥の巣箱のような有様だ。

「なんだかシュールな眺めだね。どっかで見たようなと思ったら、ほら、ダリが描いた絵の中の、細い脚に乗っかった象みたい」

蒼がため息をつくのに、

「ほんと。あれじゃ取り壊すっていっても大変だわ」

できれば廃墟の中に入ってみたかったが、この様子では断念するしかなさそうだ。へたに歩けば燃え残りの梁が、上から降ってくることにもなりかねない。それにどうせ警察の鑑識が、舐めるように仕事をしていったのだろうし。他に仕方なくて焼けた庭を、さらに裏手へと回り込んでいく。

極めて大ざっぱにいえば天沼邸の平面は、アラビア数字の8のような格好をしている。表玄関は8の字の交差部分にあるが、上階への階段は奥まったところにあまり目立たぬように置かれている。これはやはり和風の伝統的な扱いで、表階段を一種の見せ場として演出する西欧建築とは異なっている。そこから左に歩けば庭に面して、表の座敷が何室か並ぶ。玄関から一番遠いところにあるのが件《くだん》の広座敷を中心とする数室で、全館の中でもっとも格の高い客間として使用されていた。

右へいけばサービス・エリアで、表に近い方には主人も使用する風呂やトイレ、さらに奥には厨房や使用人の待機する部屋。表も裏もそれぞれに回り廊下で結ばれ、内側には中庭を抱えている。その結果おおよその平面が8の字となるわけだ。階段を上がれば二階は主人の書斎と仏間、寝室。三階は一種の望楼で、いまはコレクションの保存展示のために当てられていた。

「台所やなにかのある方は、あんまり燃えてないんだね」

作りの違うのが外観からもはっきりわかる、裏手を眺めながら蒼がいった。

「やっぱり一番燃えて困るものを燃やしてやろうと思って、お座敷の中に火をつけたんだろうね」

「ほんと。最低よね、あの演出家ったら！」

朱鷺がブーツの先で地面を蹴っ飛ばす。

「どこに隠れてるんだろう。このへん探してやろうかと思って、今日はオフロードで来たのよ」

「バイクで山狩りでもするっていうの？」

「そう。いけない？」

「いくらなんでも乱暴じゃないかな」

「放火の方がよっぽど乱暴よ」

「そういう問題じゃないと思うけど」

「だいたいね、聞いてよ、蒼。あいつったら初対面のパーティーの席で、あたしの体に触ったのよ。それであたしのこと、コンパニオンだと思ったなんてぬかしたんだから。だいたいね、コンパニオンはお触りキャバレーのホステスじゃないのよ。あの無礼者ッ」

「でも、やっぱりそういう問題じゃないと思うんだけどなあ——」

蒼がいったことばも、どうやら彼女の耳には届いていない。どう思う？　というように、蒼がこちらに視線を向ける。京介は返事の代わりに肩をすくめる。

　そのとき探していたのは放火犯が侵入したと見られている裏口だ。外壁の絶えず屈曲する和風建築では、おそらく半間程度しかないのだろう裏口はなかなか見つけられない。灯油のタンクがあったということは、厨房の勝手口ではなく納屋的なところではないかと思われるのだが――

　だがその前に先を歩いていた朱鷺が、足を止めていた。腰に両手を当てて、悪戯小僧のように下唇を突き出した顔でこちらを振り返る。

「あーあ。あんまり有り難くないのが来ちゃったわ」

　いま門の方から歩いてこようとしているのは、こんなときも黒のタキシードを隙なく着こなした長身の男、先程遠山によって『野心たっぷりの阿呆』と評された高安支配人だった。

「遊馬様、桜井様、お迎えにまいりました」

　と彼はいう。

「天沼がぜひお目にかかりたいとのことでございますので」

　見ることのできるものはだいたい見終えていたので、ホテルに行くのはかまわなかった。しかしどうせだからまだ通ったことのない、庭伝いに歩いてホテルに出られるという道を行ってみたい。そう申し出ると相手は、濃い眉を寄せて首を横に振る。

「それはお勧めできません、桜井様」

「なにか、お差し支えでもありますか」

「いえ、決してそういうわけではないのですが、扉の方もたぶん錆びついてしまって、開かないかもしれませんし、雑草が茂ってしまってわかりにくいと存じます」

「とにかく行ってみますから」

「いえ、天沼が先刻からお待ちしておりますので、どうぞ車で」

口調は慇懃《いんぎん》だが譲る気配はない。延々と押し問答が続いてしまいそうだったが、

「あの煉瓦塀はあたしが子供の頃とも変わらないままなんでしょ？　それじゃ桜井さんたちを案内がてら、あたしもそっちから行くわ。バイクは後でまた取りに来るから」

朱鷺が楽しそうに口を入れた。

「本当に、開かないかもしれないのです。まったく使っていませんから」

「そのときはそのときでしょ。いざとなりゃあの程度の塀くらい、乗り越えちゃうわよ。行きましょ、桜井氏。蒼も」

さっと歩き出してしまえば、それ以上止めはしなかった。ただ相手の視線がいつまでも、こちらの背に張り付いている感覚だけはあった。

「あーうるさい、あいつったら！」

朱鷺は伸びをしながら笑う。

「どんなことでもああやって口を挟むの、それも年寄り臭く。お爺様や暁さんに代わって、自分が天沼家を仕切るつもりかしら。冗談よねェ」

向こうに聞こえるのもおかまいなしの大声でいいながら、大股にさっさと歩いていってしまう彼女を追いかけながら、

「なんだか変な感じだったね、あの人」

蒼が声をひそめてささやく。

「どことなく、前と印象が違うような気がする。京介はそう思わなかった？」

「どうかな」

「うん、確かに違うよ」

「それは服装とか、顔かたちとかで？」

「うーん」

蒼はうなった。

「ごめん、そこまではわからないけど」

京介が答えようとしたとき、また前から朱鷺の大声がする。

「ほら、あそこだわ。塀のドア。確かに草茫々《ぼうぼう》だけど、そんなにわかりにくいってこともないじゃない！」

天沼邸の庭は石組みや松木立で装飾された和風庭園だが、そうした造作の中を抜けると緩い傾斜面になっていた。足を止めて前方を眺めればヒマラヤ杉の中に、オテル・エルミタージュの白い陸屋根《ろくやね》が覗いている。

その間を仕切るのが、歳月に黒ずんだ煉瓦塀の連なりだ。長らく人が寄る場所でなかったのは事実らしく、高さ三メートルばかりの塀の下は芒《すすき》などの丈高い雑草で埋められている。確かに朱鷺という案内役がいなかったら、どこにドアがあるのかすぐには見つからなかったかもしれない。

塗られた緑色のペンキも剝げかけて、真っ赤な錆に覆われたドアは、雑草の陰に隠れるようにあった。高さも幅もごく小さなもので、大人の男なら背を丸め体を斜めにしなくては通り抜けられないだろう。その取っ手にもドアの面にも、蜘蛛《くも》の巣がべったりと張り付いていて、

「うわあ、汚い」

朱鷺は顔をしかめる。それでも蒼が手を伸ばしてハンドルを回すと、意外なほどすんなりとこちら向きに開き、あとは青々とした芝生を踏んで、ホテルのサロンまで何分もかからない。ヒマラヤ杉の下を抜けるとさっき別れてきた高安支配人が、もうそこに立って待ち受けていた。腕は両脇にぴたりと沿わせ、手の指はまっすぐに揃えて伸ばして、まるで『支配人』という名前のマネキンのようだ。

「お待ちどお様」

朱鷺が明らかに嫌み半分の声を投げる。

「お陰様でとっても楽しいお散歩だったわ。ねえ、桜井さん？」

「そうですね。あの屋敷とホテルが、これほど近いとは思いませんでした」

何気なくそう受けた途端、高安の表情が変わった。常に礼儀正しい微笑に鎧われていた顔から、眉が大きく吊り上がり、双の目がかっと見開かれる。頬に斑《まだら》に血の色が昇る。

「それは、どういう意味ですか？」

吐き捨てるようにいった彼は、

「——どういう意味、とおっしゃいますと？」

静かに聞き返した京介の声に、はっと目をしばたく。

「あ、いえ、これは大変失礼を——」

素早く表情を取り繕った。

「実は、今回の放火事件に関連して、私どもの安全管理に問題があったのではないかと警察からも指摘されまして」

口早に答えるのに京介もうなずく。

「なるほど、支配人というお仕事はいろいろご心配が多いですね」

「はい。しかし天沼家の人間として、そのような責務に耐えるのは、当然の義務であると存じております」

「はあ」

「少しお待ち下さい。ただいま天沼に取り次いでまいりますので」

ふたたび完璧な慇懃さの中に身を包んだ高安は、足早に階段を上がっていく。京介は無言でその背を見送った。

「なによ、あれ——」

朱鷺が呆れたようにつぶやいている。

「完全にキレてるわ、あいつ」

高安支配人の人物に対する評価は、遠山と朱鷺、ふたりながらほぼ一致するようだった。

3

天沼龍麿は三階にある特別室を住まいにしていた。十月十日以来ホテルは事実上休業状態なので、一番良い客室を主が占拠していても、特に問題はないらしい。

一週間振りに会う龍麿は、帝国ホテルのバーでの第一印象と少しも変わらぬ精気に溢れていた。加齢による衰えはもちろんのこと、わずか二日前までは入院していたとは信じられぬほどだ。服装こそ地厚なウール・ガウンの襟元に臙脂《えんじ》のシルク・スカーフを巻いたラフなスタイルだが、もはやベッドを離れて普通に生活しているとのことで、退院したその夜に自宅を放火で失ったことも、なんの痛手もなかったとは思えないが、少なくとも完全に隠しおおせていた。

朱鷺が伯母や母親からことづかった見舞いの品を渡し、口伝えの挨拶を届ける。嬉しそうにそれを聞く龍麿の表情は、実の祖父然として威厳ある中にもにこやかでやさしげだ。朱鷺も彼には素直に甘える口調になっている。

「ね、お爺様。もしもお体の方に差し障りがないようなら、なんとかもう一度『卒塔婆小町』を上演していただけないかしら？」

日頃とは別人のような甘い声音で朱鷺がそういうと、龍麿も楽しげに頬をゆるめて、

「それは暁子もそう望んでいるからな。そう遠くない内に実現させられるだろう」

「まあほんと？　嬉しいわ」

そのとき京介は、蒼がなにかいいかけるように口を開けて、また閉じるのを見た。朱鷺たちはなにも気づいてはいないようだ。

「暁さんはお留守なんですってね。最近お顔だけは見ても、かけ違ってゆっくりお話できないのが残念だわ」

「そうだな。あの子は昨日ちょっと用があって東京まで出たのだ。たぶん明日の内には戻ってくると思うが」

「桜井さんたちは今日はこちらに泊まるんでしょ？　あたしもお邪魔してしまおうかしら」

「おやおや、忙しい社長がそんなことをしていていいのかな？」

「いいんです。だって、他ならぬお爺様のお見舞いですもの」

しかしそのとき朱鷺の携帯が鳴って、結局そうもしていられなくなった。ジュエリー・アカネの顧客から急ぎの連絡だったらしい。残念がりながらも、彼女は思いきりよく腰を上げる。

「お爺様、ではこれで失礼いたします。お芝居のこと、本当に母たちも楽しみにしていますから。桜井さん、蒼、またね」

いい置いて彼女が足早に立ち去ると、ふたたび口を開いた翁が話しかけたのは意外にも蒼にだった。

「さて、君が昨日暁子と会ったのは聞いている。なにがあったのかもあれから一応聞かされてはいるが、ひとつ君の口から話してもらえるかな」

口調は穏やかだったが、朱鷺と話していたときの彼とは明らかに雰囲気が変化している。それは蒼にもわかったらしく、居心地悪げに身じろぎしたが、結局彼が話し出したのは昨日の午後の出来事、京介にしてもいま初めて聞かされた大迫の脅迫電話の一件だった。

蒼が『卒塔婆小町』の再演の話が出たとき、なにかいいかけたのはこのことだったらしい。すでに聞き知っていたのなら、龍麿翁は大迫の脅迫など歯牙にもかけぬということか。あるいは遊馬朱鷺に、そのことを知られたくなかったのか。一区切りつくまで翁は口をつぐんでいたが、蒼が語り終えて、これで全部ですというように息をつくと、

「君は、その電話の声は間違いなく大迫自身だったと思うんだな?」

尊大な口調で念を押す。

「はい。声やことばつきだけでなく、ぼくとあの人が九日の晩、ホテルの外階段で出会ったことを知っていましたから」

「他人の芝居ならそれを知っているはずがない、か」

「他には誰もいませんでした」

ふむ、というような音をもらしながら翁はしばらく考えを巡らす風だったが、ふいと視線をこちらへ巡らすと、

「ところで桜井君、君も火事見舞いに来てくれたというわけなのかな？」

「ひとつはそれです」

京介はうなずいた。

「もうひとつは、友人に招かれたもので」

「ほう。君は遊馬家の他にも、伊豆に知り合いがいるのかね」

「高校のときの先輩です。——遠山という」

無論意識的に口にした名前だ。それを聞いて翁がどんな反応を示すか見てみたかった。だが龍麿翁はすぐには答えなかった。強いていうならその大して長くもない沈黙が、彼の示した唯一の反応ということになるだろうか。しかし次にしゃべり出した天沼が、口に上せたのは遠山の名ではなかった。

「桜井君、君はうちの暁子をどう思うね」

「——非常に聡明な、美しい女性だとお見受けしましたが」

他にどう答えようがあるだろう。そもそも人物を云々するほど、これまでことばを交わしているわけでもない。だが次に彼が口にしたことは、ますます京介を面食らわせた。

「ところでどうだろう。女の幸せはやはり結婚だ、といったら君のような若者は異議を唱えるものなのかね」

なんで自分がそんなことを、聞かれねばならないのだろう。

「幸せというもののとらえ方は、人それぞれですから一概にはいえないと思います」

「では桜井君、君にとって幸せの要件とはなんだろうか」

「なんでしょうね。あまりそういうことを、考えたことはなかったので」

半分は時間稼ぎのつもりで、意味もない返事の仕方をしたのだが、天沼はそういう京介の顔にじっと視線を当て続けている。そしていった。

「——やはり君は、私の考えていたような人間らしいな」

「はあ」

いよいよわけがわからない。なにを考えているのか理解できない人間の視線を、長々と浴びせられるのは京介には最悪の拷問だ。

「まあいい。済まないが少し疲れたので、私はこれで休ませていただく」

いかにも身勝手なせりふで、天沼は一方的にこの会見を打ち切った。

何日でも好きなだけ滞在してくれていいとはいわれたが、その夜の一泊で京介は東京に戻るつもりになっていた。大迫の行方を探すことは、すでに警察がやっきになってしているだろう。元々蒼の自分自身に対する疑惑を解くための調査なら、彼が死んではいないとわかった時点でもはやその必然性は消滅している。それでも一応ホテルの従業員にインタビューを試みようかと思わぬでもなかったのだが、予想せぬ妨害に出会って断念した。

前回の滞在で顔も記憶している、従業員たちの態度が不自然なのだ。普通の客として夕食の給仕や、部屋の世話をされている分には、彼らのマナーは完璧でなんの文句もつけられない。しかしさりげなく雑談を試みると誰もが、にわかに表情を強ばらせてそそくさと離れていってしまう。

最初は翁の指示かと思った。しかしそれは違った。推測ではなく当人が、京介に向かってはっきりと明言したのだ。がらんと広いダイニングで蒼とふたり食事を済ませ、コーヒーを飲んでいるときに。

「桜井さん、お尋ねしますがあなたは遠山家の意を受けて動いておられるのですか？」

テーブルの向こうに立ち、切り口上で質問するのは高安支配人だ。

「いいえ」

京介は短く否定したが、高安の固い表情は少しもゆるまない。

「しかしあなたはバーテンダーの遠山から、いろいろと偏見に満ちた話を聞かされたのではありませんか」

「彼と話はしました。高校時代の先輩ですから。けれど彼とここで会ったのはまったくの偶然です」

「そんな都合のいい偶然が信じられますか」

高安は吐き捨てる。冷静にと努めているらしいが、その頬はすでに斑に紅潮している。

「だが高安さん、遠山を雇用したのはあなたの決断ではなかったのですか」

「あなたにそんなことをいわれる義理はない！」

高安は上ずった声を上げた。冷静さの仮面はもはや砕け散ろうとしていた。

「私には天沼家を守る義務があります。あなたがどれほど巧みに龍麿翁を籠絡なさろうと無駄ですよ。妙な探偵紛いの暗躍はお止めになって、さっさと東京にお戻りになることだ。私が申し上げたいのはそれだけです！」

一息でまくし立てると彼は、逃げるように立ち去ってしまう。

「なにいってるんだろう、あの人……」

蒼があっけに取られた顔でつぶやいた。

その晩。ふたりが通されたのは前回に泊まったのと同じ二階の角のスイートだ。例によって京介はベッドで読みかけの本を広げ、蒼は先に明かりを消していたが、気がつくと目が開いてこちらを見ている。

「どうした。眠れないのか？」

「うん。なんか、いろんなこと考えちゃってさ」

本を閉じて脇に置いた。

「話したければ話してごらん」

「あのね」

毛布を体に巻き付けたまま、蒼はごそごそとベッドの上に起き上がる。

「ぼくさ、別に物好きとか、好奇心とか、野次馬《やじうま》根性で探偵の真似したくなったんじゃないよ」

「わかっている」

「でも京介、そのことでお説教するつもりなんでしょ？」

上目遣いにこちらを見ている蒼の顔。悪戯《いたずら》がばれて怒られるのを待っている、子犬みたいな表情だ。吹き出しそうになるのを危うくこらえ、

「しないよ」

「どうして？」

「されたいのか？」

「ううんッ」

とんでもないというように目を見張って、蒼は大きくかぶりを振る。

「でも、どうせ怒られるなら早く済ましちゃった方がいいもの」

「それなら今度からは、怒られるとわかってるようなことをするんじゃない」

「はあい」

「それより昨日の午前中はなにをしていたのか、その話を聞かせてもらおうかな。それと、神名備芙蓉の家でのことも、もう一度」

「——ン」

ほっとした顔になってうなずいた。結構気にしていたらしい。板倉を劇団に訪ねたときのことから、昨日一日の話を事細かに話していくのを、京介はときどき質問を挟みながら聞いている。

「雨沢さんがライターのことをいったとき、なにか考えていただろう？」

「うん。そういえば外階段で会ったときも、大迫さんがそれらしいライター使ってるの見たなって思い出して。でも板倉さんも、同じようなライターを持っていた。それってつまりふたりが、恋人だったからかな。昔お揃いで買った、とか」

「そうかもしれないな」

ふっと黙り込んだ蒼は、やがて深々とため息をつく。

「——ぼくさ、自分のためだけじゃなくって他人のためにも、なにかはできるはずだし、できそうだって思ったんだ。でもそんなことないね。推理してみても全然的外れだし、考えてみれば大迫さんが自分の意志で失踪して、脅迫とか放火とかやってるなら、元々ぼくが出る幕なんかじゃないもん。ほんと無力、とか思ったら落ち込んじゃってさ——」

「自分の限界を悟るのは、無意味ではないよ」

「うーん、そうなんだろうけどね」

膝を抱えてころんところがった蒼は、逆さになった顔から目を見開いてこちらを見る。

「ね。京介はわかってるの？」

「なにが」

「なにがって、いろんなこと。今回の一連の、っていっていいのかもよくわからないけど、このごちゃごちゃのさ」

「たぶん、わかってはいないと思う。ほんの、いくつかのことを除いては」

「いくつかのって——ええっ？」

蒼はベッドの上で、がばっと身を起こす。

「もしかしていまのぼくの話の中から、なにかわかったことがあったの？」

「まあね」

「それなんなの。教えてよ！」

「まだいえない」

口にするにはあまりにも断片的、ばらばらのカードと変わるところがない有様だ。

「そんなのずるーい」

蒼が口をとがらせる。

「話してよ。そしたらぼくだって、なにかいい考えが浮かんでくるかもしれないのにィ」

「駄目だ」

蒼がそれにさらに抗議しかけたとき、ふたりは申し合わせたように口を閉ざした。外から聞こえたのは、人の悲鳴ではないか。それとも鳥の声かなにかだろうか。だが次の瞬間、蒼の目が大きく引き剝《ひむ》かれた。その先にあるのはカーテンに覆われた窓。

「いま、そこをなにか落ちた」

蒼がつぶやく。

「なにか、燃えてる火の塊《かたまり》みたいなもの——」

京介は窓に飛びつき、少しだけ隙間のあったカーテンを引き開ける。外は小さなベランダだ。そこから身を乗り出して覗けば、目の下に広がるのは真っ暗な芝生の庭。しかしいまそこに、大きな松明《たいまつ》のように燃えているものがある。わずかに動いているように見えるのは、夜風に揺らめく朱色の炎のためだけではない。

「京介——」

その背中にしがみついて、蒼がかすれた悲鳴を上げる。

「あれ、人間だ。人間だよ！」

「——桜井君！」

頭の上から声がした。三階のベランダに立って、身を乗り出しているのは龍麿翁だった。

「済まないが君、人を呼んでくれないか。いま内線で高安の部屋を呼んでみたのだが、応答がないのだ……」

甦る幻影

1

「で、結局その死体は高安支配人だった、と」

「死体ってわけじゃなかったんだよ」

深春《みはる》のいささか無神経なことばを、蒼は顔をしかめながら訂正する。

「京介が玄関から飛び出して駆けつけたときは、まだ息があったんだって」

「生きたまま火炙《ひあぶ》りか。残酷だな」

「うん。二階から見たときも動いて、もがいていたしね。でもやっぱり火傷がひどくて、病院に運ばれてからすぐ――」

「死に際の伝言《ダイイング・メッセージ》、なんてやつはなかったんだな?」

「意識は、最後まで戻らなかったって」

実際のところ蒼は、そうなった高安を間近に見てはいない。龍麿翁の声を聞いてすぐ、京介とふたり階段を走り下りてロビーに立った。すぐ左手に閉ざされた玄関の扉がある。あのルネ・ラリック写しの天使像を高浮き彫りにした、曇りガラスの両開きドアだ。外部の闇を透かすガラス扉をほのかに赤く染めて、炎の影が揺れていた。

(火に包まれて、もがいている人間――)

そう思った途端足がすくんだ。京介はかまわず扉に駆け寄る。そして両手でそれを押し開きながら、顔を振り向かせて叫んだ。

「蒼は誰か人を捜して！」

そのことばに救われたような気分がして、奥へ走った――

「ふむ。直接の死因は火傷でも、転落のときの怪我でもなく、後頭部の頭蓋骨骨折か」

マグカップのコーヒーをずずっとすすりこんで、深春はふたたび広げた便箋《びんせん》の上に目を落とす。ここは東京、江古田の彼のアパートだ。京介と蒼が高安の死に遭遇して半月が経ち、カレンダーはすでに十一月に入っている。

いま深春が広げているのは、雨沢から京介宛に送られてきた手紙というか報告書だ。おしゃべりな新聞記者は、律儀に事件の詳細を知らせてきている。しかし当の京介はここにはいない。最近下宿に電話してもめったに捕まらず、なにをしているのか蒼にもさっぱりわからなかった。

無論事件のその後は蒼にとっても気がかりだったが、神名備芙蓉復活公演の行方が心配な深春はもっと気がもめていたらしく、業を煮やして京介をうるさくつつき、とにかくその報告書だけは見せてもらうことにしたのだ。

あの日、つまり十月十七日から十八日の深夜、生きた高安を最後に見たのは正門脇の守衛で、彼は十二時半頃懐中電灯を片手にやってきて、二言三言立ち話をした。通常であれば玄関は二十四時間鍵をかけず、フロントには係が常駐している。だがホテルが休業状態になってからは、夜間はフロントを閉め玄関ドアにも施錠《せじょう》した。その前に建物回りと門、そして館内をひとりで見回るのは高安の習慣だったという。

巡回の経路は玄関右脇奥の支配人室を出て、先に厨房からサービス部の区画を回り、食堂、サロン、バーなどの戸締まりを確認後、玄関から出てホテルの周辺部を一回りして裏口等を再度点検、その後門脇の守衛詰め所に立ち寄る。あとは玄関からホテル内に戻って玄関に施錠、二階三階の廊下と何ヵ所かの非常口を見た後に三階の高安の寝室に入る。この晩も変わりなく同じ経路を経て、守衛のところに現れたと思われる。

龍膺翁の言によれば高安は、天沼邸の放火を自分の落ち度のように考え、常よりも厳格に見回りを心がけていた。そしてホテルに龍膺が滞在している折りは、見回りを終えれば特に異常がなくとも報告に立ち寄るのが通常なので、その夜は一時近くなっても姿を見せぬのが気がかりに感じて、眠らぬまま待っていたのだという。

その高安が炎に包まれて転落するのを、龍麿翁と京介たちが目撃したのがほぼ一時。到着した警察官の捜査によって、屋上が犯行現場であるらしいと判明した。そこにはわずかに灯油が残るペットボトルと、凶器とみられる二キロほどの石が発見された上、床面から手すりにかけて大量の灯油の染みが見られた。また床の上には蠟燭の燃え跡もあった。石はホテルの玄関前にある花壇を縁取っている、玉石のひとつだった。

犯人は殴打されて意識を失った高安の全身にペットボトルの灯油をかけ、蠟燭の火を近づけたものと思われる。体に燃え移った火の熱で意識を回復した高安は、犯人から逃れようとして手すりを越えて転落したのではないか。

犯人が外部から来たか、あるいはホテルの中にいた人間か、この状況だけでは決められない。県警から派遣されてきた捜査員は、そのようなことばを吐いて龍麿翁をいたく不快にさせた。当時ホテル内にいたのは、翁と客のふたりを除けば全員が常雇いの従業員。それも休業中のことでわずか十人足らずで、全員が長く勤めて身元もはっきりしている。ホテルの人間が支配人を殺したなど、翁にいわせれば愚劣としかいいようのない疑いだった。

高安支配人の体からは見回り時に身につけていたはずの鍵束が失われていた。休業中のことで、普段なら内鍵で開く非常口、通用口も、必要最低限の数ヵ所を残して鍵で施錠されていたのである。とすれば犯人がその鍵束を奪っていったのだと考えるしかない。このことは外部犯を示唆する事実ではある。

仮に外部犯を仮定してその行動を推理するなら、ホテルの塀を乗り越えたか、放火された天沼邸の方からか夜陰に乗じて敷地内に侵入し、高安が玄関を出て門に向かった間に、まだ施錠されていなかったそこから館内に入る。中庭の外階段を使って屋上へ上がり、門から戻る高安の目を引くように蠟燭の炎をちらつかせて彼をおびき寄せる。それを待ち受けて背後から殴打、鍵束を奪い灯油を浴びせて火をつけた後は、ふたたび同じ道順で一階に下りる。そして館内の人間が全員前庭の高安の元に駆けつけて大騒ぎになっている間に、目につきにくい非常口のひとつから脱出し、外から改めて鍵をかけてその痕跡を消し、闇に紛れて逃げ去った。

そう考えれば内部犯説を採る必要はない。ただ捜査員から疑問として上げられたのは、犯人があまりにもホテル内部の構造や高安の習慣に詳しすぎるのではないか、という点だった。中庭も屋上も通常の客が立ち入る場所ではない。支配人が毎晩どう行動しているかまでは、客などには普通わからないことだ。しかし高安を殺害することを目的に侵入したと考えるなら、犯人はそうした知識を持っている人間に限定されることとなる——

「で、結局それも大迫治樹の犯行ってことになったわけなんだな」

深春は繰り返して通読した雨沢の報告書を、一年中置きっぱなしのコタツの上に放り出すと、頭の後ろに手を組んで、ウン、と胸を反らせた。

「彼なら普通の客より何度もホテルに泊まって、事情に通じていても不思議はないし、なにより天沼に対する怨恨はあるし」

しかし静岡県警の必死の捜索にもかかわらず、いまだに大迫の行方に関しては、わずかな手がかりすら摑めていないらしい。東京の神名備芙蓉の元に数度にわたって脅迫電話がかかったことも届け出られ、逆探知用の装置と共にあの家に警察が二週間以上詰めることまでしたが、その後電話はないと雨沢は書いている。

ここまで完璧に行方をくらましていること自体、大迫をクロと見る傍証だと捜査本部では見ているが、如何せん直接大迫と結びつく物証は皆無に近い。天沼邸の火災現場で発見されたライターは黒焦げで指紋の採取もできず、確かにH.O.のイニシャルは認められたが、それが確実に大迫のものだという確証はどこからも得られなかった。

高安の殺害に関してもそれは同様で、凶器と見られる玉石からも指紋は出なかった。ただ石の表面には布目状の血痕が付着していて、なにか布でくるんだ石をもって被害者の後頭部を殴打し、その布は持ち去ったものと考えられる——

「うーん、でもどうしてあの支配人が大迫に、殺されなくちゃならないのかなあ……」

動機がないじゃないか、と蒼は思うのだ。いくら天沼家に対して深い恨みを感じていたとしても、支配人が彼の演出家解任に関係していたとはとても思えない。信頼していた使用人を惨殺することで、龍麿翁の心胆を寒からしめるという効果はあるかもしれないが、

「そこまで怨恨を拡大し始めたら、完全にクレイジィだよねえ」

しかし深春はあっさりという。

「最初から殺すつもりじゃなかったんだろう。そうじゃなくて大迫は、ホテルに放火するつもりで忍び込んで、見回りの支配人に発見されたのさ」

蒼は丸い目をさらに丸くして、ぱちぱちとまばたきする。

「また放火？」

「そうさ。だいたい蠟燭の光でおびき寄せたなんて、誰が考えた説か知らないが危ないもんだぜ。気がつかれない可能性だってあるだろうし、もしも不安を感じた支配人が、詰め所に引き返して守衛を連れて来たら、殺すどころか逆にやられちゃうだろうが」

「でも、それじゃなんで屋上にいたの？　あそこってコンクリートと石だけで、燃やせそうなものなんてなにもなかったよ」

「高安が外に出ていて玄関が無人のまま開いてたのはたまたま、大迫にしてみればラッキーな偶然だったんだろ。これ幸いと忍び込んで、気づかれそうもない場所で中の人間が完全に寝静まるのを待つつもりだったんじゃないかな」

「それで屋上に？」

「ホテルの外にいるより見つかりにくいだろうし、屋内に放火するつもりなら侵入するのも楽だ」

「じゃ、石なんか用意してたのは？」

「鍵のかかっている場所に入るとき、それでガラスを割るつもりだったんじゃないか。天沼邸のときもそうしたんだろ？　ところがうっかり戻ってきた支配人に見つかっちまったわけだ。屋上へ向かって逃げたけど、追いすがられて追いつめられて、えいもう面倒だ！」

「うーん……」

蒼はふたたびうなる。そういわれればそうか、という気はしないでもないのだが、なんとなくしっくりこない。この感じはどこから来るのだろう。

「なんかさあ、それだと大迫の行動ってあまりにもめちゃめちゃで、行き当たりばったりだなって気がしちゃうんだよね。演出から降ろされた腹いせに、芙蓉さんに脅迫電話をかける。同じくその意味で天沼のお屋敷に放火する。今度はホテルに放火するつもりで忍び込んで、見つかって支配人を殺しちゃう。支離滅裂で、一貫性ゼロで、なにやってんだって感じ、しない？」

「そりゃあなにやってんだに決まってるさ。おまえ、相手は頭のいかれかけた犯罪者だぞ」

深春が笑う。

「再演される『卒塔婆小町』を自分の意図したように変えてしまう、てえのはいかにも演出家らしい復讐だけどな、実際そんなことができるのかといえばこれは難しい、というより早い話不可能だ。

なんとかして神名備芙蓉の早変わりを阻止するとして、しかし脅迫電話で予告までしてるなら、楽屋だって相当の警戒をするだろう。こっそり忍び込むなんてできやしない。大迫の顔はみんな知っているんだし、あいつに共犯がいるとも思えない。

大迫が本気でそんなことを考えていたのなら、電話なんかかけるべきじゃなかった。おまえのいうとおり行き当たりばったりで、後先考えずにやっちまったことなんだろう。だがいまさら後悔しても遅い。むしろ絶望が募って、自暴自棄になっても不思議はないだろう。で、天沼邸に放火したところが、これは実にうまく行った。放火犯が捕まるとたいていは、むしゃくしゃするのが火をつけるとすっきりするなんていうものじゃないか。それだよ、それ。人間てのはおかしなもんだが、ものをぶっ壊すのは楽しいんだ。ストレス解消になるんだよ。

おまけにさ、闇にひらめく紅蓮《ぐれん》の炎、『金閣寺《きんかくじ》』か『五重塔《ごじゅうのとう》』かって、夜の火事ってのは結構ドラマチックで、芝居っぽいといえなくもないからな。自分の放火によって人間があわてふためき、右往左往し、舞台は派手やかに屋台崩《やたいくず》し。ローマ皇帝ネロの故事じゃあないが、大迫のいかれた頭の中では、すでに演出と放火が同義になっているんだ」

深春のことばを聞いている内に蒼の中にも、見たことのない夜の火事の情景があざやかに浮かんでくる。闇を照らし出す巨大な炎、黒煙を上げ、黄金色の火の粉を散らしながら崩れ落ちようとしている建築。その前で為す術もなく狂奔する無力な人の群。

それを一歩離れたところから、無言で見守っている犯人。その顔に満足の笑みが浮かんでいるとしたら、確かにそれはライトを浴びる舞台と暗い客席を、ふたつながら眺める陰の演出家の表情と似ているのかもしれない。

おまけにネロといえば、トロイア落城の詩を書くためにローマに放火したという、これは伝説の類らしいが、もうひとつ有名なのはキリスト教徒の迫害で、それには火炙りの刑もあったのだ。意図しての殺人にせよ、偶然発見されてしまったための反撃にせよ、どうして犯人は石で殴って抵抗できなくなった高安に灯油を浴びせ、火をつけるようなことまでしたのか。不必要な残酷さとしか思えなかった今回の事件。だがそれも大迫の正気を逸脱しかけた芝居っ気、舞台効果を狙ってのことだったとすれば一応納得が行く。

深春はなにげなく口にしたのだろうが、ネロの見立ては案外正解なのかもしれない。だとしても謎が解けた爽快さにはほど遠く、蒼はまたちょっと胸がむかついてきた。

「どうだ、俺の推理。感心したか？」

「うん。わりと説得力あるかもね」

「だろう？　芝居のことならまかせなさいって」

にやりとしてガッツ・ポーズなんかしている深春。だが今日彼がご機嫌なのには、実は理由がある。『卒塔婆小町』の再演、というか中断された公演の再決行が決定されたのだ。

2

形式は以前通り、オテル・エルミタージュの顧客を対象とする非営利の記念公演として、ホテルの庭でただ一度だけ行われる。ところが公演日として最終的に決まった日付は十二月の十日火曜日だった。

いくら気候温暖な伊豆だからといって、十二月の野外公演、それも夜となれば到底快適とはいえまい。各方面からの異論反論は当然ながら多々あったようだが、龍麿翁は頑強にこの日付に固執して譲らず、主演女優も承知したとなればあとはいかにして、という問題だけだった。

新しい演出家を立てることはしないまま、板倉陶子が芙蓉のプランを受けて舞台を作っていくことになる。脇役とスタッフは元通り劇団Hの人間が入る。しかし新劇団としては大手で、所属するスタッフも多いHとはいうものの、十二月には二週間の本公演が予定されていたために、人手不足という問題が発生した。その結果急遽仕事の出来る外部の人間が掻き集められることとなり、

「——で、俺も晴れてスタッフの一員ってわけだ」

「希望者だっていっぱいいただろうに、よくもぐりこめたねえ、深春」

「ダテに八年も大学行ってないって」

「大学は別に関係ないでしょ」

「なあに。その間につちかったコネと実力あればこそさ。これでとうとう伝説の女優のお姿を、間近く拝めるってわけだ！」

こみ上げてくる嬉しさをこらえきれないとでもいうように、髭面からンフフフ、と笑い声をもらす深春。正直いって少し気持ちが悪い。

「そうだ。ぼく前から深春に聞きたいことがあったんだよ」

「なんだ、また改まって。好きな子でもできたか。劇的な告白のせりふでも伝授されたいのか？『シラノ・ド・ベルジュラック』の有名な口説き文句でも教えてやろうか」

「違うってば。そんなことなら少なくとも深春には聞かないよ。芙蓉さんの『卒塔婆小町』の舞台のことさ。さっきも深春がいってた早変わりだけど、あれどういうふうにやったんだと思う？」

深春は面食らったような顔になった。

「いや、しかし俺は自分で実際に見てたわけでもないし、なにか記録があるわけでもないしなー」

胸の前に太い腕を組んで、しきりに頭をひねっている。

「一度引っ込んだことは引っ込んだんだな？」

「うん。でもすごく速かったんだ。ワルツを踊りながら舞台奥の、背景みたいに使ってたホテルのサロンにすうっと入っていって、そのまま踊りのテンポで舞台の幅だけ横切って、また出てきたくらい。そうしたらぼろぼろのお婆さんが、白いドレスの美女に変身しちゃってたんだ」

「そうすると、舞台から消えていた時間はどれくらいだ?」

「ええっとお——」

蒼は目をつぶって、舞台の映像を鮮明に思い出そうとする。だけどあまりうまくいかない。なにせあのときは前夜の大迫との一件を引きずったままで、椅子に座って目は開けていたものの、ろくに舞台を見てはいなかった。蒼の視覚的記憶力も、意識散漫の状態ではうまく働かない。

「どんなに長くても一分、それくらいじゃないかなあ……」

「その間舞台は空っぽだったのか?」

「ううん。カップルが五組、やっぱり踊りながら左から右へ動いてたけど」

「そういう目を引くものがあると、時間は心理的に短縮されるもんだぜ」

「そっか——」

「とはいっても歌舞伎の早変わりなら、それくらいの時間で立ち役が娘に変身するのだって充分ありだけどな」

「それはどうやって変わるの？」

「俺もそう詳しいことは知らないけど、役者が舞台裏を上手から下手へとか移動する、大きな劇場だと走ったりするわけだ。そのとき回りに衣装係が何人もくっついて、いっしょに走りながら衣装を引き抜いたり、鬘《かつら》を替えて紅を差したりする」

「走りながらお化粧までできるの？」

「全員のチームワークだな。Ｆ１のピットでのタイヤ交換みたいなものと思えばいい」

なるほど、それはわかりやすいたとえだ。

「その場合衣装は、替えやすいようになってるわけだね」

「ああ。帯を境に上半身と下半身が別々になっていて、糸を切って引っ張ると抜き取れて、下に前もって着てた振り袖が出てくる、とか、衣装の裏側が違う色になっていて、それを上に垂らして別物に見せるとかな。美女のドレスってのはどんな型だったんだ。老婆やってた芙蓉の衣装の下に、そいつを着てるのはありそうだったか？」

「ドレスはね、真っ白なサテンとレエスの、ウェディング・ドレスみたいなやつ。袖は短くてふくらんでて、肘の上まで白い手袋してて」

「手袋もか」

深春はちょっと渋い顔になる。

「長手袋は少し厄介だな」

「ああ、でも老婆の襤褸は長袖だったし、あの手が手袋だったとしても気がつかなかったかもしれない。裾《すそ》も下についてたし。でもドレスのスカートはすごく大きく広がってて、シルエットは全然違ってたよ」

「老婆はそれほど動き回るわけじゃないだろう？　なにか弾力性のある素材で、止めてるものを外せばぱっと広がる、なんてそう難しくもなさそうだぜ。さもなきゃあ逆にそのスカートの部分だけ、舞台裏ですぽっと穿いちまうとか」

「そうだね。そういわれれば頭も、ぼさぼさの長い灰色の髪だったから」

「美女の髪型は？」

「首の後ろに丸く髷を結って、ここんとこにきらきらする髪飾り。あとイアリングとネックレス」

蒼は頭の右横を手で示す。ジュエリー・アカネご自慢のプラチナとムーン・ストーンだ。

「なんだ。それならヅラの方もＯＫじゃないか。裏に二、三人いて息を合わせりゃあ、そう難しい早変わりってわけでもなさそうだぜ」

万事解決とでもいいたげな深春の顔。だが蒼は大きくかぶりを振った。

「でも一番の問題は顔だよ、深春。歌舞伎みたいな厚塗りじゃないんだし、ぼくたち一番前の真ん中で見てたんだよ。何メートルも離れてないんだから、ちょっとやそっとのことじゃ誤魔化されないよ」

「メイクか――」

　俺は見てないしな、と深春はまたぼやく。

「そもそもね、舞台じゃないところで見た芙蓉さんだって、やっぱりそれなりに年取った顔はしていたんだ。皺もあったしね」

「往きし日の美女無惨ってか？」

「まあね。芙蓉さん自身はすごく魅力的なひとで、話すのを聞いてたりするとそんな顔の皺なんて全然気にはならなくなっちゃうんだけど、でも、現実にそういう顔であることは事実。だから最初老婆の姿で舞台に現れて、観客のほとんどは驚いてたようだったけど、芙蓉さんの素顔を見ていた人は別に驚かなかったと思う。もちろん、そこまで老いの演技をリアルにしなくてもいいのにって、そういう意味での驚きはあったろうけどね」

「ふむ」

「ところがさ、変身して現れた美女はどう見ても、六十過ぎた女性なんて思えなかったんだ。二十代っていっても不思議じゃないくらい」

「メイクアップ技術の勝利、とか」

「違うよお。どんなに丹念にお化粧したとしても、皺は消せてもたとえば顎や頬のたるみとか、そういうのは無理だと思う。ふくらますのは簡単でも逆は無理じゃない。顔の輪郭自体が違うでしょう？」

深春はしばらく腕組みをして、難しい顔で黙り込んでいた。それから立ち上がって背後の押入を開けると、しばらくごそごそやっていて一冊の古ぼけた雑誌を手に戻ってくる。黒白のアール・デコっぽいデザインの表紙に『シャンソン・ファン』のロゴ。そして『神名備芙蓉引退！』という金文字が縦に入っている。

深春は表紙をめくって、端の黄ばんだグラビアを開き蒼の方へ回した。そこに芙蓉がいた。頭上からのライトを浴びて、マイクを手に大きく喉を反らせた彼女のバスト・ショット。広い額からこめかみ、女性にしてはたくましいとさえ思われる、彫塑的な首から肩へもびっしりと汗の粒を浮かせて熱唱する芙蓉だ。

「おまえが舞台で見たのって、この顔か？」

蒼は無言のままうなずく。そうだ、確かにこの顔だ。くっきり太い眉、高い鼻筋、刃物で彫り刻んだような深い目、表情豊かな唇。それは蒼も幾度か間近にしている現在の芙蓉も変わらぬもので、しかしいまの彼女から失われているすべらかな額や贅肉《ぜいにく》のない頬、皺もたるみもない顎の線は、『卒塔婆小町』の舞台に現れた美女そのものだ。

（やっぱり奇跡は起こったんだ……）

蒼は思わずにはいられない。

（あの瞬間、芙蓉さんは時を越えたんだ——）

「宝石つけた首とか胸元とか、そのあたりはどうだったんだ？」

「え？――」

深春の声に現実に引き戻されて、一瞬なんの話だっけと思ってしまったが、

「美女の衣装だよ。首筋とか胸とかはどんなふうに見えた？」

「それは、見えなかった」

「見えなかったのか？」

「ええと、あ、そうか。ドレスがね、胸から首は薄いレエスですっぽり包まれてる、ハイネックっぽいデザインだったんだ。ネックレスはその上からつけてた。それでも全然たるんだりしてない、すきっとしたラインはちゃんとわかったけど」

「てえと、ドレスのデザインってこんなふうか？」

深春はボールペンで、雨沢の手紙の裏にあまり上手くはないデザイン画のようなものを描く。昔の少女マンガのお姫様みたいな、丸くふくらんだ袖に大きなお椀型《わんがた》のスカート。上手くはないが、感じはわかる。

「そう、そんなふうだね」

「なるほどなあ――」

「なにひとりで感心してるの？」

「いや、変身のトリックはだいたい見えたな、と思ってさ」

「ほんと？」

「ああ。神名備芙蓉は特殊なマスクを使ったんだろう。若い頃の自分の顔をモデルにした、ハリウッド映画で使うようなやつだ。舞台裏に入ったとき鬘を取って、それを顔につけたのさ」

いきなりあっさりと断定されて、蒼はまた目をぱちぱちさせてしまう。

「マスク？　でも、全然そんなふうには見えなかったよ！」

「そりゃ、よっぽど精巧なシロモノだったんだろうさ」

「深春は自分が見てないから、そんなことを考えるんだよ。そんなことあり得ないよ、絶対に！」

蒼は憤然として反論する。

「だって、その精巧なマスクをつけて黙って立ってるならまだしも、芙蓉さんはちゃんとセリフをいったんだよ。それもすごくはっきりクリアに聞こえたよ。口の部分は開いてたとしても、そうやって動かしたら、マスクの口元に変な皺が寄ったりして、すぐわかっちゃうんじゃない？」

「だとしたら、そいつは口パクだったのかもしれない」

「口パク？」

「野外劇といってもセリフは生声じゃない。当然マイクで拾っているわけだ。あらかじめ録音しておいた芙蓉のセリフを、音響が舞台に合わせて流すのは充分可能だ」

それでもまだ全然納得できなくて、蒼は頭を振り続ける。確かにあの晩自分は、熱心な観客ではなかった。目は開けて前を向いていても、ともすれば心は昨夜の出来事に戻っていきがちだった。老婆と詩人の間に交わされるセリフは、ほとんど耳を素通りしていた。しかし突然ホテルの二階に灯火が点り、弦楽四重奏団の演奏が始まったときにははっと目をしばたいた。そして灰色の影のように舞台奥にすべりこんだ老婆が、純白に輝く美女となって再登場した、あの瞬間にはなにもかも忘れていた。

いまも蒼の目にはあざやかに焼き付いている。舞台の中央に立つ白い女性。その唇から聞こえてきた、凛とした声の響き。

『噴水の音がきこえる、噴水はみえない……』

あの、驚きの目で見つめた顔が作り物であり、あの声が吹き替えであるなんて、すべては虚構のものでしかなかったなんて、そんなことがあるのだろうか。おそらくは観客全員を茫然とさせ、天沼龍麿を驚愕のあまり卒倒させさえしたあの舞台の奇跡がそれだけのことだったなんて——

「蒼。なんで俺がそんなふうに断言するか、理由を聞かせてやろうか？」

蒼はちょっとふくれた顔のままうなずく。別に深春に対して、腹を立てるようなことでもないわけなのだが。

「このドレスのデザインだよ」

彼は自分で描いたへたくそな絵を、ぴっと指先で弾いてみせる。

「おかしいと思わないか？　女の服装に詳しくなくたって、こういうシンデレラみたいなドレスは普通胸が大きく開いてるものだと思うじゃないか」

いいながら深春は『シャンソン・ファン』のグラビアをめくって若き日の芙蓉を示す。そこには何枚も華やかなドレス姿の芙蓉がいて、しかし確かにあのときの舞台衣装のような胸から首を覆い隠すデザインはひとつもない。毛皮や羽毛、レエスにビイズ、身を飾る趣向はそれぞれ違っていても、どれも白く輝くような首と胸元を惜しげもなく晒している。

「だけど、前に本で見た明治の浮世絵なんかだと、女の人のドレスはみんな襟が詰まってたと思ったけど——」

「それは昼間着る服さ。いわゆる夜会服ってやつは、あの頃だってある程度襟元が開いてるのが定法なんだよ」

蒼の異議はあっさりと否定されてしまう。

「洋装に慣れてない明治の日本人女性のために、襟の詰まったドレスが仕立てられたケースもあったかもしれないぜ。江戸末期の遣欧使節なんか、夜会服姿のアメリカの女性を肌脱ぎしている、なんて書き残しているくらいだしな。だけどそこまで時代考証にこだわるとしたら、ドレスの形自体が違う。鹿鳴館時代の服っていうのは、昼に着るアフタヌーン・ドレスも夜のイブニングも、後ろ腰だけふくらませたバッスル・スタイルってのだったわけだ。

おまえの話だと美女のスカートは、ふわっと丸くお椀形に広がってたんだろう？　そういうのはクリノリン・スタイルっていって、衣装史からいうと鹿鳴館時代より数十年古いデザインなんだよ。いかにもロマンチックだから、こっちにしたんだろうけどな。まあともかく、バッスルにしろクリノリンにしろ、胸が開いてないというのは不自然なの」

「でもそれで？　ドレスのデザインがおかしいっていうのと、芙蓉さんの変身がマスクだったっていうのと、どう結びついてくるの？」

「だからさ。顔だけなら時間をかけてものすごく丹念なメイクをすれば、相当の線まで行けるかもしれない。だけどおまえがさっきいった通り、顔の輪郭の崩れをカバーするのはかなり難しい。首や胸元のやつれ、衰えとなればなおのことだ。顔だけは映画のＳＦＸで使うような特殊な樹脂かなにかのマスクで隠せても、首や胸のあたりの補正が困難なことに変わりはないだろう。そこまではいいか？」

「うん……」

「メイクではない。といってマスクの続きでその樹脂かなにかで首から胸まですっぽり包んでしまったら、自然な体の動きはできない。突っ張ったようにでもしていない限り、それこそおまえがいったみたいに、変な皺ができてばれちまう。だから少しデザイン的にはおかしくても、こんなハイネックみたいなドレスにしたんだ。首と胸を隠すために。逆にそれがマスクだったろうっていう、根拠になってると思うんだがな」

「そういわれれば、そうかもしれないけど……」

反対することばが見つからないまま、蒼は口ごもる。

「もちろんこれが絶対の正解だ、なんて俺はいわないぜ。だけどおまえの話から考える限り、どうしたって普通の方法じゃそこまでの変身は不可能だ。とすればあとはもう、マスクくらいしか考えようがないだろうが。それともおまえ自分の見たのが、絶対にマスクじゃないって確信持てるか？　いくらおまえの目と記憶力が特別製でも、実際見たことのない若い頃の彼女の顔がわかるわけじゃないだろう？」

「………」

「元々舞台化粧なんてのは、一種の仮面みたいなものなんだ。専門家の手にかかればメイクだけで、全然別人並みに変身もできる。いくらすぐそばで見ていたっていっても、普通の場所で面と向かうのと舞台の上の俳優を客席から見るのとじゃ、まったく違うんだし。な？」

「ン――」

なんとなく釈然としない気持ちのまま顔だけうなずいた蒼に、深春が苦笑を返す。

「しょうがないやつだな。どんなトリックが使われてたって、舞台の価値が下がるわけでもないぜ。そんなにがっかりするくらいなら、早変わりの方法が知りたいなんていわなきゃいいだろう。手品の種明かしをせがんで、後で怒るガキみたいだぞ」

「――あはっ」

図星かもしれない。腹が立つより前に、思わず力無い笑いが洩れた。

「ほんとだね。ぼくときたらなにやってんだろう。なんだか最近前よりもっと子供っぽくなっちゃったみたいで、ときどき嫌になるんだ。これで高校生だ、なんていえないよね」

だが、

「――おい、蒼」

笑いを消してなにかいいかけた深春の顔に、

（まずった……）

反射的に後悔の念が湧く。あわててよそを見ながら立ち上がった。

「コーヒー、もう一杯いれようか」

ああしまった。ぐちなんかいうんじゃなかった。深春は京介よりもまだ心配性なところがあるんだから。少し別の話でもしてごまかさなくっちゃ。

「深春、最近外国行かないの？」

「行きたくとも先立つものがねーのよ」

「だって、長い旅行したいから決まったとこに就職しなかったんでしょ？」

「その通りだが、ないものはない」

「ぼくもどっか行きたいなあ。外国旅行初心者に、お勧めっていったらどこになる？」

「――蒼」

「え？」

「おまえ、そんなに学校嫌なのか？」

ああもう、また失敗だ。話題を変えるつもりだったのに、これじゃまるっきり逆効果じゃないか。

「別にそういうわけじゃなくて、さ」

振り返って笑ってみせようとした。しかし深春は立ち上がって、もうすぐそこまで来ていて、

「京介の馬鹿たれがなにいったか知らないが、高校なんてそう無理して行くこたあねえぞ。あんなもん、嫌んなったらさっさと止めちまえ。勉強なんざどこででもできる」

心臓がどきっといった。思わず息を詰め体を固くしていた。深春が自分を心配して、そういってくれているのはよくわかっていた。それは一番いって欲しかったことばだったかも知れなかった。しかし気がつくと腕が震えている。思わず両手を流しの縁にかけて、体を支える。

「へえ、深春はそんなふうに思うんだ——」

冗談に紛らせて笑ってしまおうとしたのに、自分で自分の顔が強ばっているのがわかる。

「だけど深春は、普通に高校行って、普通に卒業したんでしょう？——」

（なんでぼくの腕は、声は、こんなふうにみっともなく震えているんだろう……）

そう思った瞬間頭の中がかあっと熱くなり、考える間もなく口走っていた。

「——無責任なこといわないでよ！」

これは、怒り？　ぼくは、腹を立ててる？　自分で自分の感情を怪しみながらも、蒼の口は勝手に動き続け、

「高校に行くことはぼくが決めたんだ。ぼくが自分で、普通の人と同じようにやりたいって思ったんだ。それは、ぼくはみんなとは違うけど、全然違ってて話の通じないことや、うまくいかないことばっかりだけど、それでも、やってみるって」

「蒼」

「ぼくは、やれる、ちゃんとやれるんだ——」

いいながら、思う。

（——嘘つき）

本当に心からそう思っているなら、みっともないぐちなんていうはずもないのに。自分で慰めてほしいようなことをいっておいて、そのくせ腕が震えて止まらないほど動揺したり、腹を立てたりするなんて最低だ。一瞬の高ぶりはことばといっしょに、潮の引くように消えていく。代わって苦い後悔が胸にこみ上げてくる。

（ぼくときたら結局ヒステリー起こして、自分の不甲斐なさを深春にぶつけただけじゃないか——）

謝らなけりゃと思う。なのに声が出ない。どんな顔をして、なんといえばいいのかわからない。いっそこのまま走ってどこかへ、逃げ出してしまいたかった。しかし、

「悪かった」

蒼が口を開くことも逃げ出すこともできないでいる間に、背後から深春の声がする。

「俺が考え無しだった。おまえの気持ちもわからないで、ほんとに無責任なこといっちまったな。赦してくれ」

「ひどいや……」

蒼はようやく声を出す。

「ひどいよ、深春。そんなふうに先に謝られたら、ぼくの立場がないよ——」

深春は笑ったようだった。それからいきなり太い腕が、後ろからわっとばかり胴に巻き付く。蒼の体は軽々と持ち上げられ、宙に浮いている。

「み、深春ッ？」

「そおれ、小僧っ子。グリズリー栗山の胴締めを外してみぃ！」

胃のあたりを締め付けている彼の腕の太いことったら。ぐえっ、苦しい。深春ほとんどマジだ。

「ずるいや、不意打ちだなんて！」

「甘いっ。外せねばジャーマンじゃ」

「冗談ッ！」

浮いた両足の踵で深春の向こう臑を蹴っ飛ばして、ひるんだ隙に腕から抜け出した、と思った途端後ろからタックル。足を取られた。

「そりゃ、コブラ・ツイスト！」

「かかるかッ」

夢中になってどったんばったんやっていたら、ふいにノブの回る音がしてドアが開いた。

「――賑《にぎ》やかだな」

桜井京介が呆れたような顔をして立っていた。

3

しばらく見なかったな、と深春がいうと、伊豆に行っていたんだ、と京介が答える。

「天沼龍麿に呼びつけられてね」

「へぇえ、またかよ。ずいぶんと気に入られたようじゃないか」

彼はおもしろくもなさそうに肩をすくめた。

「バイトみたいなものさ」

「その爺さん、コンドルに興味があるなんていってたんだよな」

「だけど彼のコレクションてのは、火事で丸焼けになっちまったんだろ。焼け残りの品物の整理かなんかか？」

「そう——」

だが京介はそれには答えず、眼鏡を外す。前髪を掻き上げる。

「少し寝かせてもらうよ」

「おまえ、いまは昼の二時だぞ」

深春がいうのにも答えず座布団をふたつに折り畳むと、それを枕にぱたりと横になってしまう。蒼が新しくいれたコーヒーを手にキッチンから戻ってきたときには、もう深い寝息が聞こえていて、

「——寝ちゃったの？」

「ああ」

「どうしたんだろう。疲れてるのかなあ」

「怪しいな」

深春がむっつりとつぶやいた。

「なにか隠してやがるんじゃないかな」

「ぼくらに質問されないために、先手打って寝ちゃったって？　そんなのあり？」

「こいつなら、ありじゃないか？」

　ふたりに問いつめられてそれをいちいち振り切るのが面倒だったから。それならもともとここに来なければよさそうなものだが、まあ確かに京介ならそういうこともないとはいえまい。

「でも、狸寝入りじゃなくてほんとに眠ってるみたいだけどなあ」

「寝ようと思やあ、いつどこでも眠れるんだろ」

「どっちかっていうと、昼間寝るのが好きみたいだよね」

「ったく、相変わらず人間離れした面しやがって」

　蒼も首を伸ばして、深春いうところの『人間離れした』京介の寝顔を覗き込む。確かに道具立てとしてはふたつとありそうにない顔だが、目を閉じた表情はいたってのどかで気持ちよさそうだ。窓から射し入る陽の光をまともに浴びて、まぶしくもないのだろうか。寝息といっしょに震える上向いたまつげの端が、光を弾いて金色にひかっている。

「そういえばこないだ伊豆でもね、ちょっとなにかわかりかけてるようなことといってて、でもぼくが聞いても全然教えてくれないんだ」

「ふーん、ますます気に入らねえな」

　深春が低くうなる。

「この野郎が秘密主義になりだすってことは」

「なりだすってことは？」

「なにか摑んでるってことさ、たぶんな」

桜井京介がなにか摑んでいるかどうかはともかくとして、その頃すでに伊豆では新しい動きがいくつか起こっていた。しかしそうして表層に現れてきた事柄が、なにとどう結びつき、どこへ向かおうとしているのかは、少なくとも蒼や深春の目には依然として謎としかいいようがなかった。

そのひとつは雨沢記者からもたらされた。

気ぜわしい彼が手紙を書く手間を惜しんで、深春のアパートにFAXをおくりつけてきたおかげで（京介は下宿に電話を引いていないし、大家もFAXは持っていなかったので）、その情報は京介に独占されずに済んだ。ただし悪筆の上に走り書きで、判読するのは相当に困難なしろものだったが。

静岡県警は高安支配人殺害の被疑者として、大迫治樹の逮捕状を請求、全国に指名手配したという。これまで入手できないできた、大迫の関与を示す有力な物証がようやく捜査本部のものとなったのだ。高安の遺体を調べていた監察医が、その右手の指の間に焼けてちぎれた革と紙の破片を発見。さらに中庭の階段下で鑑識が燃え残りの手帳様のものを発見し、この両者が元はひとつのものであること、さらに内部の書き込みからして、それが失踪した大迫の所持していた手帳であることが確認された。

大迫の手帳が高安の指に握られることとなった状況については幾通りもの仮説が可能だが、犯人が彼に灯油をかけて火を点けるという残忍な行為に出た理由は、この手帳の存在によって想像し得る、と雨沢は書いている。犯人は手帳を握りしめたまま意識を失った高安から、強引にそれを取り戻し、出来ぬなら判読不可能にするために燃やしてしまおうとしたのではないか。当然ながらそのような挙に出なければならぬ必然性を持つ犯人とは、大迫当人に他ならない。

雨沢からの手紙は最後に京介からの依頼に対する回答として、捜査本部に押収された大迫の手荷物の内容を書き記していた。

着替えの衣類（内訳略）

書籍（三島由紀夫の演劇論と新書判のポルノ小説二冊）

『卒塔婆小町』の上演台本　多数の書き込み入り

演出メモなどを書き記したノート、筆記具

（書き物には失踪や放火、殺人を暗示する記述はないことが確認されている）

電気カミソリ他洗面道具

胃薬三種類、用途不明の漢方薬らしき粉末薬数種類

ミントガム数種類、禁煙ドロップ——

もうひとつの知らせは遊馬朱鷺から蒼の元へ、手紙によってもたらされた。Ｔｏｋｉ Ａ．と名前を入れたあざやかな朱鷺色の便箋に、

『蒼、元気でやってる？ いつもばたばたしててゆっくり話もできないけど、今度の正月こそいっしょに遊ぼうね。約束よ！』

そんな彼女らしい書き出しで始まった手紙は、しかし最初から後半のそのことが知らせたくて書かれたものだったらしい。

——実は、ほんとのところどう考えればいいのかわからないのだけれど、私最近天沼のお爺様のことが心配でならないの。心配といっても、あの演出家がなにかしでかすかとか、そんなのじゃないわ。あいつがどんな悪巧みを考えても、人間の格が違うっていうか、それにやられるようなお爺様じゃないもの。そうでなくて私が気がかりなのは、龍麿お爺様の精神状態なの。

いま天沼家の敷地は、ものすごい勢いで掘り返されて工事が始まっています。燃え残りのお屋敷を撤去するためだと思っていたら、それだけではないの。というか向こうはまだほとんど手つかずのまま、煉瓦塀が取り壊されて、目隠しになっていたヒマラヤ杉が伐られて、斜面になっていた土地も削られて、その土は焼け跡にどんどん捨てて、つまりずいぶん荒っぽい工事の遣り方で、その削られた土地に新しい建物を建てようとしているの。夜昼突貫《とっかん》工事で、もちろんホテルは休業のまま。

それがどうしたって君はいうかしら。だったら桜井氏に聞いて。彼はもう知っているはずよ。龍麿お爺様が何度も彼を、伊豆まで呼びつけているはずだから。一応その建築に関する相談ってかたちでね。彼はそのことでなにか話している？　いないのじゃないかって、これはただの勘だけど。

いいえ、それより前に、君はもしかしたら気がついていなかった？　お爺様は桜井氏を暁さんと結婚させて、天沼家の跡を継がせるつもりだわ。無論まだ誰がいったわけでもないけど、まず間違いはないわよ。十月のパーティーのときの様子で、私はぴんと来たの。そのつもりでお爺様はあの晩桜井氏と暁さんを、ふたりそろって自分の左右に立たせて人に紹介していたのよ。

彼自身はたぶん全然わかっていないわね。そういうことには馬鹿みたいに鈍い人ですもんね。でもね、蒼。私に少しでも人を見る目ってやつが備わっているとしたら、お爺様がどう思おうと、そして暁さんがそのことをなんと考えようと、彼が進んでそのプランに乗ることはないでしょうね。それともこれって、ただの願望かしら。

だから私最初はその工事も、桜井氏を伊豆へ呼び寄せるための口実かと思ったの。急にコンドルのコレクションを始めたのも、いま思えば彼と繋がりを作るためだとしか思えないもの。どうやら杉原の伯母から情報を得て、一年以上前から計画を練っていたらしいの。ええ、お爺様は目的のためならそれくらい手間暇《てまひま》惜しまずやる人なの。

でも、いま天沼家で始まっている工事に関してはどうやら違うみたい。新婚夫婦の住まいにするとか、そういう話でもなくて『卒塔婆小町』の上演に間に合わせるためにというんで、なりふりかまわずってほどの大急ぎで工事は進められているの。神名備芙蓉にそれを捧げるんですって。

十二月に野外劇というだけで、うちの母や伯母もびっくりしたわ。聞いたときにはすぐお爺様に電話して確かめたわ。でも今年の内に上演しなくてはならないというのは、芙蓉女史からの強い要請なのですって。だからそうしなくてはならないのだって、お爺様はそう繰り返すばかり。伯母も驚いてしまって、どうしたんだろう、いつものお爺様らしくないって。はっきりそうとはいわなかったけれど、お爺様の口調にもどこかただならぬ感じがあったんでしょう。

ごめんなさいね。私ったらなんだかちっとも、わけのわからないことばかり書いているみたい。肝心のことはいつまでもはっきりさせないで。でもきっと君だって、これを知ったらびっくりするわ。いったい彼がなにを作っているか、想像できる？

天沼のお爺様はご自分の敷地に、鹿鳴館を建てているの。

本物と同じ大きさの鹿鳴館をそのまま。

そしてそこであのお芝居を上演するのですって。でも建てているのは、劇の背景用の書き割りなんかではないのよ。本当に本物の鹿鳴館なのよ。

だからきっとそれも今年中の上演と同じように、芙蓉女史がお爺様にそうするように勧めたのに違いないわ。勧めたというより、どうしてもって要求したのかもしれないわ。前に君にいったわよね。お爺様が神名備芙蓉を恨んでいたなんて、あの演出家の邪推に決まっているって。でも私、最近違うことを考えてしまうの。お爺様はなにか神名備芙蓉に弱みを握られていて、そのことばに逆らえないのではないかしら。そして理由はわからないけれど、彼女の方こそお爺様を憎んでいるのではないかしら。

彼女は魔女のように、それともあの『竹取物語《たけとりものがたり》』のかぐや姫のように、お爺様に次々と無理難題を押しつけて、お爺様はそれを拒むことができないまま、必死にそれに応えようとして、どんどん正気を失くしていかれるのじゃないかしら。

私のこんな考え、馬鹿げていると思う？　私だってそう思うわ。ええ、馬鹿馬鹿しいって否定してもらいたいわ。でもわからない。わからないのよ。いったいどんな理由があれば、いまさら実物大の鹿鳴館を再建するなんて愚行を敢えてすることになるのかしら——

仮面劇場

1

　そしてついに、その日が来た。一九九六年十二月十日。伊豆山中の野外に、ふたたび百年前の幻影の再現される夜が。

　二月前と同じように蒼は桜井京介とふたり天沼家差し回しの車に乗って、三島駅から国道を南へ向かっている。頭上は今日もよく晴れた青空だが、黒潮に洗われる伊豆半島とはいえ、さすがに大気には冬の冷ややかさが明瞭に感じられる。

　隣のシートで京介は相変わらず無口だ。光明るいウィンドウを背景に、影色に沈んだその横顔をそっと盗み見る。彼がこの一月なにをしていたのか、蒼はほとんどなにも知らない。ただあれからも何度となく、伊豆に足を運んでいたのは確からしい。そのことは栗山深春から聞いたのだ。彼はいま板倉舞台監督の鞄持ち兼ドライバーを務めていた。

『卒塔婆小町』再演にいたるまでの道程は平坦なものではなかった。前回のときにはまったくなんの口出しもしなかった天沼龍麿が、手のひらを返したように希望を、というよりは気ままな注文を次々と、それも強硬に差し挟んできては、関係者たちを仰天させたのだ。

十月のときのようにホテルの建物を背景として用いるのではなく、百八十度方向を転換して現在建設中の鹿鳴館を使うべし、というのもそのひとつだった。またさらに彼は、芝生の庭一面を舞台の続きにして、脇役の人数を増やし、数十組の踊り手を登場させて明治の舞踏会そのものを再現したい、というようなことまでいい出したらしい。

しかしそんなことをすれば面積の限られた庭園では、百人程度の観客を座らせる席すら取れなくなってしまう。第一、いかに龍麿が惜しげもなく私財を投入しても、上演の日までに彼の求める鹿鳴館、その規模もかつてあった本物と等しい二階建て、延べ面積四百四十坪の煉瓦造建築が完成するのは不可能に近いのだ。そのたびごとに東京から総責任者の板倉陶子が呼びつけられ、翁の説得に大汗をかかされているあたりの事情についても、深春を通じて蒼の耳には聞こえていた。

そんな状況の中で京介は、なにか特別な役割を果たしていたのか。いたとしたらなにを。いないのならなぜ伊豆に。なにもわからない。しかし蒼は半ば意地になったように、自分から彼と連絡を取ることはしなかった。認めたくはなかったが、朱鷺からの手紙にあったあのことに、ひっかかりを覚えていたせいかもしれない。

——天沼龍麿は京介を娘、暁の夫にと望んでいるのだと。

なんの証拠もありはしない。例によって朱鷺の早とちりだと、決めつけてしまえれば確かに気は楽だ。しかしそういわれてみれば、高安支配人が京介に示した露骨な敵意も、彼が龍麿翁に取り入って自分を売り込んでいると誤解した結果だったのかもしれない。そして天沼暁は京介に好意を覚えている。それこそ蒼の勘でしかないのだが。

しかし京介自身はどうなのだろう。朱鷺が考えている通り、なにも気がついていないのだろうか。

でも——と蒼はひとりかぶりを振る。京介はそれほど鈍感な人間じゃない。伊豆へ行っているのは鹿鳴館の再建絡みのことなのだろうが、そうして何度も顔を合わせていれば、ことばにして意志を問われてはいなくても、相手の思惑に少しも気づかないということはあり得ない。その上で特に異議も唱えずに、天沼家の人々とつきあっているのだとしたら。いますぐでなくとも、いずれは。

(京介は天沼暁さんと、結婚するかもしれない……)

彼が大学を離れて、在野の研究者として近代建築史を続けていくのだとしたら、天沼家という後援を得ることは大きなメリットになる。結婚というものは必ずしも、恋愛の最終段階としてやってくるものではない。京介なら冷静にそう判断し、利益と損失を秤にかけて承諾するかもしれない。

天沼暁も同様だ。彼女がどれほど遠山茂一に心を残していたとしても、死んだ者は戻っては来ない。それなら恋愛感情は抜きで資産家天沼家の当主となり得る能力を備え、父の眼鏡に適い、少なくとも好意は感じられる相手を夫として受け入れることは考えられる。

もしそうならぼくは京介を祝福できるだろうか、と蒼は自分に尋ね、できなくちゃいけない、と心に決め、理性的な大人の決意に満足し、だがまたふいに思った。

（違う——）

そう、それは違うのだ。蒼がそんなふうに考えることができたのは、京介が結婚するとしてもそれは恋愛の結果じゃないという、そのことに安堵しているからだ。もしも彼が暁と恋に落ちて、他のなにも目に入らないようになって、だから彼女と誰に反対されても結婚するなんていい出したら、自分はどうするだろう。おめでとうといえるだろうか。

（——いいや）

それってやっぱり嫌だ。良かったね、なんてとてもいえない。彼が功利的な理由で結婚するより、遥かに胸が苦しい。ちょっと想像してみただけで、置いていかれる淋しさと悔しさで、昔みたいに大声で泣き出したくなる。

ほら見ろ、と思う。これがつまりぼくがいまも、ちっとも京介から自立できていない証拠なんだ。だけど他からいわれなくてもそのことを、自覚できるようになったってこと。せめてはそこを進歩だと、自分で自分を慰めるとしようか。

しかたないさ。誰だって一足飛びに大人になることはできないんだし、ぼくのスタートが普通の人より遅れてることは、否定しようのない事実なんだから――

自分ひとりの物思いの中に落ち込んでいた蒼は、リムジンがホテルの車寄せに横付けされてようやく、どこか状況がおかしいことに気づいた。前の日に着いた十月のときと違って、今回はすでに当日の昼近い。上演は夕刻からだとしても、そろそろ観客が集まり出している頃だと予想していたのに、たどりついたオテル・エルミタージュの近辺に賑わいの気配は乏しかった。

水の止まった噴水池の向こう、玄関の車寄せ近くには劇団のロゴを入れたバンが停まり、前庭とサロンの前に広がる芝生の間には目隠しの幕が張られているのも前通り。しかし車から降り立った限りでは、肝心の客の姿も人声も感じられない。まさか冬季の野外劇ということに恐れをなして、観客が集まらなかったのだろうか。

車の音を聞いて屋内から現れたのは、タキシードを着た初対面の男と暁だった。男は死んだ高安支配人の後任かもしれない。六十がらみの痩せた陰気な顔つきだが、心なしか目鼻立ちが高安と似ている。暁は今日は活動的なウールのパンツ・スーツに、髪もあざやかな黄色のスカーフで後ろに結んでいる。しかし彼女の表情には、張りつめた緊張と不安があらわだった。

「ああ、桜井さん……」

小走りに外に出てきた彼女は京介の目の前で足を止めたが、それはまるで彼にすがりつこうとしてようやく自制したようにも見えた。

「なにかありましたか」

「ええ。父が――」

いいかけて、喉に詰まることばをふたたび力をこめて押し出すように、

「父が昨日の夜遅く、また倒れましたの」

「では今日は、中止なさるのですね」

しかし彼女はかぶりを振る。顔が、泣き出したいのを必死にこらえている幼女のようにゆがむ。

「中止しないのですか」

「ええ――」

「それが会長はいくらいっても、我々のことばになど天から耳を貸してくれんのですよ。昔からそういう人ではあったが、あれほどということはなかった。やはり人間年を取るとなおのこと意固地になってしまうものですかな」

タキシードの男が沈鬱に口を挟む。龍麿翁を会長と呼ぶところから見て、会社関係の人間だろうか。彼と京介はすでに面識があるらしい。

「では、少なくとも意識の方ははっきりしておられるのですね」

「話すことも普通に話せますし、血圧だけは測りましたけれど普段より高いということもありません。ただ足が利かないようで、立つことも歩くこともできないというんですの」

京介は首を傾げる。

「医師の診察は受けられたのですか」

「それが、入院するのは嫌だ、医者にも見せない、今夜が終わるまでは、と。だからどこが悪くてそんなことになったのかも、わからないままですの」

「まあ確かに医者を呼べば十中八九、有無をいわせず入院ということになるでしょう。それが困る、ということのようです」

「ではすべて予定通りに？」

「いいえ。お客様には中止のお知らせを昨日のうちにいたしました。ただ舞台の方たちはすべて、予定通りに来ていただいています。ですから芙蓉さんには申し訳ないのですけれど、観客は父と私どもだけで、父の気が済むように『卒塔婆小町』を上演することにいたします。どうか、ご協力をお願いいたします」

彼女はそういって深々と頭を下げた。

タキシードの男の名は高安進《すすむ》。死んだ高安亭には叔父に当たる、つまり天沼龍麿の死んだ娘級子の夫だという。

日頃は東京にいて天沼の所有する会社の役員などを務めているが、今回は呼び寄せられて暁を手伝っている。結局今夜の芝居の観客は、龍麿と暁と彼の他には京介と蒼だけなのだ。実の孫のようにかわいがっていたという遊馬家の朱鷺たちさえ呼ばないのに、京介はそこに招かれた。ということはやはり――

（ぼくはただのおまけとして、京介は身内同然ってわけなんだ……）

今回は、庭に面する客室は人手の関係とかで使えないらしく、蒼と京介は三階の裏手の部屋に通された。こちらはシティ・ホテル程度の広さのツイン。前に板倉や大迫が泊まっていたシングルもここの並びのはずだ。

京介は荷物を置くと、

「――ちょっと出てくる」

それだけいって姿を消してしまう。ひとりベッドに腰かけて、どうしようかと思っていたらノックの音がして顔を覗かせたのは、

「よお、お早いお着き」

深春だった。

汚れたブルージンに上は襟ボアのＧジャン、例によってバンダナを鉢巻きに、尻ポケットには丸めたよれよれの台本をつっこんだという、こぎれいなホテルの客室にはおよそそぐわない格好で、ずかずか中に入ってくる。

だがそのむさい髭面を見ると、なんともいえずほっとしてしまう蒼だ。

「いま着いたのか？」

「うん、いまさっき。ねえ聞いた？　天沼さん、急病なんだって？」

「おう。舞監は昨日の内に知らされたらしいがな、役者や俺らスタッフは今朝になってさ。正直寝耳に水だな」

いいながら深春は京介の方のベッドに、どっかりと腰を下ろす。

「お客がほとんどいないお芝居なんて、やっぱりやる人も気分乗らないよね」

「まあ俺たち裏方にとっちゃあ別に、幕が開くなら同じっちゃ同じだけど、神名備芙蓉がよくそれでOKしたなって気はするよな。俺はてっきり警察の方の差し金かと思ったぜ」

「警察の？　どうして？」

「そりゃ、大迫がなにかしかけてきたら、客の安全に責任が持てないだろうがよ」

「そうか――」

確かに依然として、失踪した大迫治樹の行方は手がかりさえ摑めていない。彼が以前芙蓉の元にかけてきた脅迫電話のことば通り、舞台になんらかの妨害を行ってくるとしたら。

「でも、彼を逮捕するチャンスではあったわけだよね」

「それはそうだ。一応昨日のうちに警察が、この建物から周辺一帯はチェックしたらしい。爆発物とかそういうものがないか、怪しいやつがひそんでないか」

「そうか。お客はほとんどいなくても、芙蓉さんの舞台と天沼さんが攻撃目標なら、やっぱりなにか起こる可能性はあるんだ」

「帰るならいまの内だぞ」

「なにいってんのさ。やだよ、そんなの。つまり警察だって、ちゃんといまもここの警戒してるわけなんでしょ？　お客が来なくなった分、目もひからせやすいだろうし」

しかし深春は難しい顔でかぶりを振る。

「それがなー、なんでも天沼の爺が県警の大物呼びつけて怒鳴りつけたらしいんだ。いつまでも大迫を見つけられない、この役立たずどもめ、目障《めざわ》りだ、出て失せろっとかなんとかな。おかげで敷地の外に私服刑事くらいいるかもしれないが、ここの中にはいま制服警官のひとりもいやしないんだぜ」

「だって天沼さんって、警察にそんな命令までできるの？」

「殿だからなあ。これで客がたくさんいれば、彼らの安全確保のためだって警察の方も主張できるんだろうが」

「芙蓉さんや、劇団の関係者だっているじゃない」

「神名備芙蓉はそれでいいっていったそうだ。で、俺たちは殿の目には数の外かな。市民革命以前のお貴族様並みの感覚だよ。自分と身内と同階級以外は人間じゃない」

「勝手だねえ」

蒼は呆れた。尊大な人間だとは思っていたが、とても現代人とは思えない。暁が当惑して泣きそうな顔になるのも、無理ないかもしれない。

「身勝手の極致さ。当の爺が大迫にやられてくたばるのは勝手だが、巻き添え喰わされる方はたまったもんじゃない。だからもう一度いうがな、蒼。俺はおまえがここにいるのに賛成できないんだ」

「いまからでも帰れって？」

「ああ。時間はあるから車で送ってやるよ」

「やだよ」

蒼はかぶりを振った。少し微笑みながら。

「つまんない意地張ってる場合じゃないんだぞ」

「意地なんか張ってない」

「京介がおまえを連れてきたからか？」

「違う。ぼくが行きたいっていって、京介は駄目だとはいわなかっただけ」

「じゃあどうしても神名備芙蓉の舞台が見たい。そういうことか？」

「それもあるけど、ぼくだってもう充分この件の関係者だよ。失踪する前の晩の大迫さんと話したし、彼の脅迫電話も聞いたし、死ぬ寸前の高安さんだって見た」

「たまたまそこに居合わせたってだけだろう」

「それでも、さ。なにが起こっているのか知れるものなら知りたいし、見届けられるなら最後まで見届けたい。物好きな好奇心とか、探偵の真似事とかそういうのじゃなくて。そういうこと考えるのって、変だと思う？」

「変、だとはいわないがな――」

腕を組み、唇を噛んでいる深春の目を、蒼はまっすぐに見上げた。

「ぼくはもう逃げないんだ。人を助けることはまだできなくても、せめて自分の足で立ちたいんだよ。自分の行動は自分で決める。その上でかかってくるリスクもちゃんと自分で引き受ける。誰のせいにもしないし、泣き言もいわない。だから心配させて悪いけど、小さな子供にするみたいに、追い返すようなことはいわないでよ」

だって、と蒼はその先を、口には出さないまま胸の中で続けている。

（だって京介はもう、ぼくのものじゃなくなってしまうかもしれないんだもの。もちろん初めっから彼は、ぼくひとりのものなんかじゃなかったんだけど、今度こそぼく自身がそのことを、きっちり自覚しなけりゃならないんだから。

考えてみたら当たり前だよね。学校に行くって決めたときから、それくらいわかってなけりゃいけなかった。暁さんとじゃなくたって、いつか京介も結婚するだろうし、それ以前に恋愛することだってあり得るんで、そうなったらいつまでもぼくの子守りなんかしててくれやしない――）

いきなりでっかい手で頭を抱え込まれた。せっかくきちんととかしてあった髪が、熊手みたいな指でひっ掻き回される。

「コノヤロ」

「このっ、このクソガキっ」

「うわあ止めてよ、深春。深春ったら。頭ぐしゃぐしゃになっちゃうよお！」

「ええい、黙れ黙れ。いつの間にかひとりで勝手に大人になりおって」

「だから悪いっていってるじゃないかあ」

「そんなこといわなくていい、悪いなんて思わなくていいから、もうちっとガキのままでいろい。お兄さんは淋しいぞッ」

「——小父さんの間違いじゃない？」

「なにいうかあッ」

そのとき深春の携帯が鳴り出さなかったら、スプリングの弾むベッドの上で、またしてもプロレスごっこになってしまったかもしれない。タイムをかけた彼が受信ボタンを押した途端、蒼にも聞き覚えのあるどすの利いた声が飛び出してきた。

「——こらヒゲ、どこで油売ってる！」

深春はあわてて電話を耳から引き離す。

「舞監、いまは昼休憩っすよ」

「馬鹿野郎。飯はとっくに食ったろうが。サラリーマンじゃあるまいし、一時間休む気か、てめえは。用はいくらもあるんだよ。さっさと降りてこい！」

ことば遣いはこれまで聞いていない乱暴さだが、それは間違いなく舞台監督の板倉陶子の声だ。さすがにすごい迫力。頭ごなしに怒鳴りつけられて、深春はおとなしくぺこぺこ頭を下げている。

「あー、まいった」

「大変だねえ」

「そうなのよ。パシリは辛いわ」

出ていきかけた彼を蒼は、悪いとは思ったがまた呼び止める。

「あ、ねえ深春。もしかして芙蓉さんの早変わりの方法って、なにかわかった？」

「いんや、なんにも」

彼はぶるぶると首を振って見せた。

「いまさらリハもいらないって、芙蓉は俺らの前になんざお出ましにもならないんだ。演技合わせたりするときは、全部村田って付き人が代わりに出てくる。前のときも劇団の人間はいっさいノータッチっていうか、手出させてももらえないで、衣装もメイクもすべてその村田がひとりで世話してたらしい」

「早変わりのときも？」

「そう、早変わりのときも」

というとことになればF1方式も難しい。短時間で可能な変身とはやはり、深春が推理したように特殊なマスクを使う方法なのだろうか。

「せっかく憧れの名女優の舞台にかかわるっても、これじゃなあ」

彼は大きなため息をついた。

「だけどまあ、ここの建物見られただけでも俺には収穫さ」

「そうなの？」

「ああ、玄関扉からして凄いじゃないか。あのガラスのレリーフ、モデルは若き日の芙蓉だろう？」

そうなのかな、と蒼は首をひねった。確かにラリックとは顔が違うけど。

「じゃ、俺行くわ。またな——」

そそくさと出ていく深春の背中を見送りながら、市民革命以後の現代といっても、人間が人間として扱われないことは必ずしも珍しくはないらしい、と蒼は思った。

2

そしてその夜が来た。

十月のときは午後七時の開演だったが、日没の早いことと寒さを考慮して、今回は五時半に始まることとなっている。アール・デコ・スタイルの白いホテルを背景に、ふたたび設置された低めのステージによって芝生の庭は一個の劇場に変貌した。晴れた冬の日はすでに落ち、影に包まれた庭園を冷えた空気が満たしている。

客席からは見えぬ位置に止められた電源車の、低いうなりが伝わってくる。舞台の下手上手には照明機材を設置した足場状の台(深春によるとイントレと呼ぶらしい)。普通の劇場ならステージの上にずらりといろいろな種類のライトが吊されることになるのだが、野外ではそういうわけにはいかないので、左右だけで舞台を照らすことになる。

二月前はこの庭の空間が椅子で埋め尽くされて、さらに座りきれない客が背後や周囲に溢れ、スタッフの動きを邪魔するほどだった。それが今回はがらんとした空虚な場の中で、動いている裏方の人間も妙に所在なげだ。

蒼はふと前になにかで読んだ、十九世紀バヴァリアの王ルートヴィヒ二世の話を思い出す。王はワーグナーの歌劇の心酔者で、費《つい》えを惜しまぬパトロンだった。ワーグナーが舞台に描き出す中世騎士の幻に、文字通り彼は惑溺した。しかし当時バヴァリアの国民は、若く美しい王を熱烈に支持していた。王が市中の劇場に姿を見せれば、人々は舞台を見る以上の熱心さで王を追い、王を見つめることになる。ルートヴィヒ二世はこれを喜ばなかった。彼らの視線は王には耐え難い不快だった。

王は二千人を収容できる宮廷劇場で、真夜中に自分ひとりのための公演を行わせるようになった。繊細な王の神経を苛立たせぬために、裏方たちはすべて足音の立たないフェルトの靴を履いた。そして俳優たちは空っぽの客席に向かい、暗くした桟敷からじっとこちらを見つめているただひとりの観客の視線を感じながら、演技しなくてはならなかった——

寒さは思ったほどでもない。だが蒼はどうにも落ち着かぬ気分のまま、自分に与えられた椅子の中で身じろぎする。隣には京介、その隣に天沼暁、そして高安進。いまにも始まろうとする劇の、観客席にいるのはこの四人だけだ。芝生を保護するために敷いた灰色のビニール・シートの上に、その空虚な空間に、変哲もない折り畳みの椅子が四脚だけ、並べて置かれているのだ。

俳優たちは袖にスタンバイし、舞台監督の板倉とその助手の深春もおそらくそちら。背後には音響と照明。蒼の目の届くところに天沼龍麿の姿はない。しかし彼はいる。彼のための特製の桟敷にひとり、誰から見られることもなく腰を据えている、はずだ。というのはいま振り返ってみても、彼の姿を確認することはできないからだ。

足場を組んで一メートルほどの高さにした音響と照明のポジションの背後、明るさに慣れた目で振り返ってみても、そこにはぼんやりした宵闇の暗さしか見て取れない。だが深春が立ち去った後外に出てみて、蒼はそこに異様な景観を見出した。前もって聞かされていなければ、自分の目を疑ったかもしれない。

以前は古びたヒマラヤ杉の繁りに閉ざされていた場所に、いま立ちふさがっているのは『鹿鳴館』だった。正確にいうなら、現在帝国ホテルが建っている東京日比谷の敷地に隣接して、かつてあった鹿鳴館の原寸大の再現だ。しかし龍麿翁はその権力を持ってもどうにもならない時間的な制約に折り合いをつけるために、あっけに取られるような解決策を取った。それが彼自身のアイディアか、あるいは京介あたりから提示された案なのかは知らない。ファサードの横幅約四十メートル、正面に三連のアーチのある車寄せを張り出し、左右対称に一、二階とも半円アーチ五スパンのベランダを重ねたというのが、極めておおざっぱに描写した鹿鳴館だが、復元が完成し実体を備えているのはその内の中央部分のみだった。

さっきここに座る前に、暁に先導されて内部を案内してもらった。京介もいっしょにいて解説めいたことを口にしたが、それはなんとなく暁をエスコートしているように蒼の目には見えた。

車寄せのアーチをくぐり、五段の階段を登ればそこは広々とした玄関ホールで、正面奥には二階へ通ずる木製三つ折れの大階段が上っている。その階段こそ記録写真に残されている通り、手すりの装飾意匠も東京大学建築学科に保存されていた現物のかけらに基づいて復元されていた。

しかしベランダはただアーチ型に作った鉄骨を連ねてあるに過ぎず、玄関ホールの左右にあった大食堂や応接室、さらに奥へ伸びていた厨房や事務室といったものはなにもない。

それは二階に上がっても同様で、部屋としての内装が完成しているのは在りし日の鹿鳴館の中心であった四十二坪の大舞踏室のみ。階段を上がったところは広い廊下というかホールだが、舞踏室の左右にあるはずの貴賓室《きひんしつ》や社交室に続く方はパネルでふさがれている。外から見上げれば二階のベランダには、例の奇妙なとっくり形をした柱が並んでいたが、アーチも壁も鉄骨で作っただけの、つまりは建築の骸骨なのだ。

その外観だけをなぞった鉄の骸骨の上に、屋根ばかりは辛うじて葺き終えられている。灰色っぽいフランス瓦の寄せ棟に、正面は無理やり帽子をかぶせたような煉瓦色のマンサード屋根と櫛形ペディメント。必ずしも美しいとは言い難い、きちんと完成されていてさえどこかちぐはぐめいた印象を抱かずにはいられない鹿鳴館の屋根が、さらに大半が骨組みのみの壁体の上に載せられているという強引さ。極めつけの不調和。敢えていってしまうなら奇怪な滑稽さ。

その、馬鹿げているとしかいいようのない作りかけの建築の二階にただひとり、天沼龍麿は座っている。工事が進んでその部屋が居住可能な状態になるとすぐ、龍麿は寝起きの場所をそこに移したのだという。

もちろん四十二坪の大広間は人が住むには適さない。正面向かって右隣の、面積にして四分の一程度の昔の貴賓室にベッドを置き、洗面設備などもしたということだが蒼はそちらは見ていない。

昨日倒れたという龍磨翁はロココ風の巨大な安楽椅子に、ワイン・レッドのガウン、下半身を分厚い膝掛けで包んで座っていた。足が動かないとは聞いたものの、脳梗塞《のうこうそく》のような上肢の麻痺《まひ》や意識の混濁《こんだく》はまったく起こっていない。声も相変わらず大きく、舌がもつれるような様子はまったくなかった。顔の色つやも前通り良くて、全然病人のようには見えないと蒼は思った。

彼の椅子は舞踏室正面のガラス窓に、顔が付くほどの位置に置かれていた。だが屋内からではホテルの前にある舞台を眺めるのに、突き出た車寄せが邪魔をする。開演前に忘れず自分を車寄せの上の露台まで運ぶようにと翁はいとも尊大な口調で暁に命じ、体を案ずる彼女のことばになど耳を貸すそぶりもなかった。

いまここから見ることはできないが、彼は露台の手すり近くに椅子を据え、オペラグラスを片手にこの舞台を見つめているはずだ。あのバヴァリアの狂王のように、とまた蒼は思う。すべては龍磨自身が望んだことなのだ。

いや、彼の真の望みは鹿鳴館を完全に復元し、そこで明治そのままの舞踏会を再現することだったのかもしれない。しかし朱鷺が手紙で書いてきたように、そのことになんの必然性があるかと問われれば、それは龍磨翁以外には理解できぬことなのではないか。蒼はその答えを京介から欲しいと思うが、彼は依然として沈黙を守っている。仕方なく自分でまた考え始める。

ルートヴィヒ二世は王であることには頑強に固執しながら、しかし現実の王、すなわち政治家であることには耐えられず、ひたすら過去の夢想としての英雄を模倣しようとした。理想の騎士である伝説のローエングリンや、絶対の統治者フランスの太陽王ルイを。それは他人から見れば滑稽な錯誤でしかない。だが彼はそのような幻想に依ってでなくては生きられなかったのだ。たった四十年、長いとはいえない生涯をさえ。

(人間ってなんておかしなものなんだろう……)

蒼は思わずにはいられない。どんな夢想家でも飲まず食わずでは生きていられないのと同じくらい、どんな現実的な人間だろうと現実だけで生きていくことはできない。確かに夢をかたちにできるのは、限られた者だけだが——

(考えてみたらぼくたち人間はみんな仮面をかぶって、実体のない書き割りみたいな舞台の上で、孤独なお芝居をしているのかもしれない。仮面は剝き出しの現実にかぶせた夢だ。そしてみんなその仮面を自分の好ましい意味に解釈し、自分こそが舞台の主役だと信じたがっている。

だけど本当の演出家は役者には見えないところにいて、ぼくたちはあの舞台の上にいるときだけ、束の間の生を楽しみながら歌い踊っているんだ。たぶん、本当は誰ひとりその主題も結末も知らない台本に乗って……)

目の前の舞台を照らしていた照明がすうっと色を変えた。単なる平板な白色光から、月明かりの夜を思わせる青みがかったほの暗い光に。開演を予告するアナウンスもベルの響きもなく、『卒塔婆小町』は始まった。舞台上のベンチには思い思いのポーズで抱き合う五組の恋人たち。そのいささか甘ったるい夜の公園の情景に、白髪頭を蓬々《ほうほう》と乱した乞食の老婆が襤褸《らんる》を引きずりながら姿を現す。

スポット・ライトが舞台正面に足を止めた老婆を、明るく照らし出した。蒼は息を呑んでいた。汚れた柿渋色に染められ、さらに濃い色で一面皺を描き入れたその顔。情け容赦もなく誇張された老醜のメイク。だが見つめればそのメイクの下に、神名備芙蓉の現在の顔かたちはそのまま見て取ることができる。くっきりとした男顔の輪郭に纏いつく皮下脂肪と、皮膚のたるみと。それは化粧では消せない。

老女はまばゆいライトを浴びて、観客の前にその顔を突き出すように立っている。まるで老い衰えた面を敢えてさらけ出そうというようにだ。垂れかかる髪の中からその目はかっと見開かれ、挑みかかるかに前方を見つめている。だがその視線が向いているのは、少なくとも客席にではない。

(前もこんなふうな始まり方だったかな……)

ふと蒼は疑問を覚える。

(でも、この前のぼくはかなりぼおっと、いい加減にしか見てなかったから——)

しかしそれ以上首を傾げる間もなく、劇は動き出している。中央のベンチに陣取ってカップルを追い出した老婆。新聞紙を広げて拾った煙草の吸い殻を数え出すのに、酔った青年詩人が近づき、会話が始まる。詩人を演ずる小野木の声は艶やかなテノール、老婆のそれはしわがれかすれている。時折ぜいぜいという息の音まで聞こえ、蒼はふと芙蓉の体が心配になる。あれは演技ではないのじゃないだろうか。前に家に行ったときもひどい咳をしていたし、ましてこの季節の野外で。

蒼の不安をよそに舞台は進む。詩人と老婆の恋愛論争。若者たちの恋を賛美する詩人と、それを『悪い酒ほど、酔いが早い』と嘲笑う老婆。

『それ以来、私は酔わないことにした。これが私の長寿の秘訣さ』

『へえ、それじゃお婆さんの生甲斐は何なんだい』

『生甲斐？　冗談をおいいでないよ。こうして生きているのが、生甲斐じゃないか』

そしてあのせりふがやって来る。詩人からあなたは誰だと問われて答える、『むかし小町といわれた女さ』。だが蒼は今度こそはっきりと感じた。声が違う。この前は確かに老婆のしわがれ声の中から、若い女の高く澄んだ声音が聞こえてきた。しかし今日は彼女の声は無惨にかすれたままなのだ。間違いない。芙蓉は喉を痛めている。あの風邪が治っていないのか。しかしそれならなぜ彼女は、冬の野外公演などという無謀を承諾したのだろう。それも朱鷺の手紙を信ずるなら、彼女自身の要求で。

それともいま芙蓉の喉が変調しているのは、大迫による妨害工作の結果なのだろうか。蒼はかたわらの京介に視線を走らせたが、ちらりと見た限り彼の横顔にはなんの表情も浮かんでいない。

ワルツが始まっていた。前のときは二階からカルテットが奏でた曲だが、今回はスピーカーから流している。正装の踊り手たちが左右から滑り出てくる。開幕のときの五組の恋人はいまは舞踏会の紳士淑女に姿を変えて、舞台いっぱい円舞を繰り広げる。老婆と詩人も同様に手を取り、踊りながら背後のサロンに滑り込む。

いつか蒼は息を詰め、両手を固く握りしめていた。心臓の鼓動がどんどん速くなってくる。握った手の中に汗が滲んでくる。

（もう、どんなトリックだっていいから——）

蒼は思う。祈る。

（この舞台が最後まで、無事に終わりますように。芙蓉さんの身になにも起こりませんように！）

そしてそれは美しい大きな鳥にも似て、純白の裳裾をひらめかせながら舞台へ滑り出てきた。詩人の腕に抱かれながら、ゆるやかなステップを踏むドレスの美女。黒髪とレエスに包まれた喉元にムーン・ストーンのジュエリーをきらめかせて。その顔を蒼は食い入るように目で追う。

二月前にこの舞台で見たのと確かに同じ、くっきりと鑿《のみ》で彫り刻んだようなその目鼻、鋭い顎の線、マスカラでいろどられた目。表情はむしろ固く、紅を塗った唇はきつく引き結ばれていたが、あれがマスクだって?

(嘘だ、とてもそんなふうには見えないよ……)

だがそのとき——

美女だけを見つめていた蒼の目の中でふと、その踊りのステップが乱れたような気がした。詩人がすばやくよろけかけた背を支え、美女は舞台中央に足を止める。

しかしそれが予定された演技より早すぎたことは、曲がまだ終わっていないこと、そして脇役たちの踊りが戸惑ったように乱れたことでも明らかだった。美女は止まっている。出の老婆と同じ姿勢で、顎を上げ、客席の奥を凝視して。その目はつまり再建された鹿鳴館を向いているのだ。そしておそらくはその二階の露台にいる、天沼龍麿を。

あのせりふが聞こえてくるのを蒼は待っていた。しかし異変はその前に起こった。美女の左側にいた踊り手の女性が、はっと目を見張る。ほとんど同時に美女の右手を取っていた詩人の小野木が、同じように顔を強ばらせる。彼らの視線が向いているのはその左の腰、手袋に包まれた手が軽く添えられているように見えた、ドレスの脇腹だ。

すでに蒼にもそれは見えていた。しかし、

(あれはなんだろう……)

自分の目に映っているものの意味がわからず、ぼんやりと蒼は思う。

（いままで全然気がつかなかった。あんなところに花飾りなんか、ついていただろうか。あんなにあざやかな、真っ赤な、ブーケ——）

音楽も消え、動きも止み、一瞬沈黙が舞台を包む。だが次の瞬間甲高い悲鳴がそれを破った。叫んだのは脇役の女性のひとりだった。

「血、血が——」

それに押し被せるような京介の声。彼はすでに座席から立ち上がっている。

「小野木さん、腕を！」

名前を呼ばれてようやく差し出した両腕の中に、崩れるように倒れていく美女。その白いドレスの脇腹は、吹き出す血潮に内から赤く染められようとしていた。

3

いまや舞台上は観客より遥かに多いスタッフで埋められていた。京介もその中にいる。下にいる蒼から見えるのは人の背中だけだ。

「救急車はッ？」

「いま電話したから」

「いや、それよりも——」

暁は椅子から立ち上がったまま、高安進に支えられているのも気づいておらぬように身を震わせていたが、ふと我に返ったように息を呑む。

「——お父様は？」

蒼もはっとした。そうだ。もしもこれが、方法はわからないが大迫がしたことだとしたら、いま鹿鳴館にひとりでいるはずの彼の元にも、なにか起こっているかもしれない。

「桜井さん！」

暁が叫んだ。

「桜井さん、お願い、いっしょにいらして！」

そのまま走り出そうとする彼女を、高安が必死に止める。

「待ちなさい、暁さん。あなたの身にまでなにか起こったら大変だ」

「——私が見て来ます」

京介より早くそう答えたのは、舞台下にいた板倉だった。軽やかに身をひるがえし、庭を突っ切って鹿鳴館の玄関へ向かって走り込んでいく。数歩遅れて京介が後を追い、蒼がまたその後を追った。どこからか深春の声が、おまえはここにいろ、と叫んだようだが、無論止まるつもりはない。

「京介、見て！」

玄関前から車寄せ上の露台を見上げた蒼は、思わず大声を上げずにはいられなかった。明かりはなかったが鉄細工の手すり越しに、龍麿が座っていた安楽椅子は見える。彼が膝に巻いていた分厚い膝掛けが、そこにたぐまっているのもぼんやりわかる。しかし当の龍麿の姿がない。

京介は蒼の声に足を止めて上を仰いだが、なにもいわずすぐまた足を速めて玄関ホールへ飛び込んでいく。内部はほとんど闇だ。ただ二階の廊下には明かりが点いているのか、行く手の大階段だけが暗がりにぼうっと浮かんで見える。そこで、なにかが動いた。

「板倉さん?」

京介が声をかけると、ことばより前にああ……、と安堵の吐息めいたものが返ってきた。

「来てくれて良かったよ、桜井君。電気のスイッチがどこにあるかわかるかい?」

「ええ。いま点けます」

京介が玄関脇の壁を探る。次の瞬間天井から吊られたシンプルなシャンデリアが点灯し、暗さに慣れた目が痛むほどの白色光があたりを照らす。板倉陶子は三つ折れの大階段の、下から十段目ほどに足を止めていた。そのすぐ上で階段は直角に折れ曲がる。そこに誰かが倒れているのが見える。あのワイン・レッドは龍麿のガウンの色か。

京介とともに階段を駆け上がった蒼の目に飛び込んできたのは、足をこちらに向けて階段に横たわった龍麿翁の姿だった。

前のはだけた赤いガウンはマントのように体の周囲に広がり、その下に着ているのは漆黒の燕尾服。だが蒼はそれを見た途端、あっと声を呑んだ。上を向いた翁の左の脇腹を染めている赤いもの。そしてそこに突き立っている、鈍い銀色をしたナイフの柄。

思わず目を上げて板倉を見た。そばには彼女しかいない。

「違う」

板倉は青ざめた顔を激しく左右に振った。

「違う、私じゃない。私がここに来たときはもう、彼はそこに倒れていたんだ」

確かに彼女は蒼たちの、ほんの数歩先にいたに過ぎない。龍麿翁は歩けなかったはずだ。だから露台にいた彼をこの階段まで、どうにかして運んできた人間がいなくてはならない。この二階に。

「京介——」

「その前に医者だ、蒼」

少しも驚いていない口調で、京介が応じた。

「龍麿翁は生きておられる」

「——そう、私は生きているよ」

答えたのは龍麿自身だった。

人はなにを語り得るか

1

その一日が終わるまで、あと一時間ばかりを残していた。

再び終幕を迎えることないまま中断された『卒塔婆小町』の舞台。装置はすでに解体され、束の間の野外劇場は跡形もなく姿を消した。ホテルの窓明かりもほとんど消えて、闇の中をただ冬の初めの冷えた大気だけが漂い流れている。

人工的に作られた廃墟のような、半ば骨格のみで建ち上げられた天沼龍麿の鹿鳴館の二階に、ここは龍麿の寝室として整えられた一室だ。隣の舞踏室と較べれば四分の一、とはいってもやはり畳に直して二十畳を越す広間には違いない。天井も、現代の住居を見慣れた目には異様なほど高い。

室内装飾にまで気を配る、時間的余裕がなかったからだろう。寄せ木細工に飾られていてしかるべき床には分厚い絨毯を敷き詰め、壁紙も貼られていない壁はタペストリ代わりに緞帳めいたカーテンの襞を寄せて覆い隠されている。照明に鈍くひかる織物の糸目が、大時代めいた眺めとなって、居住性に乏しい広すぎる部屋にバロックの宮殿めいた空気を添える、その中央に天蓋付きの寝台を置き、天沼龍麿は王者のように身を横たえていた。

暁は父の拒否にもかかわらず医師を待機させていたので、手当は迅速に済まされた。厚地のベストの上から刺された傷は内臓まで達してはおらず、部分麻酔をして三針ほど縫えば足りた。しかし彼はいつ、どのように、何者によって刺されたのか。驚き、騒ぎ、問いただそうとする高安や暁に対して、龍麿はその問いには答えることなく、病院への移送を拒んだのと同様の明瞭さで警察への連絡を禁じた。

いまこの部屋の内には龍麿の寝台に向かって、娘暁と高安進、桜井京介の三人しかいない。ホテルではなくここに自分を戻せというのも、龍麿自身の命令だった。さすがにその前に館内をくまなく調べ、不審者がひそんでいないかは確認された。だが少なくともここに、何者かが侵入した痕跡はひとつとして見出せなかった。

いまも枕元に立ってくどくどと、遠慮がちにながら執拗に経営者の責任といった類のことをいい続ける高安を、いない者のように黙殺していた龍麿は、ついに一言いい捨てる。

「黙れ」

普通に話すほどの静かさで吐かれたことばに過ぎなかったが、高安は打たれたように全身を強ばらせる。息を呑み、口をつぐむ。

「役にも立たぬことしかいえぬなら、口をつぐんでいるがいい」

「会長、私は」

しかし龍麿の口調はあくまで冷酷だ。

「おまえは今夜私が語ることばの証人だ。そのためだけにいることを許す。できぬなら出ていけ。別に引き留めはせぬ。——暁子」

「お父様」

父の声を待ちかねていたといいたげに、椅子から立って寝台に小走りに寄っていく暁。しかし口を開こうとする彼女の前に、翁は軽く右手を振る。

「止めなさい、暁子。意味もないことをいって私を疲れさせるのは。私がいいたいことは、おまえにはもうわかっているはずだ」

「——」

「私は引退する。今後天沼家のいっさいはおまえにまかせる。だからおまえも死んだ者のことは忘れて結婚しなさい。もうわかっているだろうが、私が選んだのは彼だ。この桜井京介という男だ。そして私の目が老いぼれ曇っていないなら、おまえも彼を憎からず思っているはずだ。そうだな？」

答えはない。だが暁の頬にぱっとあざやかな血の色が散る。彼女は両手を上げて、その頬を隠すように押さえる。

「いま聞いた通りだ、桜井京介君。君に私の娘と私の資産をゆだねたい。暁子には経営者としての資質がある。君が研究を捨てて、実業に煩わされる必要はあるまい。だが独り身の、それも三十を過ぎたばかりの女では経営者として社会的信用に欠ける。精神的な支えとなる伴侶も必要だ。それを君に頼みたいのだ」

京介は椅子を立たない。答えない。龍麿は貫くように鋭い眼差しを、彼の無表情な顔に当て続ける。高安はものいいたげに身じろぎするが、翁を恐れてか口をつぐんでいる。暁も頬を染めたまま、京介から目を逸らさない。

「桜井君、答えてもらいたい」

うながされて血の気の薄い唇がようやく動く。しかしそこから聞こえてきたことばは、

「その前にいくつか、お尋ねしなくてはならないことがあります」

京介の口調にも表情にもなにひとつ内面を窺わせるものはなかったが、龍麿の唇に浮かぶのはすでに、拒否される可能性など少しも考えていない余裕の笑みだ。

「君の判断の材料に、具体的な数字が必要だということかな。天沼の所有する資産の内容についてでも？　口答でいいのならなんでもお答えしよう。書類で確認したいというなら、この高安に申しつけるといい」

「いいえ、これは天沼さんご自身の口からお聞きしなくてはならないことです」

「ほう？」

「暁さんたちには席を外していただく方が、良くはありませんか」

暁は抗議の声を上げかけ、高安はさらに大声でいい返す。

「そんなことができると思うのか？　だいたいなにを聞こうというのだね、君は！」

彼は京介に対する疑念を隠そうともしない。しかし龍麿はゆるりとかぶりを振った。

「かまわんよ、桜井君。なにを耳にしようとこのふたりは、私の不都合になることを口外したりはしない」

それは信頼というよりむしろ、彼らの判断力や自立性を天から認めないゆえのことばだったかもしれない。

「では、伺います」

京介の視線が上がる。垂れかかる前髪の中から、眼鏡のレンズを透過してその目がまっすぐに龍麿の視線と出会う。

「僕が聞きたいことはふたつです。あなたは大迫治樹氏の行方をご存じなのではありませんか。そして高安亨氏の命を奪ったのが誰かも、承知しておられるのではありませんか」

かたわらから見つめていた暁の顔が、当惑に曇った。高安のそれは露骨な不審と敵意だった。しかし尋ねられた当の龍麿は、

「なんだ。なにを尋ねられるのかと思えば、いまさらそんなことかね」

微笑んだ。

「知っているとも、無論」

「――ふたりを殺したのはあなたですね」

「そうだ。私だ」


「なにを、なにをいっておられるのです！」

室内に降りた沈黙を破って、金切り声を上げたのは高安だった。

「しっかりなすって下さい、会長。こんな、どこの馬の骨ともつかぬ若造を暁子様の婿に迎えるのも言語道断。その上この男のことばに乗せられて、ありもしないことをおっしゃいますな。私は――」

「止せ」

再び短く龍麿は彼のことばをさえぎった。

「口は閉じておけといったはずだ。まったく使えぬ男だな。おまえがいま少し賢い人間だったら、私の苦労もこれほどではなかったものを。紐子の逝った後も会社から追い出すことをしなかったのは私の慈悲《じひ》だが、謀反もせぬかわり満足な働きもせぬ。今日まで便々《べんべん》と役員の椅子をぬくめる他に能もなかった男が、いまさらしたり顔でなにをいう。

だが、おまえは愚かでも犬のように忠実である分だけましというものだ。おまえの甥、亨は最低の悪党だった。儲ける必要もないホテルの支配人を務めるのがせいぜいの器だったくせに。私の手で殺してやったのが有り難いと思うがいい」

情け容赦もない翁のことばに、高安の貧相な顔は見る見る青ざめた。

「ころ、し、た……」

ようやくその意味が理性に達したように、彼の体を痙攣めいた震えが走る。

「そ、んな、いったい、亨はなにを──」

「私を脅迫したのだ。少しばかり私の手助けをしたというだけで、なにか弱みを握ったようにでも思いこみおって、暁子と結婚させろとぬかしおった。馬鹿者め。あれにそれほどの資質があれば、疾《と》うに私から話を持ち出しておったろう。

それをするにも事欠いて、私を脅して要求を通せるなどと思うとはな。無能な野心家など犬にも劣るわ。誰が大切な娘をそんな卑劣漢に与えるものか。殺されて当然のことをあれはしたのだ。わかるだろう、高安」

口元をゆがめて吐き捨てる龍麿翁。もはや高安は黒目がすべて剝き出しになるほど目を見張って、ことばの出ない口をぱくぱくと動かすばかりだ。

「お父様……」

顔を青ざめ強ばらせた暁に向かうと、龍麿は別人のようにやさしく微笑んだ。

「おまえはなにも心配することはないのだ、暁子。身の程を知らぬ卑しい愚か者は、私が取り除いておいた。おまえは幸せになれる。なってくれなくては困るのだ」

「でもお父様、なぜ大迫さんを？……」

「そんなことが聞きたいのか？」

「ええ」

「だったらそれは桜井君に聞くといい。彼ならおそらくすべて、わかっているだろう。そうだな？」

「——たぶん」

依然として感情の所在を明らかにしない京介の応答。見返った暁の目の中にも、いまは畏怖に近い感情が浮かんでいる。

「では君から話してやってくれ。そんな下らぬことは、私は聞き役に回らせてもらいたい。なんといっても体の方が、絶好調というわけではないのでね。しかし、あまり長くならぬようにしてもらいたいものだな」

「わかりました」

桜井京介は立ち上がった。

2

「手短に、わかりやすく事態を説明するには、因果関係を遡航《そこう》して高安亨氏の死から語る方がいいと思います。殺害に至る動機ですが、天沼さんが彼に脅迫されることとなったのは、彼が大迫氏の死の真相を知ってしまったからですね？　そして天沼さんは彼に、大迫氏殺害の隠蔽工作を手伝わせた。その結果だと」

「隠蔽工作とはまた大仰なことばだな。要するに後始末というだけのことだ」

おもしろい冗談を聞いたように、龍麿は頬を緩めて答える。

「汚れ仕事ではあったがな。あれはいちいち私が指示した通りに動いただけのこと。塵芥《ごみ》の処理と変わらぬさ」

京介は取り合わずに続けた。

「ホテルが休業状態で、従業員の数も極端に減らされていたあの夜こそがあなたにとっての好機だった。夜の見回りを終えて亨氏があなたの部屋を訪れたとき、あなたはすでに彼を殺すことを決めておられた。なんらかの口実をもうけて彼を屋上に連れ出し、頭部を殴打して倒した。凶器と見られた石は外部からの侵入者の存在を強調するために、前もって屋上に用意されていたのでしょう。

気絶した彼の体に灯油をかけて手すり上に放置し、油を流した床に蠟燭を立てて戻る。蠟燭が燃え尽きれば灯油に火が移る。火の熱で目覚めた彼がもがけば、庭に転落する可能性は非常に高い。騒ぎの起こるときには、ご自分の部屋のベランダから偶然を装ってそれを目撃することができます。つまりあれは一種のアリバイ・トリックだった。

無論あなたは彼を撲殺したつもりで、容易に発見されるように手すりに乗せただけなのかもしれません。だが意識の戻った亨氏がもがいて屋上から転落したために、単純なトリックはより効果的になりました」

「そのために？——」

高安がうめいた。

「たったそれだけのことのために亨は、生きたまま焼かれたというのですか——」

「他にも理由はいくつかあったのでしょう」

飽くまで淡々と京介は答える。

「ひとつは彼の指の間から発見された、大迫氏のものである手帳です。大迫氏が彼を殺したのなら、いまさら自分のものである手帳を消すために、わざわざ火を点ける必要はない。その証拠に犯人は燃え残りの手帳を落としていった。となれば燃やして消さなくてはならないのは、手帳そのものではなく、そこにつけられたなにかの痕跡ではなかったかと考えられます。

もうひとつ。高安さんの体を焼くことで、彼の体から同様に消すことのできるものがあります。手帳そのものをなくす必要がなかったのと同様、ただその表層だけを燃やせればいい。──たぶんそれは火傷の傷か、それに類するものでしょう」

「あ……」

暁が小さく声を上げた。

「そういえば私、お父様を病院からここまでお連れしたあの翌朝、火事のことを聞いた後に支配人の顔を見て、なにか変な気がしたんです。聞くのも悪いようで、でもやはり気になって注意して見ていたら、眉がおかしいとわかりました」

「なんなんですか、それは」

高安進の怪訝な顔に、

「彼は眉を描いていたんです。よく見ると眉毛が茶色く縮れて、半分くらい無くなってしまっていて、それを隠すためだったのでしょう。ちょうど、火に炙《あぶ》られたみたいに──」

「やはりそうでしたか」

京介はうなずく。

「それで平仄《ひょうそく》が合います。蒼が高安さんの顔に感じた違和感の元もおそらくそれだった」

「しかし、なにか間違いで眉を焦がすなんて、馬鹿な話だが大したことでもない。なんだって、それで亭が。ええ、なんでなんです──」

痩せた顔を振り立てながら、高安は高ぶった口調でいい募る。そのことばは半ば龍麿翁へと向けられている。次第に天沼への恐れや遠慮は、彼の中から消えていくようだ。

「確かに大したことではありません。検屍のとき彼の眉の焦げが発見されても、そのことを別の事件と結びつける見方が出たかどうかはわからない。ですが、それを放置できない者がいた。

なぜ放置できなかったかといえば、それが大迫氏殺害に通ずる証拠となり得ることを知っていたからです。天沼さん。あなたは最初の殺人を隠すために、亨氏にご自分の家に放火することを命じたのですね。眉の焼け焦げはおそらくそのときにできた。灯油の炎がいきなり高く上がって、顔を炙られたのでしょう。だからあなたはそれを、見過ごす危険を冒すわけにはいかなかった。正解ですか」

龍麿の眉が不快げに寄った。まといつくものを振り払うように、逞しい肩が振られる。しかし飽くまで尊大な態度を崩すことなく、彼は答えた。

「桜井君、私を小心な小悪党のようにいわないでもらいたいものだな。私はなにも己れの保身のために、卑怯な小細工を弄《ろう》していたわけではない。そこのところを間違ってもらっては困る」

「しかしあなたが大迫氏を殺し、彼の死体を隠すことで彼が生きて失踪したかのように状況を装い、自宅への放火や亨氏殺害の罪を彼に着せた」

「それは――」

「いや、そういっては逆になる。大迫氏殺害を隠蔽するための放火や、亨氏殺害は、その犯人を大迫氏に見せかけることで彼の生存を偽装し、よりいっそう最初の殺人を隠蔽することに役立った。あなたがなさったのは一石二鳥か、それ以上を期待し得るまことに経済的な犯罪でした」

淡々と、しかし凶器と変わらぬ鋭さをもって続けられる京介のことばに、青ざめ震えるのは暁と高安のみ。龍麿翁の平然たる表情はこのいまも少しも揺るがない。

「経済的効果的な一石二鳥。しかし細部はしばしば粗雑でした。火災現場で見つかったイニシャル入りのライターは、放火を大迫氏の仕業と見せかけるための偽の遺留品です。あなたは気づいていなかったようですが、大迫氏は禁煙を試みていた。たぶん何度もそうしたことを、繰り返しては失敗していたのでしょうね。愛用のライターは知人にやってしまい、自分では煙草もライターも持たず、吸いたくなれば貰い煙草、ライターは勝手に借用して吸っていた。

室内に蠟燭を点す燭台を置いたあの表座敷では、当然マッチかその類の器具も備えられていたはずです。およそ人目につきにくい裏口を夜の闇の中で発見でき、灯油まで見つけられた周到な放火犯がイニシャル入りのライターを落としていくなどとは、あまりにもご都合主義ではありませんか」

龍麿は低く笑いをもらす。

「枝葉末節だよ、桜井君。私は別に大迫を憎んでもいなかったし、殺そうと図ったわけでもない。あれはいわば事故だった。事故だろうと過失だろうと、私の責任を問われることはあり得る。しかし私にはそんなつまらぬ話で、無駄にしていい時間などありはしなかった。だから後顧《こうこ》の憂《うれ》いのないように、きれいに始末するよりなかった。

天沼家百年の屋敷を道連れにしてやったのだ。時代に追い抜かれてもはやろくな仕事もできなくなった芸術家崩れには、過ぎた死に場所だったろうさ。そして死んだ後も陰の演出家のように、人を踊らせ走らせているのだ。感謝してもらいたいくらいのものだよ、実のところな」

父のことばを聞きながら、暁は無言のまま小さく首を振った。その目から、ひとすじ涙がこぼれ落ちている。なにかを断念しよう、というかのように。しかし彼女の首筋はまっすぐに伸び、視線は父の上からそらそうとはしない。そして色褪《いろあ》めた唇から出た声は、努めて平静だった。

「ではお父様、大迫先生のお体はあの火事で燃やしてしまわれましたの？」

「いいや」

娘の問いに薄く微笑みながら龍麿はそれだけいって、答える代わりに身振りで、説明しろというように京介をうながす。彼はあまり気の進まない様子で口を開いた。

「遺体を火事で完全に消すことは困難です。燃え残りが発見されれば、その時点で大迫氏の死が確認されてしまう可能性が高い。ですから先程もいったように、自宅に放火することによってあたかも大迫氏が生きて天沼さんを狙っているように見せかけるのと同時に、大迫氏殺害の痕跡を消すのが目的だったのではないでしょうか」

「でも、そのためにあの建物を燃やしてしまうなんて……」

「枝は樹に隠す。樹は森に隠す。死体は戦場に隠す。覆い隠すよりはあからさまに示すことで、かえってそれを見えなくしてしまう。それが天沼さんの好んだ手法です。手法は繰り返されました。言い換えれば他の方法では消すことが著しく困難な痕です。そして今度も火によって、もっとも完璧に消すことのできる、といえば」

「正解だよ、桜井君」

クイズを楽しんでいるかのような龍麿の口調だった。

「大迫が倒れたとき、たまたま火を点してあった燭台を倒してな。表座敷の絨毯に、血痕とひどい焼け焦げがついてしまったのだ」

「では、あの人の体はどこに——」

「三階の耐火金庫の中、ですか」

「その通り」

暁に答えた京介のことばにうなずいて、いよいよ楽しげに龍麿は笑う。

「死体を隠すといえば見えぬように、無くなるようにと考えるのが当たり前だが、実は堂々と無能な警察どもの頭上にあったというわけさ。まさかあんなふうに、柱の上に三階だけが燃え残ると思ったわけではないが、その下の炭の山をやつらがうろうろ這い回っているかと想像しただけで、笑えてならなかったな。確かにこれは君のいう通り、私自身の好みかも知れん。

しかし高安に死体をあそこまで担ぎ上げさせたとき、あれは大迫のふところから血のついた手帳を抜き取っていたのだ。まったく馬鹿な男だ。よけいなことさえしなければ、それなりに報いてやる気はあったものを」

「しかしどうして――」

再び高安がうめいた。

「どうして会長、演出家を殺すようなことをなさったのです。そんなところに居合わせさえしなければ、亨も」

「だからいったろう。殺人などでありはせん、ただの事故だったと。泥酔して夜中に押しかけてきて、無礼な口をさんざ叩いたあげくの果てだ。この私に向かって襲いかかるような真似までしおって、勝手に足をもつれさせたあげく、火の点いた燭台ごと倒れてもう死んでいた。愚かだったのだ。おまえの甥も、大迫も。ふたりとも私の逆鱗《げきりん》に触れるようなことさえせねば、ずいぶんといい目も見られたろうにな。恨むなら己れの愚かさを恨め」

ははは、と口を開いて笑った龍麿は、

「さあ桜井君、君の聞きたいことというのはこれで全部かね？　だったらさっきの返答を聞かせてもらいたいものだな。——あ、いや」

思い直したようにかぶりを振った。

「その前にひとつ、私から聞かせてもらおう。君はいつから私のしたことに気づいていた。そして、なにからそれに気づいたのだね？」

当の龍麿によってあっさりと肯定されてしまったとはいえ、やはりそれは意外な告発であったに違いなく、暁も高安進も申し合わせたように京介を見つめている。彼はすぐには答えなかった。気の進まなげに足元に落としていた視線が、しかしやがてつと上がる。

「パズルの、最後の一片がはまったように感じたのは、亨氏が亡くなられたあの夜でした。より正確にいうなら、あのときの記憶をやや時間を隔てて再構成している内に、その意味するものに気づけた、というべきかもしれません」

「ほほう、あの夜から？」

龍麿の目が愉快げに輝いた。

「それにしては君は、その後私と会ってもなにひとつ、そんなそぶりは見せなかったな」

「なによりも自分が得た解答が正しいのかどうか、それを確認しなくてはなりませんでしたから」

「ご苦労なことだ」

老人は鼻先で笑う。

「君が尋ねれば答えたろうよ。私があのふたりを殺したかどうか、そんなことで君は何ヵ月も頭を悩ませていたというわけか」

「いいえ」

彼は静かにかぶりを振った。

「ぼくはパズルの最後の一片といいました。今回の一連の出来事のなにが本質であり、なにが向かっている到達点なのか。そのすべてに対する解答を、いまぼくは手にしていると信じます。それをひとつの劇とでも考えるなら確かに、大迫治樹氏や高安亨氏は名も無き端役であって、その死は主題とは直接関わらない脇筋にすぎなかったかもしれません」

「その通り。主役は私だ」

傲然と胸を張る龍麿。しかし京介はそれには直接答えず、

「無論正しい解答に達するためのピースは、それ以前から目の前に散乱していました。細かいことを拾い上げていけば切りがありませんが、大迫氏の失踪と天沼邸の焼失事件を巡る、矛盾した状況はその最たるものです。ただそれを結びつける主題が見えなかった。天沼さん、あなたがなにを欲しなにを求めているのか、そのことに気づけなかったからです」

「しかしいまや君は、その答えを得ているというわけだ」

龍麿は不気味なほど上機嫌だった。

「ええ」

「いってみたまえ。そして、どこからその答えを得たのか説明してみたまえ」

「後の方から先に答えさせていただきましょう。あの夜屋上から転落した亨氏に気づいた僕は、三階のベランダにいたあなたと口をきいた直後、階段を下りて玄関から外に出ました。なんの困難もなく。つまり、玄関は施錠されていなかったのです。なぜでしょうか」

京介に問いの視線を向けられて、暁は戸惑ったようにまばたきする。

「え、でも、それは……」

「支配人が自分の足でホテル内に戻った以上、そのときに玄関ドアは内側から施錠されていたはずです。ホテルが営業中は無論火災などが起きたとき避難を妨げないように、そのドアは内からは鍵無しで、つまみを回す程度のことで開かなくてはならない。だが休業中のあの晩はそうではなかったと聞いています」

「それは、はい。確かに」

高安が堅い表情のままうなずく。

「放火事件の直後ですから、施錠は普段以上に厳重にしていたはずです。それに鍵無しで開ける非常ドアは玄関の脇にもありましたから、防災上もそれで問題ないはずだ、ということになったようなわけで」

「ホテル側の事情は無論そういうことでしょう。そして犯人は高安亨氏から鍵束を奪っていったと想定されましたから、物理的に玄関ドアを開錠することは可能だった。しかし、そのようなことをする理由がないのです」

「そ、それは、つまり、犯人が外から来て外へ逃げ出したと見せかけるためでしょう」

高安進が口をはさむ。だが京介は静かにかぶりを振った。

「逃走経路としては表玄関は不適当です。門脇の守衛に感づかれる可能性が高い。蠟燭のトリックを使用して事件の発覚以前に逃亡したとしても、鍵束があればもっと人目につきにくい裏の出口が利用できるわけですから。つまり犯人が外部から現れて外部へ逃走していようと、内部になにくわぬ顔でひそんでいようと、そしてどちらがどちらを擬装しようと、玄関ドアを開錠しておくことにはなんの意味もない。

では、と僕は考えたのです。鍵を開けておくことでどんな効果が生じたか。それによって利益を得たのは誰か、と。思い当たった答えはひとつきり、それもひどく単純なものでした」

「なん、ですの？……」

震える声で暁が問う。

「もしもあのドアが開かなかったら、僕はどうしたでしょう。内鍵を回せば開ける非常ドアがそばにあっても、あわてていてとっさにそれに気づけなかった可能性はある。なにせ誰とはわからなかったものの、明らかに人間が火をかけられて燃えているのですから。

急げば命を取り留められるかもしれない。人を呼んできたり、簡単に開くドアを探している暇はない。無論僕が発見者となったのは偶然でしたが、そんなことになれば誰でもドアを壊すことをためらわないのではないでしょうか。あの美しいガラス・レリーフのドア、ルネ・ラリック写しの天使を浮き彫りにしたドアであってもです」

「では――」

暁はこみ上げる悲鳴を押し殺すように、両手で唇を覆う。

「ではあれを、壊させないために？――」

「なんの意図もなく鍵が外されていたとは考えられぬ以上、なにか理由がなくてはならない。しかし関係者の中で、そのような理由を持ち得るのは天沼龍麿氏ただひとりです。そしてあのレリーフの天使像の顔が、元になった朝香宮邸のラリックのそれとはあまり似ていない、ではなにに似ているのだろうと思ったときに、ようやく一枚の絵が完成したように感じました。

あの天使は若き日の神名備芙蓉の似姿です。天沼さん、あなたの中には常に彼女がいた。それ敢えていうなら彼女以外のなにものも存在してはいなかった。あなたにとってみれば、それ以外のすべての人間は無意味な端役でしかなかった。あなたの主題は彼女を我がものとすること。だからこれを一編の劇とするなら、その幕が上がったのは、あなたが彼女を見出した一九五七年の十二月十日。

そして四十年目の今日、あなたはついに彼女を捕らえた。時を越えて再臨した美女のその身に自ら凶器を突き立てることで、自分のものになることを拒み続けた彼女を最終的に独占した。そうなのですね」

「ブラッヴォ、名探偵——」

龍麿は微笑った。

3

うそ……色青褪めた暁の唇がそう動いた。しかし声は出ない。高安進もことばを忘れ、ふたりは気死したかのように椅子に沈みこんでいる。そして桜井京介は、顔は半ば垂れかかる前髪の中に隠して、じっとその場に立ち尽くしていた。口は閉ざし、ややうつむいて、先程までの己れの饒舌をなにものかに恥じ入るように。

あたりを領する重い沈黙。高すぎる小暗い天井から、冬の冷気と静寂が、時そのものの重量となってのしかかってくる。その中で寝台に身を横たえた龍麿だけが双眼を輝かせ、唇には笑みを浮かべ、異様なまでの精気を発散していた。

「——そう。私は神名備芙蓉を愛していた。彼女の丸ごとすべてを。その美しい肉体と、声と、強靭な精神と、それらが宙に紡ぎ出す幻影を、つまりはその芸術をだ」

龍麿は口を開く。ただ三人の聴衆に向かって朗々と、歌うようにことばを連ねていく。

「私には若い日から抱いていた夢があった。ルネサンス期フィレンツェの支配者ロレンツォ・デ・メディチのように、芸術の庇護者として栄光を得、後世に名を残すことだ。美を創り出すことは選ばれた者のみになし得る技だが、それを見出し、守り育て、後の世へと伝えていくのも、決してたやすい事業ではない。むしろ現代という時代の中で、それはますます困難になりつつある。

美の創り手にはなれない私が、それをしよう。しかしそのためにはまず、私が情熱と尊敬を注ぐにふさわしい稀なる才能を見出さねばならない。芙蓉はそんな私の夢想めいた企てを、実現させるために現れたかのようだった。

私は彼女に私の意志を告げ、そのことばを裏切ることない寛容なパトロンとなった。だが、当然だろう。私はやがて芸術家としてだけではなく、女としての彼女に惹かれていった。芙蓉は、私がそれまで一度として出会ったことのないタイプの女だった。男に支配され男に従属することを、幼い頃から教え込まれた日本の女とは思えぬほどの矜持に満ちた、カットされたクリスタル・ガラスの中に輝く炎のような、孤高の魂。

だが、誤解しないでもらいたい。私は決して卑しい旦那衆が贔屓《ひいき》の芸人を買うように、金にものをいわせて彼女の体を弄ぼうなどと計りはしなかった。私が欲しかったのは希有《けう》の金剛石《こんごうせき》のような誇り高い彼女の心、彼女の愛だったのだ。

男を拒み続けた平安の美女小野小町は、その男たちによって驕慢の名の下に断罪された。小町の落魄伝説は、彼女を手に入れられなかった男たちの未練がましい怨嗟《えんさ》の現れだ。だが私はそんな愚は犯さない。彼女のプライドを傷つけるようなことは決してしない。愛と誇りは相反するものではないはずだ。私が芙蓉のこよない理解者であったように、芙蓉もまたそんな私の心を理解してくれ、受け入れてくれるだろうと思った。

だが私にとっては遺憾にも、それは拒まれた。理解し難いことに私が彼女の美貌を賛美すればするほど、彼女は冷めていくのだ。こんなもの、なんの意味もありはしない。地獄では、と彼女は口癖のようにいったものだ。人の肉体の美しさなど、顔の前に垂らす帳一枚ほどの価値もありはしないのだと。

君は生きているのに、なぜ地獄の話なぞするのだと繰り返し私はいい、そのたびに彼女は同じ答えをする。地上にも地獄はある、私はそれを見た。だからもろく儚《はかな》い、時にたやすく朽ちていく肉体の美になどなんの価値も見出せない。そういうときの彼女の口調には、ひとかけらの嘘もてらいもないのだ。なんという不思議な女だろう。私には彼女がほとんど、自分の美しさを憎んでいるようにさえ感じられた。

名誉のために断言しておく。私は拒まれて後も彼女を後援し続けた。自分が彼女から感謝以上の愛情を引き出すことを諦めていないことは常に示し続けたが、無理強いは決してしなかった。

それでも彼女が他の男を受け入れたり、恋に落ちるようなことがあれば、私だとて穏やかではおれなかったろう。しかし芙蓉は伝説の小野小町その人のように、群がる男に目もくれなかった。彼女が心を許す相手は、能美夕子という名の醜い付き人だけだった」

その名にはっと暁が表情を改める。しかし己れひとりの語りに陶酔する龍麿の目に、おそらく娘の顔は映っていない。

「年月が流れ、次第に芙蓉の名は世に知られるようになっていった。しかし私と彼女の距離は縮まらなかった。私は私以外の誰も彼女を得ていないというそのことで、ひたすら自分を慰めるしかなかった。だがそこに異変が起こった。夕子が倒れて入院したのだ。芙蓉は見るも無惨に取り乱し、すべての舞台をキャンセルして引きこもり、憔悴《しょうすい》し尽くした。そして突然私に、自分のためにすべてを捨てる覚悟はあるかと問うのだ」

「すべてを、捨てる?……」

暁がつぶやくと、ようやく龍麿はそちらへ目を向けた。

「そうだ。自分は舞台も、これまでのキャリアも、信頼していた夕子も捨てる。だからあたもご自分の地位も、財産も、家族も捨てて私と、どこかへ行ってくれますかと。それはほとんど心中の誘いだった。それでもいいと私は思った。そのとき私の妻はすでに死んでいたが、娘の級子はいた。いっそ財産など娘に譲って、芙蓉の気の済むようにと。そう、思った。だが、やはりそれはできなかったのだ」

「それは、会長、いつのことでしょうか」

紘子の夫だった高安のためらいがちの問いに、

「昭和三十八年だ。一度は決意したものの、紘子が身ごもったと聞かされて俄に心が鈍った。孫の顔が見たくなり、その孫に滞り無く自分の積み上げた財産が受け継がれていくのを見届けたくなった。芙蓉は私の翻意を裏切りと受け取った」

「あのときに……」

高安は吐息して、

「しかし、あれは出産を前にして死にました。そして胎内の子も、助からず――」

「私はなにもかも失ってしまった」

龍麿はつぶやく。

「失意のまま、それでも諦めきれずに私は芙蓉の住まいを訪れ、そこで夕子と会った。彼女と入れ違いに芙蓉も入院していたことを初めて知らされた。そして芙蓉と夕子の間にあった絆がなんだったか、芙蓉のいう地上の地獄とはなんなのかを理解した。その夜、私は夕子を抱き、月満ちて暁子、おまえが生まれた」

びくっと暁の肩が震える。

「それでは――私は――でも――」

龍麿は暁にじっと目を当てる。

「おまえは芙蓉と似ている」

「ええ」

暁はうなずく。

「それはどうしてですの、お父様」

「夕子は芙蓉の実の姉だったからだ」

彼女は息を呑んだ。

「芙蓉の本名は能美朝子《あさこ》という。能美というのは瀬戸内の地名だ。私もそのときに初めて知ったのだ。ふたりは広島の出身だった。終戦の年、芙蓉は九歳。姉の夕子は十五歳」

「広島——」

「それが芙蓉が繰り返し口にした、地上の地獄だったのだろう。市内にいた両親はそのとき死に、軍需工場にいた夕子も被爆した。芙蓉は近郊の農村に疎開していたが、家族を捜しに市内に入って直後の惨状を目にすることとなった。

その後芙蓉は群馬の親戚に引き取られ、ただひとり生き残った姉の夕子と再会できたのは十年近く経ってからだ。ふたりは連れ立って東京に出、姉は妹を支えてきた。夕子は顔に残るケロイドを隠すために、いつも醜いほどの厚化粧をしていた。しかしそれを除くと、やはり姉妹だな、ふたりの顔立ちはよく似通っていた」

「では……」

暁の頬がにわかに赤く染まる。

「そのときお父様は芙蓉さんの身代わりとして、その夕子さんを。そうなんですか？」

「そうだ。ふたりもそれを望んでいた」

「嘘――」

「嘘なものか。芙蓉は子を産むことを恐れていたからな。あれが男に身を許さなかった理由の、少なくともひとつはそれだったのだろう。しかし夕子は顔の傷を別にすれば、それまで白血球の異常も発見されなかった。おかげでおまえは芙蓉の面影を伝えられながら健康だ、暁子」

「そんな――身勝手な！」

暁は立ち上がっている。いま頬を染めているのは明らかに怒りの紅だ。

「エゴイストです、お父様は。ご自分のお気持ちしか考えておられない。いくら血を分けた姉妹でも、誰がそんなこと望むものですか。信じられません！」

常に従順な娘だった暁が口に出して正面から父親を糾弾《きゅうだん》したのは、それが初めてのことだったかもしれない。だが龍麿は彼女のことばに、驚く様子もなく頭を振る。

「そうではない。芙蓉は夕子が短くとも女の幸せを味わったことを喜んでいたし、夕子が死んで私が手元に引き取ったおまえのことを、いつも気にかけていた。何度も伊豆まであれがおまえに会いにきたのを、覚えているのではないか？」

「ええ、覚えています。それはいまも楽しい思い出ですわ。だから私昔からずっと、あの方が本当のお母様だと思っていました」

「私もおまえが芙蓉になついているのを見て、血は争えぬと思ったものだ。そしてあれが本当におまえの、母親になってくれぬものかとな」

「プロポーズなさいましたの」

「したとも」

「でも結局芙蓉さんはお父様を拒み続けて、フランス人と結ばれて、日本を離れてしまいましたのね。つまりあの方はお父様のことを、赦してはいなかったのではありませんの？　お父様が自分を裏切り、姉上を自分の代わりにした、そのことを」

初めて龍麿の頰がゆがんだ。

「――違う」

皺の寄った唇から声がもれる。

「違う。それは、絶対に違う」

「でも」

「考えてみなさい、暁子。もしも芙蓉が心底私を憎んでいたなら、どうしていま私の求めに応じて舞台に上がることを承知したと思う。いやそれどころかこれは、別れるときに交わした私たちの約束だったのだ。昭和四十三年の、やはり冬十二月のことだ。

私の最後の求婚を拒んでフランスへ渡ると告げたとき、あれは私にいった。いまはお別れを申します。けれどあなた、私たちは『卒塔婆小町』の恋人たちのように、未来での再会を約束しましょう。百年経ったら、と。

百年？　私は聞き返した。百年経てば私は確実に死んでいる。そんな約束は絶対の拒絶よりもまだ残酷だ。それでは、と芙蓉はいった。一九九六年、それならいかが？　それは私たちが出会った年から、四十年目という意味かと私は聞き、彼女は肯定した。その意味でも少しだけ特別な年だから、と」

「特別な、年？……」

「どういう意味かと尋ねると、考えてみてとだけいわれた。なぜ私が旅立ちを今年に決めたか、それもひとつのヒントです——あれがなにをいいたかったのかはわからない。そして最後にあれはもうひとつ、私にいい残していった。暁子さんを必ず幸せにしてあげて、と。だからそれ以来、私の頭にあるのはそのことだけだった。生きてふたたび芙蓉と会うことと、暁子、おまえを幸せにすることと」

娘を見つめる龍麿の目が、ぎらぎらと異様なまでの輝きを帯びる。

「おまえは幸せだったな、暁子。私はおまえを幸せにしてやっていたな？」

否とはいわせぬとばかりの口調だ。暁は父を見つめて立ち尽くすよりない。そして龍麿はふたたび、ひとり語り続ける。

「私はおまえに常に最高のものを与えてきた。おまえが誰より美しく、姿も立ち居振る舞いも心ばえも優れた最上の淑女と育つよう、心を配ってきた。そしておまえはその通りに育ってくれた。だから私はみすみすおまえが不幸になるとわかっている、あんな旅館の息子との結婚など許すわけにはいかなかったのだ」

「そんな！」

再び暁の顔に怒りが宿った。

「どうしてお父様にそんなことが決められますの、私が不幸になるなんて！」

「しかしあの男はおまえに、なんの約束も与えなかったはずだ。いくら周囲から反対されようと、それを振り切ってまでおまえと結婚しようとはしなかった。違うか、暁子？」

暁は唇を嚙みしめ、視線を落とす。

「私は思っていた。いまにあの男が私の元にやってきて、身ひとつでいいからおまえをくれと、さもなくば自分が家業を捨てて、天沼の家を担うからおまえと結婚させてくれと、そういうのではないかとな。男であれば好いた女のために、それくらいしても不思議はない。しかし結局あれは来なかった」

「もしも」

震える声で暁がことばを挟む。

「もしも茂一さんがそういってきたら、お父様はどうするおつもりでしたの」

「それはわからん。場合によっては許したかもしれん。だが結局あの男はなにひとつ、決断も選択もせぬまま死んでしまった。見てくれ通り覇気のない、誉《ほ》めていえば気持ちがやさしいが、実は優柔不断で臆病な、そんな人間だったのだろう。

おまけに体も弱かったようだな。確かにおまえを好いてはいたろうが、反対されれば黙ってしまうような、その程度の気持ちでしかなかったのだ。そんなものは恋でも愛でもありはしない。私は認めない」

暁は両手で椅子の背を握りしめたまま、父の顔を食い入るように見つめていた。やがて胸の内を駆け抜けていったさまざまの思いすべてを、無理にも飲み下すかのように一度うなずいた彼女は、ふたたび面を上げた。縁をわずかに赤く腫らした目で、きっとばかり父を睨み付けた。

「お父様のお考えはわかりました。ともかくも私のためを思っていて下さったのだ、ということは。けれどまだお話が途中ですわ。お父様は芙蓉さんの身代わりに夕子さんに私という娘を生ませたけれど、それでもまだ芙蓉さんを求め続けた。あの方は最後までお父様のプロポーズを拒んで、再会の約束だけを残して、発っていかれた。

結局芙蓉さんがお父様のことをどう思っておられたかは、お父様自身にもわかってはいないのです。わからないままお父様は、あの方に執着し続けている。結局お父様は芙蓉さんに勝てないのですわ。このいまも――」

「いいや」

龍麿はゆっくりとかぶりを振る。視線はいつか暁にではなく、なにもない中空に恍惚と向けられている。

「得られぬものを追い続ければこその執着だ。確かに芙蓉と別れてから今日まで、私はその思いに憑かれてきた。だがいまはもう私は、そこから解き放たれた。いや、私が私自身を解き放ったのだ」

老いた男の唇が三日月形に攣れ上がって、笑いの表情になる。能面の翁にも似たほがらかな、しかしうつろな笑みだ。宙を見つめる目はふたつの空虚な穴だ。

「芙蓉が『卒塔婆小町』で早変わりをすると聞いたとき、私はひどく驚いた。昔この芝居の上演を計画していたときは、芙蓉はそんなことは一度もいわなかった。観客の目に見えるかたちで小町が変身することにどんな意味があるのだ。それから急におかしくなった。私は大声で嗤っていた。なぜあの女が急にプランを変えたのか、わかったからだ。

再会を約束して別れたあの日、芙蓉は私にいった。

『一九九六年になればあなたは八十二、私は六十一。あなたが誉め称《たた》えて下さる美しさなど、どこを探しても無くなっているでしょう。

お会いしない方がいいとは思われません？　あなたはきっと後悔なさる。いいえ、それより私がわからないでしょう』

老いて変わるのが恐ろしいのは私以上に君の方だろうと私はいい返し、しかし芙蓉は笑って首を振った。

『やはりあなたはわかっていらっしゃらない。確かに私の外貌は変わるでしょうが、それはあなたが賛美するこの偽りめいた帳《とばり》が、消え失せるということでしかないんです――』

だがそれは違った。私は芙蓉を哀れんだ。やはりあの女も私のように老いて、その老いをありのまま舞台に晒すことをためらっているのだ。それだけで正目に彼女を見なくとも、その容貌がどれほど変わり果てているかはわかりすぎるほどだろう。

好きなようにしてみるがいいと私は思った。そしてせいぜい皺ばんだ顔を白粉に塗り込め、美女の扮装で舞台に現れて、きらびやかなせりふで誉め称えられるがいい。だがそれは舞台の上の幻影に過ぎない。もろくも現実を覆い隠す帳でしかない。私は彼女に惜しみない拍手を送り、そして最後にいうだろう。

あの詩人は『奇蹟ってこのことかしら』と君を眺めていったが、私には少しも奇跡など起こっているようには見えないね、と。

芙蓉、君は老いた。私も老いたがそれ以上に君は老い朽ちた。あれほど君を輝かせていた美貌はもはや遠い記憶でしかない。地上の地獄というなら、いまこうして生きたまま崩れていく老いの身こそまさに地獄だ。私たちはともに地獄にいるのだ。君は私を拒み続けたが、いまは私が選ぶ番だ。それがわかっているか――」

「お父様！」

暁が叫ぶようにそのことばをさえぎる。

「それはもう、愛なんかじゃない。お父様は芙蓉さんを、憎んでいらっしゃる」

しかし龍麿の微笑は消えない。

「いや、愛だ。これが私の愛し方だ。大迫も私に向かってそんな的外れなことをわめき散らした。私が芙蓉を憎み、かつて拒まれた復讐のために『卒塔婆』を演じるよう強いているのだ、などとな。なにをいうか。私を差し置いて己れこそが芙蓉の賛美者であり、理解者であるとでもいうつもりか。無礼なやつ。だから、黙らせるしかなかった」

寝台の上から前へ伸ばされる龍麿の両手。その指の太さに、暁は一瞬びくりと身を退く。胸に湧き上がってきた恐怖に押されるように、口を開く。

「でも、芙蓉さんは本当に奇跡を起こされたわ。舞台に現れたあの方は、花の盛りの美女そのものだった……」

ふっとことばが切れた。もう一度、目の前の老いた父親を凝視した。

「だから、だからあのときお父様は、お倒れになったの？　驚きのあまりに？」

薄笑いを口元にこびりつかせたまま、こわばり動かぬ龍麿の顔。さすがに語り続けて疲労が濃いのか、血の気は失せて鉛色に変じている。だがいま自分がそんな表情をしていることを、彼自身気づいてはいないのかもしれない。

「確かにあれには驚いた。精巧な仮面であったにしても、見事な出来映えだった。しかし最後には私は勝ったのだ、暁子。芙蓉が仮面で老いた己れを隠すなら、私はこうして在りし日の鹿鳴館を甦らせる。これが芙蓉の決して認めようとしなかった私の力、私の資力、私の権力の証なのだ。

時をさかのぼる奇跡を、演ずるのは私だ。私はあの女に勝ってみせる。そしてこの手であの女の顔を覆う帳を引き剝がしてみせる。私は無力な詩人ではない、戦士だ。獲物はこの手で倒し、捕らえるのだ」

「ではあの人を刺したのは、お父様だといわれますの。でも、そんなこと——」

「そんなことだ、暁子。私がやったのだよ、紛れもなくな」

目は大きく見開かれていたが、もはや彼女はものをいえない。まっすぐに立っているというだけで、いまは精一杯なのだ。龍麿は視線を転じた。

「どうした、桜井君。あまりの意外な真相にことばも出ないかね」

だがしばらく沈黙を守っていた桜井京介は、ゆっくりと伏せていた顔をもたげた。手を前髪の下に差し入れて、眼鏡を外した。そうして前髪を掻き上げながら一足、前に出た。

「いいえ。少なくとも今日あなたがしたことは、意外でもなんでもありません。ただ、初めから目の前にあからさまに示されていた手がかりに、いつまでも気づくことのできなかった自分の愚鈍さを、改めて恥じ入るだけです」

4

彼の口調はいつにも増して、淡々となんの高ぶりもない。講師が大学の教壇で熱の入らぬ講義を始めるように、両手はだらしなく上着のポケットに入れたまま、軽く足を開いて立っている。そして頭を軽く傾げて、語り続ける。

「なにかを語ろうとして、結局人間は自分自身の願望や真意を知らぬまま対象に投影し、ひたすらそれを語っているだけなのかもしれません。自分以外のことは語れない。語りたいとも思わない。つまるところ人間は自分自身にしか興味を持てない。そういうものなのです、たぶん。

僕と最初に会ったとき、あなたはジョサイア・コンドルと鹿鳴館を話題に選ばれた。それは『卒塔婆小町』から連想されたテーマであり、近代建築史を研究する僕に対する撒き餌《まきえ》の意味でもあったのでしょう。

確かにあのときからあなたは狩人であり、僕はあなたの娘を幸せにするために必要と目された獲物でしかなかった。けれどあなたの語るコンドル像は、むしろあなたの希求によって変形された、あなた自身の似姿であったことに、僕は全体の構図を摑んだとき初めて思い至りました。

コンドルが明治政府要人の妻と恋に落ち、子まで生《な》し、ついには彼女を改名させて密かに娶ったという、史実としては成り立たぬ仮説をあなたは熱心に語られた。にもかかわらず僕がその不備を指摘しても、驚きも反駁もなさいませんでした。元からあなたはそんな説を信じてはおらず、ただ僕という人間の知識や能力を試みるだけの話題のつもりだったからです。あなたのコンドル・コレクションに、これみよがしの贋作が数多く含まれていたのと同じに。

けれど試みられたのはむしろあなたでした。ロールシャッハ・テストが不定形のかたちに、どんな意味づけをするかで被験者の潜在意識を映し出すように、あなたはコンドルと鹿鳴館という対象からご自分の内面を実は語っていた。コンドルの日本に対する愛と憎悪、その矛盾の鏡としての鹿鳴館。日本の近代化西欧化の尖兵として、働けば働くほど自分の愛するものから遠ざからずにはおれないコンドルの苦悩。その愛から与えられたたったひとりの娘、母のわからない少女。日本を芙蓉さんとその芸術に、娘を暁さんに置き換えれば、コンドルの苦悩はそのままあなたのものだった。

ただ一度芙蓉さんから求められたとき、あなたは血の絆を選んでしまった。その結果あなたの愛は成就されることなく、いまも宙吊りにされている。己れの祖国、つまり血を捨てて日本に骨を埋めた建築家は、神名備芙蓉との愛を貫くことであり得たかもしれないあなたのひとつの理想像、コンドルとくめと娘へレンの一家はあらまほしき夢想の聖家族だった。

だからこそあなたは成立し得ぬとは承知の上で、血の繋がらぬコンドルの子と妻を実の母子とする仮構を熱をこめて語り、しかもその嘘を僕に指摘させることで逆説的な満足を味わわれたのです。——違いますか」

龍麿は無言のまま、じっと京介のことばに耳を傾けていた。しかし彼が語り止むと、物憂げに首を巡らせた。

「そこまで気づいていたというなら、桜井君。なぜ君は手をこまねいていたのだね」

「手をこまねいていたつもりは、ありません」

「だが事実、私はこの手で芙蓉を殺した」

掛け布団の上に置かれていた龍麿の右手から肩へ、鋭い痙攣めいたものが走り抜ける。彼はその手をゆっくりと目の前に上げた。

「そうだ、殺した。殺すことによってしか成就し得ない愛もあるのだということを、私はこの歳になってようやく知ったのだ。もはや芙蓉は老いも崩れもしない。永遠に私のものだ。私ひとりの——」

ふいに龍麿は口をつぐんだ。金属の回転する固い響きが、冷えた室内の空気を震わせたのだ。いま、ドアが開こうとしている。隣の舞踏室とのしきりの扉、鹿鳴館そのものを忠実に復元するなら、続き間として使用するときのために間口の広い引き戸としなくてはならないドアだ。

開くドアとともに光が流れ入ってくる。同時にかすかなワルツの音色。まるでそのドアの向こうは明治の世界であり、いまも舞踏会の繰り広げられる鹿鳴館の夜会に通じているとでもいうようだ。

そして額縁に囲まれたような その方形の空間に、明るさを背にして立つ人影があった。長身を隙無く包む黒一色のドレス。髪から顔、首と肩を覆い包むやわらかな黒のショール。これも漆黒のサテンの長手袋に包まれた腕でそのショールを押さえ、裾を翼のように波打たせながら、ゆっくりとすべらかな足取りでこちらに進んでくる。

足を止めた。顔から肩を覆い包む布は薄く、その中に白い顔が浮かんでいた。耳と喉元に飾った銀色のジュエリーが、布を隔ててきらめいていた。しかしそれよりも明るく、内に炎を宿したかに輝いているのは、その人の双の瞳だった。

声が聞こえた。

「龍麿――」

と。深く、甘く、つややかなメゾ・ソプラノが。

「あなたはとうとうなにひとつ、おわかりにならなかったのね。龍麿。だから私はいくら請われても、あなたを受け入れるわけにはいかなかった」

「芙蓉……」

老いた男はうめいた。

大きく引き剝かれた目は、しかしふたつの穴のように光もなく、赤い血管を浮かばせ、死人のそれのように濁っていた。

「ええ、私よ」

黒い帳の中から女は答える。

「噴水の音がきこえる、噴水はみえない。姿は見えなくとも声は聞こえるわ。私の声は。でもあなたはそれさえ、おわかりにならなかったのね」

「嘘だ――！」

突然龍磨は叫ぶ。ひび割れた声が板張りの高天井の下に響く。

「嘘だ、おまえのわけがない、おまえは私が殺した、この手でおまえの体に刃物を突き立てた。まさか舞台に立てるとは思わなかったが、それも束の間だった。私の見ている前でおまえは倒れた、血に染まって死んだ、死んだはずだ！」

「そう、私はあなたに刺されて、倒れた。けれどあなたの愚かさが矯《た》められぬ限り、何度でも戻ってきます。約束しましたもの。この年、もう一度あなたと会うということを」

突然龍磨は寝台から身を起こした。掛け布団を撥ねのけ、起き上がる。床に降りた。その動作に麻痺などかけらもない。そのまま一頭の黒い獣のように、目の前の黒衣の女に向かって飛びかかろうとする。

はっと我に返った高安や暁が、彼を止めようとした。

女は動かない。ただ手袋に包まれた腕を、まっすぐ前に伸ばす。

その指先に射抜かれたように、龍麿は棒立ちになった。双の眼球は、紛れもない恐怖に極限まで引き剝かれ、どす赤く染まった顔のこめかみに太く血管が浮き上がる。わななく唇。だが声は出ない。

「あなたに、私は殺せない」

龍麿の開かれた口からもれたのは、すでに人のものではない、老いた獣のおめき。それもたちまちとぎれて、ごろごろと喉が鳴る。彼はそのまま、どうと仰向けに倒れた。

セイレーンの遺言

1

時計の分針がゆっくりと、十二の位置を遠ざかっていく。

時はようやく夜半を過ぎて、しかしガラス窓の外は未だ濃い闇。夜明けは遥かに遠い。無明の奥から木立を鳴らす風の音が、獣の悲鳴めいて耳に刺さってくる。

オテル・エルミタージュの二階、以前京介と蒼が泊まったのとは反対の角にあるスイートが、神名備芙蓉のために用意された客室だった。

金の薔薇を散らしたローズ・ピンクの壁紙、共色のソファ。落ち着いた中にも華やかな色合いに飾られ、壁鏡の縁や張り出し窓に円の曲線を用いたその居間に、芙蓉と京介と蒼、三人が座っている。

時折高まる風の響きと、ラジエーターの息づかいめいた音だけが聞こえる沈黙の室内。

両手で自分の膝を摑んで、聞きたいことが山ほどあるのをこらえながら、蒼はそっと横目に京介の顔を窺う。

さっきまでは鹿鳴館の舞踏室で、隣室からもれてくる話し声を、その中でつぎつぎと明らかにされてくる多くの事実を息を殺して聞いていた。いつかそばに芙蓉がいることも、頭から消えかけていた。

そして迎えた、あの終幕。

物語の筋に理解できぬことは少なくないにしても、いま事態がひとつの結末を迎えたことは、蒼の目にも明らかだった。ふたたび倒れた天沼龍麿を乗せて走り去った救急車も、そろそろ下田の病院に到着する頃だろう。

「——桜井さん。あなたには、お礼を申し上げなくては」

やわらかに沈黙を破って口を開いたのは芙蓉だった。彼女は先程の黒いドレスをまとったまま、ショールを首から肩へゆったりと纏いつけている。

「いいえ」

京介は目を伏せたまま、短く答える。

「僕が力足らずだったばかりに、村田さんには苦しい思いをさせてしまいました。申し訳なかったと思います」

「でも、あなたが前もって忠告しておいて下さったおかげで、あの子は死なずにすみましたもの。衣装の下に前もってつけていたコルセットがなかったなら、舞台に立つどころかそのまま楽屋で息を引き取っていたかもしれない。傷を押して舞台に出たのは、彼自身の意志です」

「しかし僕は龍麿翁が、あのような行動に出ることを予想していた」

「予想していたということなら、それは私も同じです。けれど」

芙蓉の声が低くなる。

「あの人を途中で思いとどまらせることは、神様にだってできなかったでしょう……」

「あの——」

蒼がためらいがちに声を出した。黙っているとこのまま、なにも教えてもらえないことになってしまいそうだった。止められるかも知れないと思ったが、京介はなにもいわない。

「ごめんなさい、聞いてもいいですか？　つまりあの早変わりで、ドレスを着て出てきたのは芙蓉さんと入れ替わった村田さんだった。そういうことなんですね？」

「ええ」

笑みを含んで芙蓉はうなずく。深く落ち窪んだ眼窩の中から、目はいたずらっぽい光をたたえて蒼を見返す。

「わからなかったでしょ？」

「全ッ然です、ほんとに。――だって、すごく似ていましたよね」

そのことはいくら強調しても、強調し足りないほどだ。確かに芙蓉は顔立ちも体つきも女性としてはややいかつく、背は高く、村田は男としては骨細で小柄だった。それは無意識の内に、性差を前提として見ていたからかも知れない。だが素顔を並べて見る限り、ふたりの間に類似らしいものは少しも感じられなかった。

「――あの子はね、私がパリで見つけたの。あれは、そう、彼がまだ十歳のときのことよ」

「そのときから、あなたと似ていてそれで？」

芙蓉は静かにかぶりを振った。

「父親は絵の勉強に来て、結局ものにならないままお酒で体を壊した日本人で、母親は彼と同棲していた中国系のモデル。そう聞いたわ。もちろん出会った頃にはふたりとも死んでいて、あの子は身寄りのない浮浪児で、施設に入れられては逃げ出して、オペラ座の近くで私のお財布をすろうとした。

一度は警察に渡したのだけれど、歳を聞いたら暁子さんと同じだった。そのせいもあってどうしても気になって、施設まで訪ねていって、最後には家に引き取ったの。夫は物好きだねって笑ったけど、反対はしなかったわ。私のすることにはなにひとつ、文句もいわず受け入れてくれる人だった」

そのときのことを思い出しているかのように、彼女は目を上げて微笑む。

「本当の親御さんのことを、忘れろなんていわない。もしもあなたが嫌でなければ、ごっこ遊びのつもりで親子をやらしてちょうだいっていったの。あの子は怒ったような顔をして、それでもうなずいてくれたわ。そして、その日から二十年。ずっと私のそばにいてくれた。親子なんてものじゃない。私の分身のようなもの。いつの間にか。いいえ、そう仕向けてしまったのは私だったのだわ。

私たちの顔が似ていると、最初にいったのは夫よ。初めは少しも気がつかなかったけれど、そういわれればそうかもしれないって。深い意味はなかった、少なくとも私には。でもあの子にはそうではなかった。私が次第に老いていく内に、あの子は私の若い頃と似ている自分をますますそれと意識するようになっていって、自分でメイクも工夫して、いきなりそれを見せられたときは本当に驚いたわ。ドッペルゲンガー、いいえむしろ『ドリアン・グレイの肖像』かしら。

嬉しかった、とはとてもいえない。それどころかひどく奇妙な気持ちがして、二度とそんな真似はしてくれるなと腹を立てたほどよ。若いときの顔にいまさら執着なんてなかったし、年を取って少しずつ自分の顔が変わっていくことを、気に病んでいたつもりもなかった。でも、そんなふうに思いがけないものを目の前にするとやっぱり冷静ではいられなくて。だからあの子は逆に普段は、私と少しでも似ているなんて思われないように顔も声も作っていた。それでも彼を私の、実の子供じゃないかと勘ぐる人もいたけれど」

芙蓉の喉が大きくひとつ鳴った。

「けれど結局私はそれを利用することにした。『卒塔婆小町』の舞台のために——」

深春が推理した早変わりのトリック。特殊なマスクを使ったのだろうとする、その根拠は首を覆い隠した不自然な衣装のデザインだった。しかし衣装が隠していたのは化粧ではカバーしきれない部分、男の骨格が現れる首筋と喉の突起だったのだろう。

「あの……でも、声は？」

蒼はもう一度遠慮がちに尋ねた。芙蓉は慈母のように微笑み返した。

「私、もう歌えないの。声帯を痛めてしまって、なにより高音が昔のように出なくなってしまったの」

「え？——」

「日本に戻ってきて、内輪の歌の会もすぐに止めてしまったのはそのせい。こうして話しているくらいならしばらくは大丈夫だけど、歌ったり舞台で発声すると苦しくなって、ついには咳が止まらなくなってしまう。だから十月の舞台のときも老女の声は私がしていたけれど、音響さんに頼んで途中からあの子の声を入れてもらったのよ」

「でも、芙蓉さん、あのとき……」

歌っていたではないか、芙蓉は、この屋上で。そのドラマチックな歌声はいまもあざやかに、蒼の耳に焼き付いている。

「歌っていたのは私ではないの。壮ちゃんの歌声に私が振りを合わせていただけ。歌うことを求められて断りきれなかったときのために、どうやれば気がつかれないか、いろいろ試していたのよ。だから人が来ないだろう、あんな場所でね。あなたの立っていたところからは、床に腰を下ろしていた彼の姿が見えなかったのね」

蒼は村田壮太の、いつもむっつりと不機嫌な表情、人と視線を合わせぬ陰気な態度、口の中でこもったような話し方しかしなかったその声を思い出す。それもすべては神名備芙蓉の影として、自分の顔や声が彼女と似ていることを気づかれまいとするためであったのか。

「結局天沼龍麿は彼のことを芙蓉さんだと思いこんで、刺したんですね——」

「そう、気がつかなかった。最後まで」

倒れて足が麻痺し歩けなくなったというのは、彼の嘘でしかなかった。だからこそ診察を受けるわけにはいかなかったのだ。夕刻ひそかに鹿鳴館の二階を降りた龍麿はホテル内の楽屋に忍び入り、メーキャップを済ませていた村田と対面し、どのようなやりとりがあったのか、彼を刺した。

精巧なメイクに眩惑されたのか、あるいは思いこみの激しさのためか、彼は最後までふたりの入れ替わりなど夢にも思わずに、自らの手で神名備芙蓉を殺したと確信していた。彼自身のことばに拠れば紛れもない愛ゆえに。それを狂気と呼ぶなら、確かに天沼龍麿はすでに狂っていただろう。

しかし刺された村田は、その傷を押し隠して舞台に立った。龍麿はその信じられぬ事態に動揺し、とどめを刺そうとでも思ったのかもしれない、村田を刺したナイフを手にしたまま鹿鳴館の階段を降りようとした。外から駆け込んできた板倉陶子は、その姿を見たのだ。

先程龍麿を運び出す前に、小さな一幕があった。板倉が取り乱した様子で現れて、龍麿に会わせてくれと声を荒らげながら部屋に押し入ろうとした。興奮した彼女のことばは断片的で容易に理解し難く、龍麿が大迫を殺した、そのことに自分は復讐したのだ、というようなことを繰り返している。火災現場に落ちていたというライターのことで、ずっと龍麿を疑っていたのだと。大迫のイニシャルを刻んだジッポは、彼が何度目かの禁煙を決意したときに板倉が譲り受けていた。吸いたくなると大迫は、当然のように板倉の煙草とそのジッポを使った。失踪の夜も一度彼女の元から持っていったのを、彼は階段下に落としていき、翌朝板倉が拾った。ならば天沼邸の焼け跡にこれ見よがしに落ちていたイニシャル入りのライターは、偽の証拠に他ならない。龍麿の他に誰がそんなことをするだろう。

だが板倉が龍麿のナイフを奪って、その脇腹を刺したとは思えない。京介と蒼が追いつくまでほんの一分足らず。それほどの時間はなかったはずだし、もしそうならいかに正気を逸脱しつつあったとはいえ、龍麿がそのことを口にしないわけはなかった。しかしたとえばあの暗がりで、とっさに下から手を伸ばして龍麿の足をすくうのは可能だった。そして階段を足踏み外して落ちた彼は、はずみで自らの腹を刺した——

『ろくでもない男だったわ、確かに。身勝手で、好色で、品性下劣で――』

目を赤く泣き腫らした板倉の唇をもれた、悲鳴のような声がいまも蒼の耳から消えない。

『それも歳を取るほど、ひどくなっていった。私の前で見せつけるみたいに、男にも女にも手を出して。

そうよ、文字通り見ている前でよ。それも、一度や二度じゃなかった。

仕事に失敗したら私のせい、手柄は全部自分のもの。

最低の、最悪の、ダニみたいな男。

でもだからって虫けらのように殺されて、利用されていいってことにはならない。なるものか。そんなこと、私は赦さない――』

（あの人はやっぱり大迫さんを好きだったんだ）

蒼は思う。いつか彼女が蒼に向かってした昔話、舞台という世界でひとつの夢を共にした若い男女の話は事実だったのだろう。そうしてどれほど彼が変わり果て、昔の面影を失ってしまっていても、その向こうに若い日の彼を見ずにはいられなかった。

（少なくとも、かつて愛していたということを忘れられなかった……）

興奮して自傷の恐れもある板倉は、小野木と深春がふたりがかりでつきそって、やはり下田の病院へ車に乗せていった。あの人が少しでも罪に問われるようなことはありませんようにと、蒼は祈らずにはいられない。

「ぼくが聞いた大迫さんからの電話は、それじゃ芙蓉さんの声色だったんですね？」

よくよく考えてみればそれも、疾うに気がついていいことだったのだろう。あのときにかかってきた電話の内容は、その直前蒼が口にした偽電話説に対する反証そのものだった。まるですぐそばで蒼のことばを聞いていたかのように。

そして駄目を押すみたいに、中庭で出会ったときのことを話題にした。そのくせ蒼に対して、『義務教育くらい行きなさい』などといった。蒼が高校生であることは、大迫なら知っていたはずなのに。

「ぼくと大迫さんが中庭の外階段で鉢合わせしたのも、知っておられたんですね？」

「ごめんなさいね、あなたを騙して利用するようなことをしてしまって」

悪びれるそぶりもなく、芙蓉は詫びのことばを口にする。

「あのときは壮ちゃんが上から見ていたの。あなたが駆け出していった後、大迫はふらふらしながら立ち上がった。少し気になったけれど声をかける気もしなくて、私たちはそのまま様子を見ていたわ。そうしたら彼は玄関から庭に出て、ヒマラヤ杉の中へまっすぐに歩いていった」

そして戻ってこなかった。そのまま姿を消してしまった。だが大迫が失踪する前に、天沼邸に立ち寄ったという話は聞こえない。龍麿はそのことを隠している。とすれば大迫は彼に殺されたのではないかと、芙蓉が推測することは簡単だったろう。

（それなのに芙蓉さんはぼくと暁さんに偽の脅迫電話を聞かせて、大迫さんが生きているように思わせた……）

わかってしまえばトリックというほどのこともない。携帯電話が二台あれば、村田の隠し持ったそれでこちらの話を聞き、二階から下の電話にかけることもできる。

わからないのは理由だ。なぜそんなことをする必要があったのか。偽電話の目的はなんだったのか。尋ねようとして蒼はためらう。芙蓉はやわらかな笑みを浮かべて、聞きたければなんでも尋ねなさいといいたげにこちらを見ている。

しかし。

改めて考えてみれば蒼は、彼女の取ってきた行動の意味するものを、理解しているとは到底いえないのだ。神名備芙蓉を愛しているといい続けながら、ついにはその身に凶器を突き立てようとした天沼龍麿の心事は奇怪で狂気としかいいようがないが、彼女の思いはさらに不可解かもしれない。

蒼は急に恐ろしくなる。ひとたびは時の刃を超越して美しいものに見えていた彼女の微笑みが、突然悪意と死を司る女神のそれのように思われてくる。大迫治樹も、村田壮太も、天沼龍麿も、彼女を巡る男たちはすべて死や苦痛や狂気に向かって歩まされていた。もしかしたら彼女はそのすべてを承知していて、生《い》け贄《にえ》を求める巌上のセイレーンのように彼らを誘《いざな》っていたのではないか。

動機などというものは、元よりなかったかも知れないのだ。男たちの運命を操り、破滅へと向かわせることそれ自体が目的の、魔性の女。ふと、『卒塔婆小町』のヒロインを指して大迫がいったことばが蒼の脳裏に浮かんだ。

——束の間在りし日の美を幻覚させて詩人の若い命を奪い、しかし美しさを取り戻すことはなく、ただ醜く老婆は生き続ける。生き続けることはもはや老婆にも呪いでしかないが、彼女はそのようにして生きていくしかない——

(それが、あなた?……)

芙蓉はなにもいわない。ただ無言のまま微笑んで蒼を見ている。その視線に気押《けお》されて、思わずかたわらの京介に目で救いを求める。しかし蒼の表情に気づかぬはずはないのに、彼は例によって前髪にその目を隠し、口を開こうとはしない。ついに蒼はしびれを切らした。

「京……」

だがその瞬間、思ってもいなかったけたたましい声が深夜の沈黙を打ち破る。廊下に面したドアがこぶしであわただしく連打され、

「桜井氏、そこにいるんでしょ? お願い、開けて、早く、早くったら!——」

「朱鷺だ……」

あっけに取られて蒼はつぶやいた。

2

開かれたドアからころげこんできた遊馬朱鷺は、黒革のライダー・スーツにさらに革ジャンを重ねた防寒仕様。ソバージュの髪を振り乱して、頬が赤いのはしかし寒さのためではないらしい。

「――どうしました」

「どうもこうもないのよッ」

そばに芙蓉がいるのも目に入っていないのか、いきなり京介の手首を摑んだ朱鷺は、

「とにかく来て。暁さんとあの馬鹿男が鉢合わせしちゃって、険悪なんてもんじゃないの。あたしじゃ止められやしない。ああもう、早く！」

朱鷺に引きずられる京介の後を追って、蒼も廊下に飛び出した。階段を駆け上がった三階の、それは以前は龍麿が使っていたスイートだ。ドアは開いたままになっている。

「――なにしてんのよぉっ！」

朱鷺の悲鳴めいた叫び。後ろから覗き込んだ蒼は、あっと声を上げていた。

煌々と照明された部屋の中、窓を背景に立っているのは遠山だ。彼の前に伸ばした両手の先に、暁がいた。彼の手に摑まれて暁の頭は大きくのけぞり、床に膝を突《つ》いていた。

首を、絞めている。

「遠山さん」

だが彼は京介の声を聞くより早く、その手を離していた。暁は床に片手をつき、もう片手を喉に当てて苦しげに咳き込む。朱鷺は京介を放り出して彼女のところに走り寄る。

「暁さん、しっかりして。暁さん――」

「だい、じょうぶ、よ……」

そういいかけてまた咳き込む彼女の肩を抱きながら、朱鷺はきっと目を上げて遠山を睨み据えた。

「この人殺し野郎、よくも人を騙してタンデムなんかさせたわね。どうしても今夜行かなくちゃならないなんていうから、つい同情して乗せてやったあたしも馬鹿だわ。あんたがこんなつもりでいたなら、あのまま轢《ひ》き殺《ころ》してやったのに！」

遠山はそれには答えず、額に垂れかかった二、三本の前髪をなで上げた。首を巡らして京介の方を見た。その顔に怒りや高ぶりはない。むしろ強《こわ》ばり、青ざめていた。

「桜井」

感情を押し殺しているらしい、低く潰れた声で彼はいう。

「例の法医学書からこの女の指紋が出たんだ。俺が持ち出したワイングラスの指紋と、本のページに残っていた指紋が一致したんだよ」

「なんですって？　よくもそんな勝手なことを」

尖った声をあげる朱鷺には目もやらず、

「そしていまこの女にわけを尋ねたら、答えたよ。遠山茂一は自分が殺した、とな」

「嘘よ、そんな！」

朱鷺が叫ぶ。

「嘘でしょ、暁さん。そんなことないわよね。あたしそんなの絶対に信じないわ！」

天沼暁は床の上にじっと座り込んでいた。乱れて顔を覆う髪の下から、やがて低いつぶやきが聞こえる。

「本当、よ。私、茂一さんを殺したわ。あの夜、夢の中で……」

「なんだ、夢で――」

朱鷺はほっと息をつき、

「いい加減なことをいうな！」

遠山はまなじりを吊り上げてわめく。

「夢で殺したら、ほんとに兄貴が死んだっていうのか？　そんな馬鹿な話が」

ゆらりと暁の顔が上がる。なにかが変わっていた。常に彼女の中に硬く張りつめて、その背筋を支えていた芯のようなものが抜け落ちている。ぼんやりと開かれた目、ゆるんだ唇。そこから聞こえてくる声も、子供じみてたどたどしい。

「でも本当なの。私、茂一さんにいって欲しかった。家も親も捨てて自分のところに来いって。さもなければ彼がそれを捨てて、私を選んでくれないかって。ずっと、ずっと、待ち続けていたわ。

けれどいつまで経っても、茂一さんはなにひとつ決めてくれない。さっきお父様もいわれたように、あの人は私のことそれほど好きじゃなかったのかも知れない。だけどそのときは悲しくて、悔しくて、腹立たしくて、その気持ちをぶつけた手紙を書いたわ。今度あなたが夢に出てきたら、殺してしまうかもしれないって。そうしたら本当にあの人の夢を見て、私、その中で彼を殺した」

暁はじっと開いた自分の両手を見つめる。そこに夢の中の殺人の、血しぶきが残ってはいないかというように。

「そして朝になったら、なんだか気がかりでならなくて、じっとしていられなくて、まだ暗い中を車を走らせた。彼のところへ——」

「そして——」

かすれた声で遠山が応じる。

「そして兄貴が死んでいるのを見つけたって、いうのか」

「そう……」

暁の頭がふたたび、重たいもののように前へと垂れる。

「そうなの。あのときは本当に、目が覚めたまま悪夢の中にいるようだった。茂一さんの表情はとても静かで、眠っているようにしか見えなくて、でも頬に触れたら、冷たいの。とても――」

「じゃあ、あの本は」

「覚えているわ。枕元に開かれたまま置いてあった分厚い本。感電自殺の方法が書かれたページ。そばにはタイマーまであった。私があの人を責めたからだろうか、そのために茂一さんは自殺まで考えたのかって、いたたまれなくて、本棚の奥に隠してしまった」

「口紅は」

「置いてきたの、わざとあそこに。いつか誰かがあれを見つけて、私を告発してくれるのじゃないかって」

暁は顔を上げた。涙のすじのある顔で、遠山を振り仰いだ。

「前にもあそこでリップスティックが見えなくなって、そのときは茂一さんが見つけてくれて、そして教えてくれたわ。この部屋で鉛筆とかビー玉とか、ころがりやすいものが無くなると、みんなこの縁側の下にあるんだよ。ぼくたち兄弟はよく知っているって」

指先で自分の唇に触れながら、暁は泣き笑いする子供のように小さく微笑む。蒼は彼女の表情の意味が、わかったように思う。口紅の記憶。それはあるいはふたりが交わした、口づけの思い出ではなかったのかと。

「だったら——」

 遠山がみたびひびわれた声を上げる。

「兄貴の死がただの突然死でしかなかったんだとしたら、あれはなんなんだ。あの、裏返しにされていた寝間着は。あれもあんたがやったことだっていうのか？――」

暁は不思議なことを聞いたとでもいうように、ゆっくりと目をしばたいて遠山を見た。

「いいえ」

かぶりを振った。

「でも、あれを見たときわかったの。なぜ茂一さんがあれほどはっきりと、私の夢に出てきてくれたのか」

「なにを、わけのわからないことをいっているんだ、あんたはッ！」

遠山のこめかみに青く血管が浮く。暁に向かってふたたび摑みかかろうとするかに動いた彼の、前をさえぎったのは京介だった。

「遠山さん、あなたは茂一さんの残したあの本、『小町探求』を読んではみなかったのですか」

「読むもんか、あんなもん」

「読めば彼がなんのために寝間着を裏返して着たか、理解できたでしょうに」

「なんだって？……」

「あのあと同じ本をようやく見つけて、その中に小野小町が詠んだこういう歌を見つけました。

『いとせめて恋しき時はむばたまの
　　夜の衣をかへしてぞ着る』

本の中に歌の意の解説があります。夜の衣、寝間着を裏返して着るとは、恋しい相手の夢に自分が現れるための呪術だったのだろう、と」

「う、嘘だ――」

遠山の顔がゆがんだ。

「嘘だ。兄貴はそんなまじないみたいなことに、頼る人間じゃないッ！」

「――二日後に茂一さんの手紙が届きました。亡くなる前の日に投函された手紙。私が書いた、今度夢で会ったらあなたを殺すかもしれないと書いた手紙の返事です。並んでいたのは私の恨み言を鏡に映したような、全部小町の歌だけ。でもその中に、その歌が入っていました」

暁はつぶやくように続けていた。

「だからあの人は、私に殺されるために夢に出てきてくれたんです。そして私は確かに、彼を殺したんです。あなたが私を人殺しと罵るのは、正しいわ。蓮三郎さん。あなたがそうしろというのなら私、自分で自分を裁いてもいい――」

「暁さん！」

朱鷺が叫んで彼女にすがりつく。

「馬鹿なこといわないで。それは夢よ。夢の中で人を殺して、たまたまその人が死んだからって、それは罪にはならないのよッ！」

暁は目を伏せたままかぶりを振る。

「でも、なにを罪と考えるかはその人次第だわ。蓮三郎さんが赦すといってくれても、私は自分が赦せない。なによりも、このいまでさえ私は、最後まで私を選んでくれなかった茂一さんに恨みがましい思いを消しきれない。そんな自分が赦せないの——」

室内に落ちた沈黙の中で、音もなく動いたもの。神名備芙蓉の黒いドレスの裳裾だ。彼女が立ったのは遠山の前だった。高いヒールを履いた芙蓉の目線は、遠山とほとんど同じ高さにある。

「蓮三郎さん、とおっしゃるの」

まじまじと見つめられて、さすがに彼はたじろいだように顎を引く。

「顔の輪郭がよく似ておいでね、お兄様と」

「兄を、ご存じなんですか」

遠山はいきなり足元をすくわれた表情になった。

「どうして、あなたが」

「一度だけ私の家を訪ねてみえたの。あれはたぶん亡くなられる、前の年あたりね。もちろんあなたのことで相談に来られたのよ、暁子さん。あの人は私をあなたの実の母親だと信じていらしたから」

「私初めて聞きました、そんなこと……」

暁がつぶやいた。

「いわなかったのよ。茂一さんともそう約束していたし、特にその後あの人が亡くなったと聞いたからなおさらだった」

「でも——」

「ええ。いわなくて済むならその方がいいと思っていたけれど、こんなことになったら聞いていただくしかないわね。茂一さんもきっと、許して下さるでしょう。——暁子さん、遠山蓮三郎さん」

芙蓉は静かにそう呼んだだけだったが、ふたりは同時にびくっと体を震わせた。

「遠山茂一さんは心臓に病気をお持ちでした。子供のころからのもので、いますぐ深刻な症状が出るものではない。ただ一種の時限爆弾を抱えているようなものだから、長生きは難しいと思う。ご両親はもちろん知っているけれど、それほどのこととは思っていない。妹や弟には教えていない。

そんな自分が暁子さんに求婚するなど思いもよらないが、事実を告げて彼女がそれでもいいと言い張れば大きな犠牲を強いることになってしまう。別れるにしても、心に負担を残すようなことはしたくない。そのことを悩んでいらしたんです。でも、そう伺っても私は、残念ながらなにひとつ力になってさしあげられなかった」

「——止めてくれえ！」

遠山が突然叫んだ。

「俺は信じない、そんなの。もしもそうなら兄貴が、旅館を継ぐなんて初めからできやしない。姉貴は結婚してるんだし、それで俺を好き勝手にさせてたら、結局は——」

声が次第に小さくなって、とぎれる。

「まさか、それも、俺のため？……」

大きく目を見張った遠山の顔は、途方に暮れた小さな子供の表情だ。

「俺のために兄貴は、親どもにも病気のこと、隠して？　後でそれに気づいたから、おふくろは自分を責めて。俺だけはずっとなにも知らないで。そんなのって、あるかよ……」

「茂一さん——」

床に両手をついたまま、暁がうめいた。

「そんな、ひどい。なにもいってくれないで。私、知らなくて、何度も、あなたを……」

いきなり彼女の手が、こぶしを握って床を打つ。そして叫んだ。

「ひどい、ひどい、そんなのひどいッ！　それじゃ私があなたを殺したんだわ。夢の中じゃなくて、本当の本当に殺してしまったんだわ。卑怯だ、優柔不断だって、何度もあなたのこと罵って！——」

わあっと声を放って暁は泣き出した。床に身を投げ、両手でカーペットを掻きむしり、頭を打ちつける。絶叫し、号泣する。父の狂気を目の前にしてさえ、冷静さを失うことなかった彼女が。恋人が死んで八年間、堪え続けてきたすべての悲嘆と激情を、いま吐き出すかのように。

3

蒼は朱鷺に手を貸して、暁を奥の寝室へ連れていった。ようやく泣き止んだ暁は疲れ切ったのか、服のままベッドに這い込むようにして眠ってしまう。

「——だいじょうぶかな、この人……」

一晩の内に家長である父親をいわば失い、いままた恋人の死の真相を余すところなく知らされてしまったのだ。心を支える柱を一気に失って、暁は暁のままでいられるだろうか。

「平気よ。暁さん、強いもの」

朱鷺はきっぱりといい切る。

「頼れるものがなにも無くなったときこそ、人間って強くなれるのよ。しばらくは苦しくたって、あたしの大好きな暁さんだもの、きっとそこからもっと強くなって立ち上がってくれる。そう信じるわ」

それでも蒼は気がかりだったが、いつまでも女性の寝顔なんか見てるものじゃないわよ、マナーでしょ、と朱鷺に引きずり出されてしまう。外の廊下には遠山がひとり、所在なげに壁にもたれて煙草を吸っていた。

「一本くれない」

めんどくさそうに胸からパッケージを引き出した彼は、朱鷺の手にそれを放り渡す。

「やるよ」

いい捨ててきびすを返す。

「どこ行く気？」

「帰るんだ」

ポケットに両手をつっこんで階段を下っていく背中を見送っていた朱鷺は、ふいにはっとした顔になる。

「なにいってんの、あいつったら。帰るったって足もなにもありゃしないじゃない。あたしの後ろに乗ってここまで来たくせに」

一度くわえて火を点けた煙草を、

「えい。まったく世話の焼ける！」

いまいましげに灰皿にもみ消すと、廊下の隅に転がしてあった真っ赤なヘルメットを拾い上げた。

「朱鷺？」

「またね、蒼。今度こそ遊ぼうね」

肩越しに振り返ってにっこりしたなり、階段を駆け下りていってしまう。

「——ちょっと待ちなさいよ、馬鹿男。夜の山道歩いて帰るつもり？　こっからあんたのとこまでいったい何キロあると思ってるのよ！」

階下から大声だけが響いてきた。

ひとり取り残されて蒼はあたりを見回す。だが京介たちの居場所を、そう長く捜す必要はなかった。二階に降りると芙蓉の部屋の廊下に通ずるドアが少し透《す》いて、そこから芙蓉の豊かなアルトが聞こえる。だが押そうとして、止めた。

「——私、あなたのお母様を知っているような気がします」

声はそういっていたからだ。

「もちろんずいぶん昔の、私が現役でいた頃のことですけれど」

（まさか京介の、お母さんのこと？……）

蒼は忍び足でドアに寄る。耳を当てる。立ち聞きをすることは後ろめたいが、いま自分が顔を出せばこの話は中断されてしまうのではないか。

(悪いけど、やっぱり知りたいもの——)

「知っているといってもお顔を見たというほどのことですけれど、思い違いではないと思うのよ。あなたと似た人がそう何人も、この地上にいるとは思えないから」

「——いつのお話ですか」

京介の声が応じる。その口調からは彼がなにを感じているのか、少しも聞き取ることはできない。

「あれは、そうね、昭和の三十年代の半ば。だからいまから三十五、六年前になるかしら」

「それが本当に僕の母だとしたら、当時十歳にもなっていなかったと思いますが」

答えは聞こえなかったが、芙蓉はうなずいたのではないか。ややして、今度は京介から問いが発せられた。

「彼女は、幸せそうでしたか」

「その人が幸せか不幸せか、なにをもって決められるでしょうね。でも、笑顔を覚えていますよ。小さな口元に浮かんだ、それはそれはきれいな、淡いピンクの薔薇のつぼみがほころぶような。他のことよりなにより、その笑顔が私の目に焼き付いているの。きっと自分の同じ歳の頃のことを、考えていたからね——」

京介の返事は、すぐには聞こえなかった。そしてようやく蒼の耳に届いたのは、これまで以上になにかを包み隠した、硬い声音だった。

「ではどうか、それだけを覚えておいて下さい。僕にはそうした記憶がないので、そんな彼女を覚えていて下さる方がいるのは、嬉しいです」

「お母様は、いま？」

京介の声は聞こえない。だから蒼には彼が、どんな答えを返したのかは知ることができない。

「でしたら桜井さん、あなたも私のことを覚えていて下さる？　移ろいやすい外形、姿かたちなどではなく、私のことばを、私の想いを、記憶していて下さる？」

たぶん京介はうなずいたのだろう。少しの間沈黙があった。

「あなたはわかっていて下さったかしら。私、決して龍麿を憎んではいませんでした。恋人として愛し合うことはできなかったけれど、愛したいと思い、愛せると思ったこともありました。いくたびも。

でも、私たちはいつもすれ違った。あの人が捧げてくれる賛辞はいつも的外れ、私が返す感謝は誤解されるか、見過ごされるか。私はあの人の鈍感さに苛立ち、あの人は私に馬鹿にされているように思い、いつもいつもそんなふう な、オペレッタの中の恋人のような私たちだった」

「あなたが偽電話で大迫氏の生存を装ったのも、龍麿翁にかかるかもしれない疑惑をあらかじめそらすためだったのですね」

「ええ。馬鹿げた試みだったかも知れません。でも私は龍麿がいま、警察に捕らえられるようなことだけは回避したかった。せめて私の『卒塔婆小町』を最後まで見て欲しかった。今度も私の気持ちは、少しもあの人には伝わらなかったようだけれど。

でも桜井さん、私は決してあんなふうに、彼を絶望させ狂わせるために『卒塔婆』の上演に応じたのではありません。自分の老醜を晒すのが嫌さに、早変わりの演出を考えたのでもありません。

ただ目に見える美しさにこだわるあの人に、ほんのいっとき舞台の上の奇跡を見せて上げたかった。夢を、魔法を信じさせてあげたかった。時は無情に流れ去るのではなく、大きな円環を描いて戻ってくる。輪廻する。そしてかつてはすれ違うしかなかったふたりも、今度こそ手を取り合ってひとつの思いを共にし、微笑みあえるかもしれない。

舞台の帳が降りて、魔法が消えて、それが夢に過ぎないとわかったところで、ひとたび味わった歓びの記憶は残るでしょう。肉体は老い朽ちても魂が夢とともに時を遡《さかのぼ》るならば、より良きものへと過去は変えることができる。そして龍麿がいまの私を見て、変わってしまった私の中に変わることない私自身を見出して、今度こそ心から君は美しいといってくれるなら——」

芙蓉の声がとぎれた。押し殺した喘鳴《ぜんめい》が、扉越しに聞こえてくる。

「けれどこんなこと、いえばいうほど虚しくしかならないものね……」

声がしわがれかすれている。芙蓉は低く笑った。それは紛れもない、絶望に墜とされた老婆の笑いだった。

「龍磨が私を愛しているといい続けながら、行為では私を殺そうとしたように、私も実は彼を憎んでいたのかもしれない。彼が猛々しい雄そのものの匂いをさせて私の前に現れ、私を自分のものにしようとし続けたあの日々の最初から。そして彼は二度までも私を裏切った。最初は私より娘と孫を、次は姉を選んで。

だから私は目に見える、外面の美に固執する龍磨の愚かさを百も承知で、いまの自分を彼の前に晒すのではなく、替え玉を使った早変わりで彼の目を欺いてみせた。彼を翻弄し、眩惑し、支配する。それが私の復讐、愛という美しい帳で包み隠した憎悪、そうでなかったとどうしていえるでしょう。

たぶん私には勇気が足りなかったのです。龍磨に向かってもっと早く、はっきりとあなたは間違っていると告げる勇気。たとえ健康に不安があっても、広島の記憶を抱えていても、臆することなく人を愛し、愛した人の子を産む勇気。自分を包み隠す帳を自ら引き剝ぎ、素顔を晒す勇気。それを持てないまま生きてきた私の臆病さが、すべての原因であったかも知れないのに……」

「けれどぼくはあなたが、遠山茂一が夢の呪術を信じたのと同じほど輪廻の魔法を信じていたことを知っています。一九五七年、天沼龍麿と最初に出会った年。そしてそれから四十年後の一九九六年。今年でなければならなかった、それが理由ですね」

「ああ……」

吐息のように、芙蓉のつぶやく声がした。

「——ありがとう、桜井さん。やっぱりあなたはわかっていて下さったのね」

ふたたび沈黙が部屋の内に降りた。会話の最後の部分の意味するものをぼおっと考え込んでいた蒼は、目の前のドアが静かに引かれたのにようやく気づく。だがもう逃げるほどの時間はない。

「では、失礼します。どうぞお元気で」

「——ありがとう。あなたもね」

芙蓉の姿をかいま見せることはなく、ドアは内から閉ざされた。京介は目を上げてすぐそこに立っていた蒼を見たが、なにもいわない。ただ、帰ろうかというように差し伸ばされてきた手を蒼は、両手で握った。

細い、冷たい、彼の指先。心の在処《ありか》を教えてはくれない彼の、揺るぎない帳めいた沈黙。

（それでも……）

蒼は思う。

（いまは、まだ——）

少なくともこの瞬間彼の手は、蒼ひとりのものだった。

エピローグ――夢の帳

郵便で届けられた電話番号。指定された日時。他人に聞かれる恐れのある場所でかけたい話ではなさそうだった。

仕方なく下宿近くの、一番静かな電話ボックスまで足を運んだ。こんなときだけは部屋に電話を引いていないことが、いまいましく感じられる。

「――桜井です」

『門野だ。時間通りだな』

「はい」

『元気かね』

「はい」

『ははは、相変わらず君は愛想がないな。まあいいだろう。天沼家の一件は無事に解決したそうだが？』

「僕はなにもしていませんから」

『そんなことはあるまい。龍麿翁はまともに話のできる状態でもなさそうだが、高安進が君のことをえらく感服していた』

「そうですか」

『君にその気があるなら、天沼暁との婚約もぜひ考えてもらいたいといっていたぞ。自分は大いに賛成だ、とな』

「そういうお話でしたら、これで切らせていただきますが」

『おいおい。しょうがないな、君も』

「遊んでいるわけではありませんので」

『天沼が嫌なら私の方でも、君のための椅子はいつでも用意してあると、いっておいたはずだが？』

「就職のために卒業したわけではありません。その件は七年前にお断りしたはずです。それでは」

『わかったわかった。話というのは君に預かってもらっているあの子のことだ』

そうだろうと思った。もともとこの老人からの電話を聞かなければ、彼を連れて伊豆まで出かけることも、その結果あんな事件に足をつっこんで、およそ自分の任でもない、建築とろくな関わりもない役目をさせられることもなかったはずなのだ。

「十月のときには、ご覧になられたのですか？」

『いや。車で行って遠目からでも眺めてもらおうと思ったのだが、少し具合がな』

「お悪いのですか」

しかし相手はその問いには答えず、

『君はどう思う。あの子を彼女に会わせていいものだろうか』

「——それは、僕が決めることではありません」

それ以外になんと答えようがあるだろう。

『では、私から直接彼に連絡を取ってもかまわないというんだな？』

「これまでだってお会いになっているでしょう？」

『だから、こういう重大な問題で、さ』

「——それも、僕がどうこういう問題ではないと思うのですが」

笑い声が聞こえた。

『君は、不正直だな』

あなたほどじゃないといいたいのを、こらえた。つまらぬことをいえば、藪蛇になるだけだ。

「お話がそれだけでしたら」

『ああ、すまん。もうひとつ』

「なんでしょう」

『どうしてもひとつだけわからなかったのさ。種明かしをしてくれんか。神名備芙蓉が龍磨との再会を、今年と決めた理由はそもそもなんだったんだ？　芝居のせりふじゃあ百年とか、九十九年とか、八十年とか、そういうことばは出てきたが、少なくとも四十年という数字が出てくる根拠はそのへんにはなさそうだ。そりゃあ八十年後じゃあ、ふたりとも生きてはいなかったろうが、だから半分の四十年というのもなあ』

「神名備芙蓉は今年六十一歳でした」

『ああ、それは知っているが』

「六十歳を還暦といいます。古い年の数え方である十干十二支が一巡りして、生まれた年と同じ干支が回ってくるからです。もちろん門野さんくらいのお年の方なら、こんなことは百も承知でいらっしゃるでしょうが」

『なにがいいたいんだね』

「神名備芙蓉が天沼龍磨と決別してフランスへ渡ったのは一九六八年、つまりいまから二十八年前だったそうです。干支が六十年で一巡りするように、二十八年で一巡りして戻るものがあります。だから今年は芙蓉女史にとっては、干支の新しい巡りが始まるだけでなく、もうひとつの意味でも特別な年だったんです。お互いを求め合いながらすれ違って、ついに結ばれることのできなかった人と再び巡り合うために。まだ、おわかりになりませんか？」

『二十八年？——』

「七かける四です。四は閏年」

『曜日か！』

「一年は五十二週と一日ですから、それだけなら日付と曜日の関係は一日ずつずれて七年で一巡します。しかし閏年が入ると二日ずれる。その結果同じ月日に同じ曜日が当たる年が何年毎に回ってくるかは、イレギュラーな数列になります。その数列の一巡が二十八年。ふたりが初めて出会った一九五七年の十二月十日というのも、六八年、九六年と同じ曜日だったと思います」

『そうか、そうだったのか……』

門野貴邦が次のことばを思いつけないでいる内に、桜井京介は受話器を下ろす。電話ボックスを出ると師走の夕刻の風が、埃と排気ガスの臭気をまじえて全身を包み込んだ。

一九九六年の十二月もすでに下旬。この年もまたあと数日で終わり、新しい年、と称するものが始まるのだ。

考えてみれば太陰暦だろうとイスラム暦だろうと、時を計る暦のシステムとは輪のように循環するものだ。四季の巡りがそれを感覚的に保証している。だが一方直線的で、流れて二度と戻らぬものが時間だという観念も圧倒的な実感を備えていて、その感覚の裏付けはすなわち生物の誕生・成長・老衰・死だろう。

確かに生き物の生の時間は直線だ。いや、過去や未来という概念を意識する、意識しないではおれない人間にとってだけ、それは真実なのかもしれない。

それでも――

時はただ流れ去るのではない、大きな輪を描いてまた還ってくるのだと、だからなにひとつ永遠に失われるものはなく、いつかすべての罪は洗われ苦痛は報われるのだと、そう信じられるものは幸いだ。

だが、信じられぬからこそ人は夢を見るのだろう。どんな現実より美しく甘やかな夢を。

そして目覚めてそのもろさはかなさを嘆く。

『夢と知りせばさめざらましを』

いいじゃないか、夢でも。夢を見ることで人がこのいまの現実を、耐えて生き延びられるのなら。すべては夢。過酷な世界を呼吸するために、我が身を包む夢の帳。

「あ、京介ー!」

「おーい、こっちこっち!」

車道の向こうから賑やかに、名前を呼ぶ声がする。笑いながら手を振っている。あれも夢。だがどんな現実よりも愛しい夢だ。

夢はいつか終わる。それさえ忘れなければいい。

(だが、いまはまだ――)

京介は微笑みながら腕を振り返す。
そして、彼を待っている夢に向かって、道を渡っていく。

ノベルス版あとがき

建築探偵シリーズ第六作『美貌の帳』をお届けする。本作をもってシリーズ第二部の開幕となる。

前作『原罪の庭』から一年以内に次作をとあとがきでお約束したにもかかわらず、思いがけぬほど時間がかかってしまった。遅延の事情については多少のいいわけがないではないのだが、まがりなりにもプロの物書きが個人的な泣き言を並べるような、みっともない真似はせぬ方がましというものだろう。お待たせした読者諸姉諸兄には、心からお詫びしてお許しを願うよりない。

建築家ジョサイア・コンドルについては一九九七年に、これだけの展示は今後二度と実現され得ないだろうという規模と質によって展覧会が開かれ、今年になってもテレビで彼の生涯を扱ったドキュメンタリーが放映されたり、伝記が刊行されたりしているから、ある程度は名が知られるようになってきたかもしれない。

筆者は子供時代駒込の古河庭園で石造りの荒廃した洋館に直面し、非常に強い印象を受けたのだが、それが作中でも触れたコンドル最晩年の作品だった。いわばコンドルは建築探偵の生みの親である。その後古河邸は美しく修復され公開されている。他に残されているコンドル作品は一般に公開されていないものが多い中で、小品とはいえ彼の最高傑作をつぶさに見学できることは、一介の愛好者にとってなににも代え難い歓びである。

お読みになって気づかれる方も多いかも知れないが、今回の主要人物のひとりである歌手にして女優には、筆者の作品にしては珍しくモデルがいる。もちろん了承を得て書いたわけではないので、名は挙げない。ただその人の存在なくしては、今回の物語はかたちをなさなかった。ファンのひとりとして感謝を捧げたい。

最後に例によってお力添えいただいた方たちへ、ささやかなお礼のことばを。

若き照明家山本香織氏からは、舞台関係のこまごまとした用語等についてご教示いただいた。自分の娘のような年齢の人たちから作品を愛され、有益なアドバイスを贈られるほど物書きとして心強いことはない。

夫半沢清次には、もっとも辛い時期を支えてもらえたことに。人とは苦しみの中でこそ、真に尊い存在に気づけるものなのかもしれない。

文芸図書第三の宇山日出臣部長、秋元直樹氏。こういう方たちと共に仕事ができる幸いを、私は毎回嚙みしめている。

そして一年以上待っていて下さった読者の方々、いまからこの物語と出会おうとしているすべてのみんなへ。ありがとう、大好きです。あなた方がいてくれるから、私は私であれるのです。

嬉しいことに建築探偵でも、それ以外でも、書きたいことは泉のように湧いてくる。さあ、今度はなにを書こう。

だがいちおう予告しておく。建築探偵の次回はヴェネツィア篇『仮面の島』。変更になったらご容赦。短編集も出したいなっ。

文庫版あとがき

建築探偵シリーズの文庫版も本書で六冊となった。例によってテキストを未練がましくいじりまわしたが、今回の目立った改変は蒼が「坊や」といわれて「薬師寺香澄です」と名乗ること（ノベルスでは「蒼です」といっている）と、元版刊行時ニフティの新本格フォーラムという場所で、オテル・エルミタージュのある設備が法規に合っていないという書き込みがあった、その部分に手を加えたことだ。

小説世界の細部が、なにもかも現実に一致しなくてはならないとは思わない。『館もの』と呼ばれるミステリの中の建築は、たぶんその大半が建築認可は下りそうもない構造をしている。だが無知から来る間違いは出来る限り避けたいと思うし、自分が知識を持っていることのミスは、どうしたって目につくし気になるものだ。筆者も西洋建築に関する記述の間違いには、ついぶつぶついいたくなってしまう。六年前の新本格フォーラムのメンバーにはお礼をいいたいが、ログを保存していないし、お名前も存じ上げない方ばかりなので、この場を借りて感謝のことばを捧げる。

また、作中の歌手で女優神名備芙蓉のモデルは、一目瞭然と考えて元版のあとがきでは名を挙げなかったところ、意外や、おわかりにならぬ方が多いので、ここは思い切って明言してしまうことにした。美輪明宏氏である。タイトルを上げたシャンソン「ボン・ヴォアイヤアジュ」「愛の賛歌」「群衆」は、いずれも美輪氏のステージを念頭に描写している。『卒塔婆小町』の早変わりを含む舞台も、美輪氏による上演に基づいている。ただし、作中人物と美輪氏との関わりはそれだけなので、くれぐれも誤解されませぬように。

最後になりましたが、本作のカバーに美しい御作をお貸し下さった建築写真家・増田彰久先生。ありがとうございました。先生の作品は常に私のイマジネーションの源泉です。

連れ合いのサイトに間借りして、仕事日誌等を公開しています。新刊案内もこれが最新のものになります。ネット環境にある方は遊びに来て下さい。

http://www.aa.alpha-net.ne.jp/furaisya/　木工房風来舎内篠田真由美のページ

篠田真由美

主要参考文献

近代能楽集　三島由紀夫　新潮社（引用は現代かなづかいに変更）
小野小町追跡　片桐洋一　笠間書院
鹿鳴館の肖像　東　秀紀　新人物往来社
鹿鳴館　富田　仁　白水社
日本の建築明治大正昭和・第二巻　様式の礎　小野木重勝　三省堂
ジョサイア・コンドル展図録
アール・デコの館　藤森照信　筑摩書房

解説——降ろされたままの〈帳〉に、のたうち回る「生」

西澤保彦

＊以下の文章は本書『美貌の帳』および同作者による『魔女の死んだ家』（講談社ミステリーランド）の詳しい内容に触れています。未読の方々はどうかご注意ください。

怖れを抱いて、彼はヤス子をみつめた。

「それだけ、わたしの恋が激しいから」と、ヤス子は言った。

「あなたも、あの子に、一目で恋をなさった。応えない相手を、魂の底までつかまえるには」

「自分の手で殺す以外にない？」

「ええ。あなたは、それをよく知っておられるわ」

——皆川博子『花の旅　夜の旅』より

演劇における非日常的時空間の特殊性について、筆者のような製作や演技に実際に携わった経験のない一介のしろうとがあれこれ論ずるのが噴飯ものであることは重々承知の上だが、何回かの観劇を通しての拙い見識の範囲内で、少し語ってみたい。芝居とは必然的に、他のメディアや表現方法では決して得られない一瞬を内包する。それは、劇場に集う者たちの、本来は外的世界とは相容れずに個別に浮遊しているはずの各々の自我が、従来の齟齬《そご》を超越してお互いに未分化状態になる（あるいは、なったと錯覚できる）瞬間だ。もっと人口に膾炙《かいしゃ》している言い方を拝借するならば、観客と舞台（＝役者たち）が〈一体化〉するということである。

全般的に芸術作品とはクリエイター側と鑑賞側のコラボレーションとして初めて成立するものであり、一体化という現象自体に限って言えば、それは他の活字や映像メディアでも起こり得ることではある。ただし他の表現形態においては通常、提供される完成品にクリエイター側からのそれ以上の即興性や註釈の追加は望めないため、しばしば鑑賞側の独り相撲的な思い込みに陥りがちなのとは対照的に、演劇において観客は文字通り「舞台づくり」へ参加することが可能となる。役者側は観られる（＝観客を客体化する）ことで主役（配役上の、という意味を超えて）の実感を充実させる一方、観客側は観客側で、増長する役者たちをさらに観る（＝演技に反応する＝客体化する）ことで、自分たちのナルチシズムを投影できる偶像としての全能性をそこへ付与するに至る。こうしてお互いの客体化（＝人格を剝奪する）という共同作業は、その効果を増幅し合う。本来人間が社会的にかかえ込まざるを得ない認識や価値観の齟齬は、芝居という特殊な時空間において解体され、自我の未分化状態というある種、胎内回帰願望的な陶酔が（刹那的な錯覚にせよ）結実するのである。その意味では〈一体化〉とはこの場合、決して「お互いに心を通い合わせる」とか「スムーズに意志疎通をする」といった肯定的・生産的な機能性を具《そな》えた現象ではないことを留意されたい。

この特殊な時空間がゆえに演劇は他の表現形態とは比べものにならないほどの「日常の破壊」力を有する。いわゆる「ハレの感覚」がもたらすナチュラルハイで、極論を言ってしまえば、劇中において進行しているのは実はストーリーでもなければドラマでもなく、ある種の〈祝祭〉に過ぎない。演劇の時空間がもたらすのは、文芸的カタルシスというより、むしろ祭事の興奮によるトランス状態に近い。その忘我的法悦とは、ほとんどセクシュアルな意味合いで（特に役者側から）エクスタシィそのものなのだと称する向きが多々あるのも、当然と言えよう。

エクスタシィの語源はギリシャ語の「外に立つ」という言葉だが、その事実が如実に象徴するように、我々は常に外的世界から疎外されている身である。人間の自己存在とは不可避的に孤独であり、「外に立つ」すなわち外的世界と自我を融合する（未分化状態にする）ことでしか真の快楽は得られない。そのため我々は常に、無償の母親的愛（＝自我の癒着の対象）の代替物《フェティッシュ》として、客体化された他者を希求する。エクスタシィとは西洋社会において、性的恍惚よりもむしろ宗教的法悦という意味合いで使われることが多いようだが、換言すれば人間にとっては神ですら——あるいは、神だからこそと言うべきか——無償のエクスタシィを得るための、客体化の対象物《フェティッシュ》でしかないのである。セクシュアルな意味合いも含め、我々は単独では忘我的法悦を得るに至れない。自己のナルチシズムを投影できる（擬似的な）全能性を具えた偶像が必ずそこに必要となってくる。

しかしながら演劇の非日常的時空間がもたらすエクスタシィ（＝トランス状態）とはしょせん刹那的なものであり、舞台に立つ偶像も絶対者ではない。そんなことは改めて考えるまでもなく誰にでも判るわけだが、そんな野暮な真理からは眼を逸らしたいのが人間であろう。そこで我々は、偶像の神秘性を担保するために、祝祭的時空間を現実世界と隔てるヴェールを用意する。それが幕である。緞帳であり、そして——〈帳〉なのである。〈帳〉とは芝居の時空間、すなわち客体化される偶像をさらに平面化することで、その記号性を前景化する鏡面として機能する。開演前の幕を眼にする観客は、そこに自己のナルチシズムを投影することで、エクスタシィの予感に打ち震える。もちろんそれは、降ろされている〈帳〉がやがて上げられるはずであるという大前提に立ってこそ、だ。

では、その〈帳〉が上げられる時は永遠にやってこない——そう悟った我々はどう反応するだろう。己れが得て然るべきエクスタシィ、それを奪われたと知った時、人間は客体化された（はずだと思っていた）他者、すなわち偶像を憎むであろう。母性的な無償の愛をもたらしてくれるはずの者の裏切りは、この世の何物にも増して赦し難く、我々はいっそ自らの手で偶像を破壊してしまいたいという狂気と衝動にかられるであろう。本書『美貌の帳』は、その妄念にとり憑かれたあなたや、そしてこのわたしの物語なのである。

二〇〇四年六月現在、最新刊『失楽の街』をもって〈建築探偵桜井京介〉シリーズは十四タイトルを数えている。物語はさらに宇宙的な拡がりを孕む大河小説の様相を呈しており、各巻末のあとがきなどから推量するに、作者篠田真由美本人にも行く末は判然としていないようである。よって筆者も敢えてこの壮大な長流を俯瞰してシリーズ全体を論ずるという愚は避け、本書『美貌の帳』という作品を単体として語ろうと思う。ただし本書が独立した単発作品ではなく〈建築探偵〉シリーズの一篇として世に問われた必然性と意義はあるはずで、拙文は自ずからその辺りへスポットライトを当てることになろう。

相手の人格と真摯に向き合わず、己れの自尊心を担保する手段として他者を客体化する行為に腐心する、これが本書の主要キャラクターのひとり、天沼龍麿《たつまろ》の姿である。永遠に上げられることのない〈帳〉（＝美貌）のみ凝視（＝執着）し続ける、それはすなわち我々自身の日常の姿でもある。彼は降ろされたままの〈帳〉をむりやり力ずくで上げる（＝相手を殺す）ことで、自我の癒着の対象との〈一体化〉すなわちエクスタシィを得ようと足掻く。彼の人生は、永遠に開演するはずのない芝居がもたらしてくれるであろうトランス状態を自慰的に夢想することに費やされたとも言えるわけで、これまた極めて普遍的な我々の現実の姿である。一旦はその掌中にしたかに思われたエクスタシィがトリッキーなギミックによって挫折させられ〈帳〉の位相が反転する点こそが、本格ミステリ作品としての『美貌の帳』の肝である、という解釈も充分に可能であろう。ただしそれだけでは本書が本格ミステリである意義の解題にはなり得ても、なぜ〈建築探偵〉シリーズの一篇として書かれたのかの説明にはならない。

実際、篠田文学の熱心な読者であればあるほど、本書をシリーズの一篇として結実させるという作者の選択に、いまひとつ納得できない思いを抱くかもしれない。同じテーマとモティーフを単発作品として昇華させたほうが、あるいはもっと篠田文学の真骨頂を味わえたのではないか？　ナルチシズムを投影する手段としての他者の物体化・人形化をもっと詩的に、グラン・ギニョレスクな耽美趣味をもって描けたのではないか？　鹿鳴館の再現などにしても、〈帳〉の記号性をグロテスクなまでに純化するマニエリスムの放埓《ほうらつ》として絶好の素材なのではないか？　この作者独特の技巧でもってゴシシズムに思うさま耽溺することだってできたのではないか？　さまざまな読者（というより筆者）の思いとは裏腹に、作者はいずれの選択もしていない。

誤解を恐れずに言えば『美貌の帳』とはある意味、とても泥臭い物語である。なぜかと言えば、なんとか〈帳〉を上げようとこだわるひとびとの妄念は、物語の中で相対化されることはあっても、決して否定はされないからだ。それは神名備芙蓉《かんなびふよう》というキャラクターの存在が大きいという側面もあるのだが、人間たちの妄念は妄念として、これもまた我々の生の営みの一部として清濁併せて丸呑みしてやろうじゃないか——作者の姿勢にそうした決然たる意思を垣間見るのは筆者だけであろうか。スタイリッシュな「死」など糞でも喰らえだ、と。あくまでも人間たちが泥臭く「生」にのたうち回る姿にこだわる、これが『美貌の帳』という物語の本質であり、〈建築探偵〉シリーズの一篇として世に問われた所以でもあるのだ。

例えば遠山蓮三郎《れんざぶろう》のケースを見てみよう。彼もまた偶像との〈一体化〉によるエクスタシィを追い求め、なんとか〈帳〉を上げてやろうと足掻く者である。彼は兄、遠山茂一《もいち》の死が、天沼龍麿の娘、暁子《あきこ》（暁《あきら》）による謀殺ではないかと疑う。その疑いには正当性があると自分も思うという言質を、蓮三郎は高校時代の後輩である桜井京介から取るべく、見苦しいばかりに必死になる。そう。彼によって客体化される偶像とは他ならぬ京介である。作中、蓮三郎の京介に接する態度にはホモセクシュアルなムードが漂うが、彼がほんとうにゲイであるかどうかは問題ではない。重要なのは、蓮三郎が京介という偶像との〈一体化〉によるエクスタシィを渇望していたという、まさにその点である。

しかし京介は、茂一の死に対して冷静で客観的な見方を決して崩さず、蓮三郎の思い通りにはなってくれない。自慰的な期待に反して〈帳〉を上げてくれようとはしない後輩の態度に苛立った彼は「おまえ、俺を丸め込もうとしているな」「龍麿ジジイに手なずけられたかよ」と何の根拠もなく相手の人格を蹂躪するような暴言を吐く。相談にあたって「俺の考えてることが、アホな妄想だってことになるならそれはそれでいい」などと、まっとうな前置きをしていたにもかかわらず、である。この反応は身勝手という以前に、ほとんど狂気を孕んでいる。それは兄の死の疑問への固執ゆえではない。実は蓮三郎にとって、兄の死の謎の解明とは、やり遂げるべき真の目的でも何でもなく、京介との〈一体化〉によるエクスタシィを実現せんがための、単なる手段に過ぎなかったのではあるまいか。そう勘繰ってしまうほどの激越さ、そして倒錯の構図がここには垣間見えるのである。

　蓮三郎は京介を肉体的に傷つけたりはしないが（後で暁子を殺しかけたのは、兄の復讐というより偶像破壊願望の代償行為であるとも解釈できるが）、自分のために〈帳〉を上げてくれようとはしない相手への破壊衝動は明らかであろう。もともと偶像とは人格を剥奪された存在（＝単なる物《フェティッシュ》）であり、エクスタシィを得られないとなればむりやり〈帳〉を上げる（＝相手を傷つける＝殺す）という選択肢への躊躇など微塵もない。蓮三郎は天沼家と対立しているつもりでいながら、その妄念の相似形ぶりにおいて、まるで龍麿と双子のようだ。作者の筆致は、その皮肉な図式を挿入することで天沼龍麿の狂気をクローズアップし、あますところなく活写する。

そして作中、蓮三郎と龍麿の妄念を三重写しにするキャラクターが登場する。それが他ならぬ蒼《あお》だ。蒼もまた〈帳〉が上げられるのを待ち望む者である。いや本書のみならず、シリーズ全体を通して〈一体化〉によるエクスタシィを常に追い求め続ける存在という見方もできよう。しかし蒼には、蓮三郎や龍麿とは決定的にちがう点がひとつある。それは彼が、葛藤する、ということだ。

考えてもみて欲しい。己れのナルチシズムを投影する客体として勝手に他者へ全能性を付与して偶像化する行為を、愚かしいと批判するのは簡単である。しかしその愚を理解してもなお、やめられないのが人間ではないのか。外的世界から疎外される我々の自我は、絶望的に他者（＝偶像）を必要とする。それがないと生きていけないといっても過言ではない。だが翻って、自分のほうが客体化される苦悩を甘受できるのか。人格を剝奪する行為は容易に差別や虐待へ結びつく。この議論を突き詰めると、人間とは不可避的にお互いを傷つけ合わずにはいられない存在であることになるが、その罪深さこそ真実なのかもしれない。我々の永遠の葛藤がここにある。

『美貌の帳』はその葛藤を丸ごと、のたうち回る「生」として描き切る。それを体現するキャラクターこそが蒼なのだ。形成小説もしくは成長小説として〈建築探偵〉シリーズを見た場合、蒼は同じ場所で足踏みし過ぎではないかと感じる読者もいるかもしれない。実は筆者も、彼が既に解決したはずの問題で改めて悩んでいるように感じられる時がある。しかしよく考えてみれば、それこそが我々の現実そのものではないのか。人間はそんなに簡単に成長しない。およそ我々を巡る物事が単純に解決することなどあり得ないからだ。人間はどこまでも罪深く、そして矛盾に満ちた存在であり、その生の営みとは愚かしくも泥臭い。対照的に、死というものが時として美しく甘美な誘惑として迫ってくるのも、ここに理由がある。

しかし、どんなにみっともない姿を晒そうとも、美しい死よりも「生」にのたうち回るほうを選ぶ本シリーズの肖像たちにこそ、作者は共感を託すのである。篠田のジュヴナイル『魔女の死んだ家』（講談社ミステリーランド）では素性の判然としない（と言っても賢明なる読者にはご想像がついていると拝察する）謎の男性が探偵役をつとめるが、彼はこんな象徴的な科白を残し、関係者たちの前から去ってゆく。

「ああ。ぼくはいつだって、生きている者に甘いんだ。」

（文中敬称略）

●本作品は、一九九八年五月、講談社ノベルスとして刊行されました。
文庫化にあたり、一部改筆いたしました。

|著者|篠田真由美　1953年東京都生まれ。早稲田大学第二文学部卒、専攻は東洋文化。1991年に『琥珀の城の殺人』が第2回鮎川哲也賞の最終候補作となり、作家デビュー（講談社文庫所収）。1994年に建築探偵・桜井京介シリーズ第一作『未明の家』を発表。以来、傑作を連発し絶大な人気を博している。シリーズは他に『玄い女神』『翡翠の城』『灰色の砦』『原罪の庭』『美貌の帳』（本書）『桜闇』『仮面の島』『月蝕の窓』『綺羅の柩』最新刊『失楽の街』がある。番外編として蒼を主人公にした『センティメンタル・ブルー』『angels 天使たちの長い夜』『Ave Maria』も発表している。他に『この貧しき地上に』全3作、『レディMの物語』『アベラシオン』などがある。

美貌《びぼう》の帳《とばり》　建築探偵桜井京介の事件簿《けんちくたんていさくらいきょうすけのじけんぼ》
篠田真由美《しのだまゆみ》

2004年9月15日第1刷発行

発行者——野間佐和子
発行所——株式会社　講談社
東京都文京区音羽2-12-21　〒112-8001
電話　出版部（03）5395-3510
　　　販売部（03）5395-5817
　　　業務部（03）5395-3615

Printed in Japan

講談社文庫
定価はカバーに
表示してあります

デザイン—菊地信義
製版——信毎書籍印刷株式会社
印刷——信毎書籍印刷株式会社
製本——株式会社若林製本工場

落丁本・乱丁本は購入書店名を明記のうえ、小社書籍業務部あてにお送りください。送料は小社負担にてお取替えします。なお、この本の内容についてのお問い合わせは文庫出版部あてにお願いいたします。

ISBN4-06-274859-2

講談社文庫刊行の辞

二十一世紀の到来を目睫に望みながら、われわれはいま、人類史上かつて例を見ない巨大な転換期をむかえようとしている。

世界も、日本も、激動の予兆に対する期待とおののきを内に蔵して、未知の時代に歩み入ろうとしている。このときにあたり、創業の人野間清治の「ナショナル・エデュケイター」への志を現代に甦らせようと意図して、われわれはここに古今の文芸作品はいうまでもなく、ひろく人文・社会・自然の諸科学から東西の名著を網羅する、新しい綜合文庫の発刊を決意した。

激動の転換期はまた断絶の時代である。われわれは戦後二十五年間の出版文化のありかたへの深い反省をこめて、この断絶の時代にあえて人間的な持続を求めようとする。いたずらに浮薄な商業主義のあだ花を追い求めることなく、長期にわたって良書に生命をあたえようとつとめるところにしか、今後の出版文化の真の繁栄はあり得ないと信じるからである。

同時にわれわれはこの綜合文庫の刊行を通じて、人文・社会・自然の諸科学が、結局人間の学にほかならないことを立証しようと願っている。かつて知識とは、「汝自身を知る」ことにつきていた。現代社会の瑣末な情報の氾濫のなかから、力強い知識の源泉を掘り起し、技術文明のただなかに、生きた人間の姿を復活させること。それこそわれわれの切なる希求である。

われわれは権威に盲従せず、俗流に媚びることなく、渾然一体となって日本の「草の根」をかたちづくる若く新しい世代の人々に、心をこめてこの新しい綜合文庫をおくり届けたい。それは知識の泉であるとともに感受性のふるさとであり、もっとも有機的に組織され、社会に開かれた万人のための大学をめざしている。大方の支援と協力を衷心より切望してやまない。

一九七一年七月

野間省一

400